비밀의 화원

교보클래식 003

비밀의 화원

프랜시스 호지슨 버넷 지음 · 김정은 옮김
강주헌 기획 및 번역 감수

교보문고

차례

훌륭한 건축물을 아침 햇살에 비춰 보고
정오에 보고 달빛에도 비춰 보아야 하듯이
진정으로 훌륭한 책은 유년기에 읽고
청년기에 다시 읽고 노년기에 또다시 읽어야 한다.

- 로버트슨 데이비스Robertson Davies

일러두기

이 책의 배경이 되는 곳은 영국 요크셔 지방으로, 저자 프랜시스 호지슨 버넷은 등장 인물들의 대사에서 요크셔 방언을 사용했습니다. 요크셔의 방언은 독립적인 언어로서 영국의 주요 공식 언어 가운데 하나로 인정받기도 했습니다. 이 책에서는 원서의 느낌을 살리고자 요크셔 방언을 충청도 사투리로 번역했으니 참고해주시기 바랍니다.

1장
아무도 없었다

　메리 레녹스가 고모부 소유의 미셀스웨이트 장원으로 보내졌을 때 사람들은 이렇게 못생긴 아이는 생전 처음 본다고 입을 모았다. 야윈 얼굴에 야윈 몸, 가늘고 빈약한 머리칼에 표정마저 시큰둥한 아이였다. 머리카락은 누리끼리했고 인도에서 태어나고 잔병치레를 많이 해서인지 얼굴 역시 누리끼리했다. 식민 정부의 관리였던 아버지는 늘 바쁘고 병약했다. 대단한 미인이었던 어머니는 오로지 파티에 나가 사람들을 만나는 데만 관심이 있었다. 딸을 갖고 싶은 생각도 전혀 없었으므로 메리는 태어나자마자 아야*에게 맡겨졌으며, 아야는 멤 사히브**를 기쁘게 하고 싶으면 가능한 한 아이를 눈에 띄지 않게 해야 한다는 사실을 잘 알았다. 그 때문에 메리는 병약하고 예민하고 못생긴 갓난아이였을 때부터 어머니의 눈에 띄지

---

* 영국 식민지에서 유모를 지칭하던 말.
** mem sahib. 인도에서 지체 높은 기혼 여성을 칭하던 말.

않아야 했고, 걸음마를 배우는 병약하고 예민한 아기였을 때도 역시 어머니의 눈에 띄지 않아야 했다. 메리의 기억 속에는 아야와 다른 식민지 하인들의 가무잡잡한 얼굴들만이 가득했다. 하인들은 아기 울음소리가 마님의 심기를 건드릴까 무서워 늘 메리의 말에 복종하고 무엇이든 원하는 대로 해주었으므로 여섯 살이 될 무렵 메리는 포악하고 이기적인 '새끼 돼지'가 되어 있었다. 읽고 쓰는 법을 가르치러 왔던 젊은 영국인 가정교사는 그런 메리에게 질려서 석 달만에 일을 그만두었고, 다른 가정교사들도 하나같이 석 달을 채우지 못하고 줄행랑쳤다. 그러니 스스로 읽고자 하는 의지가 없었다면 아마 메리는 글자를 영영 배울 수 없었을지 모른다.

몹시 뜨거웠던 어느 아침, 아홉 살이 된 메리는 짜증이 잔뜩 난 채로 잠에서 깨어났다. 침대맡에 아야가 아닌 다른 하녀가 서 있는 걸 보자 한층 더 부아가 치밀었다.

"왜 네가 여기 있어?" 메리가 낯선 얼굴의 하녀에게 물었다. "넌 필요 없고, 가서 아야나 불러와."

하녀의 얼굴에는 두려운 기색이 역력했지만 아야는 지금 올 수 없다는 말을 더듬거리기만 했다. 메리가 분노를 터뜨리며 마구 때리고 발로 차는데도 하녀는 더욱 겁에 질린 표정으로 아야는 지금 미스 사히브*께 올 수 없다는 말만을 되풀이할 뿐이었다.

그 아침의 공기에는 뭔가 묘한 기운이 감돌았다. 아무것도 정해진 대로 되는 일이 없었고 이상하리만큼 하인들도 눈에 띄지 않았으

* 인도에서 지체 높은 미혼 여성을 지칭하던 말.

며 그나마 보이는 하인들마저도 창백하고 겁먹은 얼굴로 슬금슬금 눈치를 보거나 허둥거렸다. 하지만 무슨 일인지를 말해주는 이는 아무도 없었고 아야는 끝내 오지 않았다. 아침이 다 가도록 홀로 남아 있던 메리는 결국 정원으로 빠져나가 베란다 근처에 있는 나무 아래 자리를 잡고 혼자 놀기 시작했다. 작은 꽃밭을 만들기도 하고 커다란 다홍색 히비스커스 꽃다발을 작은 흙무더기에 꽂아보기도 했지만 그럴수록 화는 점점 더 치밀어올랐고, 메리는 아야 세이디가 돌아오면 퍼부어줄 욕지거리를 중얼거렸다.

"돼지! 돼지! 돼지 새끼!" 인도 사람들에게 돼지는 가장 모욕적인 말이었다.

이를 뽀득뽀득 갈며 욕하고 있던 바로 그때 어머니가 누군가와 베란다로 나와 이야기하는 소리가 들렸다. 어머니와 함께 서 있는 이는 젊은 청년이었다. 둘은 낮고 묘한 목소리로 이야기를 나누었다. 거의 소년처럼 보이는 그 준수한 얼굴은 분명 어디선가 본 적이 있었다. 영국에서 이제 막 건너온 젊은 장교라고 들은 기억이 났다. 메리는 가끔 그 청년을 바라보기도 했지만, 대부분은 어머니에게 눈길을 고정했다. 이처럼 메리는 기회가 생길 때마다 어머니를 바라보곤 했다. 멤 사히브(메리는 보통 어머니를 이렇게 불렀다.)는 정말이지 예쁘고 키도 크고 날씬한 데다 늘 사랑스러운 옷을 입고 있었기 때문이었다. 머리칼은 매끄러운 비단 같았고, 섬세한 작은 코는 세상 모든 것을 깔보는 듯했으며, 커다란 두 눈은 항상 웃고 있었다. 어머니의 옷은 전부 얇고 살랑거렸는데, 메리는 이걸 '레이스투성이 옷'이라고 불렀다. 그날 아침 어머니의 옷은 어느 때보다도 더 레이스투성이였지만 눈은 조금도 웃고 있지 않았다. 겁에 질린 큰 눈은 준수한 청년 장교의 얼굴을 애원하듯 올려다보고 있었다.

"그렇게 안 좋아요? 아, 정녕 그런가요?" 어머니의 음성이 들렸다.

"끔찍해요." 젊은 장교가 떨리는 목소리로 답했다. "정말 끔찍합니다, 부인. 적어도 2주 전에는 산으로 가셨어야 합니다."

멤 사히브는 초조한 듯 두 손을 모아 쥐었다.

"알아요! 저도 안다고요!" 그녀는 울부짖었다. "저 멍청한 파티 때문에 여기 남았던 거예요. 얼마나 멍청했는지!"

바로 그때 하인들의 방 쪽에서 통곡하는 소리가 터져 나왔고, 어머니는 청년의 팔을 와락 움켜잡았다. 메리 역시 두려움에 온몸이 부들부들 떨려왔다. 통곡은 점점 더 격렬해졌다.

"무슨 일이지? 무슨 일일까요?" 레녹스 부인은 사색이 되어 말했다.

"누군가가 죽은 겁니다." 청년 장교가 대답했다. "당신 하인들 중에 환자가 있다고는 말 안 했잖소!"

"저도 몰랐어요!" 멤 사히브는 절규했다. "이리 오세요! 이리로 요!" 그녀는 몸을 돌려 집 안으로 뛰어 들어갔다.

그 후 무시무시한 일들이 벌어졌고, 그제야 메리도 그 아침의 수수께끼 같은 일들에 대한 설명을 듣게 되었다. 치명적인 콜레라가 창궐해 사람들이 파리처럼 죽어 나가고 있었다. 메리의 아야 역시 전날 밤부터 앓기 시작했으며, 하인들이 오두막에서 통곡한 것도 바로 아야가 죽었기 때문이었다. 하루가 채 지나기도 전에 하인 셋이 더 목숨을 잃었고, 다른 하인들은 겁에 질려 달아나 버렸다. 사방이 공포로 가득했고 방갈로*마다 사람들이 죽어 나갔다.

둘째 날도 혼돈이 계속되자 메리는 혼자 놀이방으로 숨어들었고, 모두에게서 잊혔다. 아무도 메리를 기억하지 않았고 원하지도 않았으며, 메리 역시 그 뒤로 어떤 이상한 일들이 벌어졌는지를 알지 못했다. 그저 몇 시간씩 자다가 깨어나서 울기만을 반복했다. 메리가 아는 것이라고는 사람들이 병에 걸렸고, 여기저기서 알 수 없는 무서운 소리가 들린다는 것뿐이었다. 한번은 식당에 살금살금 들어가 보니 사람이라고는 없고 식탁에는 먹다 만 음식들이 놓여 있었다. 식사하던 사람들이 다급하게 일어나기라도 한 듯 의자와 접시가 여기저기 나뒹굴었다. 메리는 과일과 비스킷을 조금 먹고, 목이 말라서 거의 한 잔 가득 담겨 있던 와인을 전부 들이켰다. 와인은 달콤했고 그게 얼마나 독한 술인지를 메리는 알 수 없었다. 곧 주체할 수 없을 정도로 졸음이 몰려왔다. 메리는 놀이방으로 돌아가 다시 스스로를 가두어버렸다. 오두막에서 들려오는 울음소리와 잰 발걸음 소리가 너무 무서웠기 때문이다. 술기운에 잠이 쏟아져서 눈뜰 수조차 없었으므로 메리는 침대에 누워버렸고 오래도록 깨어나지 않았다.

수많은 일이 벌어졌지만 너무나 깊은 잠에 빠져 있던 메리는 통곡 소리도, 방갈로 안팎에서 무언가를 끌어내는 소리도 전혀 듣지 못했다.

마침내 잠에서 깨어난 메리는 가만히 누워서 벽을 바라보았다.

* bungalow. 인도 전통의 작은 목조 주택.

집 안은 빈틈없이 고요했다. 집이 이렇게까지 조용할 수 있을까 싶었다. 목소리도, 발걸음 소리도 들리지 않아서 혹시 모두가 병에서 낫고 모든 문제가 해결된 건 아닐까 하는 생각이 들었다. 이제 아야가 죽었으니 누가 자신을 돌봐줄 건지도 궁금했다. 안 그래도 만날 듣는 똑같은 이야기에 질려버린 참이었는데 새로 들어오는 아야는 새로운 이야기를 해줄지도 모르는 일이었다. 유모가 죽었다고 해서 눈물이 나지는 않았다. 메리는 애정이 넘치는 아이도 아니었고, 다른 누군가를 그렇게까지 좋아해 본 일도 없었다. 그저 콜레라 때문에 벌어진 야단법석과 통곡 소리가 두려웠고, 누구도 자기가 살아 있다는 사실을 기억하지 않는 것 같아 화가 났다. 아무도 좋아하지 않는 작은 소녀까지 챙기기에는 사람들이 받은 충격이 너무나 컸다. 콜레라에 걸리면 사람들은 모두 자기 자신 말고는 아무것도 생각하지 않는 모양이었다. 하지만 모두가 병에서 낫고 나면 분명 누군가는 메리의 존재를 기억해내고 그녀를 돌보러 올 것이었다.

그러나 아무도 오지 않았다. 누워서 사람들을 기다리는 동안 집은 점점 더 조용해져 갔다. 바닥 깔개 위에서 뭔가 부스럭거리는 소리가 들려 아래를 내려다보니 작은 뱀 한 마리가 미끄러지듯 기어가며 보석 같은 눈으로 메리를 쳐다보았다. 메리는 겁먹지 않았다. 그저 무해한 작은 동물일 뿐이었고, 서둘러 방에서 나가고 싶어 하는 듯했기 때문이다. 메리는 뱀이 문 아래 틈으로 빠져나가는 모습을 지켜보았다.

"왜 이렇게 조용하지. 이상하네." 메리가 말했다. "방갈로에 나랑 뱀밖에 없는 것 같아."

바로 그 순간 발걸음 소리가 들려왔다. 소리는 집 안에서 베란다로 이어졌다. 남자들의 발소리였다. 그들은 방갈로로 들어오더니 낮은 소리로 이야기를 나누었다. 그들을 맞아주는 이는 아무도 없었고, 자기들끼리 문을 열어 이 방 저 방을 확인하는 듯했다.

"너무 적막하군." 어떤 목소리가 말했다. "정말 예쁜 부인이었지! 딸아이도 그렇게 예뻤을 거야. 그런데 그 아이, 어디서도 발견되지 않았다더군."

몇 분 후 그들이 놀이방 문을 열었을 때 메리는 방 한가운데에서 있었다. 그녀는 짜증이 잔뜩 난 작고 못생긴 한 마리의 짐승 같았으며, 배가 고파지기 시작한 데다 완전히 무시당했다는 수치스러운 기분이 들어서 얼굴을 찌푸리고 있었다. 처음 안으로 들어선 사람은 몸집이 큰 장교였는데, 일전에 아버지와 이야기하는 걸 본 적이 있었다. 피곤하고 귀찮은 듯 보이던 그는 메리를 발견하자 너무 놀라 뒤로 나자빠질 뻔했다.

"바니!" 그가 겁에 질려 소리쳤다. "여기 아이가 있어! 아이 혼자 있다고! 그것도 이런 곳에! 하늘도 무심하시지! 도대체 누구지?"

"저는 메리 레녹스예요." 작은 아이는 몸을 꼿꼿이 세우며 말했다. 아버지의 방갈로를 '이런 곳'이라고 부르다니, 굉장히 무례한 남자라고 생각했다. "모두 콜레라 때문에 난리가 났을 때 잠들어버렸어요. 이제 막 깨어났고요. 왜 아무도 오지 않죠?"

"어디서도 발견되지 않았던 아이가 바로 여기 있어!" 남자가 동료에게 소리쳤다. "완전히 잊힌 거야!"

"잊히다니요?" 메리는 발을 구르며 물었다. "왜 아무도 오지 않는 거죠?"

바니라는 이름의 남자가 메리를 아주 슬픈 눈으로 바라보았다. 심지어 눈물을 떨어내려고 눈을 끔벅거리는 것 같았다.

"가여워라!" 그는 말했다. "너를 찾아올 사람은 아무도 없단다."

메리는 이처럼 기묘하고도 급작스럽게 아버지와 어머니가 없다는 사실을 알게 되었다. 그들은 죽었고, 그날 밤 옮겨졌다. 살아남은 몇몇 인도인 하인들은 서둘러 집을 떠나버렸으며 그들 중 누구도 미스 사히브가 있다는 사실을 기억하지 못했다. 집이 그렇게나 조용했던 것도 바로 그 때문이었다. 방갈로에는 정말로 메리와 작고 바스락거리는 뱀뿐이었던 것이다.

2장
심술쟁이 메리 아가씨

메리는 멀리서 어머니를 즐겨 바라보았고 아주 예쁘다고도 생각했지만, 어머니에 대해 아는 바가 거의 없었기 때문에 돌아가셨을 때도 큰 그리움이나 사랑 같은 감정을 기대하기는 어려웠다. 사실 메리는 어머니가 전혀 그립지 않았다. 아주 자기중심적인 아이였으므로 언제나 그랬듯 오로지 자기 자신에 대해서만 생각했다. 나이라도 좀 더 들었다면 세상에 홀로 남겨지는 상황을 크게 걱정했겠지만 그런 생각을 하기에 메리는 너무나 어렸고, 지금껏 그래왔듯 앞으로도 누군가가 자신을 보살펴주리라고 막연히 생각했다. 단지, 자신을 맡아줄 사람들이 괜찮은 사람들일지, 지금껏 아야를 비롯해 다른 식민지 하인들이 그랬듯이 자신에게 예의 바르게 굴고 뭐든지 마음대로 하게 해줄지 궁금할 뿐이었다.

처음 머물게 된 영국인 목사의 집에 계속 지내지 않으리라는 것은 분명했다. 메리가 그러기를 원하지 않았기 때문이다. 목사는 가난했으며 나이가 거의 비슷한 아이를 다섯이나 두었는데, 아이들은 모두 낡아빠진 옷을 걸친 채 늘 아옹다옹하거나 서로 장난감을 빼앗았다. 메리는 그 지저분한 방갈로를 지독히 싫어했고 모두에게 불친절하게 굴었으므로, 하루 이틀 사이에 누구도 메리와 어울리려 들지 않게 되었다. 둘째 날 아이들은 메리에게 별명을 붙여주었고, 그걸 들은 메리는 불같이 화를 냈다.

처음 별명을 생각해낸 아이는 배질이었다. 배질은 오만해 보이는 푸른 눈에 들창코를 가진 소년으로, 메리는 그 아이를 아주 싫어했다. 콜레라가 발병했던 바로 그날처럼 메리가 나무 아래에서 혼자 놀고 있을 때였다. 흙더미를 쌓고 정원으로 이어지는 오솔길을 만드는데 배질이 다가와 노는 걸 지켜보았다. 금세 흥미를 느낀 소년이 갑자기 한 가지 제안을 했다.

"돌멩이를 한 무더기 쌓아서 바위 정원도 만들어보지 그래?" 그가 말했다. "저기 가운데에." 배질은 메리 쪽으로 몸을 기울였다.

"저리 가!" 메리가 소리쳤다. "난 남자애들하고는 안 놀아. 저리 가라고!"

잠시 화난 기색을 보이던 배질이 곧 메리를 놀리기 시작했다. 여동생들에게 늘 하던 짓이었다. 그는 메리 주변을 빙빙 돌며 얼굴을 일그러뜨리고 노래를 부르며 웃어댔다.

"메리 아가씨는 심술쟁이, 정원엔 무슨 꽃 피었나? 은종과 조가비, 금잔화 줄을 섰네."

배질이 계속 노래를 부르자 다른 아이들도 듣고 비웃었다. 메리가 화를 내면 낼수록 아이들은 "메리 아가씨는 심술쟁이"를 더 크게 불러댔다. 그 후 아이들은 자기들끼리 이야기할 때는 물론이고 메리에게 직접 말할 때도 메리를 '심술쟁이 메리 아가씨'라고 불렀다.

"너 이제 집으로 간다더라." 배질이 말했다. "이번 주말에 떠난 대. 좋아 죽겠네."

"나도 마찬가지거든." 메리가 대꾸했다. "근데 집이라니, 어디 말이야?"

"자기 집이 어딘지도 모른대요!" 배질은 일곱 살짜리 아이처럼 메리를 놀려댔다. "그야 당연히 영국이지. 우리 할머니도 영국에 사셔서 내 여동생 메이블도 작년에 거기로 갔어. 그렇다고 네가 할머니 댁으로 간다는 건 아냐. 넌 할머니가 없잖아. 넌 고모부한테 간대. 아치볼드 크레이븐 씨라고 하던데."

"전혀 모르는 사람이야." 메리가 퉁명스럽게 말했다.

"그럴 줄 알았어." 배질이 답했다. "네가 뭘 알겠냐. 여자애들이 다 그렇지. 우리 엄마 아빠가 네 고모부에 대해 말씀하시는 걸 들었어. 시골에 있는 엄청 크고 우중충하고 오래된 집에 사는데, 완전히 외톨이래. 성질이 얼마나 고약한지 근처에 아무도 못 오게 하고, 다른 사람들도 웬만하면 다가가려 하지 않는댔어. 아주 꺼림칙한 사람인 데다가 꼽추라더라."

"네 말은 안 믿어." 메리는 돌아서서 손으로 귀를 막아버렸다. 더는 듣고 싶지 않았다.

하지만 그 후로도 한참 동안 그 생각은 머릿속을 떠나지 않았다. 그리고 그날 밤 크로퍼드 부인이 며칠 내로 배를 타고 영국 미셀스웨이트 장원에 있는 고모부 댁으로 가게 될 거라고 말하자 메리는 딱딱하고 고집스러운 얼굴로 고개를 돌려버렸다. 영문을 모르는 크로퍼드 씨 부부는 어리둥절해 했다. 평소에도 목사 부부는 메리를 친절하게 돌봐주려고 애썼지만 크로퍼드 부인이 뺨에 입을 맞추려고 할 때면 메리는 얼굴을 돌려버렸고, 크로퍼드 씨가 어깨를 토닥여줄 때도 몸을 뻣뻣하게 세우고 있을 뿐이었다.

"저렇게 미운 아이가 다 있을까." 나중에 크로퍼드 부인은 혀를 끌끌 찼다. "저 아이 엄마는 정말 예뻤대요. 행동거지까지 그렇게 사랑스러웠다던데 딸은 어째서 저 모양인지. 아이들도 '심술쟁이 메리 아가씨'라고 놀려대더라고요. 짓궂긴 해도 솔직히 이해는 됩디다."

"어미가 그 예쁜 얼굴과 행동을 아이에게도 좀 자주 보여줬더라면 저 아이도 배우는 게 있었을 거요. 슬픈 일이지. 그 아름다운 여인도 이제는 저세상 사람이고, 사람들은 그 여인에게 아이가 있었다는 사실조차 기억하지 못하니 말이오."

"아마 거의 들여다보지도 않았던 것 같아요." 부인은 한숨을 내쉬었다. "아야가 죽고 나니 저 가여운 것을 아무도 기억하지 못했대요. 하인들도 모조리 달아나 버리고 아무도 없는 방갈로에 아이 혼자 남아 있었다던데, 얼마나 끔찍한가요. 문을 열자 방 한가운데에 아이가 서 있는 걸 보고 맥그루 대령이 아주 까무러칠 뻔했다고 하더라고요."

며칠 후 메리는 영국으로 가는 긴 여행길에 올랐다. 어느 장교의 부인과 함께였다. 그 부인은 자녀들을 기숙학교로 떠나보내는 길이었고 자기 아들과 딸을 보살피는 것만으로도 정신이 없었으므로 런던에서 메리를 아치볼드 크레이븐 씨가 보낸 여인에게 넘겨줄 때 아주 후련해했다. 그 여인은 미셀스웨이트 장원의 가정부인 메드록 부인이었다. 통통한 몸집에 뺨이 붉었고 검은 두 눈은 날카롭게 찢어져 있었다. 짙은 보라색 드레스를 입고 반짝이는 술이 달린 검은색 비단 망토를 걸쳤으며, 머리에는 검은 보닛을 쓰고 있었다. 부인이 머리를 움직일 때마다 보닛에 큼지막하게 달린 보라색 벨벳 꽃이 파르르 떨렸다. 메리는 메드록 부인이 썩 마음에 들지 않았지만, 사실 그 누구도 좋아해 본 적이 없었으므로 크게 놀라운 일은 아니었다. 게다가 메드록 부인 역시 메리를 그다지 중요하게 생각하지 않는 것 같았다.

"어머나! 저 작고 못생긴 것 좀 봐!" 메드록 부인이 말했다. "어머니는 미인이었다고 들었는데, 엄마를 별로 안 닮았나 봐요?"

"차차 나아지겠지요." 장교 부인은 온화하게 대답했다. "저 누리끼리한 얼굴과 우중충한 표정만 바뀌어도 훨씬 예뻐 보일 거예요. 아이들은 수시로 바뀌니까요."

"바뀌어도 한참 바뀌어야겠는걸요." 메드록 부인이 말했다. "하지만 미셀스웨이트에서 아이들이 좋아지길 기대하기는 몹시 어렵답니다!"

이들은 메리가 듣고 있지 않다고 생각했다. 호텔에 도착한 뒤로 줄곧 약간 떨어진 창가에서 밖을 내다보고 있었기 때문이었다. 메리는 지나가는 버스와 택시, 사람들을 바라보고 있었다. 하지만 귀는 활짝 열려 있었고, 두 부인의 이야기를 들으면서 고모부와 미셀스웨이트 장원에 대한 궁금증이 점점 커져갔다. 그곳은 어떤 곳이고 고모부는 어떤 분일까? 꼽추가 도대체 뭐지? 메리는 꼽추를 한 번도 본 적이 없었다. 아마도 인도에는 꼽추가 없는 것 같았다.

한동안 아야도 없이 다른 사람들의 집을 전전하던 메리는 점점 외로워졌고, 생전 처음 이상한 생각들을 하기 시작했다. 왜 자신은 그 누구에게도 속해 있던 적이 없었는지가 궁금했다. 어머니와 아버지가 살아 계실 때도 마찬가지였다. 다른 아이들은 모두 자기 아버지와 어머니에게 속한 것처럼 보이는데, 자신은 그 누구의 아이로도 느껴지지 않았다. 하인들이 있었고 음식과 옷도 있었지만 누구 하나 알아주는 사람이 없었다. 물론 그건 메리가 아주 불쾌한 아이였기 때문이지만 정작 메리 자신은 그걸 몰랐다. 다른 사람들을 불쾌하다고 생각한 적은 많았지만 자기 자신이 그렇다는 것은 전혀 알지 못했던 것이다.

　메리는 메드록 부인을 지금껏 만나본 그 누구보다도 불쾌하다고 생각했다. 그 천박하고 혈색 좋은 얼굴과, 마찬가지로 천박하고 번드르르한 보닛이 불쾌함을 더했다. 다음 날 요크셔로 향하는 여행길에 오르기 위해 역사에서 객차를 향해 걸어갈 때, 메리가 머리를 꼿꼿이 세운 채 가능한 한 메드록 부인과 멀찍이 떨어져서 가려고 애를 썼던 것도 부인의 딸이라고 오해받고 싶지 않았기 때문이다. 사람들이 자신을 메드록 부인의 딸이라고 생각한다면 화가 나서 견딜 수 없을 것 같았다.

　하지만 메드록 부인은 메리가 어떻게 생각하든 조금도 개의치 않았다. 부인은 아이들이 쓸데없이 고집부리는 걸 조금도 참지 못하는 사람이었다. 최소한 그것이 자신만의 원칙이었다. 게다가 여동생 마리아의 딸 결혼식이 있었기 때문에 애초에 런던에는 오고 싶은 마음도 없었다. 하지만 미셀스웨이트 장원의 가정부 일은 편하면서도 봉급이 많아 주인인 아치볼드 크레이븐 씨의 명을 감히 거역할 수는 없었다. 그저 분부에 따를 뿐이었다.

"레녹스 대위와 부인이 콜레라로 죽었다는군." 크레이븐 씨는 특유의 짧고 냉랭한 투로 말했다. "레녹스 대위는 내 아내의 오빠이고 내가 그 딸의 후견인이오. 아이가 여기서 지내기로 했으니 런던에 가서 아이를 데려오시오."

그 길로 작은 짐 꾸러미를 싸서 여행에 나선 것이었다.

객차 구석에 앉아 있는 메리의 못생긴 얼굴은 초조해 보였다. 읽을 책도, 달리 볼 것도 없어서 검은 장갑을 낀 작고 마른 손은 깍지를 낀 채 무릎에 올려두고 있었다. 검은 드레스 때문에 얼굴은 그어느 때보다 더 누리끼리해 보였으며 검은 크레이프 모자 아래로 삐져나온 가느다란 머리칼은 축 처져 있었다.

'이렇게 꾀까드러운 애는 난생처음 보네.' 메드록 부인은 생각했다. (요크셔에서는 버릇없고 별스러운 성질을 '꾀까드럽다'고 한다.) 아무 것도 하지 않고 저렇게 가만히 앉아 있는 아이는 지금껏 본 적이 없었다. 부인은 보다 못해 딱딱하고 냉정한 말투로 이야기를 시작했다.

"지금 가는 곳이 어떤 곳인지 말해드려야겠군요." 부인은 말했다. "고모부님에 대해 아는 게 있나요?"

"아니." 메리가 대꾸했다.

"아버지와 어머니가 한 번도 말해준 적이 없나요?"

"없어." 메리는 얼굴을 찌푸리며 말했다. 얼굴을 찌푸린 이유는 아버지와 어머니가 그 어떤 것에 관해서도 이야기해준 적이 없다는 사실이 떠올랐기 때문이었다. 정말이지 아무 이야기도 해준 적이 없었다.

"흠." 부인은 메리의 무뚝뚝하고 별난 작은 얼굴을 바라보며 내뱉었다. 그러고는 몇 분 동안 입을 다물고 있다가 다시 이야기를 시작했다.

"몇 가지는 미리 들어두는 게 좋아요. 지금 가는 곳은 좀 특이한 곳입니다."

메리는 어떤 말도 하지 않았고, 메드록 부인은 그 무관심한 표정에 적잖이 당황하는 눈치였지만 잠시 숨을 고르고 말을 이어갔다.

"음울해 보일 정도로 아주 거대한 저택이긴 하지만 주인 나리는 나름대로 자부심을 갖고 계세요. 그래서 더 음울한지도 모르겠지만요. 600년 전에 황무지 가장자리에 지어졌고, 방은 거의 100개쯤 됩니다. 대부분은 잠겨 있어요. 집 안에는 그림과 고급 고가구들을 비롯해 아주 오랫동안 집을 지켜온 물건들이 있고, 주변에는 큰 공원과 정원들, 그리고 나무가 있는데 그중 일부는 가지가 땅에 닿을 듯늘어져 있어요." 부인은 잠시 숨을 고르더니 갑자기 말을 맺었다. "하지만 그게 전붑니다."

메리는 자기도 모르게 부인의 이야기를 듣기 시작한 참이었다. 인도와는 너무나도 다른 것 같았고, 메리는 그 새로움에 마음이 끌렸다. 하지만 그걸 겉으로 내비치기는 싫었다. 불행하고도 불쾌한 그 아이만의 방식이었다. 그래서 메리는 그저 앉아 있었다.

"그래, 들어보니 어떤가요?" 메드록 부인이 물었다.

"몰라. 내가 알 게 뭐야." 메리가 대답했다.

그 말을 듣고 메드록 부인이 웃음 비슷한 것을 흘렸다.

"아이고! 누가 들으면 노인네인 줄 알겠네요. 궁금하지도 않아요?"

"그게 중요해? 내가 궁금하든 말든." 메리가 말했다.

"그건 맞는 말이군요." 부인이 답했다. "전혀 중요하지 않죠. 아가씨가 미셀스웨이트 장원에 머물게 된 것도 아마… 모르긴 몰라도 더 간편한 해결책이 없었기 때문일 거예요. 그러니 주인 나리께서 아가씨에게 조금이라도 신경을 쓸 거라는 기대는 하지 마세요. 그건 확실해요. 원래 다른 사람에게는 조금의 관심도 없는 분이거든요."

부인은 때마침 무언가 기억났다는 듯 잠시 멈추었다가 이렇게 말했다.

"주인 나리는 등이 굽었어요. 그래서 성격도 좀 비뚤어지셨죠. 젊어서부터 워낙 성미가 뒤틀린 분이라 재산이 아무리 많고 큰 집이 있어도 소용없었어요. 결혼하시기 전까지는요."

신경 쓰는 것처럼 보이기는 싫었지만 눈길이 저절로 돌아갔다. 꼽추가 결혼을 한다는 생각은 해본 적이 없었으므로 메리는 적잖이 놀랐다. 메리의 반응을 본 부인은 수다스러운 기질을 한껏 발휘해 신나게 떠들어댔다. 어쨌든 이렇게라도 시간을 보내야 했다.

"얼마나 아름답고 상냥한 분이었는지, 주인 나리는 마님이 갖고 싶어 한다면 풀 한 포기를 얻기 위해서 세상 어디라도 달려갔을 거예요. 마님이 주인 나리와 결혼하리라고는 아무도 생각하지 못했지만 결국에는 그렇게 하셨죠. 사람들은 돈 때문에 결혼한 거라고 수군거렸어요. 모르는 소리. 그건 절대로 아니었어요." 확신에 찬 음성이었다. "마님이 돌아가시자…."

메리는 흠칫 놀랐다.

"돌아가셨다고?" 자기도 모르게 소리쳤다. '곱슬머리 리케'라는 프랑스 동화가 생각났다. 가여운 꼽추와 아름다운 공주에 관한 이 야기였다. 생각이 거기에 미치자 메리는 문득 고모부가 가엾게 느껴졌다.

"네, 돌아가셨어요." 메드록 부인이 대답했다. "주인 나리는 전 보다 훨씬 더 이상해지셨고요. 아무도 신경 쓰지 않고, 그 누구도 만 나지 않으세요. 대부분은 미셀스웨이트에서 지내지도 않으시고, 계 시더라도 서쪽 별채에 틀어박혀 피처 씨 말고는 누구도 들어오지 못 하게 하세요. 피처 씨는 주인 나리의 오랜 친구인데, 어려서부터 주 인 나리를 보필해서 주인 나리에 관해서라면 모르는 게 없어요."

책에서나 본 듯한 신기한 이야기였지만 기분은 여전히 좋지 않 았다. 방이 100개나 있지만 그 방들은 거의 다 잠겨 있는 집… 황무 지(황무지가 도대체 뭔지는 모르겠지만) 가장자리에 지어진 집이라니, 너무 음산하게 느껴졌다. 게다가 꼽추인 남자가 그 집에 혼자 틀어 박혀 있다니! 메리는 입을 앙다물고 창밖을 내다보았다. 열차는 비 스듬한 잿빛 능선에 진입했고, 비가 후드득 쏟아지기 시작했다. 차 창을 타고 흘러내리는 빗물이 꼭 자신의 마음 같았다. 그 아름다운 부인이 살아 있었다면 어머니처럼 '레이스투성이' 드레스를 입고 여 기저기 파티를 다니며 모든 것을 활기차게 만들었겠지. 하지만 부인 은 이제 세상에 없었다.

"주인 나리를 만나리라고 기대하진 마세요. 아마 그런 일은 없 을 거예요." 부인이 말했다. "아가씨에게 말을 걸어줄 사람이 있을 거라고도 생각하지 말고요. 놀 때도 혼자 놀고, 자기 앞가림은 스스로 해야 해요. 들어갈 수 있는 방이 어딘지, 들어가면 안 되는 방이 어딘지도 알려줄 겁니다. 정원은 많아요. 하지만 여기저기 돌아다니며 들쑤시면 안 됩니다. 주인 나리가 용납하지 않으실 거예요."

"나도 들쑤시고 다닐 생각은 없어." 작은 소녀가 시큰둥하게 말했다. 고모부를 조금이라도 불쌍히 여겼던 마음은 금세 사라지고, 그 모든 일을 당해도 싼 불쾌한 사람이라는 생각이 들기 시작했다.

메리는 빗물이 흘러내리는 차창으로 얼굴을 돌리고, 영원히 계속될 것만 같은 잿빛 비바람을 가만히 응시했다. 꿈쩍도 하지 않은 채 창을 오래도록 바라보고 있자니 잿빛은 눈으로 점점 더 번져들었고, 메리는 곧 잠에 빠졌다.

3장
황무지를 가로질러

메리는 오랫동안 잠을 잤다. 깨어나서는 기차가 정차한 어느 역에서 부인이 사 온 닭고기 약간과 차가운 소고기, 버터 바른 빵, 뜨거운 차를 점심으로 먹었다. 비는 점점 더 거세지는 듯했고 역에 있는 사람들은 모두 물에 젖어 번들거리는 비옷을 입고 있었다. 차장이 객차에 등불을 밝혔다. 메드록 부인은 차와 닭고기와 소고기를 먹고는 기분이 한껏 좋아진 상태였다. 엄청난 양의 음식을 먹어치운 부인이 잠들자 메리는 한쪽으로 살짝 기울어진 그녀의 고급 보닛을 바라보다가 창에 부딪치는 빗소리를 들으며 또 한 번 객차 한구석에서 잠에 빠져들었다. 다시 깨어났을 때 밖은 꽤 어두웠다. 기차는 멈춰 섰고 메드록 부인이 메리를 흔들어 깨우고 있었다.

"그만하면 많이 잤어요." 부인이 말했다. "어서 일어나세요! 이제 스웨이트 역에 도착했는데 아직도 갈 길이 멀다고요."

부인이 짐을 챙기는 동안 메리는 일어서서 눈을 뜨려고 안간힘을 썼다. 하지만 짐 챙기는 걸 조금도 거들지는 않았다. 인도에서도 물건을 챙기는 건 늘 하인들이었고, 누군가가 자신의 시중을 드는 게 너무도 당연하게 느껴졌기 때문이었다.

역은 자그마했고 둘 말고는 내리는 사람이 아무도 없는 것 같았다. 역장은 메드록 부인에게 친절하지만 거친 말투로, 이상한 억양을 섞어가며 말을 걸었다. 메리는 나중에야 이것이 요크셔 사투리라는 걸 알았다.

"갔다 오셨슈?" 역장이 말했다. "저 아가씨구먼?"

"맞아유." 메드록 부인이 머리를 메리 쪽으로 홱 젖히며 요크셔 사투리로 대답했다. "아줌니는 괜찮으시구?"

"그냥저냥 지내지 뭐. 밖에 마차가 기다리구 있슈."

바깥쪽 작은 플랫폼 앞 도로에 사륜마차가 서 있었다. 마차는 깔끔했고 메리가 마차에 오르도록 도와준 하인도 멀끔해 보였다. 하인의 긴 비옷과 모자를 덮은 방수 덮개가 빗물로 번들거렸다. 역장의 우람한 몸은 물론이고 주변 모든 것에서 빗물이 떨어지고 있었다.

하인이 문을 닫고 마부 옆자리로 올라타자 마차가 출발했다. 메리가 앉은 구석 자리는 폭신했지만 다시 잠들고 싶지는 않았다. 그저 자리에 앉아 창밖을 내다보며 저 기묘한 곳으로 가는 길에는 무엇이 있을지를 생각했다. 겁 많은 아이가 아니었으므로 딱히 무섭지는 않았지만 방이 100개나 있고 그 대부분은 잠겨 있으며 황무지 가장자리에 서 있는 집에서 과연 무슨 일이 벌어질지 도무지 알 수 없다는 기분이 들었다.

"황무지가 뭐야?" 소녀가 갑자기 메드록 부인에게 물었다.

"한 10분쯤 있다가 창밖을 내다보세요." 부인이 대답했다. "장원까지 도착하려면 미셀 황무지를 8킬로미터는 지나가야 합니다. 깜깜해서 잘 볼 수는 없겠지만 뭐라도 보이겠지요."

메리는 더 이상 아무것도 묻지 않고 컴컴한 좌석에 앉아 창밖으로 눈을 고정했다. 앞을 희미하게 비추는 마차 램프 덕분에 지나치는 것들을 흐릿하게나마 볼 수 있었다. 마차는 곧 자그마한 마을로 들어섰는데, 하얗게 칠한 오두막집 몇 채와 선술집에서 새어 나오는 불빛이 보였다. 그 후 교회와 목사관, 장난감과 사탕과 그 밖에 이상한 물건들을 늘어놓은 작은 상점도 지나쳤다. 큰길로 들어서자 산울타리와 나무들이 보였다. 그 뒤로 다를 것 없는 광경이 오랫동안 계속해서 이어졌다. 그 시간이 적어도 메리에게는 아주 오랜 시간처럼 느껴졌다.

마침내 말굽 소리가 언덕을 오르는 듯 점점 느려졌고 곧 산울타리와 나무도 시야에서 사라졌다. 이제는 정말로 아무것도 보이지 않았고 어디를 보든 오직 어둠뿐이었다. 메리가 몸을 앞으로 기울여 창문에 얼굴을 바짝 대었을 때 마차가 갑자기 크게 덜컹거렸다.

"아이쿠! 이제 진짜 황무지에 들어섰군요." 메드록 부인이 말했다.

마차 램프는 울퉁불퉁해 보이는 길 위에 노란빛을 비추었다. 길은 관목과 키 작은 식물들 사이를 가로질러 난 것 같았고 주변으로는 거대한 어둠이 앞뒤 할 것 없이 온통 펼쳐져 있었다. 바람이 거세지더니 낮고 거칠게 휘몰아치는 기묘한 소리를 냈다.

"여기… 여기 바다 아니지?" 메리는 옆자리에 앉은 메드록 부인을 돌아보며 물었다.

"네, 바다는 아니에요." 부인이 답했다. "들판도 산도 아니고, 그 저 황무지가 한도 끝도 없이 펼쳐져 있어요. 온통 헤더*와 가시금작화, 양골담초 같은 꽃들뿐이고, 야생 조랑말과 양들밖에는 못 살아요."

"물만 없지 꼭 바다 같아." 메리가 말했다. "소리도 바닷소리 같고."

"덤불 사이로 부는 바람 소리예요." 부인이 말했다. "내 눈엔 황량하고 우울한 곳인데, 좋아하는 사람도 많아요. 특히 헤더가 만개할 때 말이죠."

그들은 계속해서 어둠을 뚫고 달렸고, 비는 그쳤지만 바람은 끊임없이 휘몰아치며 휘파람 소리와 갖가지 기이한 소리를 냈다. 오르락내리락하는 길을 지나고 작은 다리도 건넜다. 다리 아래로는 세찬 물살이 시끄러운 소리를 내며 흘렀다. 마치 시커멓고 거대한 바다 한가운데에 난 좁은 길을 따라 달리는 것 같았다. 이 길이 결코 끝나지 않을 것만 같은 기분이 들었다

"맘에 안 들어." 메리는 중얼거렸다. "정말 싫어." 그러고는 얇은 입술을 더욱 앙다물었다.

말이 언덕길을 오르자 오랜만에 희미한 불빛이 나타났다. 메드록 부인은 깊은 안도의 한숨을 내쉬었다.

"아유, 저 쪼그만 불빛이 이렇게 반가울 줄이야!" 부인이 소리쳤다. "관리인들이 사는 오두막집 창문에서 나오는 빛이에요. 조금 있

---

* 야생화의 일종.

으면 따뜻한 차를 마실 수 있을 거예요.”

하지만 그 ‘조금’은 조금이 아니었다. 대문을 통과한 뒤에도 진입로를 3킬로미터나 더 가야 했기 때문이다. 머리 위를 뒤덮은 나무들 때문에 마치 길고 컴컴한 동굴 속을 지나는 듯했다.

동굴이 끝나고 탁 트인 공간이 나타나자 마차가 멈추어 섰다. 아주 길고도 낮은 저택이 돌로 만들어진 안마당 위를 꾸물꾸물 기어가듯 서 있었다. 처음에는 모든 창문이 컴컴해 보였지만 마차에서 내리자 위층 가장자리의 어느 방에선가 희미한 불빛이 새어 나오는 것이 보였다.

기이한 무늬의 육중한 떡갈나무들을 큼직한 쇠막대기로 이어 붙여 만든 거대한 출입문에는 커다란 쇠못이 군데군데 박혀 있었다. 문을 열자 엄청나게 큰 홀이 나타났다. 홀을 비추는 불빛이 어찌나 음침한지 갑옷을 입은 조각상들과 벽에 걸린 초상화들은 쳐다보고 싶다는 생각조차 들지 않았다. 대리석 바닥에 선 메리는 정말이지 작고 기묘한 검은 물체처럼 보였고, 메리 스스로도 자신이 너무나 작고 초라한 길 잃은 아이처럼 느껴졌다.

문을 열어준 하인 옆에는 단정하고 마른 노인이 서 있었다.

“아가씨를 방에 모셔다드려요.” 노인이 거친 목소리로 말했다. “주인 나리는 아가씨를 만나고 싶어 하지 않으십니다. 그리고 내일 아침 런던으로 떠나실 거요.”

“그러지요, 피처 씨.” 메드록 부인이 답했다. “걱정 마십시오.”

“주인 나리를 방해해서는 안 됩니다. 보고 싶어 하지 않으시는 것은 절대 그분의 눈에 띄지 않도록 각별히 주의하세요.” 피처 씨가 말했다.

그 후 부인은 메리 레녹스를 데리고 넓은 계단을 오르고 긴 복도를 지난 후 다시 몇 개의 계단을 더 오르고 또 다른 복도와 복도 하나를 더 거친 뒤에야 어느 문 앞에 도착했다. 문을 열자 방이 나타났다. 벽난로가 피워져 있고 식탁에는 저녁 식사가 차려져 있었다.

메드록 부인은 다소 무례하게 말했다.

"자, 여기에요! 이 방과 옆방에서 주로 생활하게 될 겁니다. 다른 곳을 기웃거려서는 안 됩니다. 절대 잊지 마세요!"

이렇게 해서 메리는 미셀스웨이트 장원에 도착했다. 아무리 심술쟁이 메리 아가씨라도 살면서 이렇게까지 심술궂은 기분이 든 적은 아마 없었으리라.

4장
마사

다음 날 아침 어린 하녀 하나가 벽난로에 불을 지피려고 난로 앞 깔개 위에 무릎을 꿇고 앉아 재를 시끄럽게 긁어대는 통에 메리는 잠에서 깼다. 누운 채로 잠시 하녀를 지켜보다가 방을 둘러보기 시작했다. 이렇게 기묘하고 우울한 방은 처음이었다. 벽에는 숲에서 보내는 한때가 그려진 태피스트리*가 걸려 있었다. 화려한 드레스 차림의 사람들이 나무 아래에 모여 있고, 멀리 어렴풋이 작은 성탑들이 보였다. 사냥꾼들, 말과 개들, 그리고 숙녀들이 있었다. 메리는 마치 그들과 함께 숲에 있는 듯한 기분이 들었다. 움푹 들어간 창문 밖으로는 광막한 언덕이 펼쳐져 있었는데, 나무 하나 없이 삭막해서 흐릿한 보랏빛 바다가 끝없이 이어진 것 같았다.

"저게 뭐야?" 메리가 창밖을 가리키며 물었다.

막 몸을 일으킨 어린 하녀 마사가 창밖을 바라보며 같은 곳을

* 색실로 그림을 짜 넣은 직물

가리켰다.

"저거유?" 마사가 말했다.

"응."

"황무지유." 친절한 미소가 떠올랐다. "멋있쥬?"

"전혀." 메리가 대꾸했다. "하나도 안 좋아."

"아직 익숙하지 않아서 그류." 마사는 난로로 돌아가며 말했다. "지금은 너무 크구 빨개벗은 것같이 보이겄지만 좀 지나믄 좋아하게 될 거예유."

"넌 좋아해?" 메리가 물었다.

"그라믄유." 마사가 장작받침에 광을 내며 쾌활하게 답했다. "지는 황무지가 참말루 좋아유. 자세히 보믄 하나두 삭막하지 않아유. 이런저런 것들이 자랄 때는 달큰한 냄새두 나구, 봄하구 여름에 가시금작화랑 양골담초랑 헤더 꽃이 피믄 월매나 이쁜지 몰라유. 꿀 냄새가 솔솔 나구 바람도 깨끗하구, 하늘은 또 월매나 높다구유. 종달새 노랫소리, 꿀벌이 윙윙거리는 소리두 참말 듣기 좋아유. 다른 뭘을 준다 혀도 지는 황무지랑은 안 바꿀 거예유."

메리는 마사의 말을 황당하다는 듯 심각한 표정으로 들었다. 인도에서 시중을 들던 식민지 하인들과는 전혀 달랐다. 그들은 늘 굽실거리며 메리의 비위를 맞췄고 감히 동등한 입장에서 자기 의견을 말하지 못했다. 만나면 늘 살람*을 했고, '가난한 자들의 수호자'라든가 하는 이름으로 주인을 불렀다. 그들은 부탁이 아닌 명령을 받

---

* salaam. 오른손을 가슴에 대고 하는 정중한 인사.

앉다. 누구도 하인에게는 "부탁할게"라든가 "고마워"라는 말을 하지 않았으며 메리는 화가 나면 늘 아야의 뺨을 때렸다. 마사는 동글동글하고 발그레하며 친절해 보이는 얼굴을 했지만 은연중에 단호한 태도를 드러냈으므로 심술쟁이 메리는 자기처럼 작은 아이가 뺨을 때린다면 혹시라도 되받아치지는 않을까 하는 생각을 했다.

"넌 하녀가 왜 그래?" 메리는 베개 위에 누운 채 오만한 말투로 말했다.

마사는 손에 약칠용 솔을 든 채 쪼그리고 앉더니 조금도 언짢은 기색 없이 웃었다.

"아유! 지두 알아유." 마사가 말했다. "이 댁에 마님이 계셨으믄 지는 하녀의 하녀두 못 되었을 거구만유. 부엌 심부름이나 갠신히 했을까, 이 윗층으루는 절대 못 올라왔을 거예유. 못 배운 디다가 사투리까지 심한께요. 근디 이렇게 멋있는 집에 참 희한하게두 피처 씨랑 메드록 부인 말고는 주인 나리두 마님두 없는 것 같아유. 크레이븐 나리는 거진 밖에서만 지내시구, 여기 기실 때두 집안일에는 영판 신경을 안 쓰시거든유. 그러니께 메드록 부인이 친절하게두 지한테 이런 자리를 맽겨준 것이쥬. 다른 저택 같았으믄 어림도 없었을 거라고 하셨어유."

"그럼 네가 내 하녀야?" 메리가 예의 그 오만한 말투로 물었다.

마사는 다시 장작받침을 문지르기 시작했다.

"지는 메드록 부인의 하녀여유." 단호한 어투였다. "부인은 크레이븐 나리의 하녀구유. 물론 지금이야 여기서 집안일도 좀 허구 아가씨 시중도 좀 들긴 허쥬. 머 시중들 것도 벨로 없었지만."

"그럼 내 옷은 누가 입혀주는데?" 메리가 따져 물었다.

마사가 다시 쪼그려 앉더니 메리를 바라보았다. 그러고는 놀랍다는 듯 억센 요크셔 사투리로 말했다.

"워메! 지 심으로 옷두 못 입어야!" 마사가 말했다.

"무슨 뜻이야? 못 알아듣겠어." 메리가 말했다.

"아이쿠, 깜박했네유!" 마사가 말했다. "아가씨가 못 알아들으실 수도 있으니께 조심하라구 허셨는디. 혼자서는 옷도 못 입느냔 말예유."

"못해." 메리가 약간 기분 나빠하며 대꾸했다. "한 번도 해본 적이 없으니까. 아야가 항상 입혀줬단 말이야."

"그류." 마사는 메리의 버릇없는 태도는 안중에도 없다는 듯 말했다. "어려서 못 배운 걸 워쩌겄슈. 인자 배워야지 머. 어느 정도는 스스로 할 줄 알아야 해유. 울 엄니는 웃사람덜 자식덜이 우뗳게 바보가 안 되는가 신기하다구 항시 그러셔유. 유모들이 강아지모냥 씻기구 입히구 산책까지 시켜주니 말예유."

"인도에선 다 그렇거든." 메리가 깔보듯이 말했다. 도저히 참아줄 수가 없었다.

하지만 마사는 조금도 개의치 않았다.

"아이구야, 그렇구먼." 거의 측은해하는 말투였다. "흑인들이 원체 많구 점잖은 백인들은 도통 없어서 그런갑네유. 아가씨가 인도서 오신다길래 지는 아가씨두 흑인인 줄 알았슈."

"뭐라고? 뭐가 어째? 내가 원주민인 줄 알았다고? 너, 너 이 돼지 새끼가!"

마사는 발끈하는 표정으로 메리를 바라보았다.

"지금 누구헌티 욕하는 거예유?" 마사가 말했다. "아니, 왜 저렇게 짜증을 낸다. 어린 아가씨가 그런 말 하믄 못 써유. 그리구 나는 흑인들헌티 악감정 하나두 없어유. 책에서 보니께 아주 신실한 사람들이라구 허더구먼. 흑인들두 다 똑같은 사람이구 형제라고 안 해유? 한 번도 만나본 적이 없어서 요번에 가까이서 볼 생각을 허니 기분도 좋았는디. 오늘 아침에 난로에 불 지피러 와서두 누군가 하구 이불을 슬쩍 들춰봤다구유. 그랬드니 아가씨가 있잖여." 마사는 실망한 듯 말했다. "나처럼 허여멀건 하네, 그랬쥬. 목청은 훨씬 크지만서두."

메리는 분노와 모욕감을 있는 대로 분출했다.

"내가 원주민인 줄 알았다고! 네가 감히! 네가 원주민에 대해서 뭘 알아? 그것들은 사람이 아니라, 나한테 살람이나 해야 하는 종이라고! 인도에 대해 아무것도 모르면서. 아는 게 하나도 없으면서!"

메리는 엄청난 분노에 휩싸여 있으면서도 마사의 악의 없는 눈빛 앞에서 너무나 무력한 기분이 들었다. 문득 자신이 이해했던, 그리고 자신을 이해해주었던 모든 것들로부터 영영 떨어져버렸다는 끔찍할 정도로 외로운 기분이 들어 베개에 얼굴을 파묻고 격렬하게 흐느꼈다. 그 울음이 어찌나 격렬했던지 다정한 마사는 약간 무섭고 안타까운 기분이 들었다. 마사는 침대로 다가가 메리 쪽으로 몸을 기울였다.

"아이구, 그렇게 울지 마셔유." 마사가 간청하듯 말했다. "큰일 나부렀네잉. 아가씨가 그렇게까정 화낼 줄은 몰랐슈. 그류, 지는 아무것도 몰라유. 죄송혀유. 그러니까 울지 말아유."

마사의 희한한 요크셔 사투리와 단호한 태도는 왠지 모르게 다정하고 편안한 느낌을 주었다. 그 소리에 메리는 점차 울음을 그치고 조용해졌다. 마사도 안심한 듯 보였다.

"이제 일어날 시간이에유." 마사가 말했다. "메드록 부인이 옆방으루 아침 식사랑 차랑 저녁 식사를 갖다 드리라고 했구먼유. 옆방은 아가씨 놀이방이에유. 일어나시면 옷 갈아입는 걸 도와드릴게유. 등에 달린 단추는 혼자 끼울 수가 없을 테니께유."

마침내 메리가 자리에서 일어나자 마사는 옷장에서 옷 한 벌을 꺼내왔다. 지난밤 도착했을 때 입고 있던 옷이 아니었다.

"이건 내 옷이 아냐. 내 건 검은색이야." 메리가 말했다.

그러고는 두꺼운 흰색 드레스와 외투를 찬찬히 훑어보더니 마음에 든다는 듯 덧붙였다.

"내 것보다 낫네."

"이걸 입으셔야 해유." 마사가 말했다. "주인 나리 분부로 메드록 부인이 런던에서 사온 옷이구먼유. 주인 나리께서 말씀허시기를, '아이가 길 잃은 영혼처럼 검은 드레스 차림으로 내 집을 돌아다니게 하지는 않을 거요. 그러면 이곳이 더 슬퍼 보일 테니. 아이에게 밝은색 옷을 입히시오.' 그러셨대유. 울 엄니두 그 말이 딱 맞다구 하셨슈. 엄니는 뭐든지 잘 아시거든유. 그래서 엄니두 검은색 옷은 절대루 안 입으셔유."

"나도 검은 것이 싫어." 메리가 말했다.

옷을 입는 과정은 두 소녀 모두에게 새로웠다. 마사는 어린 동생들이 옷 입는 걸 도와준 적이 있었지만 이렇게까지 가만히 서서, 마치 자기는 손이나 발이 전혀 없는 것처럼 다른 사람이 모든 것을 해주기를 기다리는 아이는 난생처음이었다.

"신발은 혼자 신으시지 그류?" 메리가 조용히 발을 내밀자 마사가 말했다.

"아야는 항상 신겨줬어. 그게 관습이었어." 메리는 마사를 바라보며 말했다.

메리는 "그게 관습이었어"라는 말을 자주 썼다. 인도에서 하인들이 늘 쓰던 말이었다. 조상들이 천년 동안 하지 않았던 일을 누군가가 시키면 그들은 상대방을 부드럽게 바라보며 "그건 저희 관습과 다릅니다"라고 말했고, 상대방도 더는 왈가왈부하지 않았다.

옷을 다 입혀줄 때까지 인형처럼 가만히 서서 기다리지 않고, 다른 무언가를 한다는 건 메리에게는 관습이 아니었다. 하지만 아침 식사 준비가 채 끝나기도 전에 메리는 자신의 삶이 예전과는 완전히 달라지는 게 아닐까 하는 의구심을 품게 되었다. 이곳 미셀스웨이트에서 메리는 완전히 새로운 것들, 말하자면 스스로 신발과 스타킹을 신고, 예전 같았으면 신경도 쓰지 않았을, 떨어진 물건을 스스로 줍는 것과 같은 일들을 배우게 될지도 몰랐다. 만약 마사가 훌륭한 숙녀의 잘 훈련된 하녀였다면 지금보다는 공손하고 고분고분했을 테고, 머리를 빗겨준다거나 부츠를 신겨주고 떨어진 물건을 주워 잘 챙겨놓는 것들이 모두 자신의 임무라는 사실 또한 잘 알았을 것이다. 하지만 마사는 전혀 훈련받지 못한 요크셔 촌뜨기에 불과했다. 황무지의 작은 오두막에서 뭐든지 스스로 해내야 하고, 갓난아이들이나 이제 막 걸음마를 배우며 여기저기 넘어져 대는 어린 동생들을 돌보는 삶 말고는 꿈도 못 꿔본 그녀가 관습을 제대로 알 리가 없었다.

마사는 정말이지 말이 많았다. 만약 유쾌한 아이였다면 그 수다스러움을 비웃기라도 했겠지만 메리 레녹스는 그럴 만한 아이가 아니었고, 그저 마사의 제멋대로인 태도에 놀라워하며 냉랭하게 침묵을 지킬 뿐이었다. 처음에는 마사의 이야기에 관심이 조금도 가지 않았다. 하지만 마사가 온화하고 편안한 말투로 끊임없이 종알거리자 메리의 귀가 조금씩 열리기 시작했다.

"워메! 아가씨가 지 동생들을 전부 봤어야 하는디." 마사가 말했다. "우리 식구는 전부 열두 명인디, 아부지는 일주일에 게우 16실링밖에 못 벌어 오셔유. 그 돈으루 동생들을 전부 멕여야 하니께 엄니는 항상 죽을 잔뜩 끓이시쥬. 갸들은 황무지에서 종일 뒹굴면서 노는디, 엄니 말씀루는 황무지가 애들을 살찌운대유. 야생 조랑말 모냥 애들두 풀을 먹는다구 생각하시쥬. 인자 열두 살 먹은 우리 디콘은 자기 조랑말두 있어유."

"어디서 난 건데?" 메리가 물었다.

"황무지에서 에미랑 있는 어린 것을 우연히 발견하구선 그때부텀 빵 쪼가리도 갖다 주구 풀도 뜯어다 줬나 봐유. 그랬더니 고 녀석이 디콘을 아주 좋아하게 돼서 졸졸 따라다니구 등에 태워도 주더래유. 동물들이 워낙 디콘을 좋아해유."

메리는 애완동물을 가져본 적이 단 한 번도 없었고, 늘 갖고 싶었다. 그래서 마사의 이야기를 듣자 디콘에게 관심이 생기기 시작했다. 지금껏 메리는 자기 자신을 제외한 다른 누구에게도 관심을 가진 적이 없었기에, 메리에게 건강한 감정이 생겨나기 시작했다는 좋은 징조였다. 메리는 자신을 위해 꾸며진 놀이방에 들어가 보았다. 인도에서 혼자 잠들어 있었던 그 방과 상당히 비슷했다. 벽에는 음울하고 낡은 액자들이 걸려 있고 낡은 떡갈나무 의자들이 놓여 있었으며, 아이를 위한 방이라기보다는 어른들이 쓰는 방 같았다. 중앙에 있는 탁자에는 상당한 양의 아침 식사가 차려져 있었다. 하지만 메리는 늘 입맛이 별로 없었으므로 마사가 내어주는 첫 번째 접시를 그저 무심하게 바라보았다.

"먹기 싫어." 메리가 말했다.

"죽이 먹기 싫다구유?" 마사는 믿을 수 없다는 듯 소리쳤다.

"그래."

"월매나 맛난지 몰라서 그려유. 당밀이나 설탕을 쬐금 뿌려서 잡솨봐유."

"싫다니까." 메리가 또 한 번 말했다.

"오메! 저렇게 맛난 음식이 쓰레기가 되는 꼴은 못 봐주겠네잉. 우리 동생덜이었으면은 단 5분 만에 싹싹 먹어치웠을 텐디."

"왜?" 메리가 차갑게 물었다.

"왜냐구유?" 마사는 되물었다. "우리 동생덜은 태어나서 단 한 번두 배불리 먹어본 일이 없어유. 새끼 매나 새끼 여우모냥 노상 배가 고프다구유."

"난 배고파본 적 없어." 메리가 무지하고 무심하게 대꾸했다.

마사는 분한 표정이었다.

"뭔 말인지는 잘 알겠으니께 맛이라두 한번 봐유. 아유! 이렇게 훌륭한 빵과 고기를 눈앞에 두고 쳐다만 보다니. 우리 디콘하구 필 하구 제인하구 다른 동생덜이 와서 이것들을 전부 옷 속에 숨겨 가지구 가면 월매나 좋을까!" 마사는 거리낌 없이 말했다.

"직접 갖다 줘, 그럼." 메리가 말했다.

"내 것이 아니잖아유." 마사는 단호하게 말했다. "게다가 오늘은 나가는 날도 아니구유. 지는 다른 하인들허구 똑같이 한 달에 한 번씩 휴가를 나가유. 그날은 집에 가서 청소도 하구 엄니를 쉬게 해드리쥬."

메리는 차를 마시고 마멀레이드 바른 토스트를 조금 먹었다.

"따숩게 입구 나가서 노셔유." 마사가 말했다. "기분도 좋아지고 배도 고파질 거구먼유."

메리는 창문 앞으로 갔다. 정원과 오솔길과 큰 나무들이 있었지만 전부 음울하고 냉랭해 보였다.

"밖에? 이런 날 밖에 왜 나가?"

"글쎄유. 밖에 안 나가시믄 집 안에 있어야 할 텐디, 뭘 하시려구유?"

메리는 마사를 흘긋 쳐다보았다. 정말로 할 일이 없었다. 메드록 부인은 놀이방을 만들면서도 장난감을 갖다 놓을 생각은 못 한 모양이었다. 어쩌면 마사 말대로 밖에 나가서 정원을 구경하는 편이 나을지도 몰랐다.

"누가 같이 나가는데?" 메리가 물었다.

마사는 메리를 빤히 쳐다보았다.

"혼자 가야쥬. 아가씨두 인자부텀은 형제자매 없는 다른 애덜모냥 혼자 노는 법을 배워야 해유. 우리 디콘은 황무지에 혼자 나가서 두 몇 시간이구 잘 놀아유. 그러다 보니께 조랑말허구 친구두 된 거구유. 서루 알구 지내는 양도 있구, 먹이를 받아먹으러 새들이 디콘 손으루 날아오기도 해유. 갸는 저 먹을 게 아무리 적어두 동물들 주려구 빵을 조금씩 떼어놓거든유."

메리 자신도 모르고 있었지만 밖으로 나가기로 결심한 건 바로 디콘에 관한 이 이야기 덕분이었다. 밖에 조랑말과 양은 없을지라도 새들은 있을 터였다. 인도의 새들과는 다를 테니 이곳의 새를 구경하는 것도 재미있을 것 같았다.

마사는 외투와 모자, 작고 튼튼한 부츠를 찾아준 뒤 아래로 내려가는 길을 일러주었다.

"저리 돌아가믄 정원이 나와유." 마사는 관목으로 이루어진 담장에 난 문 하나를 가리켰다. "여름에는 꽃이 만발하지만 지금은 아무것도 없슈." 그러고는 잠깐 망설이는 듯하더니 이렇게 덧붙였다. "정원 하나는 문이 잠겨 있어유. 10년 동안 아무두 못 들어갔쥬."

"왜?" 메리가 자기도 모르게 물었다. 잠긴 문이 100여 개나 되는 이 기묘한 집에 또 하나의 잠긴 문이 있었다니.

"마님이 돌아가시구선 주인 나리께서 막아버리셨어유. 아무도 못 들어가게 하셔유. 마님이 가꾸시던 정원이거든유. 주인 나리는 문을 잠근 다음 구덩이를 파서 열쇠를 묻어버리셨대유. 아이구, 메드록 부인이 종을 치시네. 지는 가봐야 해유."

마사가 돌아간 후 메리는 관목 담장에 난 문을 향해 걸어 내려갔다. 10년 동안 아무도 들어가지 않은 정원에 대한 생각을 멈출 수가 없었다. 그 정원이 지금은 어떤 모습일지, 아직도 살아 있는 꽃이 있을지 궁금했다. 관목 담장에 난 문을 지나자 거대한 정원이 나타났다. 드넓은 잔디 사이로 둘레가 잘 정돈된 구불구불한 산책로가 나 있었다. 나무와 화단, 기이한 모양으로 다듬어진 상록수들이 있었고, 중앙에는 낡은 잿빛 분수가 설치된 커다란 연못도 있었다. 하지만 화단은 헐벗어 황량해 보였고 분수는 작동하지 않았다. 여기가 폐쇄된 정원일 리는 없었다. 어떻게 정원을 폐쇄해버릴 수가 있지? 정원은 원래 언제든지 들어갈 수 있는 곳인데.

이런저런 생각에 빠져 계속 걷다 보니 오솔길 끝에 담쟁이덩굴로 뒤덮인 긴 담이 보이는 듯했다. 메리는 아직 영국에 익숙하지 않았으므로 우연히 맞닥뜨린 이곳이 채소와 과일을 재배하는 텃밭이라는 사실을 몰랐다. 담 쪽으로 더 가까이 가자 담쟁이덩굴 사이로 초록색 문이 보였고 문은 열려 있었다. 당연하게도 이곳 역시 폐쇄된 정원이 아니었고, 메리는 안으로 들어갈 수 있었다.

문을 통과하자 사방이 담으로 둘러싸인 정원이 나타났고, 주변으로는 담으로 둘러싸인 정원들이 여럿 더 있었다. 모두가 서로 연결된 것 같았다. 그리고 또 하나의 초록색 문이 열려 있었는데, 열린 틈으로 겨울 채소들이 자라는 텃밭과 관목, 그리고 오솔길이 보였다. 과실수들이 담을 따라 나란히 심겨 있었고, 유리 온실이 설치된 밭도 있었다. 메리는 가만히 서서 주위를 둘러보았다. 아주 황량하고 불쾌한 곳이라는 생각이 들었다. 신록이 푸른 여름이라면 좀 나았을지 모르지만 지금 이곳에는 예쁜 구석이라고는 없었다.

그때 어깨에 삽을 둘러멘 한 노인이 두 번째 정원과 연결되는 문으로 걸어들어 왔다. 메리를 보고 잠시 놀라는 듯하더니 모자에 손을 대 인사했다. 늙고 퉁명스러운 얼굴은 메리를 조금도 달가워하지 않는 듯했다. 메리 역시 그의 정원이 마음에 들지 않았으므로 특유의 '심술쟁이 같은' 표정으로 조금도 반갑지 않다는 뜻을 내비쳤다.

"여기는 뭐 하는 곳이지?" 메리가 물었다.

"채소를 키우는 텃밭이쥬." 그가 답했다.

"저건 뭔데?" 메리가 또 다른 초록색 문을 가리켰다.

"마찬가지예유." 짧은 답이었다. "저 담 너머에 텃밭이 또 있구, 그 너머에는 과수원두 있슈."

"거기 들어가 봐도 돼?" 메리가 물었다.

"맘대루 하슈. 볼 건 없지만서두."

메리는 대꾸도 없이 길을 따라 내려가서 두 번째 초록색 문으로 들어갔다. 그러자 또 다른 담과 겨울 채소들, 유리온실이 나타났고, 두 번째 담에는 초록색 문이 또 하나 있었으며 닫혀 있었다. 이 문이 10년 동안 누구도 가보지 못한 정원으로 이어지는 문인지도 몰랐다. 메리는 소심한 아이가 전혀 아니었고 뭐든 자기 마음대로 했으므로 초록색 문으로 다가가서 거침없이 문고리를 돌렸다. 신비로운 정원을 찾고 싶었기에 문이 열리지 않기를 내심 기대했지만 문은 쉽게 열려버렸다. 안으로 들어가 보니 다름 아닌 과수원이었다. 사방으로 전부 담이 둘러 있고 마찬가지로 담과 나란히 나무가 심겨 있었으며 겨울의 갈색을 띤 잔디가 자라는 땅에는 벌거벗은 과일나무들이 가득했다. 하지만 그 어디에도 초록색 문은 없었다. 아무리 찾아봐도 보이지 않았다. 하지만 약간 높은 곳에 올라가서 살펴보자 과수원 너머에 담으로 둘러싸인 공간이 또 하나 있다는 걸 알 수 있었다. 담 위로 나무 끄트머리가 보였고, 그 가지에 밝은 빨간색 가슴을 가진 새 한 마리가 앉아 있었던 것이다. 새가 갑자기 겨울의 노래를 부르기 시작했다. 마치 메리를 발견하고는 노래를 불러주기라도 하는 것 같았다.

메리는 멈춰 서서 새의 노래를 들었다. 그 활기차고 다정한 작은 노랫소리에 왠지 모르게 행복한 기분이 들었다. 무례한 작은 소녀 메리 역시도 아마 외로웠던 모양이다. 너무나 크고 폐쇄적인 집과 거대하고 헐벗은 황무지, 마찬가지로 거대하고 헐벗은 정원 때문에 마치 세상에 저 혼자 남겨진 듯한 기분이 들었던 것이다. 만약 사랑을 듬뿍 받으며 자란 애정 많은 아이였다면 아마 깊은 슬픔에 잠겼을 것이다. 그런데 아무리 '심술쟁이 메리 아가씨'라고 해도 그 외로움을 어찌할 수는 없었다. 그때 마침 빨간 가슴을 가진 작은 새가 노래를 불러주자 그 작고 심술궂은 얼굴에도 희미한 미소가 떠오른 것이다. 메리는 새가 날아가 버릴 때까지 노랫소리에 귀를 기울였다. 인도의 새들과는 다르다는 점이 더 마음에 들었고 다시 만날 수 있을지 궁금했다. 어쩌면 그 수수께끼의 정원에 사는 새일지도 몰랐다.

버려진 정원에 대해 그렇게나 많은 생각을 한 건 달리 할 일이 없어서였는지도 모른다. 메리는 그 정원이 궁금했고 어떻게 생겼는지 보고 싶었다. 고모부는 왜 열쇠를 묻었을까? 아내를 그렇게 좋아했다면서 아내의 정원은 왜 싫어하는 걸까? 메리는 고모부를 한 번이라도 볼 수 있을까 궁금했지만 만난다고 해도 자신은 그를 싫어할 것이고 그 역시 자신을 싫어할 것이 분명하다고 생각했다. 그러니 아무리 궁금해도, 왜 그런 이상한 일을 했는지를 물어보기는커녕 아무 말도 못 한 채 멀뚱멀뚱 쳐다보기만 할 것이 뻔했다.

'아무도 나를 좋아하지 않고 나 역시 누구도 좋아하지 않아.' 메리는 생각했다. '절대로 크로퍼드 씨네 아이들처럼 말할 수는 없을 거야. 걔들은 항상 떠들고 웃어대고 시끄럽게 굴잖아.'

메리는 아까 만난 새에 관해, 자신에게 불러주는 것 같았던 노래에 관해 생각하다가 문득 그 새가 앉아 있던 나무 꼭대기를 기억해내고는 갑작스레 발걸음을 멈추었다.

"그 나무가 있던 곳이 비밀의 정원일 거야. 틀림없어." 메리가 말했다. "주변에 분명히 담이 있었는데 문은 없었어."

메리는 첫 번째 정원으로 되돌아가서 땅을 파고 있는 노인을 찾았다. 그리고 그 옆에 서서 몇 분 동안 노인을 차갑게 바라보았다. 노인은 메리가 다가온 걸 알아채지 못했으므로 메리가 말을 거는 수밖에 없었다.

"다른 정원에 갔었어." 메리가 말했다.

"왜 안 되겠슈." 그는 통명스럽게 대꾸했다.

"과수원에도 갔었고."

"문지기 개도 없으니께유." 그가 말했다.

"그런데 또 다른 정원으로 통하는 문이 없더라." 메리가 말했다.

"무슨 정원이유?" 그는 잠시 땅 파기를 멈추더니 거친 목소리로 말했다.

"그 담 너머에 정원이 또 있잖아." 심술쟁이 메리 아가씨가 말했다. "거기 나무가 있어. 나무 꼭대기가 보이던걸. 가슴이 붉은 새 한 마리가 그 위에 앉아서 노래를 불렀어."

그러자 놀랍게도 세월의 흔적이 가득한 그 퉁명스러운 얼굴에 갑자기 새로운 표정이 떠올랐다. 늙은 정원사의 얼굴에 서서히 웃음이 번지자 사뭇 다른 사람처럼 보였다. 웃는 표정만으로 사람이 어떻게 저리도 달라 보일 수 있는지 도통 알 수가 없었다. 전에는 한 번도 해본 적 없는 생각이었다.

그는 과수원 쪽으로 몸을 돌리더니 아주 낮고 부드러운 휘파람을 불기 시작했다. 저렇게 퉁명스러워 보이는 노인이 어찌 저리 부드러운 소리를 낼 수 있을까.

그런데 바로 그 순간 아주 놀라운 일이 벌어졌다. 공중에서 갑자기 작고 부드럽게 휙 지나가는 소리가 들리더니 붉은 가슴을 가진 바로 그 새가 날아와서 정원사 발치에 있는 큰 흙더미 위에 내려앉는 것이었다.

"여기 왔네유." 정원사는 빙긋 웃더니 마치 아이에게 말하듯이 새에게 말을 걸었다.

"어디 갔다 온 거, 요 쬐그만 까불이 녀석아?" 그가 말했다. "쬣일 안 보이던디. 올해는 벌써부텀 연애를 시작한 거? 너무 빠른 거 아녀?"

새는 작은 머리를 갸우뚱하더니 검은색 이슬방울 같은 밝고 부드러운 눈으로 노인을 올려다보았다. 새는 노인과 아주 친숙해 보였고 조금도 두려워하지 않는 것 같았다. 녀석은 깡충깡충 뛰어다니며 씨와 벌레를 찾아 땅을 톡톡 쪼았다. 그 장면을 보자 메리의 가슴에

묘한 감정이 일었다. 그 새가 아주 예쁘고 활기찼으며, 무척이나 사람 같아 보였기 때문이다. 작고 통통한 몸에 섬세한 부리, 섬세하고도 늘씬한 다리가 아름다웠다.

"부르면 항상 와?" 메리는 거의 속삭이는 목소리로 물었다.

"그라믄유. 새끼 적부텀 지를 알았으니께유. 저짝 정원에 있는 둥지서 태어났는디 약하디약한 눔이 이 담을 넘어와 가지구는 메칠 동안 둥지루 돌아가지를 못한 규. 그때 나랑 친구가 되었쥬. 담을 다시 넘어가 보니 형제들은 벌써 전부 날아가 버리구 졸지에 혼자가 되어서는 나헌티루 돌아온 규."

"얘는 무슨 새야?" 메리가 물었다.

"그것두 몰라유? 붉은가슴울새잖아유. 모르긴 몰라두 이눔덜보다 다정하고 호기심 많은 새두 없을 거유. 한번 친해졌다 하믄 개나 마찬가지유. 여기저기 쪼고 다님서 맴도는 것 좀 봐유. 우리가 지 얘기를 하는 줄 아는 규."

그 노인처럼 기묘한 사람은 생전 처음이었다. 다홍색 조끼를 입은 저 작고 통통한 새를 자랑스럽고도 사랑스러운 눈으로 바라보는 얼굴이라니.

"아주 거만한 눔이에유." 그가 미소 지었다. "사람들이 지 얘기하는 걸 월매나 좋아허는지 몰라유. 어이구, 저렇게 호기심 많은 참견쟁이가 또 있을까. 매일같이 찾아와서 내가 뭘 심나 구경한다니께유. 우리 주인 나리는 구찮아서라두 알려고 안 하실 것들을 저 녀석은 다 알아유. 이 정원에서는 저 녀석이 대장이에유."

붉은가슴울새는 바쁘게 땅을 쪼며 돌아다니다가 이따금씩 멈추어 그들을 바라보았다. 메리를 바라보는 검은 이슬방울 같은 눈동자에는 호기심이 가득 어린 것 같았다. 정말이지 메리의 모든 것을 알아내고 싶은 모양이었다. 메리의 가슴속에 다시금 묘한 기분이 감돌았다.

"저 새의 형제들은 다 어디로 날아갔어?" 메리가 물었다.

"누가 알아유. 부모 새들이 둥지에서 쫓아내믄 금세 이리저리루 흩어져 버리는걸. 이눔이야 아는 게 많으니께 지가 외로운 줄도 알쥬."

메리는 한 걸음 더 다가가서 새를 가만히 쳐다보았다.

"나도 외로워." 메리가 말했다.

짜증이 자꾸 나고 시도 때도 없이 기분이 나빴던 이유가 바로 외로움 때문이었다는 걸 전에는 몰랐다. 울새가 자신을 바라보고, 자신도 울새를 바라보자 메리는 그제야 알 수 있었다.

늙은 정원사는 벗어진 머리에 다시 모자를 눌러쓰고는 잠시 메리를 쳐다보았다.

"아가씨가 인도에서 왔다는 그 아가씨유?"

메리는 고개를 끄덕였다.

"외로운 것두 당연하구먼. 여기서는 더 외로울 거예유." 그가 말했다.

노인은 다시 땅을 파기 시작했다. 삽은 검고 비옥한 흙 속으로 깊이 파고들었고 울새는 주변을 아주 바쁘게 콩콩 뛰어다녔다.

"할아버지 이름이 뭐야?" 메리가 물었다.

그는 허리를 펴고 답했다.

"벤 웨더스타프유." 그는 대답하더니 어색한 웃음을 지어 보였다. "지두 저눔이 곁에 있을 때 말고는 항시 외로워유." 엄지손가락을 들어 울새를 가리키며 말했다. "지한테 친구는 저눔뿐이지유."

"나는 친구가 없어." 메리가 말했다. "한 번도 가져본 적이 없어. 내 아야는 나를 좋아하지 않았고 아무하고도 놀아본 적이 없어."

요크셔 사람들은 직설적으로 말하는 버릇이 있었고 벤 웨더스타프 역시 요크셔 황무지의 토박이였다.

"아가씨하구 지는 비슷한 데가 많구먼유." 그가 말했다. "천성이 비슷해유. 생긴 것두 벨 볼 일 없구, 생긴 것모냥 만사 시큰둥허구 말예유. 아가씨 승질두 아마 지만큼이나 고약할 거구만유."

그 말은 사실이었지만 메리 레녹스는 살면서 단 한 번도 진실을 마주해본 적이 없었다. 원주민 하인들은 늘 메리에게 '살람'을 했고 메리의 말이라면 무엇이든 복종했다. 자신의 외모에 대해 많이 생각해본 적은 없었지만 자신이 정말 벤 웨더스타프만큼이나 못생겼는지, 울새가 오기 전에 보았던 그의 얼굴만큼이나 부루퉁해 보이는지 궁금했다. 그리고 자기 성질이 정말로 그렇게 '고약한지'도 궁금해지기 시작했다. 불편한 기분이었다.

그때 갑자기 근처에서 조그맣게 터져 나온 조잘거리는 소리 때문에 메리는 몸을 돌렸다. 몇 미터 떨어진 곳에 어린 사과나무가 한 그루 서 있었는데, 붉은가슴울새가 나뭇가지에 내려앉아 지저귀기 시작한 것이었다. 벤 웨더스타프는 껄껄 웃었다.

"왜 저러는 거야?" 메리가 물었다.

"아가씨랑 친구가 되기루 작정한 거쥬." 벤이 대답했다. "저눔이 아가씨가 맘에 드는갑네잉.”

“내가?” 메리는 작은 나무쪽으로 부드럽게 걸어가서 새를 올려다보았다.

“나랑 친구 할래?” 메리는 마치 사람에게 말하듯 울새에게 말을 걸었다. “어때?” 특유의 작고 딱딱한 목소리도, 인도에서 쓰던 명령조도 아니었고 매우 부드럽고 다정하며 간절한 목소리였다. 그 소리를 들은 웨더스타프는 메리가 그의 휘파람 소리에 놀랐던 것만큼이나 깜짝 놀랐다.

“오메.” 그가 소리쳤다. “성깔 드러운 노인네 같은 줄 알았드니 진짜 어린애모냥 다정하게 말할 줄도 아는구먼. 디콘이 황무지 동물들헌티 말하는 것허구 비슷하기도 허구.”

“할아버지도 디콘을 알아?” 메리가 몸을 돌리며 물었다.

“갸를 누가 몰러유. 안 다니는 데 없이 쏘다니는디. 블랙베리 나무랑 헤더 꽃들두 갸를 알 거구먼유. 내 장담허는디, 여우두 디콘헌티는 지 새끼 있는 곳을 알려줄 것이구 종달새두 둥지를 알려줄 거예유.”

메리는 묻고 싶은 것이 많았다. 버려진 정원만큼이나 디콘에 관해서도 알고 싶었다. 하지만 바로 그때 노래를 마친 붉은가슴울새가 살짝 퍼덕거리더니 날개를 쫙 펼치고 날아가 버렸다. 녀석에게도 다른 할 일이 많았던 것이다.

“담 너머로 날아갔어!” 메리가 새를 바라보며 소리쳤다. “과수원을 지나서 그 담 너머까지 갔다고. 문이 없는 정원 말이야!”

“그눔이 거기 살아유.” 노인이 말했다. “거기서 알을 깨고 나왔거든유. 인자 짝짓기를 해야 하니께 늙은 장미 나무에 사는 젊은 암컷들헌티 알랑대러 간 거예유."

"장미 나무? 거기 장미 나무가 있어?"

웨더스타프는 다시 삽을 들어 올리더니 땅을 파기 시작했다.

"10년 전에는 있었슈." 그가 웅얼거렸다.

"나도 가보고 싶어. 초록색 문은 어디에 있어? 어딘가에는 있을 텐데."

땅속 깊이 삽을 꽂아 넣는 노인의 얼굴은 처음 봤을 때만큼이나 무뚝뚝해 보였다.

"10년 전에는 있었어두 지금은 없슈." 그가 말했다.

"그게 말이 돼? 어딘가에는 있을 거 아냐!" 메리가 소리쳤다.

"아무도 못 찾을 거구, 누가 상관할 일도 아녀유. 괜히 오지랖 넓게 남의 일에 참견하지 마세유. 자아, 지는 이제 일하러 갑니다요. 가서 놀아유. 시간 없응께."

그러더니 노인은 땅 파기를 멈추고 다시 삽을 어깨에 둘러멘 뒤 걸어가 버렸다. 메리 쪽으로는 눈길을 주지도, 작별 인사를 하지도 않은 채.

5장
복도에서 들려오는 울음소리

처음에는 메리 레녹스를 스쳐 가는 하루하루가 전부 똑같이 느껴졌다. 매일 아침 태피스트리로 장식된 방에서 눈을 뜨면 마사가 무릎을 꿇은 채 벽난로에 불을 지피고 있었다. 매일 아침 조금도 즐거울 것 없는 놀이방에서 아침 식사를 했고, 식사를 마치고 나면 창가에 서서 황무지를 바라보았다. 황무지는 사방으로 펼쳐져 하늘까지 닿을 듯했다. 한참을 보다 보면 문득, 이대로 나가지 않으면 할 일이 아무것도 없는 방 안에서 종일 머물러야 한다는 생각이 들어 밖으로 나가곤 했다. 그때 메리는 미처 몰랐지만 밖으로 나가는 것이 메리가 할 수 있는 가장 유익한 일이었다. 오솔길이나 넓은 길을 따라 빠르게 걷거나 뛰기 시작하면 황무지에서 휘몰아쳐 오는 바람과 싸우며 느린 피가 점점 빠르게 돌았고, 메리의 몸도 조금씩 건강해졌다. 메리는 몸을 따뜻하게 하려고 뛰었을 뿐이고, 보이지 않는 괴물처럼 얼굴로 달려들고 아우성치며 잡아 끌어대는 바람을 아주 싫어했다. 하지만 헤더 덤불 너머로 불어오는 거칠고 신선한 공기를 한껏 들이켜면 메리의 폐부는 몸을 건강하게 만들어주는 무언가로 가득해졌고 뺨은 자신도 모르는 사이 붉게 물들었으며 흐리멍덩했던 눈동자가 밝게 빛나기 시작했다.

며칠 내내 밖에서 보낸 뒤 아침에 눈을 뜬 메리는 배고프다는 느낌을 처음으로 알게 되었다. 그리고 아침 식사를 하러 가서, 그동안 끔찍하다는 듯 눈길조차 주지 않고 밀어내던 죽을 조금씩 떠먹기 시작해 결국 그릇을 비웠다.

"오늘 아침에는 입맛이 당기셨는가 봐유?" 마사가 말했다.

"오늘은 꽤 맛있네." 메리는 스스로도 약간 놀라며 말했다.

"황무지 바람이 식욕을 돌려준 거구먼유. 먹구 싶을 때 먹을 수 있는 음식이 있으니 월매나 좋아유. 우리 집에는 애덜이 열둘인디 먹구 싶어두 먹을 것이 없슈. 이렇게 만날 밖에 나가서 놀다 보믄 뼈에 살도 좀 붙구 짜증도 덜 날 거예유."

"난 안 놀아. 놀 게 하나도 없단 말이야."

"놀 게 없다니!" 마사가 놀라서 소리쳤다. "우리 집 애덜은 막대기랑 돌멩이만 있어두 잘 놀아유. 그저 뛰어댕기구 소리나 지르구 이 것저것 구경하면서 노는 거지, 벨 거 있나유."

소리는 지르지 않았지만 메리도 이것저것 구경은 했다. 사실 그것 말고는 할 일이 없었다. 정원을 빙빙 돌거나 대정원에 난 오솔길을 이리저리 거닐었다. 때로는 벤 웨더스타프를 찾아다녔고 몇 번인가 일하는 모습을 보기도 했지만 그는 퉁명스러운 표정을 짓거나 너무 바빠서 메리를 아예 쳐다보지도 않았다. 한번은 메리가 다가가자 보란 듯이 삽을 들쳐메고 돌아서서 가버리기까지 했다.

메리가 다른 곳보다 더 자주 가는 곳이 있었다. 담으로 둘러싸인 정원 바깥쪽에 난 긴 산책로였다. 산책로 양쪽으로는 텅 빈 화단이 있었고 담에는 담쟁이덩굴이 두껍게 자라나 있었다. 담은 아주 길게 이어졌는데 그중 어두운 초록색 이파리들이 다른 곳보다 유독 두껍게 자란 부분이 있었다. 아주 오랫동안 방치된 것 같았다. 다른 곳은 전부 가지치기가 되어 깔끔했는데 산책로 아래쪽 끝에 있는 이 부분만큼은 전혀 다듬어져 있지 않았다.

메리는 벤 웨더스타프와 이야기를 나눈 며칠 뒤에 이 사실을 발견했고, 왜 그런지 궁금했다. 그 자리에 멈춰선 채 길게 늘어진 담쟁이덩굴 가지들이 바람에 살랑거리는 모습을 바라보았다. 그런데 그때 어디선가 붉은빛이 얼핏 보이는가 싶더니 선명하게 짹짹거리는 소리가 들려왔다. 그리고 바로 거기, 담장 꼭대기에서 몸을 쭉 내밀고 머리를 한쪽으로 갸웃거리며 메리를 내려다보는 벤 웨더스타프의 붉은가슴울새가 보였다.

"어머나!" 메리가 소리쳤다. "너로구나. 너 맞지?" 새가 알아듣고 대답이라도 할 것처럼 말을 걸면서도 메리는 조금도 이상하다는 생각을 하지 않았다.

물론 새는 대답이 없었다. 대신 짹짹거리며 담을 따라 콩콩 뛰어다녔는데 그것만으로도 마치 메리에게 온갖 이야기를 들려주는 것 같았다. 새는 인간의 말을 하지 않았지만 메리는 마치 새의 말을 알아듣는 듯했다. 새가 이렇게 말하는 것 같았다.

"좋은 아침이야! 바람 정말 좋지? 햇빛 정말 좋지? 모든 것이 정말 좋지? 우리 짹짹거리고 콩콩 뛰어다니자. 얼른! 얼른!"

메리는 웃기 시작했고 새가 뛰어다니며 담을 따라 포르르 날아갈 때마다 새를 따라 뛰어다녔다. 불쌍하고 작고 마른 데다가 누리끼리하고 못생긴 메리였지만 그때만큼은 왠지 예뻐 보였다.

"네가 좋아! 네가 정말 좋아!" 메리는 산책로를 경쾌하게 걸어 내려가며 소리쳤다. 짹짹거리고 휘파람도 불어보려 했지만 어떻게 부는지를 몰랐다. 하지만 울새는 아주 만족스러운 듯 짹짹거리는 소리와 휘파람 소리로 화답했다. 마침내 울새는 날개를 펴고 재빠르게 날아 나무 꼭대기로 올라가더니 노래를 크게 불러댔다.

그러자 울새를 처음 보았던 때가 떠올랐다. 그때 녀석은 나무 꼭대기에 앉아 흔들거리고 있었고 메리는 과수원에 서서 그 모습을 지켜보고 있었다. 지금 메리는 과수원 반대편, 담 바깥쪽에 난 오솔길에 있으니 그때보다 훨씬 아래쪽에 서 있는 셈이었는데, 담 너머로는 여전히 똑같은 나무가 보였다.

"여기가 바로 아무도 들어갈 수 없는 정원이구나!" 메리는 혼잣말했다. "여기가 바로 문이 없는 정원일 거야. 울새는 여기에 사는 거고. 정원 안은 어떻게 생겼을까? 정말 궁금해!"

메리는 첫째 날 아침에 들어왔던 초록색 문으로 이어지는 길을 뛰어 올라갔다. 그리고 다른 문을 통해 오솔길을 달려 내려와 과수원으로 들어갔다. 자리에 서서 위를 올려다보자 담 너머로 아까 그 나무가 보였다. 나무 위에는 막 노래를 마친 울새가 부리로 깃털 매무새를 다듬고 있었다.

"그 정원이야. 틀림없어."

메리는 여기저기를 걸어 다니며 그쪽으로 난 담을 자세히 살펴보았다. 하지만 아무리 찾아도 문은 보이지 않았다. 다시 텃밭이 있는 정원을 한달음에 내달려서 담쟁이덩굴로 뒤덮인 바깥쪽 긴 산책로로 나갔고, 끝까지 걸어 올라가며 담을 살펴보았지만 그곳에도 문은 없었다. 반대편 끝까지 또 한 번 걸어 내려가며 샅샅이 살펴보았지만 역시 허사였다.

"이상하다. 벤 할아버지 말대로 정말 문이 없네. 10년 전에는 분명 있었을 텐데. 그러니까 고모부도 열쇠를 땅에 묻은 걸 텐데."

생각에 생각을 거듭하며 메리는 이 문제에 완전히 빠져들기 시작했고, 심지어 미셀스웨이트 장원으로 오게 된 것이 그리 나쁜 일만은 아니었다는 생각까지 하게 됐다. 인도에서는 항상 덥기만 하고 나른해서 그 어떤 것에도 크게 관심을 가져본 일이 없었다. 그런 메리를 황무지에서 불어오는 신선한 바람이 깨워주었고, 흐리멍덩했던 머리를 맑게 해주었던 것이다.

거의 온종일을 문밖에서 보내고 난 뒤 저녁 식사 자리에 앉자 배가 고프면서도 졸음이 쏟아지고 편안한 기분이 들었다. 마사의 재잘거리는 소리에도 더는 짜증이 나지 않았다. 심지어 그 이야기가 듣기 좋게 느껴졌으며 마사에게 궁금한 걸 물어봐야겠다는 생각까지 하게 됐다. 저녁 식사를 마친 후 메리는 벽난로 앞 깔개에 앉아 물었다.

"고모부는 정원을 왜 싫어하셔?"

메리는 마사에게 자기 방에 더 있으라고 말했고 마사도 거절하지 않았기에 둘은 함께 앉아 있었다. 동생들로 가득한 시끌벅적한 오두막집에서 지내는 생활이 익숙한 데다 아직 어린 마사는 하인들이 모여 지내는 아래층 홀이 따분했다. 거기서는 남자 하인들과 직급 높은 하녀들이 마사의 요크셔 사투리를 가지고 놀려댔으며 마사를 무시하고 자기네들끼리 앉아서 쑥덕거리기 일쑤였다. 말하기를 좋아하는 마사에게 인도에서 '흑인'들의 수발을 받으며 자란 낯선 아이는 충분히 새롭고 흥미로웠다.

마사는 그런 질문을 받으리라고는 생각도 못 하고 난로 앞에 앉아 있었다.

"여적까정 그 생각을 허구 계셔유?" 마사가 물었다. "허긴. 처음 그 얘기를 듣구서는 지두 그랬으니께유."

"그래서 왜 싫어하시는데?" 메리가 끈질기게 물었다.

마사는 무릎을 꿇고 나름대로 편안한 자세로 앉았다.

"집 주변에서 울부짖는 바람 소리를 좀 들어봐유. 오늘밤에 황무지에 나가 계시믄 아마 똑바로 서 있기도 힘들 거예유."

바람이 '울부짖는'다니 그게 무슨 뜻일까, 하고 귀를 기울여 보니 곧바로 이해할 수 있었다. 마치 눈에 보이지 않는 거인이 집 안으로 침입하려고 벽과 창을 마구 두드리기라도 하는 듯, 집 주변을 뱅뱅 돌며 휘몰아치는 바람의 공허하고 소름 끼치는 포효가 들려왔다. 하지만 그 거인이 집 안으로는 절대 들어올 수 없다는 걸 알고 있기에 붉은 석탄 불빛이 어른거리는 방 안은 오히려 더욱더 따뜻하고 안전하게 느껴졌다.

"그게 정원을 싫어하는 거랑 무슨 상관이야?" 메리는 질문한 뒤 잠자코 있었다. 마사가 알고 있는 모든 이야기를 듣고 싶었다.

그러자 마사는 곧 포기하고 아는 대로 털어놓기 시작했다.

"메드록 부인이 아무헌테두 말하지 말라구 허셨는디. 여그는 말하면 안 되는 것이 참 많은 집이에유. 주인 나리께서 하인들은 집 안 문제에 신경을 아예 끄라구 허셨거든유. 정원만 아니었다믄 주인 나리도 지금 같지는 않으셨을 거예유. 그 정원은 신혼 때 주인마님께서 만든 것인디 그 정원을 무척이나 사랑하셔서 두 분이 함께 꽃도 심고 그러셨어유. 정원사들두 그 안에는 못 들어가게 하셨구유. 두 분이서 그 안에 들어가서 문을 닫고 몇 시간씩 책을 읽구 이야기를 나누셨어유. 안에다가 장미 나무를 키우셨는디 마님은 그 가지 위에 앉아서 자주 쉬시곤 했쥬. 근디 어느 날 가지에 앉아계시다가 그만 바닥으로 떨어져서 크게 다치신 거예유. 그다음 날 바루 돌아가셨구유. 의사들은 주인 나리도 정신이 나가서 곧 죽고 말 거라구 했어유. 주인 나리가 정원을 싫어하신 것도 그때부터였쥬. 정원 안에는 아무두 못 들어가게 허시구 정원에 대해서는 한 마디두 못 꺼내게 하셨어유."

메리는 더 이상 아무것도 묻지 않았다. 그저 벽난로의 붉은 불빛을 바라보며 울부짖는 바람 소리를 들을 뿐이었다. 울음소리는 그 어느 때보다도 처절하게 들렸다.

바로 그때 메리에게 한 가지 좋은 일이 일어나고 있었다. 사실 미셀스웨이트 장원에 온 뒤로 메리에게는 네 가지 좋은 일이 있었다. 자신이 울새의 말을 이해하고 울새도 자신의 말을 이해하는 것처럼 느낀 것이 그 첫 번째였고, 피가 따뜻해질 때까지 바람 속을 뛰어다닌 것이 두 번째였다. 생전 처음으로 건강한 배고픔을 느껴본 것이 세 번째였는데, 이제 네 번째로 메리는 처음으로 다른 사람에게 동정심을 느끼게 되었다. 메리는 이곳 생활에 잘 적응하고 있었다.

그런데 그때 바람 소리에 섞여 또 다른 소리가 들려오기 시작했다. 처음에는 바람 소리와 잘 구분되지 않아 무슨 소리인지 알 수가 없었는데 자세히 들어보니 어딘가에서 아이가 울고 있는 것 같았다. 메리는 호기심이 일었다. 때로는 바람 소리가 아이의 울음소리처럼 들리기도 했지만 지금 들리는 소리는 집 밖이 아니라 집 안에서 들려오고 있었다. 멀긴 했지만 분명 집 안이었다. 메리는 몸을 돌려 마사를 바라보았다.

"어디서 울음소리가 들리지 않아?" 메리가 물었다.

마사는 갑자기 당황한 듯했다.

"아뉴. 바람 소리예유. 가끔 황무지에서 누군가가 길을 잃고 울부짖는 것 같은 소리가 들려유. 온갖 소리가 다 난다니께유."

"아냐, 잘 들어봐. 집 안에서 나는 소리야. 아래층 긴 복도에서 들리는 것 같은데."

그리고 바로 그때 아래층 어딘가에서 문 열리는 소리가 들리더니, 복도를 따라 세찬 바람이 한 줄기 불어와 메리와 마사가 앉아 있는 방의 문을 쾅 열어젖혔다. 둘이 놀라 펄쩍 뛰면서 불까지 꺼져버리고, 울음소리는 먼 복도로부터 휘몰아쳐 들어와 그 어느 때보다 선명하게 울려 퍼졌다.

"봐! 내 말이 맞잖아! 누가 울고 있는 거야. 어린아이 같은데."

마사는 달려가서 얼른 문을 닫고 열쇠를 돌렸지만 그전에 먼 복도에서 문을 탕 닫아버리는 소리가 들렸고 그 뒤로는 모든 것이 조용해졌다. 바람마저도 몇 분 동안 '울부짖지' 않았다.

"바람 소리라니께유." 마사는 고집스럽게 말했다. "설사 아니더라두 베티 버터워스가 우는 소리일 거예유. 부엌방에서 일하는 어린 하녀인디 종일 치통이 있다구 했거든유."

하지만 뭔가 불안한 듯 어색한 태도에 메리는 마사를 뚫어져라 쳐다보았다. 진실을 숨기고 있는 것이 틀림없었다.

6장
들어봐! 누가 울고 있어!

다음 날에도 비는 억수처럼 쏟아졌고 창밖을 내다보니 황무지
는 잿빛 안개와 구름 때문에 거의 보이지도 않았다. 도저히 외출할
수 없는 날이었다.

"이렇게 비가 내리면 오두막에서는 뭘 해?" 마사에게 물었다.

"서로 걸리적거리지 않으려구 애를 쓰쥬." 마사가 대답했다. "아
유! 우리 식구가 많기는 많아유. 원체 느긋하신 울 엄니두 그런 날은
아주 힘들어 하시거든유. 큰 애들은 나가서 외양간에서 놀아유. 디
콘이야 젖거나 말거나 신경두 안 쓰니께, 맑은 날과 다름없이 밖으루
나가지만유. 비 오는 날에는 맑은 날 못 보는 것들을 볼 수 있다나.
한번은 여우굴에서 반쯤 죽어가는 새끼 여우를 찾아가지구는 가슴
팍에 폭 싸서 집에 데려왔지 뭐예유. 에미 여우는 근처에서 죽어비
리구, 굴에 물이 차서 나머지 새끼덜두 전부 죽어비렸나 봐유. 여적
까지 그 새끼 여우를 집에서 키우고 있슈. 또 한번은 물에 빠져 반쯤
죽어가는 새끼 까마구를 집으루 데려와서 길들였잖아유. 하도 까매

서 '수트'*라고 부르는디 지금두 디콘이 가는 데마다 따라와서 총총 뛰어다니구 날아다니구 그래유."

메리는 마사의 스스럼없는 이야기에 더는 화를 내지 않았다. 오히려 흥미가 생기기 시작했고 심지어 도중에 이야기를 멈추거나 가버리면 섭섭하기까지 했다. 마사가 들려주는 이야기는 인도에 살 때 아야가 해주던 이야기와는 전혀 달랐다. 마사는 방이 네 개뿐인 황무지 작은 오두막에서 먹을 것도 별로 없이 살아가는 열네 식구의 이야기를 들려주었다. 오두막집 아이들은 성격 좋은 콜리 강아지들처럼 제멋대로 날뛰고 이리저리 뒹굴며 놀았다. 메리를 가장 매료시킨 건 마사의 엄마와 디콘이었다. '엄니'에 대한 이야기를 들을 때면 메리는 늘 편안한 기분이 들었다.

"나에게도 새끼 까마귀나 새끼 여우가 있었다면 함께 재밌게 놀았을 텐데. 나한텐 아무것도 없어." 메리가 말했다.

마사는 당황한 듯 보였다.

"아가씨 뜨개질할 줄 알아유?"

"아니."

"바느질은유?"

"못 해."

"그럼 읽을 줄은 알아유?"

"응."

"그럼 뭐라두 읽어보든지 철자법 공부라두 하시지 그류? 아가씨

* soot. 검댕.

나이에는 책도 좀 봐야 할 텐디."

"난 책이 없어. 인도에 다 두고 왔거든." 메리가 말했다.

"안됐구먼유. 메드록 부인이 허락만 해주시면 서재에 가봐도 좋을 거예유. 책이 몇 천 권은 되거든유." 마사가 말했다.

메리는 서재가 어디인지 묻지 않았다. 문득 좋은 생각이 떠올랐기 때문이었다. 혼자서 서재를 찾아볼 작정이었다. 메드록 부인에 관해서는 별로 걱정하지 않았다. 아래층에 있는 안락한 가정부용 거실에서만 지내는 것 같았기 때문이다. 이 기묘한 집에는 눈에 띄는 사람이 거의 없었다. 사실 하인들 말고는 그 누구도 볼 수 없었고 고모부가 집을 떠나 있는 동안에는 하인들도 아래층에서 호화로운 생활을 즐기느라 여념이 없었다. 아래층에는 번쩍거리는 황동과 백랍으로 꾸며진 커다란 주방이 있었고, 하인용 홀에는 풍성한 식사가 매일같이 네다섯 번이나 차려졌으며, 메드록 부인마저 자리를 비우면 활기찬 유희가 끊임없이 이어졌다.

메리의 식사는 때마다 차려져 나왔고 마사가 시중을 들었지만 메리를 조금이라도 신경 쓰는 이는 없었다. 메드록 부인 역시도 하루나 이틀에 한 번씩 와서 잠깐 보고 갔을 뿐 그간 무엇을 하고 지냈는지를 궁금해하거나 무엇을 하라고 시키는 일은 전혀 없었다. 영국에서는 아이를 이런 식으로 돌보나 보다고 메리는 생각했다. 인도에서는 아야가 언제나 메리를 따라다니며 부지런히 수발을 들었다. 항상 같이 있어야 하는 게 짜증스러울 정도였다. 이제 메리를 따라다니는 사람은 아무도 없었고 스스로 옷 입는 법도 배우는 중이었다. 메리가 입혀달라고 옷가지를 건넬 때마다 마사가 메리를 한심하다는 눈으로 쳐다보았기 때문이다.

"아니, 이것두 혼자 못 해유?" 한번은 메리가 장갑을 끼워달라고 기다리고 있자 마사가 말했다. "우리 집 네 살 먹은 수전 앤이 아가씨보담 두 배는 영리허겠네유. 가끔 보믄 모지리 같다니께."

메리는 그 뒤로 한 시간 동안이나 마사를 기분 나쁘다는 표정으로 노려보았지만 덕분에 생각을 완전히 고쳐먹게 되었다.

오늘 아침 마사가 벽난로 청소를 마치고 아래층으로 내려간 뒤 메리는 10여 분 동안 창가에 서 있었다. 서재에 대해 들은 뒤에 떠오른 어떤 생각에 골몰하고 있었던 것이다. 지금껏 읽은 책이 몇 권 안 되기 때문에 사실 서재 자체에는 별 관심이 없었지만, 문이 잠겨 있는 100개의 방들에 대해 다시금 호기심이 일었다. 정말로 잠겨 있을지, 그중 어떤 방에라도 들어가 볼 수 있다면 안에는 무엇이 있을지 궁금했다. 정말로 방이 100개나 될까? 가서 문이 몇 개나 되는지 한번 세어보면 어떨까? 오늘 아침엔 밖에 나갈 수도 없으니 직접 해보는 것도 괜찮겠다 싶었다. 메리는 무슨 일이든 허락을 받고 해야 한다고는 배운 적이 없었고 권위에 대해서도 전혀 아는 바가 없었으므로 메드록 부인을 만났다고 한들 집 여기저기를 돌아다녀도 되는지 물어보아야 한다는 생각은 애초에 하지 못했을 터였다.

메리는 방문을 열고 복도로 나가서 자신만의 산책에 나섰다. 복도는 길게 이어지다가 여럿으로 나누어졌고 곧이어 나타난 짧은 계단을 오르니 또 다른 계단이 나타났다. 계단을 오르자 나타난 복도에는 수많은 방문들이 줄줄이 이어졌고 벽에는 그림들이 걸려 있었다. 어두침침하고 기묘한 풍경화들도 있었지만 대부분은 새틴과 벨벳으로 만든 화려하고 기이한 드레스를 차려입은 남자와 여자의 초상화였다. 메리는 이런 초상화들로 벽이 완전히 뒤덮인 어느 긴 방에 들어섰다. 집 안에 이렇게 많은 초상화가 있다니 그저 놀라울 따름이었다. 아이들의 초상화도 몇 개 있었는데 여자아이들은 발까지 내려오는 두툼한 새틴 드레스를 입고 있었고, 긴 머리칼의 남자아이들은 퍼프소매와 레이스 깃이 달린 옷이나 목 주변에 커다란 주름 깃이 달린 옷을 입고 있었다. 메리는 아이들의 초상화가 보일 때마다 멈추어 바라보며 그들의 이름은 무엇인지, 모두 어디로 가버렸는지, 왜 그렇게 이상한 옷들을 입고 있는지를 궁금해했다. 메리 자신처럼 부루퉁한 표정의 뻣뻣해 보이는 여자아이도 있었다. 수놓은 초록색 비단 드레스를 입고 손에는 초록색 앵무새를 들고 있었다. 날카롭고 호기심 어린 눈이 빛났다.

"너는 지금 어디에 사니?" 메리가 소리 내어 물었다. "네가 여기 있었다면 좋았을 텐데."

세상 어디에도 이렇게 기묘한 아침을 보낸 여자아이는 없을 것이다. 자그마한 자기 자신 말고는 아무도 없는 것만 같은 구불구불한 복도로 가득한 이 거대한 집에서 계단을 오르내렸고, 자기 말고는 그 누구도 걸어가 본 적 없는 듯한 좁은 복도와 널찍한 복도를 이리저리 헤맸다. 방이 이렇게나 많은 걸 보면 누군가가 분명 살았을 텐데 지금은 이리도 텅 비어 있다는 사실이 차마 믿어지지 않았다.

2층으로 올라가고 나서야 문손잡이를 돌려봐야겠다는 생각이 들었다. 메드록 부인이 말했듯이 모든 문은 닫혀 있었다. 하지만 마침내 그중 하나의 손잡이를 잡고 가만히 돌려보자 문고리가 생각보다 너무나 쉽게 돌아갔다. 순간 두려운 기분이 들었다. 조심스럽게 밀어보니 문은 육중하고 느릿하게 열렸고, 거대한 문 너머로 커다란 침실이 나타났다. 벽에는 수놓은 벽걸이 장식들이 걸려 있고 인도에서 보던 화려한 무늬의 가구들이 곳곳에 놓여 있었다. 마찬가지로 화려하게 장식된 커다란 창은 황무지를 내다보고 있었으며 벽난로 위에는 아까 본 부루퉁하고 뻣뻣한 소녀의 또 다른 초상화가 더욱 호기심 어린 표정으로 메리를 응시하고 있었다.

"저 아이가 이 방의 주인이었나 보구나. 저렇게 쳐다보고 있으니 기분이 이상해."

메리는 다른 문들도 더 열어보았다. 그렇게 수많은 방을 구경하다 보니 피로가 몰려왔다. 전부 세어보지는 못했지만 방은 틀림없이 100개는 되는 것 같았고 방마다 이상한 그림을 수놓은 태피스트리나 오래된 액자들이 있었으며 거의 모든 방이 기묘한 가구와 장식품들로 꾸며져 있었다.

어떤 방은 숙녀가 사용하던 거실인 듯했는데, 벽에는 수놓은 벨벳으로 만들어진 장식품들이 가득 걸려 있고 장식장에는 상아로 만든 작은 코끼리 조각상이 거의 100개쯤 들어 있었다. 코끼리상의 크기는 모두 제각각이었고 일부는 등에 코끼리 부리는 사람이나 가마를 싣고 있었다. 유독 큰 것도 있었고 아기 코끼리처럼 아주 작은 것들도 있었다. 메리는 코끼리에 관해서는 모르는 것이 없었고, 상아로 만든 조각상이라면 인도에서도 본적이 있었다. 메리는 장식장 문을 열고 발판 위에 올라서서 코끼리 조각상들을 가지고 놀며 한참 동안 시간을 보냈다. 그러다가 지루해지자 조각상을 다시 순서대로 세워놓고 장식장 문을 닫았다.

지금껏 긴 복도와 빈방들을 돌아다니면서 살아 있는 것이라고는 그 무엇도 보지 못했었는데, 이 방에는 뭔가가 있었다. 장식장 문을 닫았을 때 아주 작게 바스락거리는 소리가 들렸던 것이다. 메리는 화들짝 놀라서 소리가 들려온 벽난로 옆 소파 쪽을 돌아보았다. 소파 한구석에는 쿠션이 하나 있었고 벨벳으로 만든 쿠션 커버에 구멍이 뚫려 있었다. 구멍 속으로 자그마한 머리와 두려움 가득한 두 눈이 살짝 보였다.

메리는 자세히 보려고 소파 쪽으로 살금살금 다가갔다. 반짝이는 눈은 작은 회색 생쥐의 것이었으며 편안한 거처를 만들기 위해 쿠션을 물어뜯은 것 같았다. 그리고 그 안에는 여섯 마리 아기 생쥐들이 옹기종기 모여 잠들어 있었다. 저 100개의 방에 달리 살아 있는 것이 전혀 없다고 해도 그 일곱 마리 생쥐들만큼은 조금도 외롭지 않을 것만 같았다.

"저 생쥐들이 나를 무서워하지만 않았다면 방으로 데려갔을 텐데." 메리가 중얼거렸다.

꽤 오랜 시간을 돌아다니다 보니 너무 피곤해진 메리는 도저히 더 걸을 수가 없어서 방으로 돌아가려고 했다. 엉뚱한 복도로 들어서는 바람에 두세 번 길을 잃고 오르락내리락해야 했지만 마침내 자기 방이 있는 층으로 돌아올 수 있었다. 그러나 여전히 방에서는 상당히 떨어진 곳이었고 정확히 어디인지를 가늠할 수 없었다.

"또 길을 잘못 들었나 봐." 메리는 벽에 태피스트리가 걸려 있는 짧은 복도 끝에 가만히 서서 말했다. "어디로 가야 할지 모르겠어.

모든 것이 이렇게 고요하다니!"

메리가 이 말을 막 끝마쳤을 때 어떤 소리가 고요를 뚫고 터져 나왔다. 누군가가 우는 소리였는데 지난밤 들었던 것과 상당히 비슷했다. 아주 짧았지만 벽을 뚫고 작게 들려온 소리는 아이가 짜증을 내는 듯 징징거리는 소리였다.

"전보다 더 가깝게 들려." 메리의 심장이 빠르게 뛰었다. "울음소리가 맞았어."

그리고 우연히 근처에 있는 태피스트리에 손을 올린 메리는 깜짝 놀라서 거의 나자빠질 뻔했다. 테피스트리는 어떤 문을 가리고 있었는데, 그 문은 열려 있었고 문 너머로 메드록 부인이 손에 열쇠 꾸러미를 든 채 짜증이 잔뜩 난 얼굴로 복도를 걸어 올라오고 있었기 때문이다.

"여기서 뭐 하는 거죠?" 부인은 메리의 팔을 잡더니 끌고 가기 시작했다. "제가 한 말 잊었어요?"

"길을 잘못 들었을 뿐이야. 어디로 가야 할지 몰라서 헤매고 있는데 울음소리가 들렸어."

메리는 메드록 부인이 너무나도 미웠다. 하지만 그다음 순간에는 더욱더 미워졌다.

"아무 소리도 안 들렸어요." 부인이 말했다. "어서 놀이방으로 돌아가세요. 또 이러면 따귀를 맞을 줄 알아요!"

그러더니 메리의 팔을 잡고서 이리저리 밀고 당기며 이 통로를 오르고 저 통로를 내려와 마침내 메리의 방문 앞까지 도착했다.

"자, 이제부터는 제가 있으라는 곳에만 꼼짝 말고 있어야 해요.

안 그러면 문을 잠가버리겠어요. 아무래도 아가씨에게 가정교사를 붙여달라고 주인 나리께 말씀드려야겠군요. 전에 한 번 말씀하기도 하셨고, 아가씨 같은 아이는 누군가가 꼭 붙어서 지켜봐야 해요. 저는 아가씨가 아니라도 할 일이 많다고요."

부인은 방을 나가더니 문을 쾅 닫아버렸고 메리는 분노로 얼굴이 하얗게 질린 채 난롯가의 깔개 앞에 앉았다. 하지만 바드득바드득 이를 갈 뿐 울지 않았다.

"누군가가 울고 있었어. 울고 있었다고!" 메리는 중얼거렸다.

이제 울음소리를 두 번이나 들었으니 언젠가는 정체를 알아낼 수 있을 것이다. 오늘 오전에만 해도 아주 많은 것들을 알아내지 않았는가. 메리는 대단히 긴 여정을 마친 것 같은 기분이 들었다. 어쨌든 앞으로 쭉 즐길 수 있는 재밋거리를 찾은 데다 상아 코끼리도 가지고 놀았고, 벨벳 쿠션 둥지 안에 있는 회색 생쥐와 새끼들까지 보았으니 말이다.

7장
정원으로 가는 열쇠

그로부터 이틀 뒤, 메리는 눈을 뜨자마자 침대에서 일어나 마사를 불렀다.

"황무지를 봐! 황무지를 보라고!"

폭풍우가 멎고, 밤새 불어온 바람이 잿빛 안개와 구름을 모두 쓸어버렸다. 이제는 바람마저 멈추었고 눈부시게 빛나는 깊고 푸른 하늘만이 황무지 위에 아치를 그리고 있었다. 한 번도, 지금껏 단 한 번도 하늘이 이렇게까지 푸를 수 있다고는 상상조차 해본 일이 없었다. 인도에서 하늘은 언제나 타는 듯 뜨거웠는데, 오늘의 하늘은 무척 깊고 파랗고 시원해 보여서 마치 반짝거리는 깊고 아름다운 호수 같았다. 아치 모양의 파랑 속 높고 높은 곳에는 눈처럼 하얗고 자그마한 양털 구름이 여기저기 떠다니고 있었다. 황무지의 광막한 세계 역시 거무튀튀한 보랏빛 또는 끔찍하리만큼 따분한 잿빛이 아니라 부드러운 푸른색이었다.

"오메!" 마사가 밝은 미소를 지어 보였다. "폭풍우가 멎었네유.

해마다 이맘때가 되믄 늘 그랬어유. 하룻밤 사이에 첨부터 없었던 것모냥, 다시는 돌아오지 않을 것모냥 읊어져버리쥬. 봄이 오느라 그류. 아직 완전히 올라믄 멀었지만 분명히 오고 있구먼유."

"영국은 항상 비가 오거나 어두침침한 줄 알았어." 메리가 말했다.

"오메, 아녀유!" 마사는 검은색 빗자루를 손에 든 채 쪼그리고 앉아 말했다. "택도 없슈!"

"그게 무슨 말이야?" 메리는 진지하게 물었다. 인도에서도 원주민들이 이해할 수 없는 방언을 쓰는 일은 많았으므로 마사의 사투리가 그리 놀랍지는 않았다.

마사는 첫째 날 아침처럼 멋쩍게 웃어 보였다.

"에구! 지가 또 요크셔 말씨를 써부렀네유. 메드록 부인께서 그러지 말라셨는디." 마사는 주의를 기울여 천천히 말했다. "그러니께 '전혀 그렇지가 않다'는 소리예유. 그렇게 말하자믄 너무 길잖아유. 우쨌든 요크셔는 해가 떴다 하믄 쨍쨍하기루는 둘째가라믄 서러워유. 전에두 황무지에 관해서 좀 얘기해드린 적이 있었쥬? 조금만 지둘리시믄 황무지가 금빛 가시금작화 꽃, 양골담초 꽃, 보라색 종 모양으루 생긴 헤더 꽃으루 온통 뒤덮일 것이구, 수백 마리 나비들이 팔랑팔랑 날아다니구 꿀벌들은 윙윙 노래를 부르구 종달새들은 순식간에 하늘로 솟아오르며 노래 부를 거예유. 그럼 아가씨두 디콘모냥 해만 떴다 하믄 뛰쳐나가서 온종일 황무지에서 지내고 싶어질걸유."

"내가 정말 저기에 갈 수 있을까?" 메리가 동경하듯 물으며 창문을 통해 머나먼 푸른빛을 바라보았다. 마치 천국과도 같은, 무척이나 새롭고 크고 아름다운 색깔이었다.

"모르쥬. 지가 보기에 아가씨는 태어나서 한 번도 다리를 지대루 써본 적이 없는 것 같아유. 아마 8킬로미터도 채 못 걸을걸유. 우리 오두막까지가 딱 8킬로미터 거리인디."

"너희 오두막에 가보고 싶어."

마사가 호기심 어린 눈으로 잠시 메리를 바라보더니 약칠용 솔을 들고 다시 장작받침을 문지르기 시작했다. 마사는 메리의 작고 못생긴 얼굴이 처음 만났던 아침만큼 심술궂어 보이지는 않는다는 생각을 하고 있었다. 어린 수전 앤이 무언가를 간절히 원할 때의 표정과 조금은 비슷해 보였다.

"엄니께 여쭤볼게유. 마침 오늘이 휴가라서 집에 갈 거예유. 울 엄니는 무슨 일이든지 다 방법을 찾아내시거든유. 아유, 메드록 부인께서 울 엄니를 좋아하셔서 월매나 다행인지! 엄니가 부탁하시믄 부인도 아마 들어주실 거예유."

"난 네 어머니가 좋아." 메리가 말했다.

"그럴 줄 알았슈." 마사가 솔을 문지르며 대답했다.

"만나본 적은 없지만." 메리가 말했다.

"그러구 보니 그렇네잉."

마사는 어리둥절해하며 쪼그리고 앉아 손등으로 코끝을 문질렀지만 결국에는 아주 긍정적인 결론을 내렸다.

"울 엄니가 원체 사리가 밝으시구 일도 열심히 허시구 성품 좋으시구 또 깨끗하시니께 만나본 사람이든 못 만나본 사람이든 안 좋아할 수가 없어유. 지두 황무지를 건너서 엄니를 뵈러 갈 때마다 좋아서 방방 뛰는걸유!"

"난 디콘도 좋아." 메리가 덧붙였다. "만나본 적은 없지만."

"그렇쥬? 지가 그랬잖아유. 새들두 디콘을 좋아하구, 토끼랑 야생 양이랑 조랑말이랑 여우들두 전부 갸를 좋아해유." 그러더니 메리를 가만히 바라보며 말했다. "갸가 아가씨를 우떻게 생각할지 궁금하네유."

"아마 날 좋아하지 않을 거야." 메리는 특유의 차갑고 뻣뻣한 투로 말했다. "아무도 날 좋아하지 않으니까."

마사는 또 한 번 메리를 바라보았다.

"아가씨는 아가씨를 좋아해유?" 마사가 정말로 궁금하다는 듯이 물었다.

메리는 잠시 망설이더니 생각에 잠겼다.

"전혀. 전혀 좋지 않아. 별로 생각해본 적도 없었지만."

그러자 마사는 편안한 기억이라도 떠오른 듯 미소를 머금었다.

"엄니가 일전에 허신 말씀이 있어유. 그때 빨래를 허고 계셨는디, 지가 기분이 잔뜩 상해서 사람들에 대해서 이러쿵저러쿵 나쁜 말을 늘어놓으니께 그러시드라구유. '저년 심술부리는 것 좀 보게! 이 사람은 이래서 싫구, 저 사람은 저래서 싫구. 그래서 너는 우떻냐? 너는 그렇게 대단허냐?'라구유. 아유, 월매나 우습던지 금세 정신을 차렸다니께유."

그러고는 메리에게 아침을 챙겨주자마자 곧 신이 나서 떠나버렸다. 이제 황무지를 8킬로미터나 걸어서 오두막에 도착하면 어머니를 도와 빨래하고 일주일 치 빵을 구우며 아주 즐거운 시간을 보낼 것이다.

하지만 메리에게는 이제 집이 없었다. 그런 생각이 들자 어느 때보다도 큰 외로움이 밀려왔다. 메리는 곧장 정원으로 나가 화원에 있는 분수를 무작정 열 바퀴나 돌았다. 몇 번째 도는 건지 주의 깊게 세어가며 열 번을 다 돌고 나니 그제야 기분이 나아지는 것 같았다. 햇살을 받은 정원은 완전히 달라 보였다. 높고 깊고 파란 하늘은 황무지뿐만 아니라 미셀스웨이트 장원도 둥글게 덮고 있었다. 메리는 얼굴을 쳐들고 하늘을 보며 눈처럼 새하얀 작은 구름 위에 누워 둥둥 떠다닌다면 어떤 기분이 들지 상상해보려고 애썼다. 그러다가 첫번째 텃밭으로 가니 벤 웨더스타프가 다른 두 정원사들과 함께 일하고 있었다. 날씨가 변하자 그도 기분이 좋아진 것 같았다. 웬일인지 벤 웨더스타프가 메리에게 먼저 말을 걸었다.

"봄이 오는구먼유. 봄 냄새가 나지 않아유?"

메리는 킁킁 냄새를 맡아보았다.

"뭔가 신선하고 축축하고 향긋한 냄새가 나." 메리가 말했다.

"기름진 땅 냄새예유." 노인은 땅을 파며 말했다. "그런 땅에서는 뭐든지 잘 자라쥬. 파종 때가 오믄 땅두 월매나 반가워허는지 몰러유. 할 일이 암것두 없는 겨울에는 지두 따분해서 죽겄다구 그러구유. 저 바깥쪽 화원의 땅속에서는 벌써 온갖 것들이 살아나구 있슈. 해가 데펴주니께유. 인자 곧 까만 땅을 뚫고 파란 싹이 올라오기 시작할 거유."

"무슨 싹인데?" 메리가 물었다.

"크로커스 꽃허구 스노드롭 꽃허구 수선화 싹이쥬. 본 적 있슈?"

"아니. 인도는 너무 뜨겁고 축축해서 비가 내린 다음에야 초록
이 보여. 그래서 난 식물들이 하룻밤 새에 다 자라는 줄 알았어."

"야들은 하룻밤 새에 자라지는 않아유. 좀 기다리셔야 해유. 여
기서 삐죽 고개를 내미는 듯하다가 또 저기서 슬쩍 삐져나오구, 그
러다 어느 틈엔가 이파리를 풀고 나오지유. 그때 가서 한번 잘 보세
유." 웨더스타프가 말했다.

"그럴 생각이야." 메리가 답했다.

곧이어 날개를 부드럽게 파닥이는 소리가 들려오자 메리는 울
새가 왔다는 것을 금세 알았다. 울새는 아주 민첩하고 활발한 몸짓
으로 메리의 발치를 콩콩거리며 뛰어다녔고, 고개를 갸우뚱하며 메
리를 쳐다보기도 했다. 녀석의 눈빛이 매우 장난스러워 보여서 메리
는 웨더스타프에게 이렇게 물었다.

"얘가 날 기억하는 걸까?"

"당연하쥬!" 웨더스타프가 소리쳤다. "텃밭에 양배추가 몇 개나
되는지두 다 아는 놈인디 사람을 못 알아볼까! 생전 쬐그마한 여자
애는 본 적이 없응께 아주 작정하고 속속들이 캐내려고 드는구먼유.
이눔한테는 아무것도 숨길 필요가 없슈."

"얘가 사는 정원에서도 온갖 것들이 살아날까?" 메리가 물었다.

"우떤 정원이유?" 노인은 다시 퉁명스러운 표정이 되어 웅얼거
렸다.

"오래된 장미 나무가 자라는 정원 말이야." 너무 궁금해서 참을
수가 없었다. "거기 있던 꽃들은 다 죽은 거야? 아니면 여름마다 다

시 살아날까? 장미도 있어?"

"쟈한테 물어보슈." 벤 웨더스타프는 고갯짓으로 새를 가리키며 말했다. "저눔밖에 몰라유. 10년 동안 그 안에 들어간 건 저눔뿐이니."

10년이라니, 정말이지 긴 시간이었다. 메리가 태어난 것도 10년 전이었으니까.

메리는 천천히 생각하며 발걸음을 옮겼다. 붉은가슴울새와 마사의 엄마와 디콘을 좋아하게 된 것처럼 메리는 정원도 좋아지기 시작했다. 심지어는 마사도 좋았다. 한 번도 누군가를 좋아해 본 적이 없는 메리로서는 아주 놀라운 일이었다. 좋아하는 사람이 이렇게나 많아지다니! 울새 역시 메리에게는 좋아하는 '사람' 중 하나였다. 메리는 비밀의 정원에 있는 나무 꼭대기를 보려고 담쟁이덩굴로 뒤덮인 긴 담 너머 산책로를 향해 걸어갔다. 그런데 두 번째로 산책로를 오르내리고 있을 때 엄청나게 신나고 흥분되는 일이 일어났다. 그 일을 일으킨 건 바로 벤 웨더스타프의 울새였다.

짹짹거리고 파드닥거리는 소리에 고개를 돌린 메리는 왼편 텅 빈 화단에서 울새를 발견했다. 울새는 메리를 쫓아다닌 게 아니라고 변명이라도 하듯 콩콩거리며 땅을 쪼는 시늉을 했다. 하지만 메리는 울새가 자신을 따라온 것임을 알아차렸고, 놀라움은 곧 기쁨으로 변해 온몸이 파르르 떨려왔다.

"너 날 기억하는구나!" 메리가 소리쳤다. "정말 기억하고 있었어! 넌 세상에서 제일 예쁜 새야!"

메리가 짹짹 소리를 내고 종알거리며 울새를 불러대자 울새 역시 콩콩 뛰어다니고 꽁지를 파드닥거리며 지저귀었다. 마치 이야기를 하는 것 같았다. 가슴께의 붉은 조끼는 비단결처럼 고왔고, 자그마한 가슴을 한껏 부풀린 모습은 매우 섬세하고 화려하고 예뻤다. 녀석은 마치 울새가 얼마나 중요한 존재인지, 얼마나 사람 같아 보일 수 있는지를 메리에게 뽐내고 있는 듯했다. 울새는 메리가 점점 가까이 다가오도록 허락해주었다. 그러자 메리는 자기가 한때 심술쟁이였다는 사실조차 까맣게 잊은 채 몸을 구부리고 녀석과 비슷한 소리를 내보려고 애썼다.

아! 울새가 메리를 저렇게나 가까이 다가오게 허락해주다니! 녀석은 메리가 절대로 자신을 향해 손을 뻗는다거나 아주 조금이라도 놀라게 하지 않으리라는 걸 잘 알았다. 울새 자신도 진짜 사람이기 때문이었다. 물론 보통 사람들보다 훨씬 훌륭한 사람이었다. 메리는 너무 행복해서 감히 숨을 쉴 수조차 없었다.

사실 화단이 완전히 비어 있는 건 아니었다. 다년생 식물들이 겨울을 무사히 나도록 줄기를 모두 잘라내는 바람에 꽃은 하나도 없었지만, 화단 뒤쪽에는 크고 작은 관목들이 모여 있었다. 울새는 그 아래 신선하게 뒤집어진 땅에서 콩콩 뛰며 작은 흙무덤들을 넘어 다녔다. 흙더미 위에 올라서서 벌레를 찾아보기도 했다. 땅은 개들이 두더지를 잡으려고 헤집어놓은 탓에 마구 파헤쳐져 있었는데, 개가 파놓은 구멍은 꽤 깊어 보였다.

메리는 그 속에 무엇이 있으리라는 생각은 조금도 하지 못한 채 구멍을 들여다보았다. 그런데 갓 파헤쳐진 것으로 보이는 흙 속에 뭔가가 묻혀 있는 것 같았다. 놋쇠 또는 쇠로 만든 녹슨 고리였다. 울새는 근처 나무로 날아올라갔고, 메리는 손을 뻗어 고리를 집어 들었다. 그런데 그건 그냥 고리가 아니었다. 그것은 아주 오랫동안 파묻혀 있던 것으로 보이는 낡은 열쇠였다.

메리는 일어서서 거의 두려운 듯한 표정으로 손가락에 걸려 흔들리는 열쇠를 바라보았다.

"10년 동안 묻혀 있던 건지도 몰라." 메리는 속삭였다. "비밀의 정원으로 가는 열쇠일지도 모른다고!"

8장
울새가 보여준 길

　메리는 열쇠를 오래도록 바라보았다. 열쇠를 앞뒤로 뒤집어 보면서 이런저런 생각을 했다. 전에도 언급했다시피 메리는 어른들에게 허락을 받거나 조언을 구하는 데 익숙한 아이가 아니었다. 이 열쇠가 정말로 폐쇄된 화원의 문을 여는 열쇠이고 그 문을 찾을 수만 있다면, 문을 열고 들어가 정원 내부가 어떻게 생겼는지 보고, 늙은 장미 나무가 살아 있는지를 확인해볼 수도 있겠다는 생각만이 머릿속에 가득했다. 정원을 그렇게나 보고 싶어 한 건 그토록 오랫동안 폐쇄되어 있었다는 사실 때문이었다. 다른 정원들과는 틀림없이 다를 것 같았고, 지난 10년 동안 뭔가 놀라운 일이 벌어졌을 것만 같았다. 게다가 정원이 마음에 들면 매일 그 안에 들어가서 문을 닫은 채 혼자만의 놀이를 즐길 수도 있을 터였다. 정원의 문은 여전히 닫혀 있고 열쇠는 흙 속에 묻혀 있을 거라고 모두 믿고 있으니 아무도 메리가 어디에 있는지 찾을 수 없을 것이다. 이런 생각을 하니 메리는 기분이 아주 좋아졌다.

문이 잠긴 채 베일에 싸여 있는 방이 자그마치 100개나 되는 집에서 아무런 재밋거리도 없이 혼자 지내는 동안 메리의 잠들어 있던 머리와 상상력은 오히려 깨어나기 시작했다. 물론 거세고 신선하고 순수한 황무지의 바람도 중요한 역할을 했다. 황무지의 바람과 맞서 달리면서 입맛이 돋고 피가 힘차게 돌기 시작했던 것처럼, 메리의 마음은 흥분으로 달구어졌다. 인도에서는 항상 너무 덥고 나른하고 몸도 약했기에 그 어떤 것에도 별 관심이 없었는데, 여기에서는 새로운 것들에 자꾸 마음이 쓰이고 직접 해보고 싶다는 생각이 들었다. 자기도 모르는 새 메리는 조금씩 '심술쟁이' 티를 벗고 있었다.

메리는 열쇠를 주머니에 넣고 길을 오르락내리락했다. 그곳은 마치 메리 자신 말고는 그 누구도 와본 적 없는 곳 같았다. 그래서 메리는 담장을 바라보며, 아니, 담장에 자라난 담쟁이덩굴을 바라보며 느릿느릿 걸었다. 담쟁이덩굴은 당황스러울 정도로 두툼했다. 아무리 유심히 쳐다보아도 두껍게 자라 화려해 보이는 진녹색의 덩굴들밖에 보이지 않았다. 메리는 너무나 실망스러웠다. 산책로를 서성거리며 저 너머의 나무 꼭대기를 바라보고 있자니 특유의 심술이 스멀스멀 되살아났다. "이렇게 가까이에 있으면서도 들어갈 수 없다니 정말 바보 같아." 메리는 중얼거렸다. 메리는 주머니에 열쇠를 넣은 채 집으로 돌아왔고, 혹시라도 숨은 문을 찾게 되면 곧바로 열 수 있도록 밖에 나갈 때마다 늘 가지고 다니기로 마음먹었다.

메드록 부인은 오두막집에서 하룻밤을 자고 느지막이 돌아와도 된다고 했지만 다음 날 아침 마사는 이미 저택에 돌아와 있었다. 그 어느 때보다도 뺨이 붉었고 아주 쾌활한 모습이었다.

"새벽 네 시에 일어났슈." 마사가 말했다. "아유, 해가 떠오르는 황무지에서 새들이 잠에서 깨나구, 토끼들은 날래게 뛰어다니는 모습이 어찌나 예쁘던지. 내내 걸어온 것도 아녀유. 어떤 아자씨가 우마차를 태워주셔서 읃어 타고 왔는디 참말 기분이 좋더라구유."

마사는 즐거운 이야기를 잔뜩 가지고 돌아왔다. 마사의 어머니는 마사를 보자 아주 기뻐하셨고 둘은 함께 빵을 굽고 밀린 빨래를 모두 끝냈다. 그리고 아이들에게 주려고 갈색 설탕을 약간 넣은 밀가루 빵까지 만들었다.

"동생들이 황무지에서 신나게 놀다 들어왔을 때 빵이 뜨끈허게 다 구워졌어유. 집 안에 뜨겁구 고소한 빵 냄새가 진동허는 데다 따뜻한 난롯불까지 있으니 애덜은 신나서 소리를 질러댔쥬. 디콘은 우리 오두막이 대궐보다두 더 좋다구 하더라구유."

저녁이 되자 모두가 난롯가에 둘러앉았고 마사와 어머니는 찢어진 옷과 양말을 기웠다. 마사는 아이들에게 인도에서 온 소녀 이야기를 들려주었다. '흑인'들이 항상 시중을 들어주어서 혼자서는 양말도 신을 줄도 모른다는 이야기였다.

"아이구, 애덜이 아가씨 이야기를 월매나 좋아하던지. 아가씨가 흑인들허구 같이 타고 온 배에 대해서두 전부 알고 싶어 하더라구유. 다들 더 듣고 싶다구 안달복달을 했슈."

메리는 잠깐 동안 곰곰이 생각하더니 이렇게 말했다.

"다음 휴가가 오기 전에 더 많은 이야기를 해줄게. 아마 아이들도 좋아하겠지? 코끼리와 낙타를 타는 이야기나 호랑이 사냥을 나가는 군인들에 대한 이야기를 해주면 분명 좋아할 거야."

"시상에!" 마사가 기뻐하며 소리쳤다. "다들 신나서 날뛰겠네유. 참말로 그래 주실 거예유, 아가씨? 요크셔에서두 동물 서커스를 했었다던디, 그거랑 비슷하겠구먼유."

"인도는 요크셔랑은 달라." 메리는 기억을 더듬어가며 느리게 말을 이었다. "생각해본 적이 없어서 나도 잘 모르겠다. 디콘과 너희 어머니도 내 얘기를 좋아하셨니?"

"아이구, 우리 디콘은 눈이 월매나 휘둥그레졌던지 그만 밖으로 튀어나오는 줄 알았슈!" 마사가 답했다. "근디 엄니는 아가씨가 늘 혼자서만 계시는 것 같아 걱정이래유. 지헌테 '크레이븐 씨가 여적 가정교사나 보모를 안 구하셨냐?' 물으시기에 '아직이유. 언젠가 구해주시기야 하겠지만 앞으로 이삼 년 동안은 그럴 생각조차 못하실지도 모른다구 메드록 부인이 말씀하시던데유'라고 대답했쥬."

"난 가정교사가 싫어." 메리가 날카롭게 대꾸했다.

"그치만 엄니는 아가씨가 지금쯤이믄 공부도 시작해야 허구, 돌봐줄 사람도 필요할 거라고 하셨어유. 그러고는 '얘야, 마사. 그렇게 크다란 집을 엄마도 없이 혼자서 돌아다녀야 된다믄 기분이 우떻겠냐. 네가 잘 좀 위로해줘' 하시기에 지두 '그럴게유' 했어유."

메리는 마사를 오랫동안 빤히 쳐다보았다.

"넌 이미 위로가 되어주고 있어." 메리가 말했다. "네 이야기를 듣는 게 좋거든."

그러자 마사는 밖으로 나갔다가 앞치마 아래에 무언가를 숨긴 채 돌아왔다.

"이게 뭘까유?" 마사가 환한 미소를 띤 채 물었다. "아가씨 선물이에유!"

"정말?" 메리가 탄성을 질렀다. 열네 명의 배고픈 사람들로 가득한 오두막집에서 어떻게 선물을 줄 수가 있단 말인가!

"도붓장수가 수레를 끌고 황무지를 지나가다가유…." 마사가 설명하기 시작했다. "우리 집 문 앞에 멈춘 거예유. 수레에는 솥허구 냄비허구 다른 잡동사니들도 많았는디 돈이 없어서 못 샀쥬. 그래서 도붓장수가 막 떠나려는 참인디 우리 엘리자베스 엘런이 갑자기 '엄니! 빨강 파랑 손잡이가 달린 줄넘기가 있어유'라고 소리를 치는 규. 그러자 엄니도 헐레벌떡 '여봐유! 아자씨! 잠깐 기다려봐유! 저게 얼마유?' 하고 물었쥬. 도붓장수가 '2펜스유' 하자 엄니는 주머니를 뒤적뒤적 허시더니만 '마사, 네가 고맙게 벌어다 준 돈이구, 쓸 데는 참말로 많지마는 딱 2펜스만 빼서 그 아이에게 줄넘기를 사주마' 하시며 하나 사주셨어유. 자, 여기유."

마사는 앞치마 아래에서 줄넘기를 자랑스럽게 꺼내 들었다. 가늘고 튼튼해 보이는 긴 줄의 양 끝에 빨강과 파랑으로 줄무늬가 그려진 손잡이가 하나씩 달려 있었다. 메리 레녹스는 줄넘기를 한 번도 본 적이 없었으므로 어리둥절한 표정으로 줄넘기를 바라보았다.

"이게 뭐야?" 메리가 궁금해하며 물었다.

"뭐냐구유?" 마사가 소리쳤다. "아니, 인도에는 코끼리도 있구 호랑이랑 낙타두 있는디 줄넘기는 없다는 소리유? 아무리 흑인들만 있드래두 그렇지, 참. 봐유, 줄넘기는 이렇게 하는 거예유."

그러더니 마사는 방 한가운데로 가서 양손에 손잡이를 하나씩 잡고 줄을 돌려가며 깡충깡충 뛰기 시작했고 메리는 의자를 돌려 마사를 바라보았다. 벽에 걸려 있는 오래된 초상화 속 기묘한 얼굴들 역시 마사를 바라보며, 저 보잘것없는 천한 오두막집 아이가 자기들 코밑에서 도대체 무슨 무례한 짓을 벌이는지 궁금해하는 것만 같았다. 하지만 마사는 조금도 신경 쓰지 않았다. 메리 아가씨의 얼굴에 드러난 호기심과 흥미 덕분에 기분이 좋아져서 깡충깡충 뛰다 보니 어느새 100번이 채워졌다.

"더 오랫동안 할 수도 있어유." 마사가 줄넘기를 멈추고 말했다. "열두 살 때는 500번도 뛰었당께요. 그때는 지금처럼 뚱뚱하지도 않았구 연습도 많이 했으니께유."

메리도 신나서 의자에서 일어났다.

"좋아 보여." 메리가 말했다. "너희 어머니는 정말 친절한 분이야. 나도 언젠가는 너처럼 줄넘기를 잘할 수 있을까?"

"한번 해봐유." 마사가 줄넘기를 건네주며 재촉했다. "처음부터 100개나 할 수는 없겠지만 연습하면 점점 나아지실 거예유. 엄니도 그렇게 말씀허셨구유. '그 아이헌티 줄넘기보다 더 좋은 건 없을 거여. 애들헌티 질루 좋은 장난감이 바루 줄넘기니께. 신선한 바깥 공기를 쐬감서 줄넘기를 하라구 혀라. 팔다리가 쭉쭉 펴지고 힘도 생길 것이여'라고도 하셨어유."

메리의 팔다리가 얼마나 허약한지는 줄넘기를 시작하자마자 분명히 드러났다. 메리는 줄넘기를 정말 못했다. 하지만 기분이 무척 좋아서 도무지 멈추고 싶지가 않았다.

"옷을 걸치구 밖에 나가서 해보셔유." 마사가 말했다. "엄니두 아가씨를 최대한 밖에 나가게 하라구 허셨어유. 비가 좀 오드래두 옷을 따뜻하게 챙겨 입구서 나가야 한다구유."

메리는 외투와 모자를 걸치고 줄넘기를 팔에 걸었다. 문을 열고 밖으로 나간 메리는 문득 생각난 듯 느릿느릿 뒤를 돌아보았다.

"마사." 메리가 말했다. "그거 네 월급이었잖아. 그 2펜스 말이야. 고마워." 사람들에게 감사 인사를 하거나 남들의 호의를 인정하는 데 익숙지 않은 메리가 딱딱하게 말했다. "정말 고마워." 메리가 다시 한번 말하더니 손을 내밀었다. 달리 무엇을 해야 할지 몰랐기 때문이다.

마사는 자신도 이런 데 전혀 익숙지 않다는 듯 어설프게 메리의 손을 잡고 짧게 악수를 하더니, 웃음을 터뜨렸다.

"아유! 아가씨 참말로 노인네 같네잉. 우리 엘리자베스 엘런이었다믄 뽀뽀를 해주었을 텐디."

메리는 어느 때보다도 더 딱딱한 얼굴이 되었다.

"뽀뽀를 해줄까?"

마사가 또 웃었다.

"아이구, 됐슈. 다른 애들 같았다믄 그랬을 거라는 말예유. 하지만 아가씨는 다르니께유. 얼른 나가서 줄넘기 가지고 놀아유!"

메리는 약간 이상한 기분으로 방을 나섰다. 요크셔 사람들은 다들 좀 이상했다. 특히 마사는 늘 수수께끼 같았다. 처음에는 마사가 정말 싫었지만 지금은 그렇지 않았다.

줄넘기는 정말 대단한 물건이었다. 메리는 볼이 빨갛게 달아오를 때까지 숫자를 세며 뛰고 또 뛰었다. 태어나서 지금껏 해본 그 어떤 놀이보다도 더 재미있었다. 햇볕은 반짝거리고 가벼운 바람이 불었다. 기분 좋게 불어오는 가벼운 바람에는 갓 갈아엎은 듯 신선한 흙냄새가 실려 있었다. 메리는 줄넘기를 해가며 마침내 텃밭에 도착했다. 벤 웨더스타프가 땅을 파면서 주변을 콩콩 뛰어다니는 울새에게 말을 걸고 있었다. 메리가 줄넘기하며 길을 따라 내려가 그들에게로 다가가자 울새는 고개를 들어 호기심 어린 표정으로 메리를 바라보았다. 메리는 울새가 자신을 알아보는지 궁금했다. 줄넘기하는 모습을 울새에게 꼭 보여주고 싶었다

"오메!" 벤이 탄성을 내질렀다. "웬일이랴! 아가씨두 어린애가 맞긴 맞는구면. 몸에 피 대신에 시큼한 버터밀크*라두 도는 줄 알았드니, 어린애의 피가 흐르긴 하는가 봐유."

"줄넘기는 처음 해봤어." 메리가 말했다. "이제 막 시작한 거야. 한 번에 스무 개 정도밖에 못 해."

"계속 연습해유." 벤이 말했다. "이교도들 사이에서 자란 것치구는 그만허믄 잘하는구면. 저눔이 아가씨를 쳐다보네유." 벤이 고갯짓으로 울새를 가리켰다. "어제 저눔이 아가씨를 따라갔쥬? 오늘두 아마 그럴 거예유. 줄넘기를 보구 도대체 무슨 물건인가 알아낼 심산이겠지. 안 그러냐, 이눔아?" 벤이 울새를 향해 고개를 끄덕이며 말했다. "조심허지 않으믄 네눔은 고 호기심 때문에 된서리를 맞을 것이여!"

메리는 잠깐씩 쉬어가며 줄넘기로 정원 전체를 돌고 과수원까지 돌았다. 한참 후 자신만의 특별한 산책로에 도착해서는 그 산책

---

* 버터를 만들 때 얻어지는 부산물을 젖산 발효해 만든 대표적인 산성 우유.

로 전체를 줄넘기로 한 번에 돌 수 있는지 시험해보기로 했다. 상당히 긴 거리라서 일부러 천천히 시작했는데도, 반도 채 가기 전에 너무 덥고 숨이 차서 멈출 수밖에 없었다. 그래도 벌써 멈추지 않고 서른 번까지는 뛰게 되었으니 기분이 그리 나쁘진 않았다. 메리가 기분 좋게 웃으며 잠시 서 있는데 이게 웬일인가, 울새가 바로 옆 긴 담쟁이덩굴에 앉아 그네를 타고 있었다. 녀석이 정말 메리를 따라온 것이다. 울새가 짹짹거리며 메리에게 인사했다. 줄넘기를 하며 울새 쪽으로 뛰어가는데 뛸 때마다 주머니에서 무거운 무언가가 짤랑거렸다. 메리는 울새를 바라보고 또 한 번 웃었다.

"어제 나에게 열쇠가 있는 곳을 알려주었지?" 메리가 말했다. "오늘은 문이 어디인지 알려줄래? 네가 그걸 알 리는 없겠지만!"

붉은가슴울새는 흔들리는 덩굴 가지에서 날아가 담장 위에 앉더니 작은 부리로 크고 사랑스럽게 지저귀며 목소리를 뽐냈다. 이 세상에 목소리를 뽐내는 울새처럼 귀엽고 사랑스러운 생물이 또 있을까.

인도에 있을 때 메리는 아야에게서 마법에 관한 이야기를 자주 듣곤 했는데, 바로 그 순간 메리에게 벌어진 일이 다름 아닌 마법이었다.

기분 좋은 가벼운 돌풍이 산책로를 휩쓸고 지나갔다. 평소보다 약간 센 바람이었다. 나뭇가지들이 흔들렸고 담 위에 뒤엉켜 있는 담쟁이덩굴마저 흔들렸다. 메리가 울새 쪽으로 한 걸음 더 다가가자 그 순간 또다시 돌풍이 불어와 느슨한 덩굴 가지를 옆으로 흔들었다. 메리는 재빠르게 덩굴 쪽으로 뛰어 들어가 가지를 낚아챘다. 덩굴 아래에서 뭔가가 보였기 때문이다. 나뭇잎으로 뒤덮인 동그란 손잡이였다. 문에 달린 손잡이가 틀림없었다.

메리는 손을 집어넣어 나뭇잎을 이리저리 밀어내고 잡아 뜯기 시작했다. 덩굴은 아주 두꺼웠고 일부는 나무와 철 위에 엉겨 붙어 있기도 했지만 대부분의 덩굴은 흔들리는 커튼처럼 느슨하게 매달려 있었다. 메리는 기쁨과 흥분으로 가슴이 뛰고 손이 조금씩 떨리기 시작했다. 붉은가슴울새는 약간 떨어진 곳에서 머리를 한쪽으로 갸우뚱 기울인 채 계속 짹짹거리고 있었다. 왠지 메리만큼이나 흥분한 것 같았다. 지금 손 밑에 만져지는 이 네모난 철제는 무엇일까? 그 안에 만져지는 구멍은 또 무엇일까?

그건 바로 10년 동안 잠겨 있던 자물쇠였다. 주머니에 손을 넣어 열쇠를 꺼내보니 열쇠 구멍과 모양이 딱 들어맞을 것 같았다. 메리는 열쇠를 구멍에 넣고 조심스럽게 돌리기 시작했다. 두 손으로 있는 힘껏 돌리자 열쇠가 정말로 돌아갔다.

메리는 숨을 한 번 크게 들이마신 다음, 누가 오고 있지 않은지 확인하려고 자신이 걸어 내려온 긴 산책로를 돌아보았다. 아무도 없었다. 마치 그 누구도 와본 적 없는 미지의 땅 같았다. 메리는 너무나 긴장되어서 다시 한번 깊은숨을 들이쉬고 흔들리는 덩굴 커튼을 치운 뒤 문을 힘껏 밀었다. 문은 천천히, 천천히 열렸다.

열린 문을 통해 안으로 들어선 메리는 다시 문을 닫고 문에 잠시 등을 기댄 채 서서 주변을 돌아보았다. 흥분과 경이, 기쁨 때문에 숨이 가빠왔다.

메리는 지금 비밀의 정원 안에 서 있었다.

9장
세상에서 제일 이상한 집

이렇게 신비롭고도 아름다운 장소를 누가 상상이나 해봤을까. 사방을 둘러싼 높은 담장은 이파리 하나 없는 덩굴장미들이 온통 뒤엉켜 있어서 마치 융단을 덮어놓은 것 같았다. 메리 레녹스는 그것이 장미 줄기라는 것을 단번에 알았다. 인도에도 장미는 아주 많았기 때문이다. 땅은 칙칙하게 색 바랜 잔디로 완전히 뒤덮여 있었고, 군데군데 솟은 덤불들은 살아 있는지 알 수는 없었지만 역시 장미 덤불이 틀림없었다. 가지가 넓게 퍼져서 마치 자그마한 나무처럼 보이는 키 큰 장미 덤불도 곳곳에 눈에 띄었다. 정원에는 다른 나무들도 많았지만 이곳을 이토록 기묘하면서도 사랑스럽게 만드는 건 사방에 뻗어 있는 장미 덩굴과 커튼처럼 길게 늘어져 가볍게 흔들리는 덩굴손들이었다. 장미 덩굴은 여기저기서 서로 엉겨 붙거나 다른 나뭇가지에 달라붙어 이 나무에서 저 나무로 퍼져가며 아름다운 다리를 이루었다. 지금은 꽃도 이파리도 없어서 살아 있는지조차 알 수 없었지만, 회색 또는 갈색의 가느다란 줄기와 잔가지들은 마치 안

개의 장막처럼 담장과 나무, 심지어 갈색 잔디까지 모든 것을 뒤덮고 있었다. 이렇게 실안개처럼 뒤엉킨 가지가 나무에서 나무로 이어지는 모습 때문에 정원은 더욱더 신비로워 보였다. 메리는 이곳이 오랫동안 홀로 버려져 있었으므로 다른 정원들과는 분명 다를 거라고 상상했었다. 그런데 정말 그랬다. 이곳은 메리가 지금껏 본 다른 어떤 곳들과도 달랐다.

"이렇게 고요하다니!" 메리는 속삭였다 "아무 소리도 들리지 않아!"

그러고는 잠시 가만히 서서 고요의 소리를 들었다. 자신의 안식처인 나무 꼭대기로 날아간 울새마저도 다른 모든 것들처럼 고요했다. 날갯짓조차 하지 않았다. 꿈쩍도 하지 않은 채 그저 메리를 바라볼 뿐이었다.

"이렇게 고요한 것도 당연해." 메리가 다시 속삭였다. "여기서 누군가가 이렇게 말하는 것도 10년 만일 테니까."

메리는 정원 안쪽으로 좀 더 들어갔다. 누군가를 깨울까 두렵기라도 한 듯 아주 부드러운 발걸음이었다. 발밑에 난 잔디 덕분에 소리 없이 걸을 수 있다는 사실이 기뻤다. 메리는 마치 동화 속에나 나올 법한 회색 아치 아래를 지나가면서 눈을 들어 줄기와 잔가지들을 바라보았다.

"전부 죽어버린 건지 궁금해." 메리는 말했다. "이 정원은 이미 죽어버린 걸까? 아니었으면 좋겠어."

벤 웨더스타프였다면 보기만 해도 나무가 살았는지 죽었는지를 알았겠지만 메리의 눈에는 그저 회색이나 갈색의 줄기와 잔가지들만 보일 뿐이었고 아주 작은 새싹조차 찾을 수가 없었다.

하지만 어쨌든 메리는 이 멋진 정원 '안에' 들어왔고, 또한 담쟁이덩굴 아래 숨겨진 문을 통해 언제든 들어올 수 있게 되었으므로 마치 자기만의 세상을 찾은 듯한 기분이었다.

태양은 사방을 에워싼 담장 안쪽을 골고루 비춰주었고, 미셀스웨이트에서 가장 특별한 이 작은 땅 위에 파랗게 드리운 높고 둥근 하늘은 황무지에서보다도 더 부드럽고 선명해 보였다. 붉은가슴울새는 나무 꼭대기에서 날아와서는 이쪽 덤불에서 저쪽 덤불로 메리를 따라 날아다니고 주변을 콩콩 뛰어다녔다. 이 작은 녀석은 끝도 없이 짹짹거리며 자기 집을 메리에게 구경시키느라 아주 바쁜 것 같았다. 모든 것이 기묘하고 고요했으며, 모든 사람들로부터 수백 킬로미터는 떨어져 있는 것처럼 느껴졌지만 조금도 외롭지 않았다. 지금 메리를 성가시게 하는 유일한 문제는 저 장미들이 죽었는지 살았는지 또는 일부라도 살아 있어서 날씨가 좀 풀리면 이파리와 싹을 내밀 것인지가 궁금하다는 것뿐이었다. 완전히 죽어버린 게 아니라면, 정원이 아직 살아 있다면 얼마나 멋질까! 사방에서 수천 송이의 장미가 자라난다면…!

메리는 처음 들어올 때부터 줄곧 줄넘기를 팔에 걸고 있었다. 잠시 걷다 보니 줄넘기를 하며 온 정원을 뛰어다니고 싶다는 생각이 들었다. 자세히 들여다보고 싶은 것이 있으면 잠시 멈춰서 살펴보면 될 일이었다. 곳곳에 잔디 사이로 난 길의 흔적이 눈에 띄었고, 몇몇 모퉁이에는 상록수로 만든 벽감*이 있었다. 벽감 안에 놓인 항아리

---

* 장식을 목적으로 벽면을 움푹 파놓은 공간.

화분이나 석재 의자에는 이끼가 가득했다.

　메리는 두 번째 벽감 근처에서 줄넘기를 멈추었다. 한때 화단이었던 것 같은 그곳에, 검은 흙 사이로 비집고 나오는 뭔가가 있었다. 옅은 초록색의 작고 뾰족한 것들이었다. 메리는 벤 웨더스타프의 말이 떠올라 무릎을 꿇고 그것들을 쳐다보았다.

　"맞아, 뭔가 아주 작은 것이 자라나고 있어. 크로커스나 스노드롭, 아니면 수선화일지도 몰라." 메리는 속삭였다.

　새싹 가까이 몸을 구부려 축축한 땅의 신선한 냄새를 킁킁대며 들이마셨다. 무척이나 달콤했다.

　"다른 곳에서도 올라오고 있을지 몰라. 정원을 샅샅이 찾아봐야지."

　메리는 줄넘기를 하지 않고 걸었다. 걸음은 느렸고 눈은 땅에 고정되어 있었다. 야트막한 담을 두른 오래된 화단과 잔디 사이사이를 살피고 이곳저곳을 돌아다니며 하나라도 놓치지 않으려 애쓴 끝에 마침내 메리는 옅은 초록색의 작고 뾰족한 것들을 아주 많이 찾아냈다. 다시금 흥분이 온몸을 휘감았다.

　메리는 부드럽게 혼잣말했다. "완전히 죽은 정원은 아니었구나. 장미는 죽었을지 몰라도 다른 것들은 살아 있어."

　메리는 정원 가꾸기에 관해서라면 아무것도 몰랐지만, 왠지 잔디가 너무 두툼해서 파란 싹이 비집고 나올만한 공간이 부족해 보였다. 여기저기를 두리번거려 날카로운 나뭇조각을 찾아 든 메리는 무릎을 꿇은 채 땅을 파내고 잡초와 잔디를 뽑아내어 새싹 주변에 자그맣고 깔끔한 공간을 만들어냈다.

첫 작업을 마친 메리가 말했다. "이제야 얘들이 숨을 쉴 수 있겠어. 앞으로 더 많이 정리해줘야지. 보이는 대로 다 해줄 거야. 오늘 다 못하면 내일 또 오면 돼."

메리는 여기저기를 옮겨 다니며 땅을 파내고 잡초를 뽑았다. 마치 뭔가에 홀리기라도 한 듯 이 화단에서 저 화단으로, 다시 나무 아래 잔디로 몸을 옮겨가며 작업을 계속했다. 그러다 보니 몸이 점점 더워져서 처음에는 외투를 벗어 던졌다가 곧이어 모자까지 벗어버리고는, 자기도 모르게 웃음 띤 얼굴로 한참이나 옅은 초록색 새싹과 잔디를 내려다보았다.

붉은가슴울새는 분주하게 움직였다. 자신의 정원이 가꿔지는 모습을 보고 있자니 기분이 아주 좋았다. 울새는 벤 웨더스타프를 보고 놀랄 때가 많았다. 그 노인이 정원을 손보고 나면 속에 묻혀 있던 신선한 흙과 함께 온갖 맛있는 것들이 땅 위로 드러났기 때문이다. 그런데 지금 키가 그 노인의 절반이나 될까 한 낯선 인간이 영리하게도 자신의 정원으로 들어와서는 똑같은 일을 하고 있는 것이었다.

메리는 점심 식사를 하러 갈 시간까지 자기만의 정원에서 일을 했다. 사실 식사 시간이 되었다는 것도 뒤늦게야 깨달았다. 외투와 모자를 걸치고 줄넘기를 챙겨 들면서 메리는 벌써 두세 시간 동안이나 일했다는 사실을 믿을 수가 없었다. 일하는 내내 메리는 정말 행복했다. 깔끔해진 땅에 드러난 수십 개의 연둣빛 작은 새싹들 역시 잔디와 잡초로 뒤덮여 숨 막혀 하던 조금 전보다 두 배는 더 싱싱해 보였다.

"오후에 다시 올게." 메리는 자신의 새로운 왕국을 둘러보며, 마치 나무와 장미 덩굴들이 자기 말을 듣고 있기라도 한 것처럼 말했다.

그러고는 잔디를 가로질러 가볍게 달려가서는 낡은 문을 천천히 밀어 열고 덩굴 아래로 빠져나왔다. 메리의 발그레한 뺨과 밝게 빛나는 눈동자, 넘치는 식욕을 보고 마사는 아주 기뻐했다.

"고기 두 덩어리에 쌀 푸딩까지 두 그릇을 드셨네유! 아이구야, 줄넘기 하나에 아가씨가 요로코롬 변했다구 말씀드리믄 엄니가 월매나 기뻐하실까."

메리는 오전에 뾰족한 막대기로 땅을 파다가 양파처럼 생긴 뿌리 같은 것이 딸려 올라왔던 일을 생각하고 있었다. 다시 제자리에 묻어놓고 흙을 덮어 조심스레 토닥여두었는데, 문득 마사가 그 정체를 알지 궁금해졌다.

"마사, 양파같이 생긴 하얀 뿌리가 뭔지 알아?"

"알뿌리 말씀이시구면." 마사가 대답했다. "봄에 피는 꽃 중에는 알뿌리에서 나는 것이 많아유. 아주 작은 건 스노드롭이나 크로커스 뿌리이구, 큰 건 노랑 수선화나 하얀 수선화, 나팔 수선화 뿌리예유. 그중에서두 질 큰 건 백합이랑 붓꽃 뿌리구유. 아유, 월매나 이쁜지! 우리 집 작은 정원에두 디콘이 고것들을 엄청나게 심었쥬."

"디콘은 그 꽃들에 대해 잘 알아?" 메리는 이렇게 물으며 새로운 생각에 사로잡혔다.

"갸가 키우믄 아마 벽돌길에서두 꽃이 자라날 거예유. 엄니 말씀이 갸가 그냥 땅에다 대구 속삭이기만 해도 뭣이든지 자라난대유."

"알뿌리는 오래 살아? 아무도 돌봐주지 않는데 몇 년이고 스스로 살아남을 수도 있을까?" 메리가 걱정스럽게 물었다.

"혼자서두 잘 사는 놈들이어유. 그러니께 우리같이 가난한 사람들두 키우쥬. 건드리지만 않으면 아마 핑생 땅속으로 열심히 자라서 자손들을 여기저기 퍼뜨릴 거구먼유. 여기 나무 정원에두 스노드롭이 수천 송이씩 피어나는 자리가 있슈. 봄이믄 요크셔에서 질루 이쁜 곳이 바루 거긴디, 은제 처음 심었는지는 아무도 몰라유."

"봄이 어서 왔으면 좋겠어. 영국에서는 어떤 것들이 자라는지 전부 보고 싶어." 메리가 말했다.

식사를 마친 후 메리는 난롯가 융단 위의 가장 좋아하는 자리에 앉았다.

"저기… 작은 삽을 하나 갖고 싶어." 메리가 말했다.

"어디에 쓰시려구유?" 마사가 웃으며 물었다. "취미로 땅이라두 파보시게유? 이것두 엄니께 말씀드려야겠구먼."

메리는 벽난로의 불을 바라보며 잠시 고민했다. 비밀의 왕국을 지키려면 조심해야만 했다. 누구에게도 해가 되는 일은 아니었지만 만약 고모부가 아시게 되는 날엔 불같이 화를 내면서 자물쇠를 바꾸고 정원을 다시 폐쇄해 버릴지도 몰랐다. 그것만큼은 참을 수 없을 것 같았다.

"여기는 정말 크고 외로운 곳이야." 메리는 머릿속에서 생각을 정리하듯이 느릿느릿 말했다. "이 저택도 외롭고, 안뜰도 외롭고, 정원도 외로워. 너무 많은 곳이 닫혀 있어. 인도에서도 별로 많은 걸 하진 않았지만 원주민들이나 군인들을 구경하는 재미라도 있었고, 가끔은 밴드가 와서 연주하거나 아야가 이런저런 이야기를 들려주었어. 그런데 여기는 마사 너랑 벤 웨더스타프 말고는 말할 사람이 아무도 없어. 그런 데다 넌 할 일이 무척 많고 벤 할아버지는 내게 자주 말을 걸지 않아. 그러니 작은 삽이라도 하나 있으면 벤 할아버지처럼 여기저기 파보기도 하고, 씨앗을 좀 받아서 작은 정원을 만들 수도 있을 것 같았어."

마사의 얼굴이 환하게 밝아졌다.

"웬일이랴!" 마사가 소리쳤다. "엄니 말씀이 딱 맞았구먼. 울 엄니가 '땅이 저렇게 넓은디 갸헌테 좀 떼어줘서 파슬리나 무라도 심게 하면 좀 좋겠냐? 땅을 파고 갈퀴질하다 보면 기분이 좋아질 거여' 그러셨거든유."

"정말? 너희 어머니는 정말 아는 게 많으시다, 그렇지?" 메리가 말했다.

"그럼유! 엄니가 이런 말씀두 허셨어유. '여자가 애를 열둘이나 낳아서 기르다 보면 글자 말고도 배우는 것이 많단다. 꼭 산수 공부를 해야만 뭘 배우는 게 아니여. 애들헌테서두 많은 것을 배울 수 있다'라구유."

"삽은 얼마나 비쌀까? 작은 것 말이야." 메리가 물었다.

"글씨유." 마사는 고민 끝에 말했다. "스웨이트 마을에 작은 가게가 하나 있는디 거기서 삽이랑 갈퀴랑 쇠스랑을 한데 묶어 2실링에 파는 걸 본 적이 있슈. 꽤 튼튼해 보이던디."*

---

* 영국의 옛날 화폐 단위는 파운드, 크라운, 실링, 페니로 이루어져 있으며, 펜스는 페니의 복수형이다. 1파운드는 4크라운이며, 1크라운은 5실링, 1실링은 12펜스다.

"그만한 돈은 있어. 모리슨 부인이 준 5실링도 있고, 메드록 부인이 고모부에게 받아서 준 돈도 조금 있거든."

"주인 나리께서 아가씨를 그렇게까정 생각하셔유?" 마사가 놀라서 물었다.

"메드록 부인 말로는 일주일에 1실링씩 주라고 하셨대. 토요일마다 받았는데 그동안은 어디에 쓸지를 몰랐어."

"오메! 무지 많네유. 사고 싶은 건 뭐든지 살 수 있겠슈. 우리 오두막집 집세가 1실링 3펜스인디, 우덜은 그거 대는 것만 해도 등골이 빠지거든유. 지한테 좋은 생각이 있어유." 마사가 손을 허리춤에 얹고 말했다.

"뭔데?" 메리의 눈이 반짝였다.

"스웨이트에 있는 그 가게에서 꽃씨도 한 묶음에 1페니씩 팔아유. 우리 디콘은 어떤 꽃이 질 이쁜지, 어떻게 키우는지두 잘 아는 데다 스웨이트에는 하루에도 몇 번씩 놀러를 가구유. 아가씨 글자 쓸 줄 알아유?" 마사가 갑작스레 물었다.

"쓸 줄은 알아." 메리가 대답했다.

마사는 머리를 가로저으며 말했다.

"우리 디콘은 필기체로 휘갈겨 쓴 글자는 못 읽어유. 아가씨가 또박또박 쓸 줄만 알믄 디콘헌티 편지를 써서 원예도구랑 씨앗을 좀 사다 달라구 하려구유."

"와! 그러면 되겠다!" 메리가 소리쳤다. "너 정말 착하구나, 마사! 넌 정말 좋은 아이야! 또박또박 쓰도록 노력해볼게. 메드록 부인에게 펜이랑 잉크랑 종이를 좀 달라고 해보자."

"지한테두 있슈. 언젠가는 일요일에 엄니한테 편지를 써보려고 사두었거든유. 가서 가져올게유."

마사가 뛰어나갔고, 메리는 너무 기뻐서 마르고 작은 손을 배배 꼬며 난롯가에 서 있었다.

메리는 중얼거렸다. "삽이 있으면 땅을 폭신하게 만들고 잡초를 파낼 수 있을 거야. 그런 다음 씨앗을 뿌려서 꽃을 피울 수만 있다면, 죽어 있던 정원이 되살아나겠지."

그날 오후 메리는 다시 밖에 나가지 않았다. 펜과 잉크와 종이를 가지고 돌아온 마사가 식탁을 치우고 접시와 그릇을 챙겨서 아래층에 내려갔을 때, 부엌에 있던 메드록 부인이 마사에게 심부름을 시켰기 때문이다. 메리는 마사가 돌아올 때까지 꽤나 길게 느껴지는 시간을 기다려야 했다. 마사가 돌아온 다음에는 디콘에게 편지를 쓰는 중대한 일이 남아 있었다. 가정교사들이 전부 치를 떨었던 탓에 메리는 글 쓰는 법을 제대로 배우지 못했다. 그러므로 결코 잘 쓴다고 말할 수는 없었지만 그래도 어찌어찌 글자를 써낼 수는 있었다. 마사가 불러준 편지는 아래와 같았다.

사랑하는 디콘에게

잘 지내고 있지? 메리 아가씨에게는 돈이 많으니 네가 스웨이트로 가서 화단을 만들 원예도구 세트와 꽃씨를 사다 줬으면 한다. 가장 예쁘고 키우기 쉬운 꽃으로 사다 줘. 아가씨는 한 번도 꽃을 키워본 적이 없고, 이곳과는 전혀 다른 인도에서 왔거든. 어머니와 동생들에게도 안부 전해주렴. 메리 아가씨가 재미난 이야기를 많이 들려주시기로 했으니 다음 휴가 때는 사자와 호랑이를 사냥하는 신사 이야기와 코끼리, 낙타 이야기를 들려줄게.

너를 사랑하는 누이 마사 피비 소어비로부터

"돈은 봉투에 넣으셔유. 푸줏간집 아들헌티 전해달라구 할게유. 디콘이랑 아주 친하거든유." 마사가 말했다.

"디콘이 산 물건을 내가 어떻게 받지?" 메리가 물었다.

"직접 갖다 드리믄 되쥬. 이쪽으루 걸어오는 것도 좋아할 거예유."

"어머나!" 메리가 탄성을 내질렀다. "그럼 디콘을 만날 수 있겠네! 생각도 못 해봤어."

"디콘을 만나보구 싶으세유?" 마사가 기쁜 표정으로 물었다.

"응, 보고 싶어. 여우와 까마귀를 데리고 다니는 아이는 한 번도 본 적이 없거든. 정말, 정말 보고 싶어."

마사는 갑자기 생각났다는 듯 몸을 움찔하더니 이렇게 말했다.

"그러구 보니 깜빡했네유. 아침에 질 먼저 말씀드리려구 했는디. 엄니헌티 말씀드렸더니 메드록 부인께 한번 물어본다고 하셨어유."

"뭘 말이야?" 메리가 물었다.

"화요일에 말씀드렸던 거 말예유. 언제 한번 아가씨를 우리 오두막에 초대해서 엄니가 만든 따뜻한 오트밀 케이크랑 버터랑 우유를 대접해도 되겠냐고 여쭤봤어유."

온갖 흥미로운 일들이 하루 만에 전부 벌어지는 듯했다. 하늘이 푸른 환한 대낮에 황무지를 지나가게 되다니! 열두 명의 아이가 있는 오두막집에 가게 되다니!

"메드록 부인이 허락해줄 것 같으시대?" 메리가 걱정스러운 표정으로 물었다.

"예, 그러실 것 같대유. 울 엄니가 월매나 깔끔허신지, 오두막을 월매나 깨끗하게 관리하는지 부인도 잘 아시니께유."

메리는 곰곰이 생각하더니 아주 기뻐하며 말했다. "너희 집에 가게 된다면 너희 어머니도 만나볼 수 있겠구나. 너희 어머니는 인도에서 보았던 어머니들과는 다른 것 같아."

오전에는 정원에서 열심히 일하고 오후는 아주 기쁘게 보낸 덕에 메리는 고요한 마음으로 생각에 잠길 수 있었다. 차 마시는 시간까지도 마사는 메리와 함께 있었지만 둘은 편안하고 조용하게 자리에 앉아 시간을 보냈을 뿐, 말은 거의 하지 않았다. 하지만 마사가 쟁반을 가져다 두러 아래층으로 내려갈 때 메리가 이렇게 물었다.

"마사, 부엌방 하녀가 오늘도 이가 아팠대?"

마사는 살짝 놀라는 눈치였다.

"그걸 왜 물으셔유?"

"아까 너를 한참 동안 기다리다가 오는지 보려고 문을 열고 복도를 걸어 내려갔거든. 그런데 멀리서 우는 소리가 또 들렸어. 지난밤에 들었던 바로 그 소리였어. 오늘은 바람이 불지도 않았잖아. 바람 소리는 아니야."

"아이구!" 마사가 불안해하며 말했다. "복도에서 이런저런 소리를 듣구 돌아다니시믄 안 돼유. 주인 나리께서 화가 나시면 무슨 일이 생길지 모른다구유."

"일부러 들으려던 게 아니라, 그냥 널 기다리고 있었는데 소리가 들린 것뿐이야. 울음소리가 세 번이나 났다고."

"에구머니나! 메드록 부인께서 부르시네유." 마사가 도망치다시피 방을 빠져나갔다.

"세상에 이렇게 이상한 집도 다 있을까." 메리는 바닥에 앉아 졸린 얼굴로 이렇게 말하며 안락의자의 푹신한 자리에 머리를 떨어뜨렸다. 신선한 공기, 땅 파기, 줄넘기 덕분에 기분 좋은 피로가 몰려왔고 메리는 곧 잠들었다.

10장
디콘

태양은 거의 일주일 내내 비밀의 정원을 비춰주었다. '비밀의 정원'이란 그곳을 부르는 메리만의 이름이었다. 메리는 그 이름을 좋아했고, 정원을 둘러싼 낡고 아름다운 담장이 아무도 모르게 자신을 숨겨주고 있다는 느낌은 더욱 좋아했다. 마치 현실 세계와는 완전히 단절된 요정들의 세상에 와 있는 기분이었다. 메리가 좋아하던 몇 안 되는 동화책 중에도 비밀의 정원에 관한 이야기가 있었다. 그곳에 들어간 사람들이 100년 동안이나 잠을 잤다는 이야기였는데, 정말 바보 같은 짓이라는 생각이 들었다. 실제로도 메리는 미셀스웨이트에서 하루하루를 보낼수록 잠을 자고 싶다는 생각은 줄어들고 정신이 점점 더 맑아졌다. 메리는 바깥활동을 좋아하기 시작했으며 바람이 더는 싫지 않았다. 아니, 오히려 바람을 즐겼다. 더 빨리, 더 오랫동안 달릴 수 있게 되었고, 줄넘기는 100개까지 할 수 있게 되었다. 비밀의 정원에 있던 알뿌리들 역시 바뀐 환경에 깜짝 놀랐을 것이다. 주변이 깔끔하게 정리되면서 그렇게나 바라던 숨 쉴 공간이 생겨났기 때문이다. 메리는 전혀 모르고 있었지만 실제로도 알뿌리들은 캄캄한 땅속에서 조금씩 생기를 얻고 활발한 활동을 시작하고 있었다. 태양은 땅속까지 배어들어 그들을 따스하게 데워주었고, 내리는 비도 단번에 스며들어 적셔주었으므로 알뿌리들은 완전히 살아 있다는 기분을 느끼기 시작했다.

유별나고 고집스러운 소녀 메리는 드디어 그 고집을 발휘할 정도로 흥미로운 대상을 찾았고, 비밀의 정원에 완전히 빠져들었다. 땅을 파고 잡초를 뽑으며 열심히 일해도 힘들기는커녕 기쁨이 넘쳤다. 정원 가꾸기는 메리에게 아주 황홀한 놀이였다. 연둣빛 새싹들은 기대했던 것보다도 훨씬 많이 움텄다. 새싹이 정원 어디에서나 돋아나는 것 같았고, 메리는 매일같이 새로 생겨난 아주 작은 싹들을 찾을 수 있으리라 확신하게 되었다. 그중에는 흙 위로 거의 드러나지도 않는 아주 작은 싹들도 있었다. 그 많은 새싹을 보고 있자니 마사가 말한 '수천 송이의 스노드롭'과 널리 퍼지면서 새로운 꽃송이들을 만들어낸다는 알뿌리에 대한 이야기가 떠올랐다. 이곳에 있는 알뿌리들도 버려져 있던 지난 10년 동안 널리 널리 퍼져서, 마치 스노드롭처럼 수천 개의 꽃을 피울지도 몰랐다. 메리는 새싹들이 언제쯤 다 자라서 아름다운 꽃을 뽐내게 될지 궁금했다. 이따금 땅 파기를 멈추고 주변을 둘러보며 수천 송이의 만개한 꽃이 정원을 뒤덮은 모습을 상상해보기도 했다.

햇살이 내리쬐던 한 주 동안 메리는 벤 웨더스타프와 더욱 가까워졌다. 몇 번인가는 마치 땅에서 솟아오르기라도 한 것처럼 갑자기 튀어나와서 벤을 놀래주기도 했다. 사실 메리는 자신이 다가오는 모

습을 보면 벤이 삽을 집어 들고 휙 가버릴까 봐 항상 살금살금 다가
갔다. 하지만 벤 역시도 처음처럼 메리를 싫어하지는 않았다. 어쩌면
마음속 깊은 곳에서는, 늙은 자신과 친구가 되고 싶어 하는 메리의
모습에 은근히 우쭐한 기분을 느꼈는지도 모른다. 게다가 이제 메리
는 전보다 훨씬 예의 바르게 굴었다. 벤은 몰랐지만 처음에 메리는
인도에서 하인들에게 쓰던 말투를 벤에게 그대로 썼다. 게다가 그때
는, 고집스럽고 심술궂은 요크셔 노인들은 그저 해야 할 일을 할 뿐
주인들에게 '살람'을 하지는 않는다는 사실 역시 알지 못했다.

"아가씨는 꼭 저 울새 같구먼." 어느 아침 고개를 들자 옆에 서
있는 메리를 발견하고는 벤이 말했다. "언제 어디서 올지 알 수가 없
으니, 원."

"이제 난 울새와 친구가 되었어."

"그럼 그렇지." 벤 웨더스타프가 쏘아붙였다. "허영에 빠져서는
방정맞게 여자들헌티 찝쩍대는 꼴이라니. 저눔은 지 꽁지깃털을 뽐
내구 싶어서 아주 안달이 난 놈이유. 속이 꽉 찬 새알모냥 자만심으
로 가득하다니께유."

벤은 평소 말이 거의 없고 메리의 질문에도 툴툴거리기나 할 뿐
제대로 대답하는 법이 없었지만 웬일인지 오늘 아침에는 말이 많았
다. 그는 일어서서 징 박힌 부츠를 신은 한쪽 발을 삽 위에 척하니
올리고는 메리를 쳐다보았다.

"여기 온 지 얼마나 됐슈?" 노인은 내뱉듯이 말했다.

"한 달 정도 된 것 같아."

"여기가 아가씨헌티는 딱 맞나 보구먼. 전보담 살도 좀 찌구 그

때모냥 빽빽 소리도 안 지르는 걸 보면 말여. 첨 왔을 때는 꼭 털 뽑힌 까마구 새끼 같았는데. 애덜치구 그 모냥으루 못 생기구 심술궂은 얼굴은 내 처음 본다 싶었다니께유."

메리는 자신이 예쁘다고 생각한 적도 없었고 외모에 별 관심도 없었으므로 기분이 크게 상하지는 않았다.

"맞아, 살이 찌고 있어. 원래 헐렁헐렁했던 스타킹이 점점 작아지고 있거든. 아, 저기 울새가 있어."

그곳에는 정말로 붉은가슴울새가 있었다. 녀석은 어느 때보다도 더 예뻐 보였다. 비단결처럼 윤이 나는 붉은 조끼를 입고서 날개와 꼬리를 퍼덕이며 머리를 갸웃거리거나, 우아하고 생기 넘치는 모습으로 콩콩 뛰어다녔다. 벤 웨더스타프의 마음을 사로잡으려고 작정한 것 같았다. 하지만 벤은 빈정거렸다.

"요놈 봐라! 꼭 저 아쉬울 때만 찾아오는구먼. 가심 털 깨끗허게 다듬구 깃털에 광낸다구 두 주 동안이나 난리를 부렸지. 네놈이 뭣 땜에 그러는지 내가 다 알어. 어디 가서 되바라진 암컷 한 마리 꾀어올라 그러지? 여기 황무지 사는 수컷 중에서 네놈이 질 멋있구, 싸움두 질 잘헌다구 그짓부렁을 늘어놓을라구 하는 거 아녀!"

"어머나! 얘 좀 봐!" 메리가 탄성을 내질렀다.

울새는 아주 대담했다. 콩콩 뛰어서 벤 웨더스타프에게 점점 가까이 다가가더니 애교 섞인 얼굴로 그를 쳐다보는 것이었다. 그러다가 근처 까치밥나무 덤불로 날아가서는 고개를 갸웃거리며 노인을 향해 짧은 노래를 불렀다.

"그런다구 내가 눈 하나 꿈쩍할 것 같으냐." 벤의 주름진 얼굴에는 즐거움을 애써 숨기려는 기색이 역력했다. "네가 세상천지서 질루 이쁜 것 같지? 그게 네놈 생각이지?"

울새가 날개를 폈다. 그러고는 공중으로 포르르 날아올라 벤 웨더스타프의 삽 손잡이 위에 내려앉았다. 메리는 눈으로 보면서도 믿을 수가 없었다. 노인의 주름진 얼굴에는 새로운 표정이 떠올랐다. 그는 숨 쉬는 것조차 두렵다는 듯 가만히 서 있었다. 자신의 울새를 놀래주지 않기 위해서라면 무슨 일이 벌어져도 꿈쩍하지 않을 것만 같았다. 노인은 가만히 속삭였다.

"오메, 큰일 나부렀네!" 말의 내용과는 사뭇 다른 부드러운 목소리였다. "네놈이 참말로 사람 다룰 줄을 아는구먼. 참말이여! 이 요망한 것 같으니라구."

그러면서도 벤은 움직임 없이, 거의 숨도 쉬지 않고 서 있었다. 마침내 울새는 한 번 더 날개를 퍼덕이더니 날아가 버렸다. 그러자 그는 새가 앉았던 자리에 어떤 마법이라도 깃들어 있는 듯 삽의 손잡이를 쳐다보다가 다시 땅을 파기 시작했고, 그 뒤로 몇 분 동안 아무 말도 하지 않았다.

하지만 이따금 만면에 은근한 미소를 머금었으므로 메리는 겁내지 않고 그에게 말을 걸었다.

"할아버지는 밭 있어?" 메리가 물었다.

"없슈. 가족두 없이 대문 옆 오두막에서 마틴허구 사는 걸, 뭐."

"만약에 밭이 있다면 뭘 심을 거야?"

"양배추허구 감자허구 양파를 심겄지유."

"거기를 화원으로 만들고 싶다면?" 메리는 집요하게 물었다.

"알뿌리 꽃허구 달곰헌 향기가 나는 꽃도 심겄지마는, 주로는 장미를 심겄지유."

메리의 얼굴이 환해졌다.

"할아버지도 장미를 좋아해?"

벤 웨더스타프는 잡초 뿌리를 뽑아서 옆으로 휙 내던지더니 이렇게 대답했다.

"뭐, 좋아하긴 해유. 예전에 정원 일을 도와드리던 부인헌티 배웠슈. 그 부인은 장미를 아주 많이 심어놓구서 자기 자식이라두 되는 것모냥, 아니믄 울새라두 되는 것모냥 아끼셨거든유. 몸을 굽혀서 꽃에 입을 맞추기도 하셨지유." 그는 잡초를 또 하나 뽑더니 얼굴을 찌푸렸다. "벌써 10년 전이구먼."

"그분은 지금 어디 계신데?" 메리가 한껏 궁금해져서 물었다.

"천국에유." 그러더니 삽을 땅속 깊이 찔러넣었다. "사람덜이 그러더라구유."

"그럼 그 장미들은 어떻게 됐어?" 메리가 더욱 궁금해하며 다시 물었다.

"그냥 버려졌쥬."

메리의 심장은 빠르게 뛰기 시작했다.

"다 죽었을까? 장미는 혼자 남겨지면 다 죽어?" 메리가 조심스레 물었다.

"글씨, 내가 고것들을 좋아하게 돼부렀잖아유. 내가 좋아하던 부인께서 그눔들을 아끼셨으니께." 벤 웨더스타프가 머뭇거리며 털어놓았다. "그래서 1년에 한두 번은 가서 그눔들을 돌봐줬쥬. 가지치

110

기도 허구 뿌리 주변에 흙도 정리했어유. 그랬드니 땅이 워낙 좋아서 더러는 살아남았어유. 지멋대로 자라기는 했어도."

"장미 나무에 이파리가 하나도 없고 전부 회갈색에 말라비틀어 진 것처럼 보이면 살았는지 죽었는지 어떻게 알아?" 메리가 물었다.

"봄이 오기를 기다리는 수밖에유. 햇살이 빗물 위에 내리쬐구, 다시 빗물이 햇살 위에 떨어지고 나면 자연히 알게 될 거예유."

"어떻게? 어떻게 안다는 거야?" 조심해야 한다는 것도 잊고 메 리가 소리쳤다.

"나뭇가지 여기저기에 갈색 혹이 부풀어 오르는지를 보면 돼유. 따뜻한 비가 내리믄 거기서 뭔 일이 생길 거예유." 그는 갑자기 말을 멈추더니 열의에 찬 메리의 얼굴을 궁금하다는 듯 쳐다보았다. "근 디 장미에 대해서 뭐가 그렇게 궁금해유? 갑자기?"

얼굴이 붉게 달아오르는 느낌이 들었다. 메리는 대답하기가 두 려웠다.

"그, 그게… 나만의 정원이 있다면 어떨까, 그냥 상상해봤어." 메리가 더듬거리며 대답했다. "그냥… 할 일이 너무 없어서. 나한테 는 아무것도, 아무도 없으니까."

"그래유." 벤 웨더스타프가 메리를 바라보며 느릿하게 말했다. "그렇긴 하쥬. 참말 그렇네잉."

그 말투가 매우 묘해서, 메리는 그가 자신을 불쌍하다고 여기 는 건 아닌지 문득 궁금해졌다. 메리는 단 한 번도 자신을 불쌍하다 고 여긴 적이 없었다. 그저 세상 모든 것들과 사람들이 너무 싫어서 매사가 짜증스럽고 피로할 뿐이었다. 그런데 이제는 세상이 점점 더 좋아지는 것 같았다. 만약 비밀의 정원에 대해 아무도 알아내지 못한다면 메리는 언제까지나 자기만의 시간을 즐길 수 있을 터였다.

메리는 10분에서 15분가량을 더 머물렀고 용기를 내어 이런저런 것들을 물어보았다. 그는 그 질문들에 전부 답해주었는데, 툴툴거리기는 했지만 정말로 짜증이 난 것처럼 보이지는 않았으며 삽을 들쳐메고 가버리지도 않았다. 메리가 막 자리를 뜨려고 할 때 그가 다시 장미에 관한 이야기를 했고, 그걸 들은 메리는 문득 그가 한때 좋아했다는 장미들이 궁금해졌다.

"아까 말한 장미들 말이야, 요즘도 보러 가?" 메리가 물었다.

"올해는 못 갔슈. 류머티즘 때문에 뼈마디가 어찌나 쑤시는지."

불만스러운 목소리로 말을 내뱉은 벤은 갑자기 화가 난 듯 얼굴을 일그러뜨렸다. 메리는 좀처럼 이유를 알 수 없었다.

"아니 그건 그렇구, 뭔 놈의 궁금증이 그렇게 많댜!" 그가 쏘아붙였다. "그렇게 온갖 것을 들쑤시고 댕기다니. 가서 혼자 놀아유. 더 할 말 없응께!"

그 말투가 어찌나 짜증스러운지 더 있어 봐야 좋을 게 없겠다는 생각이 들었다. 메리는 느린 줄넘기로 바깥쪽 산책로를 따라 내려가며 벤에 관해 생각해보았다. "정말 이상해." 메리가 중얼거렸다. 저렇게 짜증을 내는데도 메리는 늙은 벤 웨더스타프가 좋았다. 이상하게도 자꾸만 그에게 말을 걸고 싶었다. 또한 꽃에 관해서라면 벤은 모든 것을 알고 있을 것만 같았다.

비밀의 정원 외곽을 따라 이어지는 굽은 길은 월계수 울타리로 둘러싸여 있었고, 그 길을 따라가다 보면 대정원의 숲으로 이어지는 문이 나타났다. 메리는 줄넘기로 이 길을 따라 돌면서 숲에 토끼가 있는지 살펴보기로 했다. 줄넘기는 정말 즐거웠다. 곧 작은 출입문 앞에 도착한 메리는 문을 열고 밖으로 나갔다. 밖에서 들려오는 낮고 기묘한 휘파람 소리 때문이었다.

참으로 기이한 광경이었다. 메리는 숨도 쉬지 못하고 가만히 그 광경을 바라보았다. 한 소년이 나무 둥치에 등을 기대고 앉아 작은 나무 피리를 불고 있었다. 열두 살쯤 되어 보였고, 아주 깔끔해 보이는 차림새였다. 코는 들창코에 뺨은 양귀비꽃처럼 붉었다. 그렇게 둥글고 푸른 눈동자는 지금껏 한 번도 본 적이 없었다. 다람쥐 한 마리가 나무 둥치를 기어오르며 소년을 바라보고 있었고, 근처 덤불 뒤에서는 수꿩 한 마리가 우아하게 목을 뻗어 소년을 내다보고 있었으며, 소년의 바로 옆에 앉아 있는 토끼 두 마리는 예민한 코를 킁킁거리며 냄새를 맡고 있었다. 동물들 모두 그의 피리에서 나는 낮고 기묘한 소리를 들으려고 가까이 다가온 것 같았다.

그는 메리를 보더니 손을 멈추고 피리 소리만큼이나 낮은 목소리로 말을 걸었다.

"움직이지 말아유. 다 도망가버릴 거예유."

메리는 걸음을 멈추었다. 그는 피리 불기를 그만두고 자리에서 일어나기 시작했다. 그 움직임이 어찌나 느린지 거의 움직이지 않는 것처럼 느껴질 정도였다. 그가 마침내 발을 딛고 일어서자 다람쥐는 나뭇가지 위로 재빠르게 기어올라 가버렸고 수꿩 역시 덤불 사이로 머리를 숨겼으며 토끼들은 네 발을 땅에 딛더니 콩콩 뛰어 사라져버렸다. 하지만 아무도 겁을 먹지는 않은 것 같았다.

"지는 디콘이에유. 메리 아가씨 맞쥬?"

메리는 자신이 첫눈에 그 아이를 알아봤음을 깨달았다. 인도의 뱀 부리는 사람처럼 토끼와 꿩을 길들일 수 있는 사람이 디콘 말고 또 누가 있겠는가? 둥글고 큰 붉은 입술 때문에 그의 미소는 마치 온 얼굴을 뒤덮는 것 같았다.

"몸을 빨리 움직이면 저 녀석들이 놀랄 수도 있어유. 그래서 느릿느릿 일어난 거예유. 야생 동물들이 있을 때는 몸은 부드럽게 움직이구 목소리는 낮춰야 해유." 소년이 설명했다.

디콘은 메리를 처음 만났지만 마치 오랫동안 서로 알고 지낸 사이인 것처럼 친숙하게 말했다. 반면에 메리는 남자아이들에 대해서라면 아는 것이 없었고, 조금 부끄러웠기 때문에 다소 딱딱한 태도로 말했다.

"마사의 편지 받았니?"

디콘이 고개를 끄덕이자 곱슬곱슬한 붉은 머리칼이 찰랑거렸다.

"그것 때문에 왔슈."

디콘은 몸을 구부려 무언가를 집어 들었다. 피리를 불 때 내내 옆에 놓여 있던 것이었다.

"원예도구예유. 작은 삽허구 쇠스랑, 갈퀴, 괭이인디, 아주 튼실한 물건들이에유! 모종삽도 하나 있구유. 꽃씨두 몇 가지 샀는디, 주인 아줌니가 흰 양귀비랑 미나리아재비 씨앗은 덤으로 주셨어유."

"씨앗 좀 보여줄래?"

메리는 자신도 디콘처럼 말할 수 있으면 좋겠다고 생각했다. 그의 말은 빠르면서도 편안했고, 메리에게 호의적으로 들렸다. 또한 누덕누덕 기운 옷에 우스꽝스러운 얼굴, 헝클어진 빨간 머리를 한 평범한 황무지 소년에 지나지 않았지만 메리가 자신을 싫어할까 봐 두려워하는 기색은 조금도 보이지 않았다. 그에게 가까이 다가가자 야생화와 풀과 나뭇잎의 신선한 향기가 느껴졌다. 디콘은 마치 그런 것들로 만들어진 아이 같았다. 메리는 디콘의 냄새가 무척 좋았고, 불그레한 뺨과 둥그런 푸른 눈동자를 가진 그의 우스꽝스러운 얼굴을 보자 잠시 부끄러웠던 기분마저 잊어버리고 말았다.

"여기 나무 둥치에 앉아서 보자." 메리가 말했다.

둘은 자리에 앉았고 디콘은 외투 주머니에서 갈색 종이로 투박하게 포장한 씨앗 꾸러미를 꺼냈다. 줄을 풀어 포장지를 열자 꽃 그림이 그려진 더 작고 깔끔한 봉투가 여러 개 나왔다.

"목서초랑 양귀비 씨가 많아유. 목서초 꽃은 향기가 정말루 달콤하구 어디서든 잘 자라지유. 양귀비도 그렇구유. 뿌려놓구 휘파람만 불어두 활짝 필 거예유. 월매나 이쁜지 몰라유!"

그가 말을 멈추더니 고개를 재빨리 돌렸다. 양귀비처럼 발그레한 얼굴이 환하게 빛나기 시작했다.

"어디서 붉은가슴울새가 우리를 부르네유!"

빨간 열매로 반짝이는 호랑가시나무 덤불 사이에서 짹짹거리는 소리가 들려왔다. 메리는 누가 내는 소리인지 단번에 알 수 있었다.

"정말 우리를 부르는 거야?" 메리가 물었다.

"그럼유." 디콘은 그렇게 당연한 걸 왜 묻느냐는 듯 대답했다. "친구를 부르는 소리예유. '나 여기 있어. 나 좀 봐. 얘기 좀 하자'라고 말하는 거쥬. 저기 덤불 속에 있구먼. 저 새, 본 적 있어유?"

"벤 웨더스타프 할아버지의 새야. 나하고도 조금은 아는 사이야." 메리가 대답했다.

"그러게, 참말 아가씨를 아는구먼유." 디콘은 다시 목소리를 낮추었다. "그리구 아가씨를 좋아해유. 친구로 받아들인 거예유. 지헌테두 금방 아가씨에 대해서 털어놓을 거구먼유."

메리가 알아채기도 전에 디콘은 느린 동작으로 호랑가시나무 덤불에 꽤나 가까이 다가갔고, 울새와 거의 비슷한 소리를 내기 시작했다. 울새는 몇 초 동안 그 소리를 가만히 듣더니, 곧 질문에 대답하기라도 하듯 짹짹거렸다.

"맞아유. 저 녀석은 아가씨 친구예유." 디콘이 싱긋 웃었다.

"정말 그렇게 생각해?" 메리가 눈을 반짝이며 소리쳤다. 너무나도 궁금했다. "정말로 울새가 나를 좋아한다고 생각해?"

"좋아허지 않으믄 이렇게 가까이 오지도 않아유." 디콘이 대답했다. "새들이 월매나 까탈시러운디. 울새는 특히 더 거짓말을 못 해유. 봐유, 또 아가씨헌티 알랑거리네유. '나 좀 봐!' 그러는디유."

정말 디콘의 말이 맞는 것 같았다. 울새는 옆걸음을 치며 짹짹거리다가 덤불 위를 콩콩 뛰어다니며 고개를 갸웃거렸다.

"넌 새가 하는 말을 다 알아들을 수 있니?"

디콘의 얼굴에 미소가 서서히 번지더니 그 빨갛고 크고 둥근 입술이 다시 얼굴을 뒤덮었다. 소년은 헝클어진 머리를 만지작거리며 말했다.

"그런 거 같아유. 새들도 그걸 아는 거 같구유. 황무지에서 새들 허구 지낸 시간이 원체 기니께유. 저눔들이 알을 깨고 나와서 나는

116

법을 배우구 노래를 부르기 시작하구 둥지를 떠나는 모습을 전부 보다 보니께 인자는 내가 새가 아닌가 싶기도 해유. 그러다가두 또 어떤 때는 내가 여우인 것 같기도 허구, 토끼나 다람쥐 같기도 허구, 심지어 딱정벌레 같을 때도 있어유."

그러더니 웃으며 통나무로 돌아와서 다시 꽃씨에 관해 이야기하기 시작했다. 그는 각각의 씨앗이 어떤 꽃을 피우는지를 알려주었고 꽃씨 심는 법, 물과 영양분을 주는 법, 돌보는 법도 알려주었다.

"아가씨." 디콘이 갑자기 메리를 돌아보며 말했다. "제가 꽃씨 심는 걸 보여드릴게유. 아가씨 정원은 어디에유?"

메리는 깍지 낀 마른 두 손을 무릎에 올렸다. 뭐라고 해야 좋을지 몰라 메리는 잠시 말이 없었다. 이럴 때 어떻게 대처해야 할지 생각해본 적이 없었다. 비참한 기분이 들었고, 얼굴이 붉게 달아올랐다가 하얗게 질려버리는 것이 느껴졌다.

"정원이 어디 있을 텐디, 안 그래유?" 디콘이 물었다.

메리의 얼굴은 정말로 붉게 달아올랐다가 하얗게 질려버렸다. 디콘이 그 모습을 지켜보는 동안 메리는 여전히 말이 없었다. 이유를 모르는 디콘이 당황하기 시작했다.

"땅을 요맨큼두 안 줬어유? 아직 땅이 없는 규?"

메리가 깍지 낀 두 손을 더욱 세게 움켜쥐더니 눈을 돌려 디콘을 쳐다보았다.

"나는 남자아이들에 대해서는 전혀 몰라." 메리가 천천히 말을 이어갔다. "너… 비밀을 지킬 수 있니? 정말 중요한 비밀이야. 누구라도 그걸 알아낸다면 난 정말 어찌해야 좋을지 모를 거야. 죽어버릴지도 몰라!" 메리는 마지막 문장을 아주 격렬하게 내뱉었다.

디콘은 그 어느 때보다도 당황한 것 같았고 헝클어진 머리를 다시 손으로 문지르기도 했지만, 결국 상냥하게 대답했다.

"그럼유. 지는 여우가 워디에 새끼를 낳았는지, 새 둥지나 야생동물의 굴이 워디에 있는지 하는 것덜은 아무리 친구들이라두 절대 알려주는 법이 없어유. 지가 그 비밀들을 지키지 못했더라믄 황무지에서 안전한 곳은 하나두 없었을 거예유. 걱정 마세유. 지가 비밀 하나는 잘 지켜유."

메리는 자기도 모르게 손을 내밀어 그의 소매를 붙잡았다.

"내가 정원을 하나 훔쳤어." 메리는 아주 빠르게 말했다. "내 정원이 아니야. 그 누구의 것도 아니야. 아무도 원하지 않고, 아무도 돌보지 않아. 안에 들어가는 사람도 없고, 벌써 전부 죽어버렸을지도 몰라. 나도 잘 모르겠어."

온몸이 달아오르는 것 같았다. 이렇게까지 화가 나는 건 생전 처음이었다.

"상관없어. 상관없다고! 그 정원을 아끼는 사람은 나뿐인데, 누가 무슨 권리로 그걸 빼앗는다는 거야? 전부 죽게 내버려 뒀으면서, 완전히 가둬버렸으면서!" 열변을 토해내던 메리가 얼굴을 팔로 감싸더니 울음을 터뜨렸다. 가여운 메리 아가씨!

디콘의 호기심 어린 푸른 눈은 점점 더 동그래졌다.

"아이구야." 놀랍고도 가여운 마음에 그는 긴 한숨을 내뱉었다.

메리가 말했다. "난 할 수 있는 게 아무것도 없어. 이곳에 내 것이라고는 없으니까. 그런데 그 정원은, 내가 혼자 힘으로 찾아서 혼자 힘으로 들어갔단 말이야. 그러니까 난 정원에 사는 울새랑 똑같아. 울새를 정원에서 내쫓는 사람은 없잖아."

"거기가 어디에유?" 디콘이 낮은 목소리로 물었다.

메리는 곧바로 둥치에서 일어났다. 또다시 화가 치밀어오르고 고집스러운 기분이 들었지만 개의치 않았다. 메리는 고압적이면서도 순종적이었고, 온몸이 분노로 달아오르면서도 또한 슬펐다.

"따라와. 보여줄게." 메리가 말했다.

메리는 월계수 길을 돌아 담쟁이덩굴이 두껍게 자라 있는 산책로로 디콘을 이끌었다. 뒤를 따르는 디콘의 표정은 메리를 가여워하는 듯했다. 낯선 새의 둥지를 보러 가는 듯한 기분이 들었고 디콘의 발걸음은 저절로 부드러워졌다. 마침내 메리가 담장으로 다가가 걸려 있는 덩굴을 들어 올리자 디콘은 깜짝 놀랐다. 문이 하나 있었다. 메리가 밀자 문은 느릿하게 열렸고 둘은 함께 안으로 들어갔다. 자리에 서서 사납게 팔을 휘두르며 메리가 말했다.

"여기야, 비밀의 정원. 나 말고는 아무도 살았는지 죽었는지 신경 쓰지도 않는 곳."

디콘은 정원 여기저기를 둘러보고, 둘러보고, 또 둘러보았다.

"참말 요상하고 아름다운 곳이네유! 내가 꿈속에 들어와 있는 것 같아유."

11장
겨우살이개똥지빠귀의 둥지

디콘이 이삼 분 정도 주변을 살펴보는 동안, 메리는 그를 바라보며 서 있었다. 곧 디콘이 부드럽게 발걸음을 옮기기 시작했다. 메리가 처음 담장 안쪽에 들어왔을 때보다도 훨씬 더 가벼운 걸음걸이였다. 그의 눈은 모든 것을 담아 두려는 듯 반짝였다. 잿빛 덩굴식물에 휘감긴 잿빛 나무들과 늘어진 가지들. 담장 위에 그리고 풀 사이에 얽히고설킨 덩굴들. 상록수 벽감 안에 놓인 석재 의자와 꽃 항아리까지.

"이 안을 볼 수 있을 줄은 생각도 못 했어유." 마침내 그가 속삭이듯 말했다.

"여기를 알고 있었어?"

메리가 자기도 모르게 큰 소리로 묻자 디콘이 손가락으로 신호를 보냈다.

"조용히 말해야 해유. 누가 들으면 어쩌려구유."

"앗, 깜빡했어!" 메리는 깜짝 놀라 손으로 입을 틀어막았다. "이 정원에 대해 알고 있었어?" 메리는 마음을 가다듬은 뒤 다시 물었다.

디콘이 끄덕였다.

"오랫동안 아무도 들어가 본 적이 없는 정원이 있다고, 마사 누나가 말해준 적이 있슈. 어떤 곳인지 늘 궁금했쥬."

다시 멈춰 서서 주변의 사랑스러운 회색 덩굴들을 둘러보는 그의 둥근 눈은 묘하게 행복해 보였다.

"워메! 봄에는 새 둥지도 잔뜩 생기겠어유! 영국에서 질루 안전한 데가 바로 여기구먼. 오는 사람두 없구, 둥지를 틀 나무 덩굴이며 장미 덤불도 이렇게 많잖아유. 황무지 새들은 전부 여기루 올 거 같은데유."

메리는 자기도 모르게 다시 입을 틀어막더니 속삭였다.

"여기 장미도 필까? 아직 살아 있는 거야? 다 죽었을지도 모른다고 생각했거든."

"아유, 그럴 리가! 다 죽은 건 아니에유! 여기 좀 봐유."

그는 가장 가까이에 있는 나무로 다가갔다. 껍질이 잿빛 이끼로 온통 뒤덮인, 굉장히 늙은 나무였지만 굵고 가느다란 가지들이 한데 뒤엉켜 생겨난 커튼은 그대로 매달려 있었다. 디콘은 주머니칼을 꺼내어 무딘 칼날을 폈다.

"죽은 가지가 많아서 다 잘라내야 해유. 늙은 가지도 많지만 작년에 새로 생긴 것들도 좀 있어유. 여기 있구먼." 그는 딱딱한 잿빛이 아니라 푸르스름한 갈색처럼 보이는 새순을 건드렸다.

의욕과 경이감을 느끼며 메리도 새순을 만져보았다.

"이거 말이야? 이게 정말 살아 있는 거야? 정말로?"

디콘의 커다란 입이 둥글게 미소 지었다.

"아가씨나 나처럼 팔팔해유." 디콘이 말했다. 메리는 '팔팔하다'는 건 '생기가 넘친다'거나 '활발하다'는 뜻이라는 마사의 말을 기억하고 있었다.

"팔팔하다니 다행이야!" 메리가 기쁘게 속삭였다. "전부 다 팔팔했으면 좋겠어. 팔팔한 나무가 얼마나 되는지 돌아보자."

메리는 의욕이 넘쳐서 가슴이 두근거렸고 디콘 역시 메리만큼이나 열의에 차 있었다. 둘은 이 나무에서 저 나무로, 이 덤불에서 저 덤불로 옮겨 다녔다. 디콘은 칼을 손에 쥔 채 메리에게 놀라운 것들을 보여주었다.

"다 지멋대로 자랐네유." 콜린이 말했다. "허지만 튼튼한 놈들은 꽤 잘 자랐어유. 연약한 놈들은 전부 죽어버렸지만, 나머지는 자라고 또 자라서, 퍼지고 또 퍼져서 아주 멋진 일을 해냈어유. 여기 보세유!" 그는 마른 것처럼 보이는 잿빛의 굵은 가지 하나를 끌어 내렸다. "사람들은 이게 죽은 나무라고 생각할지 모르지만 내 생각은 달라유. 저 아래 뿌리까지 죽진 않았을 규. 가지를 잘라볼 테니 한번 보세유."

그러고는 무릎을 꿇고 죽은 것처럼 보이는 가지의 밑동을 칼로 잘랐다.

"맞구먼!" 디콘은 기뻐서 어쩔 줄 몰라 했다. "내가 말했쥬? 가지 속에 파란 부분이 아직 있어유. 봐유."

그가 채 말하기도 전에 메리는 이미 무릎을 꿇고 가지를 뚫어져라 쳐다보고 있었다.

디콘이 덧붙였다. "이렇게 약간 초록색이구 물기가 있으믄 팔팔한 거예유. 아까 봤던 것처럼 안에가 말라비틀어져서 쉽게 부러지는 놈들은 완전히 절딴이 난 거구유. 여기 큰 뿌리에서 가지들이 전부 새루 생겨났으니, 늙은 가지들은 전부 잘라베리구 주변 땅을 잘 정리한 다음 보살피믄…." 그는 잠시 말을 멈추고 얼굴을 들어 머리 위에 얽혀 있는 가지들을 바라보았다. "아마 올여름에는 장미가 분수처럼 쏟아져 나올 거예유."

둘은 덤불에서 덤불로, 나무에서 나무로 옮겨 다녔다. 디콘은 힘이 세고 칼도 잘 다루었으며 말라비틀어진 죽은 나무를 어떻게 잘라 없애야 하는지도 잘 알았다. 또한 가망 없어 보이는 가지들 중에서도 어떤 것이 그 안에 초록빛 생명을 숨기고 있는지를 용케 알아보았다. 30분 정도 함께 일하다 보니 메리도 조금은 알겠다는 생각이 들었다. 겉보기에는 생명이 다한 것으로 보이는 가지에서 보일 듯 말 듯 작고 촉촉한 초록빛을 발견하면 메리는 숨죽여 탄성을 내뱉었다. 삽과 쇠스랑과 괭이는 아주 유용했다. 디콘은 삽으로 땅을 파고 흙을 뒤섞어 숨통을 틔워 주었고, 쇠스랑을 어떻게 쓰는지도 보여주었다.

가장 큰 장미 나무 주변에서 열심히 일하고 있을 때였다. 디콘이 뭔가를 발견하고는 놀라 탄성을 내뱉었다.

"아이구야!" 그는 몇 미터 떨어지지 않은 곳의 풀을 가리키며 소리쳤다. "저건 누가 해 놓은 겨?"

지난번에 메리가 연둣빛 새싹 주변을 조금 정리해놓은 곳이었다.

"내가 했어." 메리가 답했다.

"아니, 정원 일에 대해서 아무것도 모른다면서유!" 그가 소리쳤다.

"몰라. 그치만 새싹은 엄청 작은데 잔디가 두껍고 억세 보여서 새싹들이 숨쉴 수 없을 것 같았어. 그래서 공간을 조금 만들어준 것뿐이야. 저게 무슨 싹인지도 잘 몰라."

디콘은 다가가서 그 옆에 무릎을 꿇더니 다시 환한 미소를 지었다.

"아가씨가 맞았어유. 정원사들이라두 꼭 아가씨처럼 말했을 거예유. 인자 '잭과 콩나무'에 나오는 콩나무모냥 쑥쑥 자라겠네유. 크로커스랑 스노드롭도 있구, 하얀 수선화도 있어유." 다른 쪽으로 몸을 돌리며, "여기는 나팔 수선화도 있구먼. 아유, 볼만하겠네유!"

디콘은 메리가 정리해둔 다른 곳으로 달려갔다.

"고 쬐그만 몸으루 이걸 원제 다 했대유!" 그가 메리를 쳐다보며 말했다.

"살은 점점 찌고 있어. 힘도 세지고 있고. 전에는 항상 피곤했는데 땅을 팔 때는 조금도 피곤하지 않아. 땅을 뒤집을 때 나는 신선한 흙냄새가 좋아."

"그거참 잘됐네유." 디콘은 신중하게 고개를 끄덕였다. "깨끗허구 기름진 흙냄새만큼 좋은 것이 없쥬. 그 위에 비가 내려서 뭔가가 자라기 시작하면 더 신선하고 좋은 냄새가 나유. 지는 비가 오믄 메칠이구 황무지에 나가유. 덤불 아래 누워서 빗방울이 헤더 꽃 위에 부드럽게 떨어지는 소리를 들어감서 계속 킁킁거리쥬. 엄니 말씀으론, 그럴 때마다 지 코끝이 꼭 토끼 새끼모냥 발름발름한대유."

"감기에 걸린 적은 없어?" 메리가 궁금한 표정으로 물었다. 이렇게 이상한 아이는, 아니 이렇게 좋은 아이는 한 번도 본 적이 없었다.

"없슈." 그가 미소 띤 얼굴로 대답했다. "태어나서 한 번두 없어 유. 원체 튼튼해서 그런가, 궂은 날씨에도 토끼들모냥 황무지를 여기 저기 뛰어댕겨서 그런가. 엄니 말씀으로는 지가 신선한 공기를 열두 해 동안 하도 들이마시니께 감기에 걸려서 콧물을 들이마실 틈이 없 을 거래유. 지는 나무뿌리만큼이나 억세거든유."

디콘은 말하는 내내 일했고 메리는 디콘의 꽁무니를 쫓아다니 며 쇠스랑이나 모종삽으로 디콘을 도왔다.

"여기 할 일이 무진장 많네유!" 여기저기를 둘러보던 디콘이 기 뻐하며 말했다.

"나를 도와주러 또 올 수 있니?" 사정하는 듯한 말투였다. "나도 열심히 할게. 땅도 파고 잡초도 뽑고, 네가 시키는 건 뭐든지 할 수 있어. 제발, 제발 부탁이야, 디콘."

"아가씨가 오라시믄 비 오는 날이든 갠 날이든 매일같이 올 거 예유." 디콘은 자못 단호했다. "이렇게 재미난 일은 생전 처음이에 유. 이 안에 몰래 숨어서 죽은 정원을 깨우는 일이라니."

"네가 또 온다면, 와서 정원을 살아나도록 도와준다면 난… 난 뭘 해줄 수 있을까." 메리가 힘없이 말했다. "남자애들은 뭘 좋아하 니?"

"아가씨가 뭘 해야 하는지 알려드릴게유." 디콘은 특유의 행복 한 얼굴로 말했다. "우선 여우 새끼처럼 잘 먹어서 살을 좀 찌우시구 유, 지가 하는 것처럼 울새한테 말하는 법도 배우셔유. 오메, 월매나 재밌을까!"

그는 다시 여기저기를 돌아다니며 나무 꼭대기와 담과 덤불들을 조용히 바라보았다.

"정원사가 가꾼 정원마냥 전부 깎고 다듬지는 말았으면 쓰겠는디. 그러실 거예유?" 그가 물었다. "이렇게 전부 지멋대루 자라서 대롱대롱 매달려 있고 서루 엉겨 붙어 있는 편이 더 좋을 것 같아유."

"깔끔하게 다듬지 말자." 메리도 걱정스럽다는 듯 말했다. "너무 깔끔하면 비밀의 정원 같지 않을 거야."

디콘은 적갈색 머리칼을 문지르며 서서 좀 이상하다는 듯한 표정을 지었다.

"비밀의 정원인 건 틀림이 없는디…." 디콘이 말했다. "근디 저 울새 말고도 분명히 누군가가 여기 들어왔던 것 같아유. 10년 전에 여기가 닫혀버린 다음에도 말예유."

"하지만 문은 잠겨 있었고 열쇠는 땅에 묻혀 있었는걸. 아무도 들어올 수가 없었어."

"그건 그렇쥬." 디콘이 대답했다. "이상하구먼. 지가 보기에는 누가 여기저기 가지치기를 해놓은 것 같아유. 아무래두 10년이나 된 것 같지는 않은디."

"어떻게 그럴 수가 있겠어?" 메리가 말했다.

소년이 장미 가지를 유심히 살펴보더니 머리를 흔들었다.

"그류, 말이 안 되지!" 디콘은 중얼거렸다. "문은 잠겨 있고 열쇠는 땅에 묻혀 있었으니께유."

메리는 앞으로 몇 년이 지나도 자신의 정원이 자라기 시작한 첫 아침을 절대로 잊을 수 없을 거라고 늘 생각했다. 정원은 정말로 그 아침부터 다시 자라기 시작한 것 같았다. 디콘이 씨앗을 심으려고 이곳저곳을 정돈하기 시작했을 때 메리는 배질이 자신을 놀리려고 불러대던 노래가 떠올랐다.

"종처럼 생긴 꽃도 있어?" 메리가 물었다.

"은방울꽃 말씀하시나유?" 그는 모종삽으로 땅을 파며 대답했다. "초롱꽃이랑 종꽃도 있구유."

"그런 것들도 심자." 메리가 말했다.

"은방울꽃은 벌써 있슈. 어디 있드라. 다닥다닥 붙어 있어서 좀 떨어뜨려 놓기는 해야겠지만 꽤 많아유. 초롱꽃이랑 종꽃은 씨 뿌리고 두 해는 더 있어야 피는디, 그래두 우리 오두막집 정원에서 좀 갖다 드릴 수는 있구유. 근디 그 꽃들은 왜유?"

메리는 인도에서 만났던 배질과 그 남매들이 자신을 아주 싫어했던 것과 '심술쟁이 메리 아가씨'라고 놀려대곤 했던 일에 대해 말해주었다.

"게네들은 내 주변을 빙글빙글 돌며 춤을 추고 노래를 불렀어. '메리 아가씨는 심술쟁이, 정원엔 무슨 꽃 피었나? 은종과 조가비, 금잔화 줄을 섰네.' 이런 노래였거든. 그래서 정말로 은종처럼 생긴 꽃이 있는지 궁금했어."

메리는 얼굴을 살짝 찌푸리더니 모종삽을 땅에 홱 내리꽂았다.

"게네들이 나보다 훨씬 심술쟁이였어."

하지만 디콘은 웃기만 했다.

"아이구야!" 디콘은 손으로 까맣고 기름진 흙을 바스러뜨리더니 냄새를 킁킁 맡았고, 메리는 그 모습을 지켜보았다. "사방에서 이렇게 예쁜 꽃들이 피구, 다정한 산짐승들이 집을 짓구 둥지를 틀구

쨀쨀거리며 노래를 부르는디, 누가 심술을 부리겄어유. 안 그래유?"

메리는 씨앗을 손에 쥔 채 디콘 옆에 무릎을 꿇고 그를 쳐다보았고, 찌푸렸던 얼굴을 폈다.

"디콘." 메리가 말했다. "너는 마사가 말했던 것보다도 더 좋은 아이 같아. 나는 네가 좋아. 네가 다섯 번째야. 내가 사람을 다섯 명이나 좋아하게 될 줄은 정말 몰랐어."

디콘은 장작받침에 광을 내던 마사처럼 쪼그리고 앉았다. 그의 둥글고 푸른 눈과 발그레한 볼, 행복해 보이는 들창코가 재미있고 기분 좋아 보였다.

"좋아하는 사람이 다섯 명밖에 없다구유?" 디콘이 물었다. "다른 네 명은 누군디유?"

"너희 어머니랑 마사." 메리는 손가락을 꼽았다. "그리고 울새랑 벤 웨더스타프까지."

웃음이 터져 나올 것 같아 디콘은 소리가 새어나가지 않도록 팔로 입을 틀어막았다.

"아가씨는 지가 이상하다구 했지만 지가 보기에는 아가씨가 질루 이상해유."

그러자 메리는 정말로 이상한 행동을 했다. 몸을 앞으로 기울이더니 예전 같았으면 꿈도 꾸지 못했을 질문을 그에게 던진 것이다. 그것도 요크셔 사투리로! 인도에 있을 때 원주민들이 자신들의 말씨를 알아들으면 늘 좋아하던 것이 떠올랐기 때문이었다.

"너도 내가 좋으냐?" 메리가 물었다.

"그라믄유!" 그가 마음을 담아 대답했다. "좋지유. 지도 아가씨를 참말로 좋아허구유, 울새두 아가씨를 좋아하는구먼유. 내 장담 해유!”

“그럼 둘이네.” 메리가 말했다. “나를 좋아하는 사람이 둘이야.”

그리고 메리와 디콘은 조금 전보다 더 열심히 더 즐겁게 일하기 시작했다. 메리는 안뜰에 있는 커다란 시계에서 점심 식사 시간을 알리는 소리가 들려오자 깜짝 놀라면서도 아쉬웠다.

“가봐야겠다.” 메리가 슬픈 듯이 말했다. “너도 가봐야 하지 않니?”

디콘이 미소 지었다.

“지는 도시락을 싸서 댕겨유. 엄니가 항상 주머니에 뭐라도 넣어 주시거든유.”

그는 풀 위에 놓여 있던 외투를 집어 들더니 주머니에서 울퉁불퉁하고 작은 꾸러미 하나를 꺼냈다. 거칠지만 깨끗한, 청색과 흰색이 뒤섞인 손수건을 풀자 사이에 뭔가를 끼워 넣은 두툼한 빵 두 조각이 나왔다.

“평소에는 빵 밖에 없는디 오늘은 맛난 베이컨도 한 장 끼워주셨네유.”

식사라기엔 무척이나 이상해 보였지만 디콘은 맛있게 먹을 준비가 된 것 같았다.

“아가씨도 얼른 가서 드세유. 지 먼저 먹을게유. 그리구 쪼끔만 더 하구서 집에 가믄 되겠어유.”

디콘은 나무에 등을 기대고 앉았다.

“울새를 불러다가 베이컨 껍질이라도 쪼아 먹으라구 해야겠네유. 기름기라믄 그눔들두 사족을 못쓰거든유."

메리는 그의 곁을 떠나고 싶지 않았다. 왠지 다시 정원으로 돌아오면 디콘이 숲의 요정처럼 이미 사라지고 없을 것만 같았다. 메리는 느릿느릿 문을 향해 걸어가다가 다시 디콘에게로 돌아왔다.

"무슨 일이 있어도, 넌… 말하지 않을 거지?" 메리가 말했다.

양귀비꽃처럼 붉은 뺨은 빵과 베이컨을 크게 베어 문 덕에 한껏 부풀어 있었지만 그는 다독이는 듯한 미소를 지어 보였다.

"아가씨가 겨우살이개똥지빠귀인디 지헌티 둥지를 가르쳐줬다고 쳐봐유. 지가 그걸 누구헌테든 말하겠슈? 어림없지." 그는 말했다. "아가씨는 겨우살이개똥지빠귀만큼이나 안전하니께 걱정 말아유!"

메리는 그제야 안도했다.

12장
"땅을 조금 가질 수 있을까요?"

어찌나 빨리 달렸는지 방에 도착할 때쯤에는 꽤 숨이 찼다. 머리카락은 이마 위로 흐트러졌고 뺨은 분홍빛으로 빛났다. 식사가 차려진 식탁 옆에서 마사가 메리를 기다리고 있었다.

"좀 늦으셨네유." 마사가 말했다. "어디 갔다 오셨슈?"

"나 디콘을 만났어!" 메리가 말했다. "디콘을 만났다고!"

"그럴 줄 알았어유!" 마사는 기뻐서 어쩔 줄 몰라 했다. "우리 디콘 워때유?"

"내 생각에… 그 아이는 정말 아름다워!" 메리가 단호한 목소리로 말했다.

마사는 다소 놀라면서도 기뻐하는 눈치였다.

"그류. 시상에 그렇게 좋은 아가 없지유. 그래두 잘생겼다구 생각해본 적은 한 번도 없는디. 코가 위로 바짝 들렸잖아유."

"난 그 애의 들창코가 좋아." 메리가 말했다.

"눈도 너무 땡그랗지 않아유?" 마사는 미심쩍다는 듯 물었다.

"색깔은 참 이쁘지만."

"동그란 눈도 좋아. 색깔도 황무지 위에 펼쳐진 하늘이랑 똑같더라."

마사는 만족스러워 활짝 웃었다.

"엄니는 갸가 새랑 구름을 하도 올려다보니께 눈 색깔이 그리되었다구 하셔유. 근디 입두 너무 크지 않던가유?"

"난 그 커다란 입이 참 좋던걸." 메리가 고집스럽게 말했다. "내 입도 그렇게 컸으면 좋겠어."

마사는 기분이 좋아 싱긋 웃었다.

"아가씨 얼굴에 입이 그렇게 크면 아마 희한하고 우스울 거예유. 아가씨가 갸를 그렇게 좋아할 줄 알았당께요. 그건 그렇구 원예 도구랑 씨앗은 어땠슈?"

"디콘이 그걸 가져온 줄은 어떻게 알았어?" 메리가 물었다.

"아유! 안 가져오는 게 더 이상하쥬. 요크셔 안에서만 구할 수 있다믄 워떻게든 가져올 거라구 생각했어유. 갸처럼 믿을 만한 사람도 없으니께."

이제 대답하기 곤란한 질문이 나오면 어떡하나 슬슬 걱정되었다. 하지만 마사는 씨앗과 원예도구에만 관심을 보였으므로 메리의 걱정 역시 금세 수그러들었다. 하지만 바로 그때 마사가 꽃을 어디에 심을 건지 궁금해하기 시작했다.

"어느 분헌티 허락을 받은 거예유?" 마사가 물었다.

"허락은 아직 못 받았어." 메리는 주저하며 답했다.

"흠, 저라믄 책임 정원사 로치 씨헌티는 여쭤보지두 않을 거예유. 그분은 너무 깐깐하시거든유."

"그 사람은 본 적도 없어. 보조 정원사들이랑 벤 웨더스타프 할아버지밖에 못 봤거든." 메리가 말했다.

"저라믄 벤 할아버지께 부탁드리겠어유." 마사가 권했다. "괴팍해 보이기는 해도 실은 좋은 분이에유. 주인 나리께서두 벤 할아버지가 원하는 일이라믄 뭐든 허락해주셔유. 주인마님이 살아 계셨을 적부터 여기서 일하셨는디 그 할아버지 덕분에 주인마님이 많이 웃으셨다구 하더라구유. 주인마님이 할아버지를 참말 좋아하셨대유. 벤 할아버지라믄 아마 저 구석에 쓸 만한 땅 한 뙈기쯤은 찾아주실지두 몰라유."

"만약 구석진 곳에 있는 아무도 원하지 않는 땅이라면 말이야, 내가 가져도 싫어할 사람은 없겠지?" 메리가 걱정스러운 듯 물었다.

"그럴 이유가 없쥬." 마사가 대답했다. "아무헌테두 해가 되지 않는 일이니께유."

식사를 빠르게 마치고 식탁에서 일어나 모자를 가지러 방으로 뛰어가려고 하는데 마사가 메리를 멈춰 세웠다.

"드릴 말씀이 있구먼유. 식사 먼저 끝내시게 하려구 이제사 말허는디, 주인 나리께서 오늘 아침에 돌아오셨어유. 아가씨를 만나고 싶어 하시나 봐유."

메리의 얼굴은 사색이 되었다.

"나를?" 메리가 소리쳤다. "어째서? 도대체 왜? 처음엔 날 안 만나려고 하셨잖아. 피처 씨 말로는 날 보고 싶어 하지 않으신다고 했단 말이야."

마사가 설명을 이어갔다. "그게, 메드록 부인 말씀으루는 우리 엄니 때문이래유. 엄니가 스웨이트 마을로 걸어가시다가 우연히 나리를 보셨나 봐유. 엄니는 주인 나리와는 한 번두 이야기를 나눈 적이 없지만 마님은 저희 오두막에 두세 번 들르신 적이 있거든유. 주인 나리야 벌써 다 잊으셨겠지만 울 엄니는 나리 얼굴을 기억하구 계시다가 실례를 무릅쓰고 나리를 불러 세운 거예유. 아가씨에 관해서 뭐라고 말씀허셨는지는 몰라두 그 덕분에 내일 떠나시기 전에 아가씨를 한번 만나보겠다구 마음먹으신 것 같아유."

"고모부가 내일 떠나신대? 정말 다행이다!"

"아주 오랫동안 안 돌아오실 거예유. 아마 가을이나 겨울이 되어야 오실걸유. 외국 여기저기를 여행하실 건가 봐유. 늘 그러셔유."

"아! 다행이야, 정말 다행이야!" 메리가 기뻐했다.

가을이나 겨울까지 돌아오지 않는다면 비밀의 정원이 살아나는 모습을 볼 시간은 충분하다. 그때 고모부가 메리의 비밀을 알아내 정원을 빼앗는다고 해도 최소한 그만큼의 시간은 벌어놓은 셈이다.

"언제쯤 부르실지…."

메리가 말을 채 마치기도 전에 문이 열리더니 메드록 부인이 들어왔다. 가장 좋은 검은색 모자와 드레스를 차려입은 부인의 옷깃은 남자 얼굴이 새겨진 커다란 브로치로 여며져 있었다. 몇 년 전 죽은 남편 메드록 씨의 사진에 색을 입혀 만든 것으로, 부인은 옷을 차려입을 때마다 그 브로치를 달았다. 긴장하고 흥분한 듯 부인이 빠르게 말했다.

"머리가 헝클어졌군요. 어서 가서 빗고 오세요. 마사, 아가씨에게 가장 좋은 옷을 입혀드려. 나리께서 서재로 데려오라고 하셨어."

순간 메리의 볼에서 분홍빛 생기가 사라졌다. 심장은 뜀박질하기 시작했고, 다시 뻣뻣하고 조용하고 못생긴 아이로 되돌아가는 듯한 기분이 들었다. 메리는 메드록 부인의 말에 아무 대답도 없이 돌아서서 마사의 뒤를 따라 침실로 걸어갔다. 옷을 갈아입고 머리를 빗는 동안 한 마디도 하지 않았고 옷가지를 단정히 한 뒤에도 아무말 없이 그저 메드록 부인을 따라 복도를 걸어갔다. 거기서 무슨 말을 할 수 있었겠는가? 메리는 고모부를 만나러 가야만 했고, 고모부가 자신을 좋아하지 않을 것이 뻔했으며 자신 역시 고모부를 좋아할 리 없었다. 그가 자신을 어떻게 생각할지를 메리는 알고 있었다.

"메리 아가씨입니다, 나리." 부인이 말했다.

"나가 보시오. 내가 종을 울리면 다시 데려가도록 해요." 크레이븐 씨가 말했다.

메드록 부인이 나가서 문을 닫자 메리는, 그 작고 가여운 아이는 마른 두 손을 배배 꼬며 그저 서서 기다릴 수밖에 없었다. 의자에 앉아 있는 남자는 꼽추라기보다는 어깨가 다소 구부러진 것처럼 보였다. 검은 머리칼 사이로 듬성듬성 흰 머리칼이 보였다. 굽은 어깨 너머로 얼굴을 돌려 그가 메리에게 말했다.

"이리 와봐라."

메리는 그에게 다가갔다.

못난 얼굴은 아니었다. 그 비참한 표정만 아니었다면 오히려 잘생겼다고도 할 만한 얼굴이었다. 그는 마치 메리 때문에 초조하고 걱정스러운 듯 보였고, 이 아이에게 도대체 뭘 어떻게 해줘야 좋을

지 모르겠다는 듯한 표정을 지었다.

"잘 지내고 있느냐?" 그가 물었다.

"네." 메리가 대답했다.

"사람들이 잘 돌봐주느냐?"

"네."

그는 초조한 듯 이마를 문지르며 메리를 훑어보았다.

"너 아주 말랐구나." 그가 말했다.

"살이 조금씩 찌고 있어요." 메리는 자신이 아는 가장 뻣뻣한 투로 대답했다.

저 불행한 얼굴이라니! 그의 검은 눈동자는 메리를 본다기보다는 다른 무언가를 바라보고 있는 듯했으며 도무지 메리에게 생각을 집중하지 못하는 것 같았다.

"내가 너를 잊었구나." 그가 말했다. "하긴, 생각할 겨를도 없었지. 너에게 가정교사나 보모를 붙여주려고 했는데, 내가 깜빡했다."

"안 돼요." 메리는 간청했다. "제발⋯." 메리는 목에 뭔가가 턱 걸린 듯 말을 이을 수가 없었다.

"뭐가 안 된다는 거지?" 그가 물었다.

"저는 이제 다 컸으니 보모가 필요 없어요. 그리고 제발, 제발 가정교사는 들이지 말아주세요."

그가 다시 이마를 문지르더니 메리를 쳐다보았다.

"며칠 전에 만난 소어비 부인도 똑같은 말을 했었지." 그는 마음이 딴 데 가 있는 듯 중얼거렸다.

메리는 간신히 용기를 쥐어짜냈다.

"마사, 마사의 어머니 말씀이세요?" 메리는 더듬거렸다.

"그래, 그런 것 같다." 그가 대답했다.

"그분은 아이들에 대해 잘 알아요. 아이가 열둘이나 되니까요. 정말이에요."

"네가 원하는 건 뭐지?"

"밖에서 놀고 싶어요." 메리는 목소리가 떨리지 않기를 바라며 대답했다. "인도에서는 밖에 나가기를 정말 싫어했어요. 하지만 지금은 밖에서 놀다 보면 배가 고파지고, 그러다 보면 살도 쪄요."

"소어비 부인도 밖에서 노는 게 너에게 좋을 거라고 하더구나. 그럴지도 모르지. 가정부를 붙이기 전에 네가 더 튼튼해져야 한다고 생각하더군."

"바람이 부는 황무지에서 뛰어놀면 더 튼튼해지는 기분이 들어요." 메리가 덧붙였다.

"주로 어디에서 노느냐?" 그가 다시 물었다.

"아무 데서나요." 숨이 턱 막히는 것 같았다. "마사의 어머니가 줄넘기를 사줬어요. 줄넘기하며 뛰어다니고, 땅에서 뭔가가 올라오기 시작하는 걸 구경하고 다녀요. 아무에게도 해를 끼치지 않아요."

"그렇게 겁낼 것 없다." 그는 걱정스러운 목소리로 말했다. "무슨 해를 끼치겠니. 너처럼 작은 아이가. 하고 싶은 대로 해라."

메리는 두 손으로 목을 가렸다. 튀어나올 듯 목에서 느껴지는 박동을 그가 눈치챌까 봐 두려웠기 때문이다. 메리는 고모부에게로 한 걸음 다가섰다.

"정말이요?" 메리는 떨리는 소리로 물었다.

불안해하는 작은 얼굴 때문에 그는 한층 더 걱정하는 듯했다.

"그렇게 무서워할 것 없다." 그가 목소리를 높였다. "정말이고말고. 나는 너의 후견인이야. 그렇다고 잘해주지는 못한다. 너를 위해 시간을 낼 수도, 관심을 줄 수도 없어. 그러기엔 몸도 너무 아프고 우울하고 정신도 없거든. 하지만 네가 편안하고 행복하게 지냈으면 좋겠구나. 나는 아이들에 관해서는 아무것도 모르지만 메드록 부인이 네게 필요한 건 전부 챙겨줄 거야. 오늘 너를 부른 건, 소어비 부인이 너를 꼭 만나보라고 해서였다. 딸에게 네 이야기를 들은 것 같았어. 네게 필요한 건 신선한 공기와 자유, 그리고 마음껏 뛰어다니는 것이라고 하더군."

"부인은 아이들에 관해 모르는 게 없어요." 메리는 자기도 모르게 같은 말을 또 내뱉었다.

"그럴 테지." 크레이븐 씨는 말했다. "황무지에서 나를 멈춰 세우다니, 처음엔 아주 겁 없는 여자라고 생각했어. 하지만 내 아내가 자기에게 아주 친절하게 대해줬다고 말하더구나." 자신의 죽은 아내에 대해 말하기가 괴로운 것 같았다. "괜찮은 부인이야. 너를 만나고 보니 그 부인의 말이 옳다는 생각이 든다. 원하는 만큼 밖에 나가서 놀아라. 이곳은 아주 넓으니 가고 싶은 곳은 어디든 다니며 재미있게 지내라. 더 필요한 게 있니?" 갑자기 떠올랐다는 듯 그가 물었다. "장난감이나 책, 아니면 인형을 사주랴?"

"그러면 저….." 메리가 떨리는 목소리로 말했다. "땅을 조금 가질 수 있을까요?"

너무나 간절했던 나머지 메리는 자신의 말이 이상하게 들린다는 것도, 본래 하려던 말은 그게 아니었다는 사실도 눈치채지 못했다. 크레이븐 씨는 꽤 놀란 것 같았다.

"땅이라…." 그가 되뇌었다. "그게 무슨 말이지?"

"씨앗을 심을 땅이요. 식물을 키울… 저는 땅이 살아나는 걸 보고 싶어요." 자신 없는 목소리였다.

그는 잠시 메리를 응시하더니 재빠르게 눈을 문질렀다.

"너… 정원을 좋아하는구나." 그가 느릿하게 말했다.

"인도에서는 잘 몰랐어요. 그때는 항상 아프고 피곤하고 또 더웠거든요. 가끔씩 모래로 작은 화단을 만들어서 꽃을 꽂아두는 것 밖엔 못 했어요. 하지만 여기는 달라요."

크레이븐 씨는 자리에서 일어서더니 방을 가로질러 느릿느릿 걷기 시작했다.

"땅이라…." 그가 중얼거렸다. 메리 때문에 뭔가가 떠오른 것 같았다. 그가 걷기를 멈추더니 검은 눈을 들어 메리를 바라보았다. 그의 눈은 부드럽고 친절해 보였다.

"원하는 만큼 가져도 좋아. 네 덕분에 땅과 거기서 자라는 것들을 사랑하던 누군가가 떠올랐구나. 원하는 땅을 찾으면." 얼핏 희미한 미소가 비쳤다. "그 땅을 가져도 좋다. 그리고 살아나게 해보렴."

"어디든 상관없나요? 누가 쓰고 있는 땅만 아니라면요?"

"그래, 어디든." 그가 대답했다. "자! 이제 가보렴. 피곤하구나." 그는 종을 울려 메드록 부인을 불렀다. "잘 지내도록 해라. 나는 여름 내내 멀리 떠나 있을 거야."

"부인." 크레이븐 씨는 메드록 부인에게 말했다. "아이를 보고 나니 소어비 부인의 말이 이해가 되는군. 가정교사를 붙이기 전에 허약한 몸부터 돌보는 게 낫겠소. 단순하고 건강한 음식을 주시오. 정원에서 마음대로 뛰놀게 하고, 지나치게 돌보지도 마시오. 이 아이에게 필요한 건 자유와 신선한 공기, 그리고 마음껏 뛰노는 일이니까. 소어비 부인이 가끔 와서 돌봐주기도 하고, 그 오두막집에 놀러 가는 것도 좋겠군."

메드록 부인도 기뻐하는 것 같았다. 메리를 지나치게 '돌보지' 않아도 된다는 말에 마음이 놓였던 것이다. 부인은 메리를 피곤한 일거리쯤으로 생각했고 관심도 거의 없었다. 게다가 메드록 부인은 마사의 어머니를 좋아했다.

"감사합니다, 주인 나리." 부인이 말했다. "수전 소어비와 저는 학교 동창인데 보기 드물 정도로 분별 있고 심성이 고운 여성이지요. 저는 아이를 낳은 적이 없지만 수전은 아이가 열둘이나 되는데, 그만큼 건강하고 착한 아이들도 없답니다. 메리 아가씨에게도 해가 될 건 없을 거예요. 저 역시도 아이들에 대해서라면 항상 수전 소어비의 조언을 구하곤 합니다. 정신이 건강한 사람이라고나 할까요."

"좋소." 크레이븐 씨가 말했다. "이제 메리는 데리고 나가고, 피처 씨를 불러오시오."

메드록 부인이 방으로 이어지는 복도 끝까지 데려다주자 메리는 쏜살같이 방으로 돌아갔다. 마사가 기다리고 있었다. 식사한 그릇을 치우자마자 방으로 돌아와 메리를 기다리고 있던 참이었다.

"나에게도 정원이 생길 것 같아!" 메리가 소리쳤다. "어디든 원하는 곳을 쓰라고 하셨어! 한동안은 가정부도 붙이지 않으실 거래!

너희 어머니가 나를 보러 오실 거고 나도 너희 오두막에 놀러 갈 수 있어! 고모부께서 나같이 작은 여자아이는 아무런 해도 끼치지 않을 거라고, 원하는 건 무엇이든 어디서든 하라고 하셨어!"

"오메!" 마사가 기쁘게 말했다. "증말 좋은 분이네유, 안 그류?"

"마사." 메리는 짐짓 엄숙하게 말했다. "고모부는 정말 좋은 분이셔. 얼굴이 무척 침울하고 괴로워 보이긴 하지만."

그러고는 전속력으로 정원을 향해 달려갔다. 생각보다 너무 오래 자리를 비웠으므로 집까지 8킬로미터나 걸어가야 하는 디콘은 한참 전에 떠났을 거라고 생각했다. 덩굴 아래 문으로 들어가자 나무 아래에 원예도구들이 놓여 있었다. 메리는 그쪽으로 달려가서 주변을 둘러보았지만 소년의 모습은 어디에도 보이지 않았다. 그는 가버렸고 비밀의 정원은 텅 비었다. 담 너머에서 막 날아온 울새만이 키 큰 장미 덤불 위에 앉아 메리를 바라보고 있을 뿐이었다.

"가버렸네." 슬픔이 가득한 목소리였다. "아! 그 애는… 그 애는 혹시 숲의 요정이을까?"

그때 키 큰 장미 덤불에 뭔가 묶여 있는 것이 눈에 띄었다. 작은 종이쪽지였다. 자세히 보니 마사가 디콘에게 보냈던 편지로, 메리가 대신 써주었던 것이었다. 덤불 위에 고정되어 있는 것으로 보아 디콘이 남겨둔 게 분명했다. 쪽지에는 삐뚤빼뚤하게 쓴 글씨와 작은 그림이 그려져 있었다. 처음에는 무슨 그림인지 도저히 알아볼 수가 없었다. 한참 후에야 메리는 그것이 새 한 마리가 앉아 있는 둥지라는 걸 알 수 있었다. 그리고 그 밑에는 이런 글씨가 적혀 있었다.

'도라올개유.'

13장
"나는 콜린이야"

메리는 쪽지를 집으로 가지고 와서 저녁 식사 때 마사에게 보여 주었다.

"오메!" 마사는 아주 자랑스러워했다. "우리 디콘이 이렇게나 똑똑한 줄은 몰랐네유. 둥지에 앉아 있는 개똥지빠귀구먼. 크기도 똑같구 생긴 것도 실제허구 아주 똑같이 그렸네잉."

그제야 메리는 디콘이 그림을 통해 전하고 싶은 말이 있었음을 깨달았다. 비밀은 반드시 지킬 테니 안심해도 좋다는 뜻이었다. 정원이 바로 메리의 둥지이고 메리는 개똥지빠귀였다. 아, 그 이상하고도 못생긴 소년을 메리가 얼마나 좋아하게 되었는지!

메리는 소년이 내일 또 왔으면 하는 마음으로 아침을 기다리며 잠들었다.

하지만 요크셔에서, 특히나 봄에는 날씨가 어떻게 변할지를 전혀 예측할 수가 없다. 메리는 한밤중 창을 때리는 무거운 빗방울 소리에 잠에서 깼다. 비가 억수처럼 퍼붓고 있었고 바람은 낡고 거대한 저택의 모퉁이와 굴뚝을 따라 돌며 '울부짖었다'. 메리는 몸을 일으켜 침대에 앉았다. 비참하고 화가 났다.

"저 비는 나보다 몇 배는 더 심술궂어. 내가 오지 말라고 하니까 더 오잖아."

메리는 쓰러지듯 다시 엎드려 베개에 얼굴을 파묻었다. 울지는 않았지만 엎드린 채로 세차게 떨어지는 빗소리를 증오했고, 바람과 그 '울부짖는' 소리를 증오했다. 도저히 다시 잠들 수 없었다. 저 구슬픈 소리 때문에 잠이 오질 않았다. 기분이 좋았더라면 비바람 소리가 오히려 마음을 다독여주어 잠들었을지도 모르지만, 그러기에 메리는 너무나 슬펐다. '울부짖는' 바람 소리는 어찌나 끔찍한지. 저 큰 빗방울이 창문을 어찌나 사정없이 두드려대는지!

"누군가가 황무지에서 길을 잃고 헤매면서 울부짖는 소리 같아." 메리는 중얼거렸다.

● ● ●

자리에 누워 한 시간 정도를 뒤척이던 메리는 갑자기 무언가에 놀라 벌떡 일어났다. 그러고는 문 쪽으로 고개를 돌리고 귀를 기울였다. 온 신경을 기울여 소리를 듣고 또 들었다.

"이번에는 바람이 아니야." 메리는 제법 큰 소리로 중얼거렸다. "바람 소리가 아니야. 그거랑은 달라. 전에 들었던 바로 그 울음소리야."

방문은 약간 열려 있었고 그 소리는 복도를 타고 흘러내려 오는 듯했다. 저 멀리서 희미하게 들리는 짜증 가득한 울음소리였다. 몇 분 정도를 더 듣고 있자니 점점 더 확신이 들었다. 도대체 무슨 소리 인지 꼭 확인해야 할 것만 같다는 기분이 들었다. 어쩌면 이건 비밀 의 정원과 땅에 묻힌 열쇠보다도 훨씬 더 기묘한 일이었다. 화가 잔 뜩 나 있었기 때문에 더욱 대담해졌는지도 모르지만, 어쨌든 메리는 침대 밖으로 발을 빼고 일어섰다.

"무슨 소리인지 알아낼 거야." 메리가 말했다. "모두 자고 있잖 아. 메드록 부인이야 뭐, 신경도 안 쓰겠지!"

메리는 침대맡에 놓여 있던 초 하나를 집어 들고 방을 조용히 빠져나갔다. 복도는 너무나 길고 컴컴했지만 울음소리의 정체를 알 아내겠다는 들뜬 마음 때문에 그런 건 신경 쓸 겨를조차 없었다. 메 리는 기억을 더듬어가며 태피스트리로 뒤덮인 문이 있는 짧은 복도, 그러니까 길을 잃었던 날 메드록 부인과 마주친 곳을 향해 갔다. 그 때도 소리는 그 복도 너머에서 들려오고 있었다. 메리는 흐릿한 불 빛에 의지한 채 더듬더듬 나아갔다. 심장이 어찌나 세게 뛰는지 쿵 쿵거리는 소리가 귀에 들리는 것만 같았다. 희미한 울음소리는 계속 이어졌고 메리는 그 소리를 따라 걸어갔다. 가끔은 잠시 멈춰 서기 도 했다. 이 모퉁이에서 돌면 되나? 메리는 기억을 더듬어보았다. 그 래, 맞아. 복도를 따라가다가 왼쪽으로 돌고, 그다음 넓은 계단을 두 개 올라가서 다시 오른쪽으로 꺾으면 돼. 아, 저기 태피스트리 문이 있다.

메리는 조심스레 문을 밀고 들어가서 다시 문을 닫았다. 그리 큰 소리는 아니었지만 그 복도에 서 있자니 울음소리가 꽤 분명하게 들렸다. 소리는 왼쪽 벽 너머에서 나는 듯했고 몇 미터 정도 떨어진 곳에 문이 하나 있었다. 문 아래 틈새로 어렴풋한 빛이 보였다. 누군 가가 그 방에서 울고 있었다. 어린아이의 목소리였다.

성큼성큼 걸어가서 문을 열어젖히자 그곳에는 또 다른 방이 있 었다!

커다란 방은 고풍스러운 가구들로 가득했다. 벽난로에서는 작 은 불꽃이 희미한 빛을 내뿜고 있었고, 조각이 새겨진 네 개의 기둥 과 비단으로 장식된 침대 옆으로는 등잔불이 타고 있었다. 그리고 침대에는 누운 채로 씩씩거리며 울고 있는 소년이 있었다.

메리는 자신이 실제로 이곳에 있는 것인지, 아니면 어느새 다시 잠에 빠져 꿈을 꾸고 있는 것인지 알 수 없었다.

소년의 상아색 얼굴은 날카로우면서도 섬세했고, 얼굴에 비해 눈이 지나치게 커 보였다. 이마 위를 숱 많은 머리카락이 엉망으로 뒤덮고 있어서 안 그래도 마른 얼굴이 더 작아 보였다. 아픈 아이 같 기는 한데, 지금은 고통스러워서 운다기보다는 피곤하고 짜증이 나 서 우는 것 같았다.

메리는 손에 촛불을 든 채로 문 앞에 서서 숨을 가다듬었다. 그 러고는 방을 살금살금 가로질러 소년에게로 다가갔다. 촛불을 발견 한 소년은 베개에 누운 채 고개를 돌리더니 잿빛 눈을 들어 메리를 쳐다보았다. 소년의 눈은 엄청나게 커졌다.

"넌 누구지?" 마침내 반쯤 두려움에 잠긴 속삭이는 목소리로 소 년이 물었다. "유령이야?"

"아니, 난 유령이 아니야." 메리 역시 두려운 듯 속삭이는 소리로 대답했다. "너는?"

소년은 메리를 보고 또 보고 또 쳐다보았다. 그 아이의 눈은 정말로 기묘했다. 눈동자는 갈색이 감도는 회색이었고, 주변을 빽빽하게 채운 까만 속눈썹 때문에 눈이 얼굴에 비해 훨씬 크다는 느낌을 주었다.

"아냐." 소년은 잠시 머뭇거리더니 대답했다. "난 콜린이야."

"콜린이라고?" 메리가 중얼거렸다.

"난 콜린 크레이븐이야. 너는 누구야?"

"나는 메리 레녹스야. 크레이븐 씨는 내 고모부인데."

"그분은 우리 아버지야." 소년이 말했다.

"아버지?" 메리는 흠칫 놀랐다. "고모부에게 아들이 있다는 말은 한 번도 못 들어봤는걸! 왜 아무도 말해주지 않았지?"

"이리 와봐." 소년은 기묘한 눈을 메리에게 고정한 채 불안한 표정으로 말했다.

메리가 침대 가까이 다가가자 소년은 손을 뻗어 메리를 만져보았다.

"너 정말 사람이구나! 난 진짜 같은 꿈을 아주 자주 꾸거든. 지금 이것도 꿈이야?"

메리는 방에서 나올 때 걸친 양모로 된 숄을 소년의 손가락 사이로 밀어 넣었다.

"얼마나 두툼하고 따뜻한지 한번 만져봐. 꿈이라면 이런 게 느껴질 리가 없잖아." 메리가 말했다. "아니면 살짝 꼬집어줄까? 사실 나도 아까까지는 꿈이 아닐까 생각했었어."

"넌 어디에서 왔어?" 그가 물었다.

"내 방에서. 바람이 너무 심하게 울부짖어서 잠이 오질 않았는데 어디선가 우는 소리가 들리더라. 누구 울음소리인지 알아내고 싶었어. 너, 왜 울고 있었던 거니?"

"나도 잠이 오지 않았거든. 머리도 아프고. 네 이름 좀 다시 말해줄래?"

"메리 레녹스야. 내가 여기 와서 살게 됐다고 아무도 말해주지 않았니?"

그는 아직도 메리의 숄을 만지작거리고 있었지만 이제는 메리가 정말 사람이라는 걸 조금 믿는 듯했다.

"응." 그가 대답했다. "감히 이야기할 수 없었겠지."

"왜?" 메리가 물었다.

"그런 얘기를 들으면 내가 겁먹었을 테니까. 난 사람들이 나를 쳐다보거나 나에 관해 이야기하는 게 싫거든."

"왜?" 메리는 모든 것이 점점 더 혼란스럽게 느껴졌다.

"왜냐면 나는 늘 아파서 이렇게 누워 있어야 하니까. 누군가가 나에 대해 이러쿵저러쿵 떠들어댄다면 아버지가 가만히 계시지 않을 거야. 하인들도 나에 관한 이야기는 못 하게 되어 있어. 난 어른이 되면 꼽추가 될지도 몰라. 어차피 어른이 될 때까지 살지도 못하겠지만. 아버지는 내가 자기처럼 될까 봐 끔찍해 하셔."

"아, 정말 이상한 집이야!" 메리가 말했다. "어떻게 이럴 수가 있지? 전부 비밀투성이야! 방은 전부 잠겨 있고, 정원도 잠겨 있고… 게다가 너까지! 너 여기에 갇혀 있는 거니?"

"아니. 나는 밖에 나가기가 싫어서 여기 있는 것뿐이야. 너무 피곤하거든."

"아버지는 널 보러 자주 오셔?" 메리가 조심스레 물었다.

"가끔. 보통은 내가 잠들어 있을 때 오셔. 나를 보고 싶어 하지 않으시거든."

"왜?" 메리는 다시 묻지 않을 수 없었다.

소년의 얼굴에 약간 불쾌한 기색이 비쳤다.

"내가 태어났을 때쯤 어머니가 돌아가셨기 때문에 나를 보면 비참한 기분이 드신대. 내가 모르는 줄 아시겠지만 언젠가 사람들이 말하는 걸 들었어. 아버지는 나를 거의 증오하셔."

"정원을 싫어하시는 것도 너희 어머니가 돌아가셨기 때문이잖아." 메리가 거의 혼잣말로 중얼거렸다.

"무슨 정원?" 소년이 물었다.

"아! 그, 그게… 너희 어머니가 좋아하셨던 정원이 있거든." 메리는 더듬거렸다. "너는 항상 여기에 있었니?"

"거의 그렇지. 해변에는 몇 번 가봤어. 하지만 사람들이 하도 쳐다봐서 다시는 가지 않을 거야. 등을 곧게 만들려고 철사로 만든 고정 장치를 차본 적도 있는데 런던에서 온 의사 선생이 그걸 보더니 멍청한 짓이라고 했어. 당장 벗기고 밖에 나가서 신선한 공기를 맡게 하라고 말이야. 하지만 난 신선한 공기도 싫고 밖에 나가기도 싫어."

"나도 여기 처음 왔을 때는 그랬어." 메리가 말했다. "근데 왜 그렇게 날 빤히 쳐다보는 거야?"

"정말로 진짜 같은 꿈도 있거든." 소년은 다소 초조해 보였다.

"가끔 눈을 뜨면 내가 정말 깨어 있는 건지 믿기지 않을 때가 있어."

"우리 둘 다 깨어 있어." 메리가 말했다. 그러고는 높은 천장과 컴컴한 모퉁이들, 희미한 난롯불을 슬쩍 둘러보았다. "여기 정말로 꿈속 같긴 하다. 지금은 한밤중이고, 사람들은 모두 자고 있어. 우리만 빼고. 우리는 분명히 깨어 있어."

"꿈이 아니었으면 좋겠어." 소년은 불안한 듯 말했다.

메리는 불현듯 소년의 말이 떠올랐다.

"넌 사람들이 쳐다보는 게 싫다고 했잖아." 메리가 조심스레 물었다. "나도 가버렸으면 좋겠니?"

그는 여전히 붙잡고 있던 메리의 숄 끝자락을 살짝 잡아당겼다.

"아니." 그가 말했다. "네가 지금 가버린다면 정말 꿈이었다고 믿게 될 거야. 만약 네가 진짜 사람이라면 저기 커다란 스툴에 앉아서 이야기를 해봐. 너에 대해 듣고 싶어."

메리는 침대 옆 탁자에 촛불을 내려놓고 푹신한 스툴에 앉았다. 사실 가고 싶은 마음은 조금도 없었다. 이 수수께끼 같은 숨겨진 방에서 수수께끼 같은 소년과 이야기를 나누고 싶었다.

"무슨 이야기가 듣고 싶은데?" 메리가 물었다.

그는 메리가 미셀스웨이트에 온 지 얼마나 되었는지를 물었다. 메리의 방은 어느 복도에 있는지, 무엇을 하며 지냈는지도 궁금해했다. 자기처럼 황무지를 싫어하는지, 요크셔에 오기 전에는 어디에 살았는지도 물었다. 메리는 그 모든 질문에 답했고 소년은 베개에 기대어 메리의 이야기를 들었다. 그는 인도에 대해서, 그리고 바다를 건너온 여행길에 대해서도 많은 것을 물었다. 하도 오랫동안 병을 앓느라 보통의 아이들이라면 당연히 아는 것들도 배우지 못한 것 같았다. 아주 어릴 때 보모 중 한 명에게서 읽는 법을 배웠기 때문에 소년은 늘 이야기를 읽거나 그림을 보며 근사한 책 속에서 살았다.

그의 아버지는 그가 깨어 있을 때는 보러오는 일이 거의 없었지만 혼자서 가지고 놀 수 있는 온갖 신기한 것들을 구해다 주곤 했다. 하지만 소년은 그다지 달가워하지도 않았다. 원하는 것은 무엇이든 얻을 수 있었고 하기 싫은 일은 그 무엇도 할 필요가 없었다.

"모두가 나를 기쁘게 해주어야 해." 그는 무심하게 말했다. "화가 나면 난 아프거든. 아무도 내가 어른이 될 때까지 살 거라고 생각하지 않아."

매우 익숙해져서 아무렇지도 않다는 듯한 말투였다. 그는 메리의 목소리를 마음에 들어 하는 것 같았다. 메리의 이야기를 듣는 소년의 표정은 나른하면서도 재미있어 보였다. 한두 번인가는 그가 서서히 잠이 들고 있는 건 아닌가 하는 생각이 들 정도였다. 하지만 소년은 마침내 완전히 새로운 질문 한 가지를 던졌다.

"너 몇 살이니?" 그가 물었다.

"열 살이야." 메리는 골똘히 생각하며 말했다. "너도 열 살이고."

"그건 어떻게 알았어?" 소년은 놀란 목소리로 물었다.

"네가 태어났을 때 정원의 문이 닫히고 열쇠가 땅에 묻혔으니까. 그 정원은 10년 동안 잠겨 있었거든."

콜린은 몸을 반쯤 일으켜 메리 쪽으로 돌리더니 팔꿈치를 괴고 앉았다.

"어떤 정원의 문이 잠겼다는 거야? 누가 그랬는데? 열쇠는 어디에 묻혔고?" 갑자기 큰 흥미가 생긴 듯 소년이 질문을 쏟아냈다.

"그게… 고모부가 그 정원을 싫어하셨어." 메리는 긴장한 듯했다. "직접 문을 잠그고 열쇠를 묻어버려서 아무도, 그 누구도 열쇠가 어디에 있는지는 몰라."

"그 정원에는 뭐가 있는데?" 콜린이 고집스럽게 그리고 간절하게 물었다.

"10년 동안 아무도 들어가 보지 못했으니, 그거야 모르지." 고민 끝에 조심스럽게 내놓은 대답이었다.

하지만 조심하기엔 이미 너무 늦어버렸다. 콜린은 메리와 무척 비슷했다. 콜린 역시 달리 생각할 거리가 없었고, 숨겨진 정원은 메리만큼이나 콜린에게도 매력적인 주제였다. 그는 질문에 질문을 거듭했다. 그 정원은 어디에 있는지, 문을 찾아본 적은 없는지, 정원사들에게 물어보지는 않았는지 하는 것들이었다.

"아무도 말해주지 않아." 메리는 말했다. "그 질문에는 절대 대답하지 말라고 지시를 받은 모양이야."

"그럼 내가 대답하게 만들어야지." 콜린이 말했다.

"그, 그럴 수 있어?" 메리는 점점 두려워졌다. 콜린이 정말 정원사들에게 물어본다면, 무슨 일이 벌어질지 누가 알겠는가!

"모두 나를 기쁘게 할 의무가 있어. 아까 말했잖아." 그는 말했다. "내가 만약 죽지 않는다면 이곳은 언젠가 내 소유가 될 거야. 그걸 모르는 사람은 없어. 그러니 그 정원이 어디 있는지, 내가 말하게 만들게."

메리는 자신이 제멋대로라는 사실은 잘 몰랐지만, 이 수수께끼 소년이 정말이지 제멋대로라는 것만큼은 분명히 알 수 있었다. 그는 온 세상이 자기 것이라고 생각하는 듯했다. 어떻게 저렇게 별난 아이가 있을까. 얼마 못 살지도 모른다는 말은 또 어찌 저리 덤덤하게 내뱉는 걸까.

"너는 네가 죽을 거라고 생각하니?" 메리는 반은 궁금한 마음에, 그리고 반은 비밀의 정원에 관해 잊게 만들려는 속셈으로 질문을 던졌다.

"살 거라고 생각하진 않아." 그는 아까와 같은 무심한 말투로 대답했다. "내가 기억할 수 있는 첫 순간부터 사람들은 내가 얼마 살지 못할 거라고 말했어. 처음에는 내가 너무 어려서 그 말을 이해하지 못할 거라고 생각했고, 지금은 내가 듣지 않는다고 생각하지. 하지만 다 듣고 있었어. 내 주치의는 아버지의 사촌인데, 아주 가난한 사람이야. 내가 죽고 아버지마저 돌아가시면 미셀스웨이트 장원 전체를 물려받게 되겠지. 그러니 틀림없이 내가 살아남기를 바라지 않을 거야."

"너는 살고 싶어?" 메리가 물었다.

"아니." 그는 피곤하고 짜증스러운 투로 대답했다. "그렇다고 죽고 싶은 것도 아니야. 아파서 여기 누워 있을 때면 죽음에 관해 생각하다가 결국은 울고 또 울게 돼."

"네가 우는 소리를 세 번이나 들었어." 메리가 말했다. "누가 우는지는 알 수 없었지만. 혹시 죽음이 두려워서 울었던 거니?" 메리는 콜린이 정원에 관해 잊어버리기를 바라며 또다시 질문을 던졌다.

"아마 그럴 거야." 그가 대답했다. "우리 다른 얘기 하자. 정원에 대해서 말이야. 그 정원, 보고 싶지 않아?"

"응." 메리는 낮은 목소리로 대답했다.

"나도 그래." 콜린은 끈질기게 이야기를 이어갔다. "지금껏 뭔가를 정말 보고 싶어 했던 적은 없었던 것 같은데, 그 정원은 꼭 보고 싶어. 묻혀 있는 열쇠도 찾아내고 싶고, 잠긴 문을 열고 싶어. 휠체어를 타고 안에 들어가 볼 수도 있겠지. 그러면 신선한 공기를 쐴 수도 있을 거야. 하인들에게 문을 열라고 해야겠다."

기분이 꽤 들떴는지 소년의 기묘한 눈은 별처럼 빛났고, 어느 때보다도 어마어마하게 커 보였다.

"하인들은 날 기쁘게 해줘야 하니까 나를 거기에 데려다주라고 하고 너도 들여보내 줄게."

메리는 깍지 낀 두 손을 움켜잡았다. 그가 모든 것을 망치려 하고 있다. 모든 것을! 디콘은 절대 돌아오지 않을 것이다. 메리는 이제 더는 안전한 둥지에 숨은 개똥지빠귀가 될 수 없을 것이다.

"아, 안 돼… 안 돼… 안 돼… 안 된다고!" 메리가 소리쳤다.

콜린은 메리가 미치기라도 한 것처럼 메리를 바라보았다.

"왜?" 그가 소리쳤다. "너도 보고 싶다고 했잖아."

"그래, 맞아." 메리는 목까지 울음이 차오르는 걸 간신히 참으며 말했다. "하지만 네가 하인들을 시켜서 문을 열고 들여보내 달라고 한다면, 그건 더는 비밀의 정원이 아니게 돼."

그는 메리 쪽으로 몸을 더욱 기울였다.

"비밀이라니. 그게 무슨 뜻이야? 말해봐."

메리의 말은 뒤죽박죽이었다.

"그러니까, 그러니까 말이야." 메리는 할딱거렸다. "만약 우리 빼고 아무도 모르는 곳이라면, 담쟁이덩굴 아래 어딘가에 숨겨진 문이 있다면, 만약에 그런 곳이 정말로 있어서… 우리가 거길 찾을 수 있다면 말이야… 함께 들어가서 문을 닫아버린다면, 안에 누가 있는지 아무도 모를 거야. 그러면 우리는 그곳을 우리만의 정원이라고 부르면서 우리가… 우리가 마치 개똥지빠귀이고 그곳이 우리 둥지인 것처럼 매일같이 거기에서 함께 놀고 땅을 파고 씨앗을 심어서 모든 것을 살려낼 수 있어."

"그곳이 죽었어?" 콜린이 끼어들었다.

"아무도 돌봐주지 않으면 곧 죽겠지." 메리가 말을 이었다. "알뿌리는 살겠지만 장미는…."

콜린은 메리만큼이나 흥분해서는 메리의 말을 끊어버렸다.

"알뿌리가 뭔데?"

"수선화랑 백합이랑 스노드롭의 뿌리야. 지금은 땅속에서 자라고 있어. 봄이 오는 중이라 연두색 새싹을 땅 위로 밀어 올리고 있어."

"봄이 오고 있다고? 봄은 어떤데? 아파서 방에만 누워 있다 보니 제대로 본 적이 없어."

"봄은, 햇살이 빗물 위에 내리고 빗물이 다시 햇살 위에 떨어지는 거야. 수많은 것들이 땅을 밀고 올라오며 열심히 자라나. 만약 그 정원이 비밀이 된다면 우리끼리 안에 들어가서 식물들이 매일 조금씩 자라는 모습을 보고 장미가 얼마나 많이 살아 있는지도 볼 수 있어. 아직도 모르겠니? 비밀을 지켜야만 훨씬 더 좋을 거라는 걸 정말 모르겠어?"

그는 다시 베개 위로 쓰러져 누웠고 이상한 표정을 지어 보였다.

"나는 비밀을 가져본 적이 없어. 뭐, 딱 하나 있긴 하지. 어른이 될 때까지 못 산다는 걸 알면서도 모르는 척하고 있거든. 내가 그걸 아는 줄은 아무도 모르니까, 그것도 비밀이라면 비밀이지. 하지만 네가 말한 비밀이 더 좋아 보인다."

메리는 간청하듯이 말했다. "네가 하인들을 시켜서 정원을 찾지 않더라도 언젠가는 내가 틀림없이 들어가는 방법을 찾을 수 있을 거야. 만약 의사 선생님이 휠체어를 타고 밖에 나가는 걸 허락해 주시면… 뭐, 너야 원하는 건 언제든 할 수 있으니까 당연히 그럴 수 있겠지. 그러면 남자아이를 한 명을 구해서 네 휠체어를 밀어달라고 하고, 우리끼리만 정원에 들어가는 거야. 그러면 정원은 언제까지나 비밀의 정원으로 남겠지."

"그게… 좋겠다." 그는 아주 느릿느릿 말했다. 눈은 꿈을 꾸는 듯했다. "나도 그게 좋아. 비밀의 정원에서라면 신선한 공기도 괜찮을 것 같아."

비밀을 지킨다는 생각을 콜린이 마음에 들어 하는 듯했으므로 메리는 다시 안전한 기분이 되었다. 정원에 관해 계속 이야기를 나누다 보면, 예전의 자신처럼 콜린도 정원을 마음속에 그려볼 수 있게 되리라는 확신도 들었다. 그러면 콜린도 정원을 아주 좋아하게 될 테고, 아무나 마음대로 들어와서 정원을 짓밟을지도 모른다는 생각을 하면 도저히 견딜 수 없는 지경에 이르게 될 터였다.

"이건 어디까지나 내 '상상'일 뿐이지만….." 메리가 말했다. "아주 오랫동안 닫혀 있었으니 식물들은 아마 완전히 뒤엉킨 채로 제멋대로 자라나 있을 거야."

콜린은 죽은 듯이 가만히 누워서 메리의 이야기를 들었다. 메리는 '아마도' 나무에서 나무로 기어오르고 아래로 축 늘어져 있을 장미 나무에 관해 이야기했고, 그곳이 아주 안전하기 때문에 '아마도' 거기에 둥지를 틀었을 새들에 대해서도 말했다. 그리고 나서 메리는 붉은가슴울새와 벤 웨더스타프에 대해서도 말해주었는데, 울새에 관해서라면 할 이야기가 무척 많은 데다가 아주 편안하고도 위험할 것 없는 이야기였기 때문에 메리도 더는 겁내지 않았다. 처음 콜린을 보았을 때 메리는 그 커다란 눈과 흘러내린 숱 많은 머리칼 때문에 콜린이 자기보다도 더 못생긴 아이라고 생각했는데, 울새 이야기에 아주 즐거워하며 웃는 모습을 보자 무척 아름다운 얼굴이라는 생각이 들었다.

"새들이 그럴 수 있다는 게 놀랍다." 콜린이 말했다. "방에만 있으면 아무것도 볼 수가 없어. 그런데 넌 정원에 대해서 어떻게 그렇게 잘 알아? 꼭 가봤던 사람 같아."

메리는 뭐라고 말해야 좋을지 몰라서 아무 말도 하지 않았다. 콜린도 어떤 대답을 기대하고 물은 건 아닌 듯했고, 곧 놀라운 것을 보여주었다.

"내가 뭔가 보여줄게." 그가 말했다. "저기 벽난로 위에 장미꽃처럼 빨간 비단 커튼 보이지?"

메리는 눈치채지 못하고 있다가 그제야 눈을 들어 커튼을 바라보았다. 액자 위에 부드러운 비단을 덮어놓은 것 같았다.

"응." 메리가 대답했다.

"옆에 줄이 하나 달려 있어. 가서 당겨봐." 콜린이 말했다.

메리는 어리둥절해하며 자리에서 일어나 줄을 찾았다. 그리고 줄을 잡아당기자 고리에 걸려 있던 커튼이 뒤로 젖혀지고 가려져 있던 그림이 드러났다. 웃고 있는 소녀의 얼굴이었다. 밝은 머리칼을 푸른 리본으로 묶은 소녀의 사랑스럽고 활기찬 눈은 콜린의 불행한 눈과 완전히 똑같았다. 눈동자는 갈색이 감도는 회색이었고, 눈가를 빽빽하게 메운 검은 속눈썹 때문에 눈이 실제보다 두 배는 더 커 보였다.

"우리 어머니야." 콜린이 불만스러운 듯 말했다. "왜 돌아가셨는지 모르겠어. 그래서 가끔은 어머니가 미워."

"그러면 안 돼." 메리가 말했다.

"어머니가 살아 계셨더라면 내가 이렇게 항상 아프진 않았을 거야." 그는 아랑곳하지 않고 투덜거렸다. "나도 살 수 있었을 테고 아버지도 나를 그렇게 싫어하진 않으셨겠지. 아마 내 등도 튼튼했을 거야. 다시 커튼을 덮어줘."

메리는 커튼을 덮고 다시 자리로 돌아왔다.

"너보다 훨씬 예쁘시다." 메리는 말했다. "하지만 눈은 너랑 완전히 똑같아. 최소한 모양이랑 색깔은 똑같아. 그런데 왜 커튼을 덮어놓은 거야?"

콜린은 불편한 듯 뒤척였다.

"내가 그러라고 했어. 어머니가 날 쳐다보는 게 싫을 때가 있거든. 나는 아프고 비참한데 어머니는 웃고만 있잖아. 게다가 어머니는 내 것이니까 다른 누군가가 어머니를 보는 게 싫어.”

잠시 정적이 흐르다가 메리가 입을 열었다.

“내가 여기 왔었다는 걸 알면 메드록 부인이 어떻게 할까?”

“내가 시키는 대로 하겠지.” 그가 대답했다. “부인에게 네가 매일 와서 나와 이야기를 나누면 좋겠다고 말할 거야. 네가 와서 기뻐.”

“나도 그래. 최대한 자주 올게. 하지만….” 메리는 주저하며 말했다. “난 매일 정원의 문을 찾아다녀야 해.”

“그렇지.” 콜린이 말했다. “나중에 나한테도 말해줘.”

그는 다시 몇 분 동안을 생각에 잠기더니 이렇게 말했다.

“내 생각엔 너에 관해서도 비밀로 하는 게 좋겠어. 사람들이 알아내기 전에는 먼저 너에 관해 말하지 않을게. 혼자 있고 싶다고 말하면 보모는 언제든지 밖으로 내보낼 수 있어. 너 마사라는 하녀 알아?”

“응, 아주 잘 알아. 내 시중을 들어.”

그는 바깥쪽 복도를 향해 고갯짓했다.

“마사가 저쪽 방에서 잠을 자. 내 보모는 어제 여동생하고 하룻밤을 지내러 휴가를 나갔고, 그럴 때마다 나를 마사에게 맡기거든. 내일 언제쯤 오라고 마사가 말해줄 거야.”

그제야 메리는 울음소리에 관해 물었을 때 마사가 난처한 표정을 지었던 이유를 알 수 있었다.

“마사는 너에 대해서 알고 있었던 거야?” 메리가 물었다.

"응, 가끔 내 시중도 들어주거든. 내 보모는 밖으로 나도는 걸 좋아해서 그럴 때마다 마사가 대신 와."

"여기 너무 오래 있었다. 이제 방으로 돌아가도 되지? 너도 졸려 보여."

"네가 나가기 전에 잠들고 싶은데…." 콜린은 조금 부끄러워하며 말했다.

"눈 감아." 메리는 스툴을 침대 가까이 옮기며 말했다. "인도에서 아야가 내게 해줬던 걸 너에게 해줄게. 네 손을 토닥이고 쓰다듬으면서 조용한 노래를 부를 거야."

"좋을 것 같아." 그가 나른하게 말했다.

메리는 왠지 모르게 콜린이 가여워서 잠이 깬 채로 누워 있게 만들고 싶지 않았다. 메리는 침대에 기댄 채 그의 손을 쓰다듬고 토닥이며 힌두어로 된 아주 낮고 짧은 찬송가를 불러주었다.

"듣기 좋다." 콜린은 더욱 나른한 목소리로 말했고 메리는 노래와 쓰다듬기를 계속했다. 그런데 다시 콜린을 쳐다보자 그의 검은 속눈썹은 이미 볼 근처까지 내려와 있었다. 눈을 감고 잠에 빠진 것이었다. 메리는 부드럽게 일어나서 촛불을 들고 방을 조용히 빠져나왔다.

14장
어린 라자

다음 날 아침에도 비는 여전히 쏟아졌고 황무지는 안개 속에 숨었다. 오늘은 밖에 나갈 수 없을지도 몰랐다. 마사는 너무 바빠서 말을 걸 수조차 없었으며 오후가 되어서야 놀이방으로 불러서 함께 자리에 앉았다. 마사는 일이 없을 때마다 늘 뜨는 양말을 가지고 왔다.

"뭣 때문에 부르셨어유?" 마사가 앉자마자 물었다. "뭔 할 말이 있으신 거 같은디….."

"맞아, 할 말이 있어. 그 울음소리에 대해서 알아냈거든." 메리가 말했다.

마사는 뜨개질하던 손을 무릎에 떨어뜨리고 놀란 눈으로 메리를 쳐다보았다.

"뭔 소리래유!" 마사가 소리쳤다. "그럴 리가 없는디!"

"지난밤에 그 소리를 또 들었어." 메리는 이야기를 이어갔다. "일어나서 어디서 나는 소리인지 알아내려고 밖으로 나갔지. 콜린이었어. 내가 그 애를 찾아냈어."

마사의 얼굴은 두려움으로 붉게 달아올랐다.

"아이고, 메리 아가씨!" 마사는 거의 울다시피 했다. "그래서는 안 되는디…. 그러시믄 안 되는 거였어유! 아가씨 땜에 지는 큰일 났구먼유. 콜린 되련님에 대해서는 입도 뻥긋 안 했는디, 아가씨 땜에 지는 이제 큰일 났어유. 여기서 쫓겨나믄 울 엄니는 이제 어쩌실까!"

"그럴 일은 없어." 메리가 말했다. "콜린은 나를 반가워했어. 우리는 계속 이야기를 나눴고 콜린도 내가 와서 좋다고 말했어."

"참말이유?" 마사가 우는소리를 했다. "확실해유? 심사가 쪼끔만 틀어졌다 하믄 되련님이 워떻게 변하는지 아가씨는 모르잖아유. 갓난애처럼 울어대기도 하구, 그러다가 더 화가 나시믄 소리소리를 질러가매 우리를 겁주신다구유. 우덜이 전부 자기 손바닥 안에 있다고 생각하신단 말여유."

"어제는 조금도 짜증 내지 않았어." 메리가 말했다. "내가 그냥 나갈까 물어봤는데도 같이 있자고 하던걸. 그 애가 나한테 이런저런 것들을 물어보기도 했고, 나는 커다란 스툴에 앉아서 인도와 울새와 정원에 대해 이야기해줬어. 계속 가지 말라고 하더라. 자기 어머니 초상화까지 보여줬다니까. 심지어 돌아오기 전에는 내가 그 애에게 자장가도 불러줬어."

마사는 놀라움에 숨을 헐떡거렸다.

"참말로 못 믿을 소리구먼!" 마사가 항의하듯 말했다. "호랑이 소굴에 지 발로 걸어 들어간 거나 매한가지예유. 평소 같았으믄 한바탕 승질을 부려서 집 안을 발칵 뒤집어놨을 텐디. 되련님은 모르는 사람이 쳐다보는 걸 끔찍하게 싫어하시거든유."

"나한테는 안 그랬다니까. 나는 계속 그 애를 쳐다봤고 그 애도 날 봤어. 서로 빤히 쳐다봤다고!" 메리가 말했다.

"우떡해야 좋을지 통 모르겠네잉." 마사가 불안해하며 우는소리를 했다. "메드록 부인이 아시는 날엔 지가 명을 어기구 아가씨한테 말씀드렸다구 생각하실 거예유. 그럼 지는 쫓겨날지두 몰라유."

"메드록 부인에게는 아무것도 말하지 않기로 했어. 우선은 비밀로 할 거야." 메리가 단호하게 말했다. "게다가 그 애 말로는 모두가 자기에게 복종해야 한다고 하던걸."

"야. 그건 맞는 말씀이구면유. 되련님 승질이 월매나 고약헌디!" 마사는 앞치마로 이마를 닦아내며 한숨을 쉬었다.

"메드록 부인도 자기 말은 거스르지 못한댔어. 그리고 앞으로도 매일같이 와서 이야기를 들려달라고 하던걸. 걔가 나를 부르고 싶을 때마다 너를 통해 말을 전하기로 했어."

"지가유?" 마사가 말했다. "아이고, 난 이제 쫓겨나겠네. 쫓겨나겠어!"

"걔가 시키는 일을 하는데 네가 왜 쫓겨나. 모두 그 애 말에 복종해야 한다면서." 메리가 힘주어 말했다.

"그니께 시방 아가씨 말씸은…." 마사가 눈을 동그랗게 뜨며 소리쳤다. "되련님이 아가씨헌티 잘해주셨다는 거 아녀유!"

"심지어 나를 좋아하는 것도 같던데." 메리가 대답했다.

"아가씨가 되련님 넋을 빼놓았나 보네유!" 마사는 한숨을 내쉬더니 이렇게 결론지었다.

"내가 마법이라도 부렸다는 거야?" 메리가 물었다. "인도에서

162

많이 들어보긴 했지만 난 마법을 부릴 줄 몰라. 그냥 그 방에 들어갔는데 그 애가 있기에 깜짝 놀라서 가만히 쳐다봤을 뿐이야. 그랬더니 그 애도 돌아서서 나를 쳐다보더라. 내가 유령이거나 꿈에 나오는 환영이라고 생각했대. 처음에는 나도 그 애가 유령인 줄 알았어. 한밤중에 누구인지도 모르는 아이랑 단둘이 있자니 기분이 참 묘했어. 그래서 서로 질문하기 시작했지. 그러고 나서 내가 나가야 하냐고 물었더니 그냥 있으라고 했고."

"오메, 인자 시상이 끝날라나베!" 마사는 숨을 할딱거렸다.

"걔한테 무슨 문제라도 있어?" 메리가 물었다.

"아무도 지대루 아는 사람은 없슈." 마사가 말했다. "주인 나리는 되련님이 태어났을 때쯤 머리가 이상해지셨지, 의사 선상님들은 정신병원에 집어넣어야 된다구 하시지. 전에두 말씀드렸지만 주인마님께서 돌아가시믄서 이 사달이 난 거예유. 주인 나리가 애기를 쳐다볼라구두 안 하셨거든유. 자라봐야 자기처럼 꼽추가 될 거라구, 차라리 죽는 게 낫다구 고래고래 소리를 지르셨어유."

"콜린이 꼽추야?" 메리가 물었다. "전혀 안 그래 보이던걸."

"아직은 아니쥬." 마사가 답했다. "근디 시작부터 글렀슈. 엄니 말씀이, 이 집에는 워낙 문제가 많아서 어떤 애라두 지대루 자랄 수가 없을 거래유. 되련님 등이 굽을까 봐 겁나서 사람덜이 다 그것만 신경 썼거든유. 침대에 누워 있게 하구 걷지도 못하게 하구유. 한번은 허리에 지지대를 차게 했는디, 그게 월매나 싫었는지 도련님이 완전히 앓아누우셨어유. 큰 병원서 의사 선상님이 와서 보시드만 당장에 지지대를 빼버리라구 하시더라구유. 예의는 차리셨지만 주치의

선상님한테 화가 단단히 나신 것 같았어유. 약을 너무 많이 멕이는 데다 뭐든지 지멋대로 하게 두는 게 문제라구 허셨지유."

"내 생각에도 걔는 정말 제멋대로인 것 같더라." 메리가 말했다.

"그렇게 못된 아는 시상에 또 없을 규!" 마사가 말했다. "상당히 많이 아프시긴 했어유. 감기에 걸려서 기침을 허는디 두세 번인가는 거의 죽을 뻔도 했쥬. 류머티즘열을 앓은 적두 있구 장티푸스에 걸리기도 했구유. 아유! 그때 메드록 부인이 놀라 까무러칠 뻔한 일이 있었어유. 되련님이 하두 정신을 못 채리니께 아무것도 못 듣는다구 생각하구 부인이 보모헌티 이런 말을 한 거예유. '이번에는 분명 죽을 거여. 그게 자기한테도 다른 사람들한테도 최선이여.' 그러고는 되련님을 쳐다봤는디 글씨 그 큰 눈을 똥그랗게 뜨구서 부인을 쳐다보고 있었다지 뭐예유. 당황해서 꼼짝도 못 하고 있는디 되련님이 부인을 빤히 쳐다보더니 '물 좀 가져오고 입 다물어' 하시더래유."

"너도 걔가 죽을 거라고 생각해?" 메리가 물었다.

"엄니는, 신선한 공기도 전혀 못 쐬구 누워서 그림책 보는 것밖에는 모르구, 주구장창 약만 먹어대는디 워떤 애가 살 수 있겠느냐고 허셔유. 되련님은 몸이 너무 약하니께 굳이 밖에 나가서 긁어 부스럼 만들기를 싫어하시거든유. 본인은 감기에 하도 잘 걸려서 밖에 나가면 무조건 아프다나."

메리는 가만히 앉아서 타는 불을 바라보며 느리게 말했다.

"그래도 정원에 나가서 식물이 자라는 걸 보면 도움이 되지 않을까? 나도 그랬잖아."

"되련님이 최고로 심하게 발작했던 때가 바로 분수 옆에 있는 장미 나무 근처로 나갔을 때였어유. 신문에서 '장미열'인가 하는 감기가 유행한다는 기사를 읽구 갑자기 재채기를 하기 시작하더니 자기가 '장미열'에 걸렸다면서 난리를 부리지 뭐예유. 근데 그때 이 집 규칙을 잘 모르는 새로 온 정원사 하나가 지나가면서 되련님을 이상한 눈으로 쳐다본 거예유. 되련님은 자기가 꼽추가 될 걸 알고 쳐다본 거라면서 화가 머리끝까지 났지유. 하도 울어서 몸이 펄펄 끓고 밤새도록 않았어유."

"나한테 한 번이라도 그렇게 화를 내면 다시는 그 애를 보러 가지 않을 거야." 메리가 말했다.

"되련님이 오라고 하시면 가셔야 할걸유." 마사가 말했다. "그런 건 미리 알아두는 편이 나아유."

곧이어 종이 울렸고 마사는 하던 뜨개질거리를 주섬주섬 챙겼다.

"아마 보모가 되련님 시중을 좀 들라구 부르는 거 같아유. 되련님 기분이 좋아야 할 텐디."

그렇게 방을 나섰던 마사는 10분쯤 후에 어리둥절한 얼굴로 돌아왔다.

"웬일이랴, 아가씨가 넋을 빼놓긴 빼놨구먼. 되련님이 소파에 앉아서 그림책을 보고 계시네유. 보모한테는 여섯 시까지 나가 있으라고 했대유. 지는 옆방에서 지둘리라구 하셨구유. 보모가 나가자마자 지를 부르신 거예유. '가서 메리 레녹스를 데려와. 그리고 아무한테도 말하면 안 돼.' 그러셨어유. 얼른 가보셔유."

메리도 어서 가보고 싶었다. 디콘만큼은 아니었지만 콜린도 보고 싶었다.

방에 들어서자 난롯불이 밝게 타고 있었다. 낮에 보니 방은 상당히 아름다웠다. 풍부한 색채를 뽐내는 양탄자와 벽걸이 장식들, 벽에 걸린 그림들, 책장에 꽂힌 책들 덕분에 잿빛 하늘과 내리는 비에도 방은 편안하면서도 생생한 느낌을 주었다. 콜린 또한 마치 그림 속 아이 같았다. 그는 벨벳 재질의 실내복을 입은 채 커다란 양단 쿠션에 기대앉아 있었으며 양 볼에는 붉은 기가 감돌았다.

"어서 들어와." 그가 말했다. "아침 내내 너에 대해 생각했어."

"나도 네 생각을 했어." 메리가 대답했다. "마사가 얼마나 겁을 먹었는지 모르지? 내가 너를 만나게 된 걸 메드록 부인이 알면 자기는 쫓겨날지도 모른다고 하더라."

콜린이 얼굴을 찌푸렸다.

"가서 마사를 여기로 데려와." 소년이 말했다. "옆방에 있어."

메리는 가서 마사를 데려왔다. 가여운 마사는 바들바들 떨었다. 콜린은 여전히 얼굴을 찌푸리고 있었다.

"너는 나를 기쁘게 할 의무가 있어, 없어?" 그가 물었다.

"되련님을 기쁘게 해드릴 의무가 있습니다요." 마사는 붉어진 얼굴로 더듬거렸다.

"메드록 부인은 어때?"

"모두가 도련님을 기쁘게 해드려야 합니다." 마사가 말했다.

"좋아, 그럼. 내가 너에게 메리 아가씨를 데려오라고 명했는데, 메드록 부인이 그걸 알아낸다고 한들 널 어떻게 내쫓을 수 있지?"

"제발 그러지 않게 해주셔요, 도련님." 마사가 간청했다.

"만약 메드록 부인이 그런 말을 한 마디라도 꺼낸다면 내가 부인을 쫓아낼 것이다." 크레이븐 가의 도련님이 위엄 있게 말했다. "그 럴 일은 없어. 내가 장담하마."

"감사합니다, 도련님." 무릎을 굽혀 인사하며 "제 책무를 다 하 겠습니다."

"그렇게 하도록 해라." 콜린은 더욱 위엄 있게 말했다. "내가 너 를 보살피겠다. 이제 나가보아라."

마사가 문을 닫고 나가자 콜린은 놀라운 듯 자신을 바라보고 있 는 메리를 발견했다.

"왜 그렇게 쳐다봐?" 그가 물었다. "무슨 생각을 하는 거야?"

"두 가지 생각을 하고 있었어."

"그게 뭔데? 앉아서 말해봐."

"첫 번째는⋯." 메리가 커다란 스툴에 앉아서 말했다. "인도에 서 본 남자아이에 대한 거야. 그 애는 라자*였어. 온몸에 루비와 에 메랄드, 다이아몬드를 달고 있었지. 방금 네 말투가, 그 애가 하인들 에게 쓰던 말투랑 똑같았어. 누구든 그의 명령이라면 무조건, 그것 도 그 즉시 따라야 했어. 명령을 따르지 않으면 아마 죽였을 거야."

"그 라자에 대해 더 말해보라고 하고 싶지만, 일단 두 번째 생각 이 뭔지부터 말해봐."

"두 번째로는⋯ 너랑 디콘이 정말로 다르다는 생각을 했어."

"디콘이 누군데? 이름 한번 괴상하군!"

메리는 차라리 말해버리는 게 낫겠다고 생각했다. 디콘 이야기

---

* Rajah. 옛 인도의 영주를 가리키는 말.

를 하기 위해 꼭 비밀의 정원을 언급할 필요는 없었다. 자신도 마사에게 디콘 이야기를 듣는 걸 좋아하지 않았던가. 게다가 메리 스스로도 디콘에 관한 이야기를 하고 싶었다. 그러면 왠지 모르게 그 애와 가까이에 있는 듯한 기분이 들었기 때문이다.

"디콘은 마사의 남동생이야. 열두 살이고." 메리가 말했다. "그애는 세상 누구와도 달라. 인도에 있는 뱀 부리는 사람처럼 여우와 다람쥐와 새를 마음대로 다룰 수 있어. 피리로 아주 부드러운 음악을 연주하면 동물들이 와서 그 소리를 들어."

콜린은 탁자 위에 놓여 있던 커다란 책 중 한 권을 갑자기 끌어당겼다.

"여기 뱀 부리는 사람 그림이 있어." 그가 소리쳤다. "이리 와서 봐."

그 아름다운 책에는 화려한 색채의 그림들이 있었고, 콜린이 그중 하나를 펴 보였다.

"걔도 이렇게 할 수 있어?" 소년이 열의에 차서 물었다.

"그 애가 피리를 불면 동물들이 그 소리를 들어. 하지만 그 애는 그걸 마법이라고 부르진 않았어. 황무지에서 하도 오래 지내다 보니 그냥 저절로 할 수 있게 되었대. 가끔은 자기가 새나 토끼처럼 느껴지기도 한댔어. 지난번에는 울새에게 이것저것을 물어보기도 하고, 서로 다정하게 짹짹거리면서 이야기를 나누기도 했다니까!"

콜린은 다시 쿠션에 등을 기댔다. 두 눈은 점점 커졌고 볼은 한층 더 붉어진 것 같았다.

"그 애 얘기를 좀 더 해줘." 소년이 말했다.

"디콘은 새 둥지와 알에 관한 일이라면 모르는 게 없어." 메리는 말을 이었다. "여우랑 오소리랑 수달이 어디에 사는지도 다 알고. 하지만 다른 아이들에게는 절대로 알려주지 않아. 그 녀석들이 찾아가서 동물들에게 겁을 줄 수도 있으니까. 황무지에서 자라는 것들에 관해서라면 디콘은 뭐든지 알고 있어."

"걔는 황무지가 좋대?" 콜린이 말했다. "그렇게 황량하고 음울하고 광막하기만 한 곳을 어떻게 좋아할 수가 있지?"

"황무지는 세상에서 가장 아름다운 곳이야." 메리는 발끈했다. "온갖 사랑스러운 것들이 살고 있고, 수많은 작은 동물들은 둥지를 만드느라, 구덩이나 굴을 파느라, 서로에게 노래를 불러주고 끽끽거리고 재잘거리느라 정말 바빠. 땅속이나 나무랑 덤불 속에서 얼마나 바쁘고 재미있게 지내는데! 황무지는 그 친구들의 세상이야."

"넌 그런 걸 어떻게 다 알아?" 콜린이 턱을 괸 채 메리 쪽으로 고개를 돌렸다.

"실은 나도 진짜 가본 적은 없어." 지난 기억이 불쑥 떠올랐다. "캄캄할 때 마차를 타고 지나간 적은 있지. 그때는 나도 끔찍하다고 생각했어. 그런데 마사가 처음으로 황무지에 관해 말해주었고, 그다음으로는 디콘이 말해주었어. 디콘이 말해줄 때는 마치 내가 실제로 그것들을 보고 듣는 것만 같고, 헤더 덤불 속에 실제로 서 있는 기분이 들었어. 햇살이 나를 비춰주고, 가시금작화에서는 꿀처럼 달콤한 냄새가 나고, 주위는 온통 꿀벌들과 나비들로 가득해졌지."

"아프면 아무것도 볼 수가 없어." 콜린은 불안해 보였다. 마치 멀리서 들려오는 낯선 소리를 들으며 무슨 소리일까 궁금해하는 사람 같았다.

"아파서 못 보는 게 아니라 방 안에만 있으니까 못 보는 거야."
메리가 말했다.

"난 황무지에 가고 싶어도 못 가." 분하다는 말투였다.

메리는 잠깐 동안 침묵을 지키다가 아주 대담하게 말했다.

"가게 될 거야. 언젠가는."

콜린이 놀란 듯 몸을 움찔했다.

"내가 황무지에 간다고? 그게 말이 돼? 난 곧 죽을 거라고!"

"그걸 네가 어떻게 알아?" 메리가 매정하게 말했다. 죽음에 대
해 말하는 콜린의 모습이 마음에 들지 않았다. 동정심도 별로 들지
않았다. 마치 자기가 죽을 거라고 으스대는 것만 같았다.

"그거야… 아주 어렸을 때부터 늘 듣던 말이니까 그렇지." 짜증
스러운 말투였다. "사람들은 내가 못 들을 거라고 생각하면서 늘 쑥
덕거렸어. 내가 정말로 죽기를 바라면서."

메리는 심술이 나서 입술을 앙다물었다.

"사람들이 정말 원하는 게 그거라면 난 절대로 안 죽을 거야. 네
가 죽기를 바라는 사람이 누구야?"

"하인들. 당연히 크레이븐 선생도 그렇고. 내가 죽어야만 자기
가 미셀스웨이트의 주인이 되어서 가난에서 벗어날 수 있을 테니까.
감히 대놓고 말하지는 못하지만 내가 몸이 안 좋아질 때마다 기분
이 아주 좋아 보여. 장티푸스에 걸려서 고열이 날 때도 크레이븐 선
생은 얼굴에 점점 살이 찌더라고. 그리고 우리 아버지도 그걸 바라
시는 것 같아."

"그건 아닐걸." 메리가 꽤 단호하게 말했다.

그러자 콜린은 고개를 돌려 메리를 바라보았다.

"그럴 것 같아?"

그러더니 그는 다시 쿠션에 등을 기대고 가만히 앉아 있었다. 생각을 하는 것 같았다. 침묵은 길게 이어졌다. 아마도 두 아이 모두 보통 아이들은 하지 않는 이상한 생각을 하고 있었을 것이다.

"나는 런던에서 오셨다는 의사 선생님이 좋아. 그 철사로 된 걸 벗게 해주셨잖아." 마침내 메리가 말했다. "그분도 네가 죽을 거라고 하셨어?"

"아니."

"그럼 뭐라고 하셨어?"

"그 선생은 속닥거리지 않았어." 콜린이 대답했다. "속닥거리는 걸 내가 얼마나 싫어하는지 알았는지도 모르지. 그 선생이 아주 큰 소리로 말하는 걸 들었는데, '저 아이는 살겠다고 마음먹으면 살 거요. 그런 마음이 들게 해주시오'라고 했지. 왠지 화가 난 듯한 목소리였어."

"그런 마음이 들게 해줄 사람이 누군지 알아." 곰곰이 생각하던 메리가 말했다. 어떤 식으로든 이 문제를 마무리 짓고 싶었다. "바로 디콘이야. 그 애는 항상 살아 있는 것들에 대해서 말하고, 죽은 것들이나 아픈 것들에 관해서는 절대로 말하지 않아. 항상 날아가는 새들을 보려고 하늘을 올려다보거나, 자라나는 것들을 보려고 땅을 내려다봐. 디콘의 눈은 정말로 파랗고 둥근데 그 큰 눈을 반짝 뜨고서 늘 여기저기를 둘러보고 다니지. 웃을 때 입은 또 얼마나 커지는

지 몰라. 양 볼은 아주 빨개. 체리처럼 말이야."

메리는 스툴을 소파 가까이로 끌어당겼다. 디콘의 크고 둥근 입과 커다란 눈을 떠올리자 메리의 표정은 완전히 달라졌다.

"콜린, 우리…." 메리가 말했다. "죽음에 관해서는 이야기하지 말기로 하자. 정말 싫어. 대신 삶에 관해 이야기하는 거야. 디콘에 관해서 계속, 계속 이야기하자. 그러고 나서 함께 네 그림책도 보자."

그건 메리가 할 수 있는 가장 좋은 이야기였다. 디콘에 관한 이야기란 바로 황무지에 관한, 오두막에 관한, 그리고 그 안에서 일주일에 겨우 16실링으로 살아가는 열네 명의 가족에 관한… 야생 조랑말처럼 황무지의 풀을 먹고 통통하게 살이 오른 아이들에 관한 이야기였다. 또한 그건 디콘의 어머니와 줄넘기와 햇볕이 내리쬔 황무지와 거뭇거뭇한 잔디를 뚫고 나오는 연둣빛 새싹들에 관한 이야기이기도 했다. 그 모든 것이 삶 그 자체였으므로 메리는 그 어느 때보다도 열정적으로 조잘거렸다. 콜린 역시 그렇게나 말을 많이 하고, 또 많이 들은 건 생전 처음이었다. 둘은 함께 웃었고, 마침내는 건강하고 자연스러운, 평범한 열 살 아이들처럼 시끄럽게 굴었다. 메리는 더는 차갑고 상냥하지 못하고 성미 고약한 소녀가 아니었고, 콜린 역시 자신이 곧 죽을 거라고 믿는 허약한 소년이 아닌 듯했다.

둘은 너무 즐거운 나머지 그림에 관한 것도 잊었고 시간이 가는 줄도 몰랐다. 둘은 벤 웨더스타프와 그의 울새에 관해 이야기하며 함께 큰 소리로 웃어댔고, 콜린은 아픈 등은 까맣게 잊은 듯 똑바로 앉아 있다가 갑자기 무언가를 떠올렸다.

"그러고 보니 어떻게 그 생각을 한 번도 안 했을 수가 있지?" 그가 말했다. "우리 사촌이네."

그렇게 많은 이야기를 나누면서도 이 단순한 사실을 누구도 생각해내지 못했다는 것이 너무나 어이가 없어서 둘은 또 한 번 배꼽을 잡고 웃었다. 별것 아닌 일에도 웃음이 터져 나왔다. 그렇게 즐거운 시간을 보내던 중 갑자기 방문이 열리더니 크레이븐 선생과 메드록 부인이 걸어 들어왔다.

너무 놀란 크레이븐 선생이 메드록 부인에게 몸을 쿵 부딪치는 바람에 부인은 거의 뒤로 나자빠질 뻔했다.

"하느님 맙소사!" 가련한 메드록 부인은 눈알이 얼굴에서 튀어나올 듯 놀라며 소리쳤다. "이럴 수가!"

"이게 어떻게 된 거지?" 크레이븐 선생이 다가오며 말했다. "도대체 무슨 일이야?"

그러자 다시금 소년 라자가 등장했다. 콜린은 크레이븐 선생이 놀란 것도 메드록 부인이 공포에 질린 것도 전혀 중요하지 않다는 듯 대답했다. 지금 방에 들어온 것이 늙은 고양이나 개라도 되는 듯, 그는 전혀 동요하거나 두려워하지 않았다.

"내 사촌 메리 레녹스입니다." 그가 말했다. "내가 여기 와서 이야기를 좀 해달라고 했어요. 나는 메리가 좋아요. 그러니 메리는 내가 부를 때면 언제든 와서 이야기를 해줘야 해요."

크레이븐 선생은 책망하는 표정으로 메드록 부인에게 고개를 돌렸다.

"오, 선생님." 부인이 탄식했다. "어떻게 이런 일이 벌어졌는지 모르겠군요. 하인 중에 감히 도련님에 관해 말을 꺼낼 사람은 없었을 텐데. 모두가 규칙을 알고 있으니까요.”

“말한 사람은 아무도 없어.” 콜린이 말했다. “내가 우는 소리를 듣고 메리가 혼자서 나를 찾아냈지. 메리가 여기에 와서 난 아주 기뻐. 그러니 허튼 생각은 하지 마.”

메리가 보기에 크레이븐 선생은 메리의 등장을 그다지 달가워하는 것 같지 않았다. 하지만 감히 자기 환자의 의지를 거스르지는 못했다. 그는 콜린 옆에 앉더니 맥을 짚었다.

“네가 너무 흥분한 건 아닌지 걱정되는구나. 흥분은 네게 좋지 않단다.”

“메리를 못 오게 하면 더 흥분할 거예요.” 콜린이 대답했다. 그의 눈은 위태로워 보일 만큼 번득이기 시작했다. “나는 더 좋아졌어요. 전부 메리 덕분이에요. 보모에게 메리가 마실 차도 가져오도록 하세요. 같이 차를 마실 거니까.”

메드록 부인과 크레이븐 선생은 걱정스러운 표정으로 서로를 바라보았지만, 할 수 있는 일은 아무것도 없었다.

“도련님이 확실히 좋아 보이시긴 합니다, 선생님.” 메드록 부인이 조심스레 말했다. “하지만…” 다시 한번 생각해보더니 말을 이었다. “오늘 아침엔 메리 아가씨가 오시기 전부터 좋아 보이셨어요.”

“메리는 어젯밤에도 여기에 왔었어. 나와 아주 오랜 시간을 보냈지. 힌두 노래를 불러서 날 재워주기까지 했어.” 콜린이 말했다. “자고 일어나니 몸이 가뿐하더군. 이제 식사를 해야겠어. 당장 차도 들여와. 어서 보모를 불러, 메드록.”

크레이븐 선생은 오래 머무르지 않았다. 방에 들어온 보모에게 잠시 뭔가 이야기하더니 콜린에게도 몇 마디 주의사항을 남겼다. '말을 너무 많이 해서는 안 된다, 아프다는 사실을 잊지 마라, 아주 쉽게 피로해진다는 사실 또한 잊지 마라'와 같은 것들이었다. 메리는 잊지 말아야 할, 불편한 것들이 너무 많다고 생각했다.

콜린은 불쾌해 보였고 검은 속눈썹에 뒤덮인 기묘한 눈을 크레이븐 선생의 얼굴에 고정했다.

"잊을 거예요." 마침내 콜린이 말했다. "메리는 그걸 잊게 해줘요. 그래서 내가 메리와 함께 있고 싶은 거고요."

방을 떠나는 크레이븐 선생은 만족스러워 보이지 않았다. 그는 커다란 스툴에 앉아 있는 어린 소녀를 황당하다는 듯 슬쩍 쳐다보았다. 메리는 그들이 방에 들어오자마자 원래의 조용하고 뻣뻣한 아이로 돌아왔으므로 그로서는 그 소녀에게서 어떤 매력도 찾을 수 없었다. 하지만 콜린만큼은 정말로 더 밝아 보였다. 의사는 복도를 따라 걸으며 자못 무거운 한숨을 내쉬었다.

"저 사람들은 항상 먹기 싫을 때만 먹으라고 해." 보모가 차를 가져와 소파 옆 탁자에 내려놓는 동안 콜린이 말했다. "자, 네가 먹으면 나도 먹을게. 저 머핀 정말 따뜻하고 맛있어 보인다. 이제 라자에 대해 이야기해줘."

15장
둥지 만들기

비가 한 주 동안이나 더 쏟아진 후에야 황무지에는 높은 아치형의 푸른 하늘이 다시 나타났고, 이제 내리쬐는 태양 빛은 상당히 뜨거워졌다. 그동안에는 비밀의 정원이나 디콘을 만날 기회가 전혀 없었지만 메리는 무척 즐거운 시간을 보냈기에 그 한 주가 그리 길게 느껴지지 않았다. 메리는 매일같이 콜린의 방에서 그와 함께 많은 시간을 보냈다. 라자에 관한 이야기며 정원 이야기, 디콘과 황무지의 오두막집에 관한 이야기를 했다. 둘은 아주 멋진 그림책들을 함께 보기도 했는데, 때로는 메리가 콜린에게, 또 콜린이 메리에게 읽어주었다. 기분이 좋거나 무언가에 집중할 때의 콜린은 조금도 병약한 아이로 보이지 않았다. 얼굴이 너무나 창백하고 항상 소파에 앉아 있다는 점만 빼고는 말이다.

한번은 메드록 부인이 말했다. "그 밤에 무슨 소리인지를 알아보겠다고 잠자리를 박차고 나온 걸 보면 아가씨도 참 엉큼한 구석이 있어요. 하지만 우리 모두에게는 그 일이 아주 큰 축복이랍니다. 아가씨와 친구가 된 뒤로는 도련님이 한 번도 발작을 일으키거나 징징거리지 않으니까요. 보모도 도련님을 돌보는 데 완전히 질려버려서 막 그만두려던 참이었는데, 이제는 아가씨가 함께 도련님을 돌봐주고 있으니 계속 있어도 될 것 같다고 하더군요." 그리고 부인은 살짝 웃기까지 했다.

콜린과 이야기를 나눌 때도 메리는 비밀의 정원에 관해서만큼은 아주 조심스러웠다. 콜린에게서 알아내고 싶은 것들이 있었지만 직접적인 질문을 해서는 안 된다고 생각했기 때문이었다. 처음 콜린과 지내는 게 좋아지기 시작했을 때부터 메리는 그 아이가 비밀을 나누기에 알맞은 아이인지를 확인하고 싶었다. 디콘과는 일말의 비슷한 구석도 없었지만, 아무도 모르는 정원에 관해 말했을 때 무척이나 좋아하는 모습을 보고 메리는 어쩌면 콜린이 믿을 만한 아이일지도 모른다고 생각했다. 하지만 메리에게는 또 하나의 고민거리가 있었다. 콜린을 정말로 믿을 수 있다고 해도, 그렇다고 치더라도, 아무도 모르게 그 애를 비밀의 정원으로 데려가는 일이 과연 가능할까? 하지만 런던에서 온 의사는 콜린이 신선한 공기를 마셔야 한다고 말했고, 콜린도 비밀의 정원에서 마시는 신선한 공기라면 싫지 않을 것 같다고 말했었다. 만약 콜린이 신선한 공기를 아주 많이 마신다면, 그리고 디콘과 울새와 다른 모든 자라나는 것들을 보게 된다면, 죽음에 대해 그렇게 많이 생각하지 않게 될지도 몰랐다. 메리는 요즘 가끔 거울을 볼 때면 자신의 모습이 인도에서 막 도착했을 때 거울 속에 비치던 아이와는 완전히 다른 사람처럼 보인다는 것을 깨달았다. 물론 지금이 훨씬 좋아 보였다. 심지어 마사도 메리의 변화를 알아챌 정도였다.

"아가씨가 벌써 황무지 바람 덕을 봤구먼." 마사는 이렇게 말했다. "전처럼 소리 지르는 법두 없구 뼈만 앙상하던 몸에 살도 제법 붙었네유. 심지어 축 처져서 딱 달라붙어 있던 머리카락에두 인자는 생기가 좀 도는 것 같아유."

"꼭 나 같아." 메리가 말했다. "머리카락도 나처럼 더 튼튼해지고 통통해지고 있어. 숱도 더 많아졌고."

"참말로 그렇네유." 마사는 메리의 머리칼을 얼굴 주변으로 살짝 흐트러뜨리며 말했다. "첨에는 참말로 못나 보였는디 인자는 그나마 보기 좋아유. 볼에는 붉은 기도 좀 도는 것이."

정원과 신선한 공기가 메리에게 좋은 영향을 주었다면 콜린에게도 분명 그럴 것 같았다. 하지만 콜린은 사람들의 눈길을 극도로 싫어하므로 디콘을 만나고 싶어 하지 않을지도 몰랐다.

"사람들이 널 쳐다보면 왜 화가 나?" 어느 날 메리가 물었다.

"그냥 항상 싫었어." 그가 대답했다. "아주 어렸을 때부터 싫어했어. 하인들이 나를 해변에 데려가면 나는 유모차에 누워 있곤 했는데, 사람들은 전부 나를 쳐다봤고 어떤 부인들은 멈춰 서서 보모에게 뭐라고 쑥덕거리기도 했어. 물론 내가 어른이 될 때까지 살 수 없을 거라는 말을 했겠지. 가끔은 내 볼을 쓰다듬으면서 '가엽기도 해라!'라고 말하는 부인도 있었어. 한번은 어떤 부인이 또 그런 짓을 하기에, 소리를 마구 지르면서 그 부인의 손을 물어버렸어. 부인은 너무 놀라서 도망쳐버렸지."

"네가 미친개처럼 돌아버린 줄 알았겠다." 메리는 조금도 놀랍지 않다는 듯 말했다.

"뭐라고 생각하든 상관없어." 콜린은 얼굴을 찌푸리며 말했다.

"그럼 내가 네 방에 들어왔을 때는 왜 소리를 지르지도 않고 깨물지도 않았어?" 메리는 이렇게 말하고는 천천히 웃음을 지어 보였다.

"네가 유령이거나 꿈이라고 생각했거든." 그가 말했다. "그런 것들을 깨물 수는 없잖아. 소리를 지른다고 한들 유령이 그걸 신경 쓸 리도 없고."

"그러면 만약에, 만약에 남자아이가 널 쳐다본다면… 그건 당연히 싫어하겠지?" 메리가 자신감 없는 목소리로 물었다.

콜린은 쿠션에 등을 기대더니 가만히 생각에 잠겼다.

"딱 한 명 있어." 콜린은 마치 단어 하나하나를 신경 써서 고르 듯 아주 느리게 말했다. "딱 한 명 있어. 날 쳐다봐도 싫어하지 않을 사람 말이야. 여우가 어디에 사는지 아는 아이, 디콘이야."

"그 애를 봐도 틀림없이 싫지 않을 거야." 메리가 말했다.

"새들도 그렇고, 다른 동물들도 그렇다면…." 콜린은 여전히 심사숙고하며 말했다. "아마 나도 그렇겠지. 디콘은 동물과 교감하는 사람이고, 나는 동물이나 다름없는 아이니까."

그렇게 말하더니 콜린은 웃음을 터뜨렸고 메리도 웃었다. 결국 둘은 한참 동안을 웃으면서 '동물이나 다름없는 아이'를 굴을 파서 숨기자는 우스꽝스러운 생각을 해내기도 했다.

메리는 디콘에 관해서라면 걱정할 필요가 없겠다고 생각했다.

하늘이 다시 파란색이 된 바로 그날 아침 메리는 아주 일찍 잠에서 깼다. 햇살은 블라인드 틈새로 비스듬하게 새어 들어오고 있었고, 그 모습에는 왠지 모를 즐거움이 깃들어 있었으므로 메리는 침대에서 뛰어내려 창가로 달려갔다. 블라인드를 걷어 올리고 창문을 열자 신선하고 향긋한 공기가 마구 쏟아져 들어왔다. 황무지는 푸른색이었고 온 세상에 누가 마법이라도 부려놓은 것만 같았다. 여기저기, 모든 곳에서 작고 부드러운 피리 소리가 들려왔다. 마치 수십 마리의 새들이 합창 연습을 시작한 것 같았다. 메리는 창밖으로 손을 내밀고 햇빛을 느껴보았다.

"따뜻해, 따뜻해!" 메리가 말했다. "이제 따뜻한 햇볕이 초록빛 새싹들을 위로, 위로 밀어 올릴 거야. 알뿌리와 뿌리들은 땅 밑에서 온 힘을 다해 흙을 헤치고 자라나겠지."

메리는 무릎을 꿇고 앉아 창밖으로 가능한 한 멀리 몸을 내밀고는 숨을 크게 내쉬고 들이마시다가 그만 웃음이 터지고 말았다. 디콘의 코끝이 토끼 새끼처럼 발름거린다고 했던 디콘 어머니의 말이 떠올랐기 때문이다.

"아직 이른 시간인가 보네." 메리가 말했다. "저 작은 구름들이 전부 분홍빛이잖아. 이런 하늘은 처음 봐. 아무도 깨어나지 않았어. 심지어 마구간지기의 발소리도 들리지 않아."

갑자기 뭔가 떠오른 메리는 허둥지둥 자리에서 일어났다.

"못 기다리겠어! 정원을 보러 갈래!"

이제 메리는 옷을 스스로 입을 줄 알게 되었으므로 단 5분 만에 외출 준비를 마쳤다. 그리고 혼자 힘으로 빗장을 벗겨 열 수 있는 작은 쪽문을 향해 날듯이 아래층으로 달려 내려가서는 현관에서 신발을 신었다. 메리는 쇠사슬을 풀고 빗장을 벗긴 다음 자물쇠를 열었고, 문이 열리자 계단을 한 번에 훌쩍 뛰어내렸다. 이제 메리는 잔디 위에 서 있었다. 잔디는 이미 초록빛으로 변했고 햇살이 머리 위로 쏟아져 내렸으며, 주변으로는 따뜻하고 달콤한 향기가 감돌았다. 모든 덤불과 나무에서 피리 부는 소리, 짹짹거리는 소리, 노래하는 소리가 들려왔다. 메리는 순수한 기쁨에 사로잡혀 두 손을 마주 잡고는 다시 하늘을 올려다보았다. 그 하늘을 가득 메운 파랑과 분홍, 진주 빛깔과 하양이 얼마나 선명한지, 하늘에 흘러넘치는 봄의 빛이 어찌나 아름다운지, 메리는 왠지 큰 소리로 피리를 불고 노래를 불러야만 할 것 같은 기분이 들었다. 개똥지빠귀와 울새와 종달새들이라면 도저히 이런 기분을 참을 수 없을 것 같았다. 메리는 관목들을 빙 둘러 비밀의 화원으로 이어지는 길을 내달렸다.

"이미 모든 게 달라졌어." 메리가 말했다. "잔디는 더 파래졌고, 새싹들은 여기저기서 땅을 뚫고 나오고, 웅크렸던 모든 것들이 기지개를 켜면서 초록빛 싹들도 고개를 내밀고 있어. 오늘 오후에는 틀림없이 디콘이 올 거야."

오래도록 내린 따스한 비는 낮은 담 옆 산책로를 따라 난 초본 식물 화단에 기묘한 마법을 부려놓았다. 수풀의 뿌리에서부터 수많은 새싹이 돋아나고 있었고, 심지어 크로커스 줄기 여기저기에서는 푸르스름한 자줏빛과 노란빛이 언뜻언뜻 보였다. 여섯 달 전의 메리였다면 세상이 어떻게 잠에서 깨어나는지를 전혀 알아보지 못했겠지만, 이제는 무엇 하나도 놓치지 않았다.

담쟁이덩굴 아래 숨은 문 앞에 도착했을 때 메리는 안에서 들리는 크고 기이한 소리에 깜짝 놀랐다. 깍깍거리는 까마귀의 울음소리가 담 위에서 들려오고 있었다. 고개를 들자 번득이는 깃털을 가진 짙은 남색의 커다란 새가 아주 현명한 눈길로 메리를 내려다보고 있었다. 까마귀를 그렇게 가까이에서 본 적이 한 번도 없었기에 메리는 약간 긴장했지만, 바로 그 순간 까마귀는 날개를 펴고 정원을 가로질러 날아가 버렸다. 메리는 까마귀가 정원 안에 머무르지 않기를 바라며 조심스레 문을 밀었다. 정원 안으로 꽤 깊숙이 들어가자 정원 안에서 머무르기로 작정한 듯, 키 작은 사과나무 위에 앉아 있는 까마귀가 눈에 띄었다. 그리고 그 아래에는 꼬리가 풍성하고 불그레한 작은 동물이 누워 있었다. 까마귀와 불그레한 작은 동물의 눈길이 닿는 곳에는 무릎을 꿇고 열심히 일하느라 몸을 잔뜩 구부리고 있는 누군가의 적갈색 머리칼이 보였다. 디콘이었다.

메리는 잔디밭을 날아가듯 가로질렀다.

"아, 디콘! 디콘!" 메리가 소리쳐 불렀다. "어떻게 이렇게 일찍 온 거야! 이렇게 이른 시간에! 해가 지금 막 떠올랐는데!"

몸을 일으켜 세운 디콘은 헝클어진 머리와 발갛게 달아오른 얼굴로 웃었다. 두 눈은 하늘을 조금 떼어다 박은 것 같았다.

"오메! 지는 해님보다도 훨씬 먼저 일어났슈. 당최 누워 있을 수가 있어야쥬! 오늘 아침엔 온 시상이 다시 깨어나 부렀잖아유. 여기저기서 뽀시락대구 윙윙거리구 박박 긁어대구 둥지를 틀구 노래를 불러대구 상긋한 냄새까지 뿜어대는디, 워떻게 등을 대구 누워 있는 데유! 당장 뛰쳐 나와야쥬. 해님이 홀랑 떠오르구 나니 황무지도 기뻐서 어쩔 줄을 모르구, 지는 헤더 꽃밭 한가운데서 소리를 질러가매 노래를 불러가매 미친 듯이 뛰어댕겼슈. 그러구는 여기로 곧장 달려온 거예유. 도저히 안 올 수가 없었어유. 아, 정원이 요로코롬 지둘리고 있잖아유!"

메리는 자기가 뛰어다니기라도 한 듯 숨을 헐떡이며 가슴에 손을 얹었다.

"디콘! 디콘!" 메리가 말했다. "너무 행복해서 숨을 못 쉬겠어!"

디콘이 낯선 아이에게 말하는 모습을 바라보던 꼬리가 풍성한 작은 동물은 나무 아래 자리에서 일어나 디콘에게로 다가왔고, 깍깍 울어대던 떼까마귀는 나뭇가지에서 내려와 조용히 그의 어깨에 앉았다.

"이눔이 고 작은 여우 새끼예유." 디콘은 작고 불그레한 동물의 머리를 쓰다듬으며 말했다. "이름은 캡틴*이구유. 그리구 이 녀석은 수트예유. 오늘 아침에 수트는 나랑 같이 황무지 위를 이리저리 날아다녔구, 캡틴은 뒤에 사냥개라도 쫓아오는 것모냥 마구 뛰어다녔어유. 이눔들두 지랑 똑같은 기분이 들었던 거쥬."

동물들은 둘 다 메리를 조금도 두려워하지 않는 듯했다. 디콘이 걸어 다니기 시작하자 수트는 디콘의 어깨 위에 그대로 앉아 있었고 캡틴은 조용하고 재빠르게 디콘을 뒤따랐다.

* captain. 대장.

"여기 좀 봐유!" 디콘이 말했다. "여기 밀고 올라오는 것들 좀 보라구유. 여기두, 또 여기두 있구먼유! 아유! 여기 이것들 좀 봐유!"

디콘은 무릎을 꿇고 털썩 앉았고 메리가 그 옆에 자리를 잡았다. 크로커스 덤불에서 보랏빛과 주황빛, 금빛이 터져 나오고 있었다. 메리는 몸을 굽혀 꽃들에게 입을 맞추고 또 맞추었다.

"사람들에게는 절대로 이렇게 입을 맞추지 않아." 메리가 머리를 들어 올리며 말했다. "꽃들은 정말 특별해."

디콘은 약간 어리둥절한 듯 웃었다.

"왜유!" 그가 말했다. "지는 그런 적 많은디유. 황무지를 죙일 쏘댕기다가 집에 갔는디 엄니가 문간에서 햇빛을 받으매, 아주 편안하구 기쁜 얼굴로다가 맞아주시믄 엄니헌티 그렇게 입맞춤을 해유."

메리와 디콘은 다른 쪽으로도 달려가 보았다. 그곳에는 경이로운 것들이 너무나 많아서 목소리를 더욱 낮추고 속닥거려야만 할 것 같았다. 디콘은 죽은 것만 같던 장미 가지에서 잎눈이 부풀어 오른 모습을 메리에게 보여주었다. 흙을 뚫고 새로이 올라오는 수천 개의 초록빛 싹들도 보여주었다. 그들은 코를 땅 가까이에 들이대고는 따뜻한 봄 내음을 연신 들이마셨다. 땅을 파고 잡초를 뽑으며 환희에 차서 낮은 소리로 웃다 보니 메리의 머리는 디콘 만큼이나 헝클어졌고 뺨 역시 디콘 못지않게 다홍색으로 물들었다.

그 아침, 비밀의 정원은 기쁨으로 가득했다. 그리고 둘이서 한창 즐거움을 만끽하던 그때, 무엇보다도 큰 또 하나의 기쁨이 찾아왔다. 담 너머로 재빠르게 날아들더니 나무 사이를 쏜살같이 통과해 풀이 무성한 모퉁이로 날아간 그것은 작은 불꽃처럼 붉은 가슴을 가진 한 마리의 새였다. 부리에는 무언가가 매달려 있었다. 디콘은 아주 조용히 서서, 마치 교회에서 웃다가 갑자기 이름이 불리기라도 한 듯 메리에게 손을 얹었다.

"꿈쩍두 하지 말아유." 그는 심한 요크셔 사투리로 속삭였다. "숨소리두 들리믄 안 돼유. 벤 웨더스타프 할배의 울새예유. 저눔이 지난번 봤을 적에는 짝을 찾고 있었는디, 지금 둥지를 트는 규. 우리가 겁만 안 주믄 계속 여기 있을 거예유."

둘은 잔디 위에 부드럽게 앉아서 꿈쩍도 하지 않았다.

"너무 뚫어져라 치다보믄 안 돼유." 디콘이 말했다. "지를 방해할 생각이 없다는 것만 알믄 저눔두 여그서 계속 있을 거구먼유. 허지만 일이 전부 끝날 때까정은 아주 예민할 거예유. 지두 나름대루 살림을 채리는 중이니께, 더 조심스러워지구, 벨일 아닌 거에두 아주 민감해지겠지유. 인자는 여기저기 마실이나 다님서 짹짹거릴 틈이 없을 규. 그러니께 우리두 쥐 죽은 것모냥 가만히 있음서, 우리가 풀이구, 나무구, 덤불인 것처럼 보여야 해유. 그러다가 지가 우리헌티 익숙해진다 싶으믄 아마 짹짹 소리를 낼 거예유. 그때는 우리가 방해할 생각이 없다는 걸 저두 안다는 소리예유."

메리는 어떻게 하면 풀이나 나무나 덤불처럼 보일 수 있을지 전혀 감이 오지 않았다. 하지만 디콘은 그렇게 기묘한 일을 세상에서 가장 단순하고도 가장 자연스러운 일인 것처럼 말했으므로, 디콘에게는 별로 어려운 일도 아닐 거라는 생각이 들었다. 그래서 메리는 혹시 디콘의 피부가 소리 없이 초록색으로 변하고 몸에서는 가지와 이파리가 돋아나는 건 아닐까 생각하며 몇 분 동안이나 그를 주의 깊게 쳐다보기까지 했다. 하지만 그는 그저 놀라우리만치 가만히 앉아 있을 뿐이었고, 말할 때는 목소리를 얼마나 부드럽게 낮추는지 그 소리가 귀에 들린다는 사실이 신기할 정도였다.

"봄이 오믄 새들은 요로코롬 둥지를 틀어유." 그가 말했다. "시상이 첨 생겨났을 때버텀 매년 똑같이 그랬을 거예유. 저눔들도 다 지 나름대루 생각이 있구 방법이 있으니께 챙견해서는 안 돼유. 봄에는 너무 호기심을 부리다 보믄 친구를 잃을 수도 있는 벱이에유."

"울새에 관한 이야기를 하다 보면 나도 모르게 자꾸만 눈길이 가." 메리는 가능한 한 부드러운 소리로 말했다. "우리 다른 이야기를 하자. 나 하고 싶은 말이 있어."

"우리가 다른 얘기를 하믄 저눔두 더 좋아할 거예유." 디콘이 말했다. "무신 얘기유?"

"음, 너 콜린이라고 아니?" 메리가 속삭였다.

"아가씨두 콜린 되련님을 알아유?" 그가 물었다.

"응, 만났어. 이번 주에는 매일같이 만나서 이야기를 나눴는걸. 그 애는 나와 함께 있는 걸 좋아해. 나랑 있으면 아픔이나 죽음에 관해서 잊게 된대." 메리가 대답했다.

처음 디콘의 얼굴에 어렸던 놀라움은 서서히 사라지고 안도하는 듯한 표정이 드러났다.

"그것참 잘됐네유." 그가 대답했다. "참말로 기뻐유. 맴이 한결 편해지네잉. 디콘 되련님에 대해서 말하믄 안 되는 줄 알면서두, 뭔가를 숨긴다는 게 참말 불편했거든유."

"그럼 비밀의 정원에 대해 숨기는 것도 불편해?" 메리가 물었다.

"고건 절대루 말 안 할 거예유." 그가 대답했다. "하지만 엄니께 이렇게는 말했어유. '엄니, 지헌티 비밀이 하나 생겼어유. 엄니두 아시겠지만 못된 비밀은 아녀유. 새 둥지를 숨기는 것처럼 좋은 비밀이에유. 괜찮쥬?'"

디콘의 어머니에 관한 이야기라면 메리는 무엇이든 좋았다.

"그랬더니 뭐라고 하셨어?" 메리는 대답을 듣기가 조금도 두렵지 않았다.

디콘이 상냥하게 웃었다.

"꼭 울 엄니답게 말씀하셨쥬." 그가 대답했다. "내 머리를 한 번 쓰다듬어주시드니 웃으시믄서 '아이구, 야야. 고거야 월매든지 니 맘대루 헐 수 있지. 내가 너를 열두 해나 봤잖여.' 그러셨어유."

"그런데 넌 콜린에 대해서는 어떻게 알았어?" 메리가 물었다.

"크레이븐 나리를 아는 사람이면 작은 되련님에 대해서 모르는 사람이 없어유. 불구가 되실 거라구 허던디유. 나리께서 되련님에 대해 이러쿵저러쿵 말이 도는 걸 싫어한다는 것두 다들 알구유. 사람덜 전부 나리가 가엾다구 그려유. 마님이 그렇게나 젊고 이쁘셨던데다가 두 분이 서루 그렇게나 좋아허셨다고 허니…. 메드록 아줌니는 스웨이트 시내에 갈 적마다 우리 오두막에 들러서 엄니헌티 이런저런 얘기를 하셔유. 우리가 입이 무겁다는 걸 아시니께 우리 앞에서두 벨 얘기를 다 하시쥬. 그러는 아가씨는 되련님을 우떻게 알게 된 규? 마사 누나가 지난번에 집에 왔을 적에 아주 곤란해 하던디. 되련님 짜증 내는 소리를 듣구 아가씨가 자꾸만 이것저것 물어보는디 당최 뭔 말을 해야 좋을지 모르겠다구유."

메리는 그날 밤의 이야기를 들려주었다. 한밤중 울부짖던 바람 소리가 자신을 깨운 것, 멀리서 들려오는 울음소리를 따라 촛불을 든 채로 어두운 복도를 따라 내려갔더니 문이 하나 나타난 것, 문을 열고 들어가자 희미하게 밝혀진 방 한구석에 조각 기둥이 달린 침대가 있었던 것을 차례로 이야기했다. 메리가 작고 허여멀건 얼굴과 검은 속눈썹으로 둘러싸인 기묘한 눈에 관해 이야기하자 디콘은 고개를 끄덕였다.

"마님 눈을 빼박았다고 하드먼유. 근디 마님의 눈은 항상 웃고 있었대유." 그가 말했다. "나리가 되련님이 깨어 있는 모습을 잘 못 보시는 것도 바로 그것 때문이래유. 눈 생김새는 아주 똑같은디 되련님 표정이 하도 죽을상이니께 눈까정 영판 달라 보여서 말예유"

"고모부는 콜린이 죽기를 바라실까?" 메리가 속삭였다.

"그건 아니지만, 아예 태어나지 않았으면 좋았을 거라구 생각하신대유. 울 엄니는 애한테 그보다 잔인한 일이 워디 있겠냐구 그러셔유. 부모 사랑을 못 받는 애덜은 잘 자라기가 힘든 법이라구유. 크레이븐 나리는 돈으루 살 수 있는 것은 뭣이든지 사주시지만, 그 불쌍한 되련님이 존재한다는 것 자체를 잊고 싶어 하셔유. 뭣보담도 되련님이 자라서 꼽추가 될까 봐 그게 두려우신 거지유."

"콜린도 자기가 앉을 수 없게 될까 봐 무서워해." 메리가 말했다. "등에서 혹이 나오기 시작하면 자기는 아마 미쳐서 소리를 지르다가 죽어버릴 거라고 늘 생각한대."

"오메! 방에 누워서 그런 생각만 하구 지내시믄 안 될 텐디." 디콘이 말했다. "그런 생각을 하면서 살믄 어떤 병이 나을 수 있겠슈."

아기 여우는 디콘 옆 잔디에 누워서 쓰다듬어달라는 뜻으로 이따금 그를 올려다보았고, 디콘은 몸을 굽혀 여우의 목을 부드럽게 문지르며 고요히 생각에 잠겼다. 그러더니 이내 고개를 들어 정원을 둘러보았다.

"여기 처음 들어왔을 때 말여유." 그가 말했다. "온통 잿빛이었잖아유. 지금 한번 봐유. 차이가 느껴지세유?"

메리는 정원을 바라보고 잠시 숨을 멈추었다.

"정말!" 메리가 소리쳤다. "잿빛이었던 담장이 변하고 있어. 담 위로 초록빛 안개가 뿌려진 것 같아. 초록색 장막을 덮어놓은 것 같기도 하고."

"그렇쥬?" 디콘이 말했다. "인자 점점 초록색으루, 초록색으루 변하다가 결국에는 잿빛이 전부 사라질 거예유. 지금 지가 뭔 생각을 하고 있는게유?"

"뭔지 몰라도 좋은 생각일 거야." 메리가 눈을 반짝이며 말했다. "콜린에 관한 거 맞지?"

"되련님이 여기 나오시믄 등에 혹이 나기만을 기다리구 있지는 않겠다는 생각을 했슈. 장미 덤불에서 움이 트는 걸 보시믄 더 건강해지지 않겠어유?" 디콘이 설명했다. "우리가 언제 한번 되련님을 여기 나오시게 설득할 수는 없을까유? 휠체어를 타구 나무 아래 누워 계시믄 될 텐디."

"나도 그게 궁금했어. 그 애를 만나러 갈 때마다 거의 매번 그 생각을 해." 메리가 말했다. "그 애가 비밀을 지킬 수 있을지, 아무도 못 보는 사이에 그 애를 여기로 데려올 수 있을지 모르겠더라고.

그런데 네가 콜린의 휠체어를 밀어주면 되지 않을까? 의사 선생님도 콜린에게는 신선한 공기가 필요하다고 하셨고, 콜린이 우리랑 같이 밖에 나가고 싶어 하면 아무도 감히 뭐라고 하지는 못할 거야. 오히려 좋아할지도 모르지. 정원사들에게는 근처에 오지 말라고 미리 말해 두면 우리를 찾을 수 없을 테고."

디콘은 캡틴의 등을 긁어주며 아주 깊은 생각에 잠겼다.

"되련님헌티 틀림없이 아주 좋을 거예유." 그가 말했다. "우리는 그분이 아예 태어나지 않는 편이 좋았을 거라구 생각하지 않을 테니까유. 우리는 그저 정원이 자라는 걸 구경하는 두 아이일 뿐이구, 되련님도 마찬가지쥬. 남자애 두 명하구 여자애 한 명이서 봄이 오는 걸 구경하는 것뿐이라구유. 의사 선상님이 주는 약보다 훨씬 좋을 거예유. 내 장담해유."

"콜린은 방에서 너무 오랫동안 누워 지내고, 등이 굽을까 봐 늘 두려움에 사로잡혀 지내느라 좀 이상해졌어." 메리가 말했다. "책에서 본 것들은 많이 알지만 다른 건 아무것도 몰라. 그런 걸 배우기엔 항상 너무 아팠고, 문밖으로 나가는 것이나 정원, 정원사들까지 모든 것을 아주 싫어했대. 하지만 이 정원에 대한 이야기를 듣는 건 굉장히 좋아해. 비밀의 정원이니까. 혹시 몰라서 많은 얘기를 하지는 못했지만 그 애도 분명 이곳을 보고 싶어 했어."

"언젠가는 되련님을 여기로 데려오자구유." 디콘이 말했다. "휠체어라면 지가 잘 밀 수 있어유. 아가씨, 우리가 여기 앉아 있는 동안 울새가 짝을 데려와서 같이 일하구 있는 거, 눈치챘어유? 저기 나뭇가지에 앉아서 부리에 물고 있는 잔가지를 어디다 놓아야 좋을까 고민허구 있네유."

콜린이 낮은 휘파람 소리를 냈고 울새는 머리를 돌려 무슨 일이
냐는 듯 디콘을 바라보았다. 부리에는 여전히 가지가 물려 있었다.
디콘은 마치 벤 웨더스타프처럼 울새에게 말을 걸었다. 하지만 디콘
의 목소리가 훨씬 더 상냥했다.

"아무 데나 놔도 돼." 그가 말했다. "괜찮을 거여. 둥지 트는 법
이야 알에서 나오기 전버텀 알고 있었잖여. 어여 만들어야. 인자 시
간도 얼마 없구먼."

"어머나, 너는 정말 친절하게도 말하는구나. 듣기 좋아." 메리가
환하게 웃었다. "벤 할아버지는 만날 울새를 혼내고 놀리셔. 그때마
다 울새가 할아버지 주변을 콩콩 뛰어다니는데, 그 말을 다 알아듣
는 것 같다니까. 할아버지가 놀리는 걸 울새도 좋아하는 것 같아. 벤
할아버지 말로는 저 울새가 어찌나 교만한지 사람들 눈에 띄지 않을
바에야 돌멩이를 맞는 게 낫다고 생각할 거래."

디콘이 메리를 따라 웃었다. 그러고는 울새에게 또 말했다.

"우리가 너 괴롭히지 않을 거 너두 알지, 잉? 우리두 황무지에
사는 동물들이나 다름없어야. 시방 우리두 너처럼 둥지를 틀구 있는
겨. 그러니께 너두 우리가 여기 있다구 고자질하면 안 된다잉."

울새는 대답하지 않았지만, 그건 부리에 뭔가를 물고 있기 때문
이었다. 잔가지를 물고 정원 한 모퉁이의 자기 자리로 날아간 녀석의
새까만 눈이 이슬처럼 빛났다. 그 눈을 보고 메리는 울새가 자신들
의 비밀을 세상에 알리지 않으리라는 걸 알았다.

16장
"절대로 안 와!"

그날 아침 정원에는 할 일이 아주 많았으므로 메리는 늦게야 집으로 돌아왔다. 점심을 먹고 나서도 다시 일하러 정원으로 나갈 생각에 정신이 없었다. 그 바람에 메리는 내내 까맣게 잊고 있다가 정원으로 떠나기 직전에야 간신히 콜린을 떠올렸다.

"콜린에게 지금은 만나러 갈 수 없다고 전해줘." 메리는 마사에게 말했다. "정원 일 때문에 아주 바쁘거든."

마사는 꽤 걱정스러워 보였다.

"아유, 아가씨." 마사가 말했다. "그렇게 말씀드리믄 무지허게 승질을 내실 텐디유."

하지만 다른 사람들과는 달리 메리는 콜린을 두려워하지 않았고, 누군가를 위해 자기를 희생할 생각도 없었다.

"나 가야 해. 디콘이 기다리고 있단 말이야." 메리는 이렇게 말하고 뛰쳐나가 버렸다.

그날 오후는 아침보다도 훨씬 더 사랑스러웠고 또한 정신없이 바빴다. 잡초는 이미 거의 다 뽑아냈고, 장미와 다른 나무들도 대부분 가지치기를 하거나 주변 땅을 갈아두었다. 디콘은 자기 삽을 챙겨 왔고, 메리에게는 모든 농기구의 사용법을 가르쳐주었다. 이 자연스럽고도 사랑스러운 공간이 '정원사가 가꾼 정원'처럼 깔끔해질 리는 없겠지만, 봄이 지나가기 전에 수많은 것들이 마음껏 우거진 채 자라나는 야생이 되리라는 것만큼은 분명해졌다.

"우리 머리 위에 사과 꽃허구 벚꽃이 필 거예유." 디콘이 온 힘을 다해 일하며 말했다. "담장 옆에 있는 복숭아나무허구 자두나무에서두 꽃이 필 거구유, 잔디는 꽃들로 수북이 뒤덮일 거구먼유."

작은 여우와 떼까마귀도 자기들 나름대로 바쁘고 행복해 보였으며, 울새와 그의 짝은 자그마한 번갯불처럼 정원을 앞으로 뒤로 재빠르게 날아다녔다. 때로는 떼까마귀가 검은 날개를 퍼덕이며 하늘로 솟아올라 대정원에 있는 나무 꼭대기로 날아갔다. 그러고는 돌아올 때마다 디콘 주변에 앉아 자신의 모험 이야기를 들려주듯 깍깍하고 몇 번 울었고, 디콘은 울새에게 이야기할 때와 똑같이 까마귀에게 말을 했다. 한번은 디콘이 너무 바빠서 대답하지 않자 수트는 디콘의 어깨 위로 날아와서 그 커다란 부리로 디콘의 귀를 부드럽게 잡아당기기도 했다. 메리가 조금 쉬자고 말하자 디콘은 메리와 함께 나무 아래 앉았고, 주머니에서 피리를 꺼내어 부드럽고 기묘한 짧은 가락을 연주했다. 그 소리를 듣고 다람쥐 두 마리가 담장에서 나타나 디콘을 바라보며 귀를 기울였다.

"아가씨 많이 튼튼해지셨네유." 디콘은 땅을 파는 메리를 보며 말했다. "전이랑은 아주 달라 보여유."

맑은 정신으로 열심히 움직인 덕에 메리는 발갛게 달아올라 있었다.

"매일 조금씩 살이 찌고 있어." 메리는 아주 의기양양하게 말했다. "메드록 부인이 아마 더 큰 드레스를 새로 사줘야 할 거야. 마사 말로는 머리카락도 더 두꺼워지고 있대. 예전처럼 그렇게 축 처져 있지도 않고."

해가 지기 시작하면서 나무 아래로 짙은 황금빛 광선이 비스듬히 내리쬘 때쯤 둘은 헤어졌다.

"내일도 날이 좋을 거예유." 디콘이 말했다. "지는 해 뜰 때쯤부터 일하구 있을게유."

"나도." 메리가 말했다.

·　·　·

메리는 최대한 빨리 달려서 집으로 돌아갔다. 콜린에게 디콘의 새끼 여우와 떼까마귀에 대해, 그리고 봄이 무슨 일을 했는지에 대해 말해주고 싶었다. 콜린이 분명 듣고 싶어 할 거라고 생각했다. 그런데 방문을 열고 들어갔을 때 마사가 애처로운 얼굴로 메리를 기다리고 서 있는 모습을 보자 메리는 기분이 나빠졌다.

"무슨 일이야?" 메리가 물었다. "내가 못 간다고 하니까 콜린이 뭐라고 했어?"

"아이구!" 마사가 말했다. "지 말대루 잠깐 들르셨으믄 오죽 좋아유. 또 발작을 일으키셨어유. 오후 내내 되련님 진정시키느라구 월매나 혼났는지. 내내 시계만 보시더라구유."

메리는 입술을 앙다물었다. 다른 사람의 사정을 봐주는 데 메리
도 콜린만큼이나 익숙하지 못했으므로 저 성질 고약한 녀석이 왜 자
신이 가장 좋아하는 일을 훼방 놓는지를 도저히 이해할 수 없었다.
병약하고 예민한 데다 자기 성질을 가라앉힐 줄도 몰라서 다른 사람
들까지 아프고 예민하게 만드는 사람에 대해서라면 메리는 일말의
동정심도 들지 않았다. 인도에 있을 때도 메리는 머리가 아플 때면
다른 사람들도 전부 머리가 아프거나 비슷한 고통을 당하고 있다고
생각하려고 늘 노력했었다. 지금도 그게 옳다는 생각에는 변함이 없
었다. 그러므로 콜린이 하는 행동은 메리가 보기에는 아주 잘못된
것이었다.

콜린의 방에 가보니 그는 소파에 앉아 있지 않았다. 메리가 들
어오는데도 침대에 반듯하게 누워서는 고개를 돌리지도 않았다. 시
작부터가 좋지 않았다. 메리는 뻣뻣한 태도로 당당하게 다가갔다.

"왜 일어나지도 않은 거야?" 메리가 물었다.

"아침에 일어났었어. 네가 금방 올 거라고 생각했고." 그는 메리
를 쳐다보지도 않고 말했다. "오후에 다시 침대로 옮겨달라고 했어.
등이 아프고 머리도 아프고 피곤해서. 왜 오지 않은 거야?"

"정원에서 디콘이랑 일하고 있었어." 메리가 말했다.

콜린은 인상을 쓰더니 몸을 굽혀 메리를 쳐다보았다.

"네가 나와 얘기하러 오지 않고 그 녀석한테 간다면, 그 녀석을
여기에 아예 못 오게 하겠어." 콜린이 말했다.

"네가 디콘을 못 오게 하면 나는 이 방에 다시는 오지 않을 거

야!" 메리가 쏘아붙였다.

"내가 오라면 와야 할걸."

"절대로 안 와!"

"억지로라도 오게 할 거야." 콜린이 말했다. "하인들을 시켜서 질질 끌고 오게 할 거라고."

"그러시지요, 라자 폐하!" 메리는 이를 악물고 말했다. "하인들이 나를 억지로 끌고 올 수 있을지는 몰라도 억지로 말하게 만들 수는 없을걸. 여기 앉아서 입도 뻥긋하지 않을 거야. 너를 쳐다보지도 않을 거야. 바닥만 보고 있을 거라고!"

서로 노려보는 둘은 아주 잘 어울리는 한 쌍이었다. 아마 거리를 떠도는 아이들이었다면 서로 달려들어 난투극을 벌였을 것이다. 하지만 그럴 수는 없었으므로 둘은 으르렁거리며 말싸움을 했다.

"이기적인 계집애!" 콜린이 소리쳤다.

"그러는 너는?" 메리가 말했다. "제일 이기적인 아이들이 꼭 저렇게 말하더라. 자기가 진정으로 원하는 걸 하지 않는 사람이 바로 이기적인 사람이야. 그러니까 네가 나보다 훨씬 이기적이지. 난 태어나서 너처럼 이기적인 사람은 본 적이 없어."

"웃기고 있네!" 콜린이 쏘아붙였다. "네 잘난 친구 디콘 만큼 이기적이진 않거든! 내가 뻔히 혼자 있는 걸 알면서도 먼지 구덩이에서 널 데리고 계속 놀았지. 이기적인 건 바로 그 녀석이야!"

메리의 눈은 이글이글 타올랐다.

"세상에 디콘만큼 착한 아이는 없어!" 메리가 말했다. "그 애는, 그 애는 천사야!" 그 말이 조금 바보같이 들렸을지도 모르겠지만 메리는 개의치 않았다.

"착한 천사라!" 콜린이 표독스럽게 비웃었다. "황무지 오두막에 사는 천박한 놈이 무슨!"

"천박한 라자보다는 훨씬 낫거든!" 메리가 응수했다. "천배는 낫지!"

둘 중 메리가 더 튼튼했으므로 메리가 콜린을 압도하기 시작했다. 사실 콜린은 살면서 그 누구와도 싸워본 일이 없었으므로 그 싸움은 대체로 콜린에게 유익했다. 물론 콜린과 메리 그 누구도 그 사실을 알지 못했지만 말이다. 콜린은 머리를 베개에 파묻었고, 꼭 감은 두 눈에서는 굵은 눈물방울이 배어 나와 볼을 타고 흘러내렸다. 자기 자신이 그 누구보다도 한심하고 불쌍하게 느껴졌다.

"난 너만큼 이기적이진 않아. 난 항상 아프고 등에는 혹이 나오고 있으니까." 소년이 말했다. "게다가 난 이제 곧 죽을 거니까."

"넌 안 죽어!" 메리가 냉랭하게 반박했다.

콜린은 분해서 눈을 부릅떴다. 그런 말은 한 번도 들어본 적이 없었다. 그런데 분노가 치밀어오르면서도 아주 조금은 기뻤다. 이 두 가지 감정이 동시에 느껴질 수 있다는 것이 너무나 이상했다.

"내가?" 그는 소리쳤다. "난 죽어! 너도 다 알고 있잖아! 모두가 그렇게 말한단 말이야."

"난 그런 말 안 믿어!" 메리는 심술궂게 말했다. "넌 사람들이 널 동정하게 만들고 싶어서 그렇게 말하는 것뿐이야. 넌 그걸 아주 자랑으로 생각하지. 난 네 말 안 믿어! 네가 착한 아이였다면 그 말이 맞을지도 모르지만, 넌 성질이 너무 고약해!"

연약한 허리에도 불구하고 꽤나 기운찬 분노를 터뜨리며 콜린은 몸을 일으켜 앉았다.

"당장 나가!" 그가 소리치며 베개를 들어 올려 메리에게 던졌다. 팔 힘이 너무 약해서 베개는 메리의 발치에 떨어졌을 뿐이지만 소녀의 얼굴은 크게 일그러졌다.

"갈 거야." 메리가 말했다. "그리고 다시는 오지 않을 거야!"

문을 향해 걸어가던 메리는 문 앞에서 콜린을 돌아보며 다시 말했다.

"온갖 좋은 것들에 대해서 말해주려고 했어. 디콘이 여우랑 떼까마귀를 데려와서 그 이야기를 전부 너한테 해주려고 했다고. 하지만 이제는 아무것도 말해주지 않을 거야!"

그러고는 밖으로 성큼성큼 걸어 나가 문을 닫아버렸다. 그런데 밖으로 나간 메리는 깜짝 놀라고 말았다. 거기에는 콜린의 보모가 지금까지의 모든 이야기를 듣고 있었던 듯 서 있었는데, 놀랍게도 그녀는 웃고 있었다. 콜린의 보모는 키가 크고 용모가 단정한 젊은 여자였고 정규 교육을 받은 간호사이기도 했다. 하지만 아픈 사람들을 끔찍하게 싫어해서 늘 이런저런 핑계를 대며 마사라든가 다른 누군가에게 콜린을 맡기곤 했으므로 결코 간호사가 되어서는 안 되는 인물이었다. 메리는 그 여자를 좋아하지 않았기 때문에 손수건으로 입을 가리고 키득거리며 서 있는 여자를 그저 가만히 서서 빤히 쳐다보았다.

"왜 웃어?" 메리가 물었다.

"두 분을 보니 웃음이 나오네요." 보모가 말했다. "저 끔찍한 응

석받이에게 똑같이 버릇없는 친구가 나타나서 대거리를 하다니, 이보다 좋은 일이 어디 있겠어요"라며 그녀는 다시 손수건으로 입을 가리고 웃어댔다. "성깔 있는 여동생 하나만 있었어도 아마 저 지경이 되지는 않았을 거예요."

"콜린이 정말로 죽어?"

"모르죠. 그러거나 말거나." 보모는 말했다. "반은 저 성질머리와 히스테리 때문에 아픈 건데요, 뭐."

"히스테리가 뭔데?" 메리가 물었다.

"도련님이 발작을 일으킬 때까지 화를 돋워보면 알게 될 거예요. 하긴, 아가씨가 벌써 히스테리 부릴 구실을 하나 만들어준 것 같긴 하네요. 아주 잘된 일이에요."

메리는 정원에서 돌아올 때의 감정은 완전히 잊어버린 채 방으로 돌아왔다. 그저 짜증이 치솟고 실망스러웠을 뿐 콜린이 가엾다는 생각은 조금도 들지 않았다. 아까까지만 해도 메리는 콜린에게 아주 많은 이야기를 들려줄 생각이었다. 콜린이 정말로 저 엄청난 비밀을 알려줘도 될 만큼 믿을 만한 아이인지에 대해서도 조만간 결심을 굳힐 작정이었고, 어쩌면 괜찮을지도 모른다는 생각이 들던 참이었다. 하지만 이제 메리는 마음을 완전히 고쳐먹었다. 콜린에게는 비밀을 절대로 말해주지 않을 것이다. 신선한 공기라고는 조금도 마시지 못한 채 평생 방에만 틀어박혀 지내다가 자기가 바라는 대로 죽어버리라지! 전부 자업자득이지 뭐! 메리는 너무나 부아가 치밀고 심술이 나서, 한동안은 디콘에 대해서도, 세상을 살금살금 뒤덮은 초록빛 장막이나 황무지에서 불어 내려오는 부드러운 바람에 대해서도 완전히 잊어버리고 말았다.

방으로 돌아오니 마사가 메리를 기다리고 있었다. 방으로 들어서는 순간, 메리의 얼굴을 뒤덮었던 괴로움은 호기심과 흥미로 변했다. 탁자 위에 나무 상자가 하나 있었고, 포장이 벗겨진 상자 속에는 깔끔하게 포장된 작은 상자들이 가득 들어 있었다.

"주인 나리께서 보내셨어유." 마사가 말했다. "안에 그림책이 들어 있나 봐유."

지난번 고모부의 방에 갔을 때 고모부가 이것저것을 물었던 일이 떠올랐다. "인형이나 장난감, 아니면 책을 사주랴?" 메리는 그가 인형을 보냈을지, 만약 인형이라면 그걸로 뭘 할 수 있을지 궁금해하며 상자를 열었다. 하지만 인형은 없었다. 대신 콜린의 것처럼 아름다운 책이 몇 권 들어 있었고, 그중 두 권은 그림으로 가득한 정원에 관한 책이었다. 그밖에도 게임 도구가 두세 개 있었고, 금박으로 글자가 새겨진 작고 아름다운 필통에는 금으로 만든 만년필과 잉크가 들어 있었다.

모든 것이 아주 멋져서 메리의 마음속에는 분노 대신 기쁨이 차오르기 시작했다. 고모부가 자신을 기억해주리라고는 전혀 기대도 하지 않고 있었던 터라 메리의 굳었던 작은 심장은 금세 따뜻해졌다.

"이제 글씨를 더 잘 쓸 수 있겠네." 메리가 말했다. "제일 먼저 고모부께 감사 편지를 써야겠어."

콜린과 싸우지만 않았다면 곧장 이 선물들을 가지고 그의 방으로 달려가서 함께 그림을 보고 정원에 관한 책들도 읽고 게임도 해보았을 터였다. 그랬다면 콜린도 무척이나 즐거워져서, 자기가 곧 죽을 거라는 생각을 한다거나 혹시라도 혹이 생겨나고 있는지 확인하려고 등을 만져보는 일은 없었을 것이었다. 콜린이 그런 행동을 할 때마다 메리는 참을 수가 없었다. 그때의 콜린이 너무도 두려워 보여서 메리 역시 불편하고 두려운 감정에 휩싸였기 때문이다. 콜린은, 언젠가 자기 등에서 아주 작은 덩어리라도 만져진다면 바로 그 순간부터 혹이 자라기 시작할 거라고 말하곤 했다. 언젠가 메드록 부인이 보모에게 쑥덕거리는 말을 듣고서 품었던 생각을 남몰래 계속 되뇌다 보니, 이제는 그런 생각이 콜린의 마음속 깊은 곳에 굳게 자리 잡고 만 것이었다. 메드록 부인은 콜린의 아버지 역시 어렸을 때 그런 식으로 등이 뒤틀리기 시작했다고 말했었다. 콜린은 메리 말고는 그 누구에게도 이런 이야기를 하지 않았으며, 사람들이 '발작'이라고 부르는 그의 행동은 사실 이런 숨겨진 공포가 히스테리의 형태로 표출된 것이었다. 그 얘기를 들었을 때 메리는 콜린이 가엾다는 생각을 했다.

"짜증이 나거나 피곤하면 항상 그 생각이 든다고 했었지." 메리는 중얼거렸다. "오늘도 짜증이 났으니 어쩌면… 어쩌면 오후 내내 그 생각만 했는지도 몰라."

메리는 가만히 서서 융단을 내려다보며 생각에 잠겼다.

"다시는 돌아가지 않겠다고 했는데…." 메리는 망설여지는 마음에 이맛살을 찌푸렸다. "하지만 어쩌면, 어쩌면… 그 애가 원한다면, 아침에 한 번쯤은 더 가볼 수도 있을 것 같아. 나한테 다시 베개를 던지려고 할지도 모르지만, 그래도… 가봐야겠어."

17장
발작

이른 아침부터 정원에서 열심히 일한 탓에 메리는 졸리고 피곤했다. 그래서 마사가 가져다준 저녁 식사를 금세 먹어치우고서 기분 좋게 침대에 누웠다. 메리는 베개에 머리를 누이고 중얼거렸다.

"아침 식사 전에 나가서 디콘이랑 일하고 그다음엔… 콜린을 보러 가야겠어."

그날 밤, 깊은 잠에 빠져 있던 메리는 무척이나 끔찍한 소리에 벌떡 일어나 침대 밖으로 튀어나왔다. 무슨 일이야… 이게 무슨 일이지? 그리고 다음 순간 메리는 무슨 일이 벌어졌는지 깨달았다. 문이 열렸다 닫히기를 반복했고, 바쁜 발걸음이 복도를 오갔으며, 누군가가 울면서 비명을 지르고 있었다. 너무 끔찍한 소리였다.

"콜린이야." 메리가 말했다. "콜린이 울고불고하는 거야. 그 보모가 히스테리라고 불렀던 게 바로 이거로군. 너무 끔찍해."

흐느끼며 울부짖는 소리를 듣고 있자니 사람들이 콜린을 그렇게나 두려워하는 것도, 그래서 설득하기보다는 모든 것을 그에게 맞춰주려 하는 것도 당연하다는 생각이 들었다. 메리는 손으로 귀를 막았다. 속이 메스껍고 몸이 떨렸다.

"어떡하지, 어떡하지." 메리는 계속 중얼거렸다. "도저히 못 참겠어."

자신이 가서 달래주면 혹시라도 울음을 멈추지 않을까 하는 생각도 잠시 해보았지만, 아까 밖으로 내쫓겼던 일이 떠올랐다. 아무래도 상황을 악화시킬 것만 같았다. 귀를 더 세게 막아보았지만 그 끔찍한 소리를 막을 수는 없었다. 그 소리가 어찌나 싫고 무서웠던지 메리는 갑자기 화가 나기 시작했다. 콜린이 자신을 무섭게 한 것처럼 자신도 울고불고 난리를 쳐서 콜린을 겁에 질리게 만들고 싶다는 생각이 들었다. 메리는 자기 자신 외에 다른 누군가가 울고불고하는 것에는 전혀 익숙하지 않은 아이였다. 메리는 귀에서 손을 떼고 벌떡 일어서더니 발을 쿵쿵거리기 시작했다.

"그만해! 그만하란 말이야! 두들겨 패서라도 그만두게 해!" 메리는 고래고래 소리를 질렀다.

바로 그때 복도를 거의 뛰다시피 내려오는 발소리가 들려왔고 메리의 방문이 열리며 보모가 들어왔다. 그녀는 이제 조금도 웃고 있지 않았다. 오히려 하얗게 질린 얼굴이었다.

"콜린 도련님이 히스테리를 부리고 있어요." 보모는 아주 급박하게 말했다 "저러다 큰일 날 것 같아요. 아무도 말릴 수가 없다고요. 아가씨가 와서 한번 달래보세요. 도련님은 아가씨를 좋아하잖아요."

"오늘 아침에 콜린이 날 내쫓았어." 메리는 흥분해서 발을 구르며 말했다.

발 구르는 보습을 본 보모는 왠지 기분이 좋아졌다. 사실 메리가 이불 속에 머리를 박고 울고 있을까 봐 걱정되었던 것이다.

"괜찮아요." 보모가 말했다. "지금 이 기분 그대로 가면 돼요. 가서 도련님을 혼내주세요. 뭔가 생각할 거리를 주라고요. 어서 가세요, 아가씨. 어서요."

이것이 얼마나 끔찍하면서도 우스운 상황인가를 메리는 한참 후에야 깨달았다. 저렇게 많은 어른들이 잔뜩 겁에 질려서는 작은 여자아이에게 달려오다니. 그것도 그 아이가 콜린만큼이나 성깔이 고약해 보인다는 이유로.

메리는 복도를 나는 듯이 내달렸다. 비명 소리에 가까워질수록 메리의 분노도 치솟았다. 문 앞에 도착할 때쯤 메리는 악의로 가득 차 있었다. 문을 사정없이 열어젖히고는 방을 재빨리 가로질러 기둥 달린 침대로 달려갔다.

"너, 그만하지 못해?" 메리가 소리를 질렀다. "그만두라고! 난 네가 끔찍하게 싫어! 모두가 널 싫어해! 이 집에 있는 사람들이 전부 도망가고 너 혼자 죽을 때까지 소리나 질러댔으면 좋겠어! 넌 그렇게 소리를 지르다가 아마 금방 죽을 거야! 꼭 그랬으면 좋겠어!"

착하고 심성이 고운 아이였다면 이런 생각은 하지도 못하고 또 입 밖으로 꺼낼 수도 없었으리라. 하지만 누구도 감히 대적하거나 막지 못하는 히스테리 상태의 소년에게는 이렇게 충격적인 말을 듣는 것이 사실상 가장 좋은 치료법이었다.

엎드린 채 베개를 손으로 내리치고 있던 콜린은 분노에 가득 찬 어린 목소리를 듣고는 깜짝 놀라 펄쩍 뛰다시피 몸을 돌렸다. 울긋불긋하게 부어오른 그 끔찍한 얼굴은 숨이 막히는 듯 헐떡거리고 있었다. 하지만 잔약한 소녀 메리는 눈곱만큼도 개의치 않았다.

"한 번만 더 소리 질러봐." 메리가 말했다. "나도 같이 소리 지를 거니까. 나는 너보다 더 크게 소리를 질러서 너를 완전히 겁에 질리게 만들 수도 있어. 한번 들어볼래?"

메리의 말에 너무 놀란 나머지 콜린의 울음은 이미 그쳐 있었다. 소리를 지르느라 콜린은 거의 질식할 지경이었다. 얼굴 위로는 눈물이 줄줄 흘러내렸고 온몸이 마구 떨렸다.

"멈출 수가 없어!" 콜린은 헐떡이며 흐느꼈다. "못 해, 못 한다고!"

"할 수 있어!" 메리가 소리쳤다. "네가 아픈 것의 절반은 히스테리와 그 성질머리 탓이야. 바로 그 히스테리! 히스테리! 히스테리 때문이라고!" 메리는 그 단어를 한 번 말할 때마다 주먹을 한 번씩 크게 내리쳤다.

"등에 덩어리가 만져졌어. 분명히 있었어." 콜린이 간신히 말했다. "난 알아. 난 등이 굽을 거야. 그리고 죽을 거야." 그러더니 콜린은 다시 온몸을 비틀기 시작했고 얼굴을 침대에 묻고서 구슬프게 울었다. 하지만 소리를 지르지는 않았다.

"덩어리 따위는 없어!" 메리가 불같이 화냈다. "정말로 만져졌다면 그건 히스테리 때문에 생긴 거야. 히스테리는 덩어리를 만들어내거든. 네 진절머리 나는 등에는 아무 문제도 없단 말이야! 뒤로 돌아봐, 내가 한번 보겠어!"

메리는 '히스테리'라는 단어가 좋았고, 왠지 모르게 콜린에게도 효과를 발휘하는 것 같았다. 콜린 역시도 메리처럼 그 단어를 처음 들어봤는지도 모른다.

"보모." 메리가 보모를 불렀다. "이리 와서 당장 콜린의 등을 내게 보여줘!"

보모와 메드록 부인, 마사는 문 근처에 옹기종기 모여서 입을 반쯤 벌린 채 메리를 쳐다보고 있었다. 그들 모두가 몇 번이나 소스라치게 놀라 숨을 헐떡이고 있었다. 보모는 두려운 듯 메리에게 다가왔다. 콜린은 숨도 못 쉴 정도로 흐느끼고 있었다.

"도련님이… 도련님이 못 하게 하실 텐데…." 보모가 주저하며 작은 목소리로 말했다.

그 말을 들은 콜린은 여전히 흐느끼면서도 헐떡거리며 말했다.

"보…보여줘! 아마… 아마 보일 거야!"

옷을 들어 올린 콜린의 등은 안쓰러울 정도로 말라 보였다. 갈비뼈와 등뼈의 관절은 하나하나를 셀 수 있을 정도로 드러나 있었다. 메리는 몸을 구부려 근엄하고 사나운 작은 얼굴로 콜린의 뼈를 자세히 살펴보았다. 그 모습이 어찌나 심술궂고도 진지해 보였는지 보모는 씰룩거리는 입을 들키지 않으려고 고개를 돌려야 했다. 1분 동안 방 안에는 침묵이 감돌았다. 콜린마저도 숨을 참으려고 노력했다. 메리는 자기가 마치 런던에서 온 의사 선생님이라도 되는 양 콜린의 등뼈를 위에서 아래로, 다시 아래서 위로 찬찬히 살펴보았다.

"혹은 한 개도 없어!" 마침내 메리가 말했다. "콩알만 한 혹도 하나 없다고. 등뼈 돌기가 만져지긴 하지만 그건 네가 너무 말라서 그런 것뿐이야. 등뼈 돌기라면 나도 있고, 너만큼이나 튀어나와 있었어. 살이 찌기 시작하면서 예전처럼 튀어나오진 않았지만, 아직도 만져지기는 해. 네 등에는 콩알만 한 혹도 없어! 그러니까 또 한 번만 등에 혹이 있다고 말해봐! 실컷 비웃어줄 테니까."

그 짜증 섞인 유치한 말들이 콜린에게 어떤 영향을 미쳤는지는 그 자신 말고는 누구도 알지 못했다. 콜린이 자신의 비밀스러운 공포에 관해 누군가와 단 한 번만이라도 이야기를 나누어보았더라면, 용기를 내어 스스로 질문을 던져보았더라면, 철딱서니 없는 친구들이라도 몇 명 있어서 자신에게 진절머리가 난 무지한 사람들로부터 잠시나마 벗어날 수 있었더라면, 그래서 이 거대하고 폐쇄된 집에 홀로 누운 채 두려움으로 가득한 무거운 공기를 들이마시지 않아도 되었더라면, 그는 아마 자신의 두려움과 질병이 대부분 자기 스스로 만들어낸 것임을 깨달을 수 있었으리라. 하지만 그는 홀로 누워서 자기 자신, 그리고 자신의 아픔과 피로함에 관해 몇 시간을, 며칠을, 몇 달을, 심지어 몇 년 동안을 생각해왔다. 그런데 저 동정심이라고는 없는 분노에 찬 작은 여자아이가 뜬금없이 나타나서는 사실은 넌 생각보다 그리 아프지 않다고 막무가내로 밀어붙여 대니, 콜린은 왠지 모르게 그 아이가 진실을 말하고 있는 것 같다는 기분이 들었다.

"몰랐어요." 보모는 조심스럽게 말했다. "등뼈에 혹이 있다고 생각하시는 줄은 몰랐어요. 등이 약한 건 하도 앉으려고 하질 않아서예요. 등뼈에 혹이 없다고 저라도 말씀드릴 수도 있었을 텐데…."

콜린은 침을 꿀꺽 삼키고는 보모 쪽으로 얼굴을 약간 돌렸다.

"지…진짜야?" 소년이 애처롭게 물었다.

"네, 도련님."

"그것 봐!" 이렇게 말한 메리 역시 침을 꼴깍 삼켰다.

콜린이 얼굴을 다시 파묻었다. 폭풍처럼 몰아치던 흐느낌은 잦아들고 불규칙하게 긴 한숨을 몇 번 내뱉었을 뿐, 그는 잠시 가만히 누워 있었다. 굵은 눈물방울이 얼굴을 타고 흘러내려 베갯잇을 적셨다. 사실 그 눈물은 그에게 찾아온 기묘하고도 큰 안도감을 뜻했다. 곧이어 콜린은 얼굴을 돌려 다시 보모를 쳐다보며 말을 건넸다. 정말 이상하게도 그때의 콜린은 조금도 라자 같지 않았다.

"네 생각엔…내가…어른이 될 때까지 살 수 있을 것 같아?" 그가 물었다.

보모는 영리하지도 상냥하지도 않았지만 런던에서 온 의사가 한 말을 몇 가지 기억하고 있었다.

"시키는 대로만 잘 하시고 성질에 못 이겨 울고불고하지 않으시고 신선한 공기를 맡으며 바깥 활동을 많이 하신다면 아마 살 수 있을 거예요."

이렇게 해서 콜린의 발작은 끝났다. 콜린은 우느라 기력을 다 소진해버렸고, 어쩌면 그래서 온화해진 건지도 몰랐다. 그는 메리를 향해 손을 약간 내밀었고, 다행히도 메리 역시 발작을 멈추고 누그러져서 콜린의 손을 맞잡았다. 일종의 화해 표시였다.

"너랑… 너랑 같이 밖에 나가고 싶어, 메리." 콜린이 말했다. "신선한 공기도 나쁘지 않을 것 같아. 그러니까 그…." '비밀의 정원을 찾을 수 있다면'이라고 말하려던 콜린은 가까스로 말을 멈추고 이렇게 말했다. "디콘이 와서 내 휠체어를 밀어준다면 함께 나가고 싶어.

디콘도 보고 싶고, 여우와 까마귀도 보고 싶어."

보모는 엉망이 된 침대를 정리하고 베개를 흔들어 정돈했다. 그러고는 콜린에게 곰국을 한 그릇 주고 메리에게도 주었다. 한껏 흥분했던 뒤라 메리는 곰국을 아주 반갑게 받아 마셨다. 메드록 부인과 마사는 기분 좋게 방을 빠져나갔고, 모든 것이 깔끔하고 차분하게 정리된 후 보모 역시 어서 이곳을 빠져나가고 싶다는 눈치를 보였다. 젊고 건강한 그녀는 잠을 빼앗긴 것을 아주 억울해하고 있었고, 메리를 쳐다보며 입을 쩍 벌리고 하품을 했다. 메리는 기둥 달린 침대 쪽으로 커다란 스툴을 끌고 가 앉아서 콜린의 손을 잡고 있었다.

"돌아가서 자도록 해." 메리가 말했다. "콜린도 조금 있으면 잠들 거야. 흥분만 가라앉히면. 그럼 나도 옆방에 가서 잘게."

"내가 아야한테 배웠던 그 노래 불러줄까?" 메리가 콜린에게 속삭였다.

콜린의 손은 메리의 손을 부드럽게 끌어당겼고, 그는 피곤한 눈을 들어 메리를 애원하듯 바라보았다.

"아, 좋아!" 그가 대답했다. "정말 부드러운 노래였어. 금방 잠들 것 같아."

"내가 재울게." 메리는 하품하는 보모에게 말했다. "가고 싶으면 가봐."

"음…." 보모는 망설이는 듯 말했다. "도련님이 30분 안에 잠들지 않으시면 저를 부르세요."

"좋아." 메리가 대답했다.

보모는 방을 재빨리 빠져나갔고, 보모가 나가자마자 콜린은 메리의 손을 잡아끌었다.

"나 거의 말할 뻔했어." 그가 말했다. "간신히 멈춘 거야. 이제 말은 안 하고 잠을 잘게. 하지만 넌 나에게 해줄 멋진 이야기가 아주 많다고 했지. 너 혹시… 혹시 비밀의 정원으로 가는 길을 조금이라도 알아냈니?"

피곤에 절은 가여운 작은 얼굴과 부은 눈을 보자 메리의 마음이 누그러졌다.

"아, 응." 메리가 대답했다. "그런 것 같아. 일단 오늘은 자고, 내일 말해줄게."

콜린의 손이 바들바들 떨렸다.

"아, 메리!" 그가 말했다. "메리! 내가 거기에 들어갈 수만 있다면, 어른이 될 때까지 살 수 있을 것만 같아! 아야의 노래를 불러주는 대신 첫날 해줬던 것처럼 부드럽게, 네가 상상한 정원 안의 풍경에 대해 말해줄 수 있겠니? 그 이야기를 들으면 틀림없이 잠들 수 있을 것 같아."

"그래." 메리가 대답했다. "눈 감아봐."

콜린은 눈을 감고 누워서 가만히 기다렸고, 메리는 그의 손을 잡은 채 아주 느리고 낮은 목소리로 이야기를 시작했다.

"그곳은 무척 오랫동안 버려져 있었어. 그래서 아마 온갖 나무들이 사랑스럽게 얽혀 있을 거야. 장미 덩굴은 여기저기를 기어오르고, 기어오르고 또 기어올라서 나뭇가지와 담에 대롱대롱 매달려 있을 거고, 또 땅 위에도 얽혀 있을 거야. 마치 기묘한 잿빛 안개처럼 말이야. 그중 일부는 벌써 죽었겠지만… 일부는 아직도 살아서 여름이 오면 장미가 커튼처럼, 분수처럼 정원을 뒤덮을 거야. 그리고 땅을 가득 메운 수선화랑 스노드롭이랑 백합이랑 붓꽃은 열심히 어둠을 몰아내겠지. 이제 봄이 시작됐으니까 아마… 아마…."

부드럽고 나지막한 메리의 목소리에 콜린은 점점 더 고요해졌고, 메리는 그 모습을 보며 이야기를 계속했다.

"어쩌면 그 꽃들은 이미 풀을 뚫고 올라오고 있을지도 몰라. 어쩌면 보라색이랑 금색 크로커스 꽃들이 꽃 무더기를 이루었을지도 모르지. 이미 그럴지도 몰라. 아마 나뭇잎이 가지를 뚫고 나와 둥근 몸을 펴기 시작했을지도 몰라. 잿빛은 점점 사라지고 초록빛 장막이 조금씩… 조금씩 모든 것을 뒤덮을 거야. 그리고 아마도… 아마도… 아마도…." 메리의 목소리는 정말이지 느릿하고 부드러웠다. "울새는 짝을 찾아서… 둥지를 틀고 있을 거야."

그렇게 콜린은 잠들었다.

18장
"꾸물거릴 시간이 없슈"

결국 다음 날 아침 메리는 늦잠을 자고 말았다. 너무 피곤해서 도저히 일찍 일어날 수가 없었다. 아침 식사를 가지고 들어온 마사는 콜린이 아주 조용하기는 하지만 열이 나고 아프다고 말해주었다. 울고불고 난리를 치느라 기력이 소진되면 늘 그렇다고 했다. 메리는 천천히 식사하며 마사의 이야기를 들었다.

"가능하면 빨리 와주시면 좋겠다구 하셨어유." 마사가 말했다. "되련님이 아가씨를 워찌나 좋아허시는지, 참말 신기해유. 지난밤에는 되련님을 된통 혼내주기까지 하시구! 아가씨 말구 누가 감히 그러겠어유! 아유, 불쌍한 되련님! 뭐든 제멋대로 하게 놔두니 저 지경이 된 규. 애덜한테 질루 안 좋은 두 가지가, 뭐 하나 지 맘대루 못하게 하는 거하구 뭐든지 지멋대루 하게 하는 거라구 울 엄니가 그러셨어유. 둘 중 어느 것이 더 나쁜지는 모르겠다구 하셨지만유. 아가씨 성질머리두 참말 대단했었쥬. 근디 오늘 아침 되련님 방에 갔드니 되련님이 뭐라구 허셨는 줄 알아유? 시상에 '메리 아가씨에게 나를 보러 와달라고 부탁 좀 해줄래?' 그러시는 규. '부탁'이라니, 가당키나 하대유! 아가씨, 가실 거쥬?"

"디콘한테 먼저 갈 거야." 메리는 이렇게 말했다가 갑자기 뭔가 떠올랐다는 듯 말을 바꿨다. "아니다. 콜린에게 먼저 가서 말해줘야겠어. 무슨 말을 해야 할지 알 것 같아."

메리가 모자를 쓴 채 콜린의 방에 나타나자, 그는 잠시 실망한 듯했다. 침대에 누운 그 얼굴은 가여울 정도로 창백했으며 눈 주변으로는 거무스름하게 그늘이 져 있었다.

"와줘서 고마워." 콜린이 말했다. "머리와 온몸이 아파. 너무 피곤해서 그런가 봐. 어디 가는 거니?"

메리는 콜린에게로 다가가 침대에 기대섰다.

"별로 오래 걸리진 않을 거야." 메리가 말했다. "디콘을 만나러 가는 건데, 곧 돌아올게. 콜린, 이건… 비밀의 정원에 관한 일이야."

콜린의 얼굴이 환하게 밝아지며 혈색이 조금 돌아왔다.

"아! 그렇구나!" 그가 소리쳤다. "밤새 비밀의 정원 꿈을 꿨어. 잿빛이었던 무언가가 초록색으로 바뀌었을 거라고 네가 그랬잖아. 꿈속에서 내가 가볍게 흔들리는 작은 초록색 나뭇잎들로 온통 뒤덮인 곳에 서 있었어. 곳곳에는 새들이 둥지를 틀고 있었고. 얼마나 부드럽고 고요해 보였는지 몰라. 네가 돌아올 때까지 누워서 그 생각을 하고 있을게."

그로부터 채 5분도 지나지 않아 메리는 디콘과 함께 정원에 있었다. 여우와 까마귀 역시 함께였는데, 디콘이 이번에는 길들여진 다람쥐 두 마리까지 더 데려왔다.

"오늘 아침에는 조랑말을 타구 황무지를 건넜어유." 그가 말했다. "아유! 고 쬐그만 게 월매나 실헌지. 뜀박질 솜씨 말예유! 요 두 놈은 주머니에 넣어서 데려왔구유. 요 녀석 이름은 너트*구, 조 녀석 이름은 셸**이에유."

디콘이 '너트'라고 말했을 때 다람쥐 한 마리가 콜린의 오른쪽 어깨로 뛰어올랐고, '셸'이라고 말했을 때 또 다른 한 마리가 왼쪽 어깨로 뛰어올랐다.

디콘과 메리가 잔디에 앉자 캡틴은 디콘 발치로 다가와 몸을 웅크렸고, 수트는 나무 위에 근엄하게 앉아 둘의 이야기를 들었으며, 너트와 셸은 킁킁거리며 여기저기를 들쑤시고 다녔다. 이렇게 기분 좋은 곳을 두고 돌아가야 한다는 사실이 견디기 힘들었지만, 즐거워 보였던 디콘의 얼굴이 어젯밤 이야기를 들으며 점점 어두워지는 모습을 보자 메리는 마음을 고쳐먹었다. 디콘은 메리가 그랬던 것보다 훨씬 더 콜린을 가엾게 여기는 것 같았다. 디콘은 하늘을 올려다보고는 사방을 둘러보았다.

"저 새소리 좀 들어봐유. 온 시상이 새들루 그득해유. 전부 휘파람을 불구 피리를 부는구먼." 그가 말했다. "저 쏜살같이 날아댕기는 것도 좀 봐유. 서로에다 대구 지저귀는 소리도 들어보시구유. 봄이 오니께 온 시상이 노래를 부르는 것 같아유. 나뭇잎은 돌돌 말렸던 몸을 풀어서 지 모습을 드러내구, 거기다가 시상에나, 이 냄시는

---

* nut. 견과류.
** shell. 껍데기.

또 월매나 상긋허냐구유!" 그는 행복한 들창코로 킁킁 냄새를 맡았다. "근디 저 가여운 되련님은 입을 꾹 닫구 가만히 누워서 아무것두 보질 못 허니. 혼자 이런저런 생각들만 하다 보믄 소리나 질러댈 수뱊이 더 있겠슈! 오메, 불쌍혀라! 우덜이 되련님을 꼭 일루 뫼셔와야겄어유. 여기 와서 이것저것을 보여주구, 들려주구, 또 공기도 들이마시게 허구, 햇볕을 흠뻑 받게 해드리자구유. 시방 꾸물거릴 시간이 없슈."

디콘은 평소에는 메리가 알아듣기 쉽도록 가능하면 사투리를 줄이려고 노력했지만, 무언가에 깊이 열중할 때면 사투리가 더욱 심해졌다. 그러나 메리는 그의 구수한 요크셔 사투리가 좋았고 심지어 따라 해보려고 혼자 중얼거린 일도 있었다. 그래서 메리는 이렇게 말했다.

"참말이여. 꼭 그래야쓰겄다잉." 메리는 계속 말을 이어갔다. "이제 어떻게 해야 헐지 내가 알려줄게잉." 디콘은 저 작은 여자아이가 혓바닥을 굴려가며 요크셔 사투리로 말하려고 노력하는 모습이 재미있어서 빙그레 미소 지었다. "갸가 너를 아주 좋아혀. 너를 보고 싶어 하구, 수트랑 캡틴도 보고 싶어 하구 말여. 그러니 이따가 집에 가서 갸를 만나면 내일 아침에 너를 데리구 가도 되는지, 네 친구들도 같이 가도 되는지 물어볼게잉. 그러구 나서 좀 있다가, 나뭇잎이 좀 더 나오구 새싹두 한두 개씩 나오구 할 때쯤에 갸를 데리구 밖으로 나오는 거여. 네가 휠체어를 밀구, 갸를 여기로 데리구 와서 모든 걸 다 보여주는 거여."

말을 마친 메리는 스스로가 꽤 자랑스러웠다. 요크셔 사투리로 이렇게 길게 말해본 건 처음이었는데, 아주 잘했다는 생각이 들었기 때문이다.

"콜린 되련님헌티 말씀허실 때두 고렇게 요크셔 사투리를 좀 써보셔유." 디콘은 싱긋 웃었다. "그라믄 되련님이 웃으실 거 아녀유. 아픈 사람헌티 웃는 것보담 좋은 약이 없슈. 울 엄니는 매일 아침 30분씩만 신나게 웃으믄 장티푸스 고열두 저절루 나을 거라구 허셨어유."

"오늘 당장 콜린에게 요크셔 사투리를 써봐야겠어." 메리도 싱긋 웃으며 말했다.

정원은 이제 순간순간이 사랑스러운 계절을 맞았다. 마치 마술사가 지나가며 땅에, 그리고 나뭇가지에 지팡이를 휘둘러서 온갖 사랑스러움을 끄집어낸 것만 같았다. 이 모든 것을 두고 가야 한다는건 정말이지 힘든 일이었다. 게다가 너트는 이제 메리의 옷 위로 기어 올라왔고, 셸은 메리와 디콘이 앉아 있는 사과나무 둥치 아래로 쪼르르 기어 내려와서 궁금하다는 눈빛으로 가만히 메리를 바라보고 있었다. 그럼에도 메리는 집으로 돌아갔다. 그리고 콜린의 침대가까이에 앉자 콜린은 아주 서툴긴 하지만 디콘이 그랬던 것처럼 킁킁거리며 냄새를 맡기 시작했다.

"너에게서 꽃 냄새와… 신선한 향기가 나." 그가 아주 기쁜 듯이 소리쳤다. "이게 무슨 냄새야? 시원하면서도 따뜻하고, 달콤하기까지 해."

"황무지서 불어오는 바람 냄시여." 메리가 말했다. "잔디밭 나무 아래에 디콘허구 캡틴허구 수트허구 너트허구 셸허구 같이 앉아 있었거든. 밝은 봄이여. 냄시두 좋지만은 햇빛두 참 좋아야."

메리는 억양까지 최대한 살려가며 할 수 있는 한 심한 사투리를 쓰려고 노력했다. 콜린이 웃기 시작했다.

"너 지금 뭐하는 거야?" 그가 말했다. "네가 그렇게 말하는 건 처음 들었어. 진짜 웃긴다."

"요크셔 사투리 좀 해보는 거여." 메리가 의기양양하게 말했다. "디콘이나 마사모냥 잘허지는 못해두, 그냥저냥 들을 만허지? 너 설마 알아듣지두 못 허냐? 요크셔에서 나고 자란 놈이! 오메! 부끄러븐 줄 알아야 혀."

그러더니 메리 역시 웃기 시작했고, 둘은 배꼽을 잡고 방이 쩌렁쩌렁 울리도록 웃어댔다. 문을 열고 들어오려던 메드록 부인은 다시 문을 닫고 복도로 나가서 웃음소리를 들으며 경악했다.

"아니, 이게 뭔 일이여!" 부인 역시 짙은 요크셔 사투리로 말했다. 주변에는 들을 사람도 전혀 없었던 데다 너무 놀랐기 때문이었다. "저렇게 웃는 소리를 누가 들어봤겠어! 상상두 못 해본 일이여!"

나눌 이야기가 무척이나 많았다. 콜린은 디콘과 캡틴과 수트와 너트와 셸, 그리고 점프라는 이름의 조랑말에 관한 이야기라면 들어도, 들어도 질리지 않는 것 같았다. 메리는 디콘과 함께 숲으로 뛰어가서 점프를 만난 적이 있었다. 점프는 황무지에 사는 텁수룩한 작은 조랑말로, 예쁜 얼굴과 두꺼운 털로 뒤덮인 눈, 비벼대기를 좋아하는 벨벳처럼 보드라운 코를 가진 녀석이었다. 황무지 풀만 먹고 자라서 약간 말라 보였지만 그 작은 다리에 붙은 근육은 마치 철 스프링으로 만들어진 듯 야무지고 굳세어 보였다. 점프는 디콘을 보자

마자 머리를 들어 부드럽게 히힝 하고 울더니 총총 다가와서 디콘의 어깨에 머리를 얹었다. 그러자 디콘은 점프의 귀에다 대고 뭔가 이야기를 했고 점프는 작고 기묘한 히힝 거리는 소리, 푸르르 소리, 쌕쌕거리는 소리로 화답했다. 디콘은 메리에게 점프의 작은 앞발굽을 만져보게 해주었고 벨벳처럼 부드러운 콧등으로 메리의 뺨에 입을 맞추게 했다.

"점프는 정말 디콘이 하는 말을 전부 알아들어?" 콜린이 물었다.

"알아듣는 것 같았어." 메리가 대답했다. "어떤 동물이든 친구가 되면 말을 알아들을 수 있대. 하지만 그러려면 진정한 친구가 되어야만 한대."

콜린은 잠시 조용히 누워 있었다. 그 기묘한 회색 눈은 벽을 바라보고 있었지만 메리는 그가 생각 중이라는 걸 알았다.

"나도 동물들과 친구가 될 수 있으면 좋겠다." 마침내 콜린이 말했다. "하지만 안 될 거야. 난 지금껏 그 무엇과도 친구가 되어본 적이 없고, 사람들이 못 견디게 싫거든."

"나도 못 견디게 싫어?" 메리가 물었다.

"아니." 그가 대답했다. "정말 이상한데, 넌 좋기까지 해."

"벤 웨더스타프 할아버지는 내가 자기랑 비슷하댔어." 메리가 말했다. "둘 다 성깔이 아주 고약하니까. 내 생각에는 너도 벤 할아버지랑 비슷한 것 같아. 그러니까 우리 셋은 아주 비슷해. 너랑 나랑 벤 할아버지 말이야. 할아버지나 나나 생긴 것도 볼품없고, 생긴 것만큼이나 성질도 심술궂지. 하지만 요즘 나는, 울새와 디콘을 알기 전보다는 심술이 줄어든 기분이 들어."

"너도 사람들을 싫어했니?"

"응." 메리는 아주 솔직하게 대답했다. "내가 만약 울새와 디콘을 만나기 전에 너를 만났다면 나는 너를 아주 싫어했을 거야."

콜린은 여원 손을 뻗어 메리를 잡았다.

"메리." 그가 말했다. "디콘을 다시는 못 오게 할 거라고 말했던 게 후회돼. 그 애가 천사 같다고 말하는 네가 너무 미워서, 너를 비웃었던 일도… 그런데 그 애는 정말로 천사인 것 같아."

"괜찮아, 내가 말하고도 좀 이상하긴 했어." 메리는 솔직하게 인정했다. "사실 그 애는 코가 들창코인 데다 입은 아주 크고, 옷은 여기저기 기워 입었고, 아주 심한 요크셔 사투리를 쓰거든. 하지만… 하지만 만약 천사가 정말로 요크셔로 날아와서 황무지에 산다면, 요크셔에 정말 천사가 존재한다면 분명히 초록빛이 나는 것들에 대해서 아주 잘 알고, 그것들을 어떻게 키워야 하는지도 알 거야. 디콘처럼 야생 동물들에게 어떻게 말해야 하는지도 잘 알 테고, 야생 동물들도 그가 자신들의 친구라는 걸 분명히 알 거야."

"디콘이 날 쳐다보는 건 싫지 않을 것 같아." 콜린이 말했다. "디콘을 만나고 싶어."

"그렇게 말해주니 기쁘다." 메리가 대답했다. "왜냐하면… 왜냐하면…"

아주 갑자기, 지금이 바로 콜린에게 말해야 하는 순간이라는 생각이 들었다. 콜린도 뭔가 새로운 일이 생기리라는 것을 눈치챘다.

"왜 그러는데?" 그가 안달하며 외쳤다.

걱정스러운 마음에 메리는 스툴에서 일어나 콜린에게로 다가가서는 그의 두 손을 마주 잡았다.

"내가 너를 믿어도 될까? 내가 디콘을 믿는 건 새들도 그 애를 믿기 때문이야. 내가 너를 믿어도 될까? 정말로…? 그래도 될까?" 메리가 간청하듯 물었다.

메리의 표정이 무척이나 진지했으므로 콜린은 거의 속삭이다시피 대답했다.

"응… 응!"

"좋아, 디콘이 내일 아침에 너를 보러 올 거야. 친구들도 데려올 거야."

"우와! 우와!" 콜린은 기쁨에 차서 소리쳤다.

"그게 전부가 아냐." 메리는 엄숙한 긴장감으로 얼굴이 하얗게 질린 채 말했다. "더 좋은 일이 있어. 정원으로 통하는 문이 정말 있어. 내가 찾았어. 담쟁이덩굴로 뒤덮인 담장에 숨겨져 있었어."

건강하고 튼튼하기만 했더라면 콜린은 아마 "만세! 만세! 만세!"라고 외쳤을지 모른다. 하지만 그는 히스테리에 쉽게 빠지는 연약한 소년일 뿐이었으므로 그저 두 눈을 동그랗게 뜨고 숨을 크게 들이마셨다.

"아! 메리!" 그는 반쯤 흐느끼며 비명을 질렀다. "내가 정원을 볼 수 있을까? 들어가 볼 수 있을까? 내가 '살아서' 그곳에 가볼 수 있을까?" 콜린은 메리의 손을 세게 움켜잡고는 메리를 잡아당겼다.

"당연히 볼 수 있지!" 메리가 발끈해 쏘아붙였다. "당연히 살아서 들어갈 수 있어! 바보 같은 소리 좀 하지 마!"

메리가 아주 침착하고 자연스럽고 어린아이다웠으므로 콜린은 이성을 되찾고 스스로의 어리석음을 비웃어 날려버렸다. 그리고 몇 분 뒤 메리는 다시 스툴에 앉아 콜린에게 상상 속 비밀의 정원이 아닌 진짜 비밀의 정원이 어떤 모습인지에 관해 말해주기 시작했고, 그 이야기에 완전히 도취된 콜린은 아픔과 피로를 완전히 잊었다.

"네가 상상했던 것과 정말 똑같구나." 마침내 콜린이 말했다. "그전에도 가본 적이 있었던 것만 같아. 나한테 정원에 대해 처음 말해줬을 때도 내가 비슷한 말을 했었지?"

메리는 2분 정도 망설이다가 용기를 내어 진실을 말해주었다.

"상상이 아니라 본 대로 말한 거였어. 그 안에 이미 들어가 봤으니까. 벌써 몇 주 전에 열쇠를 찾아서 안에 들어갔었어. 하지만 너에게는 말할 용기가 없었어. 너를 믿을 수 있는지 확신할 수가 없었거든."

19장
"드디어 왔어!"

콜린이 한밤중에 울고불고 난리를 부린 탓에 그날도 아침부터 크레이븐 선생이 호출되었다. 이런 일이 벌어질 때마다 선생은 연락을 받은 즉시 콜린을 보러 왔는데, 그때마다 아이는 단 한 마디만으로도 금세 울음을 터뜨릴 것처럼 불안하고 괴로운 표정을 한 채 창백한 얼굴로 부들부들 떨면서 침대에 누워 있었다. 사실 크레이븐 선생 역시 아픈 아이를 보러 오는 일이 너무나 힘들고 두렵고 싫었다. 이번에는 미셀스웨이트 장원에서 먼 곳에 있을 때 연락을 받았으므로 선생은 그날 오후가 되어서야 도착했다.

"좀 어떻소?" 그는 도착하자마자 메드록 부인에게 짜증스럽게 물었다. "저렇게 발작을 일으키다간 언젠가 혈관이 터지고 말 거요. 히스테리와 제멋대로 구는 성미 때문에 반쯤은 미쳐버린 것 같군."

"저기, 선생님." 메드록 부인이 말했다. "아마 보고도 믿기 힘드실 겁니다. 그 부루퉁하고 심술궂은 아이가, 도련님만큼이나 못된 그 아이가 도련님을 완전히 홀려놨습니다. 어떻게 한 건지는 아무도 모릅니다. 그 애가 얼마나 볼품없게 생겼는지는 하늘이 알고 땅이 알아요. 게다가 말소리는 거의 들어본 적도 없고요. 그런데 그 애가 우리 중 그 누구도 감히 못 한 일을 해냈어요. 지난밤에 도련님께 고양이 새끼처럼 덤벼들고 발을 굴러대고 소리 좀 그만 지르라고 명령했어요. 그랬더니 도련님은 완전히 얼어붙어서 정말로 소리 지르기를 멈췄고, 심지어 오늘 오후에는⋯ 아니, 그냥 올라가서 직접 보세요. 믿기 힘드실 겁니다."

크레이븐 선생이 환자의 방에 들어가서 마주한 광경은 가히 놀라운 것이었다. 메드록 부인이 문을 열자 방에서는 웃음소리와 재잘거리는 소리가 들려왔다. 콜린은 실내복을 입은 채 상당히 꼿꼿한 자세로 소파에 앉아 있었고, 정원 가꾸기 책에 나오는 그림을 보며 그 못생긴 여자아이에게 이야기를 하고 있었다. 그런데 그 아이의 얼굴 역시 즐거움으로 잔잔히 빛나고 있었으므로 못생겼다는 말이 더는 어울리지 않았다.

"저 긴 줄기에 달린 파란 꽃들 말이야⋯ 저것들도 있어야겠어." 콜린은 진지하게 말했다. "이름은 참-제-비-고-깔이라고 하네."

"디콘이 그건 미나리아재비랑 굉장히 비슷한데 키가 훨씬 더 크댔어." 메리가 말했다. "그리고 벌써 무리 지어서 피어나고 있어."

그리고 다음 순간 둘은 크레이븐 선생을 보고 말을 멈췄다. 메리는 아주 조용해졌고 콜린은 짜증이 나는 듯했다.

"어제도 아팠다고 하더구나." 크레이븐 선생은 약간 긴장한 듯했다. 그는 사실 쉽게 긴장하는 사람이었다.

"난 괜찮아요. 훨씬 나아졌습니다." 콜린이 다시 라자와 같은 태도로 대답했다. "하루나 이틀 후에 날씨가 좋으면 휠체어를 타고 밖에 나갈 거예요. 신선한 공기를 좀 맡아야겠어요."

크레이븐 선생은 옆에 앉아서 맥을 짚어보고는 신기한 듯 콜린을 바라보았다.

"화창한 날이어야 한다." 그가 말했다. "너무 피곤하지 않게 정말 조심해야 하고."

"신선한 공기 때문에 피곤해질 일은 없습니다." 어린 라자가 말했다.

지금껏 분노에 휩싸여 소리를 지르며, 신선한 공기를 쐬면 자기는 감기에 걸려서 죽고 말 거라고 주장했던 사람이 다름 아닌 바로이 어린 신사였으므로, 그 말을 들은 주치의가 크게 놀란 것은 어쩌면 당연한 일이었다.

"네가 신선한 공기를 싫어하는 줄 알았는데." 그가 말했다.

"나 혼자일 때는 싫었어요." 라자는 대답했다. "하지만 내 사촌이 나와 함께 나갈 거예요."

"그리고 당연히 보모도 같이 나가야겠지?" 크레이븐 선생이 넌지시 말을 던졌다.

"아니, 보모는 가지 않습니다." 그 말투가 어찌나 당당했던지, 메리는 인도에서 본 어린 라자를 떠올릴 수밖에 없었다. 온몸을 다이아몬드와 에메랄드와 진주로 치장한 그가 커다란 루비 반지를 낀작고 까무잡잡한 손을 흔들면 하인들은 살람을 하며 다가와 그의명을 받들곤 했었다.

"내 사촌은 나를 잘 돌봐주니까. 이 아이가 곁에 있으면 항상

224

기분이 좋아요. 어젯밤에도 이 아이 덕분에 진정할 수 있었어요. 그리고 휠체어는 내가 아는 아주 힘센 남자아이가 밀어줄 거예요."

크레이븐 선생은 크게 놀랐다. 만약 이 성가시고 괴팍한 아이가 어떻게든 건강을 회복한다면 자신은 상속을 받을 수 있는 모든 기회를 잃고 말 것이다. 하지만 그는 비양심적인 인간이 아니었으므로 콜린을 일부러 위험에 빠지게 할 생각은 없었다.

"힘도 세고 착실한 아이여야 한다." 그는 말했다. "나도 누군지 알고 싶구나. 휠체어를 밀 아이가 누구지? 이름이 뭐니?"

"디콘이유." 갑자기 메리가 큰 소리로 말했다. 왠지 모르게 황무지를 아는 사람이라면 누구나 디콘을 알 거라는 생각이 들었기 때문이었다. 그리고 메리의 생각은 틀리지 않았다. 그 순간 크레이븐 선생의 심각했던 얼굴에 안도의 미소가 떠올랐다.

"아, 디콘." 그가 말했다. "디콘이라면 안전할 거다. 그 애는 황무지에 사는 조랑말처럼 튼튼하지."

"그리고 믿음직하쥬." 메리는 말했다. "요크셔에서 질루 믿을 만한 아이예유." 메리는 콜린에게 사투리로 말하고 있었는데 무의식 중에 또 사투리를 쓰고 말았다.

"디콘이 가르쳐주더냐?" 크레이븐 선생은 웃음을 숨기지 않았다.

"프랑스어 배우듯이 배우고 있을 뿐이에요." 메리가 차갑게 말했다. "인도에서 원주민들이 쓰는 말을 배우던 것과 비슷해요. 똑똑한 사람들은 원래 다른 언어 공부하기를 즐겨요. 저도 좋아하고, 콜린도 좋아해요."

"그래, 그래." 그가 말했다. "재미있으면 된 거지. 어제도 진정제를 먹었니, 콜린?"

"아뇨." 콜린이 대답했다. "처음에는 먹기 싫어서 안 먹었고, 메리가 나를 진정시켜준 후에는 메리가 해주는 이야기를 들으면서 잠들었어요. 정원으로 살금살금 다가오는 봄에 관한 이야기를 낮은 목소리로 들려주었어요."

"편안했겠구나." 그 어느 때보다도 놀란 크레이븐 선생은 스툴에 앉아 있는 메리 아가씨를 흘깃 쳐다보고는 조용히 융단을 내려다보았다. "너는 분명히 나아졌다. 하지만 반드시 기억해야 해…."

"기억하기 싫어요." 다시 라자로 변한 콜린이 말을 끊었다. "나혼자 누워서 그런 생각을 하면 온몸이 아프기 시작하고, 끔찍하게 싫은 것들만 떠올라서 소리를 지르고 싶어져요. 아프다는 사실을 기억하는 게 아니라 잊게 해주는 의사가 어디든 있다면, 나는 그 사람을 여기로 데려올 거예요." 그러고는 틀림없이 왕족의 루비 반지가 가득 끼워져 있었을 것만 같은 그 마른 손으로 메리를 가리켰다. "내사촌은 아픔을 잊어버리게 해줘요. 그래서 내가 나아진 겁니다."

크레이븐 선생이 '발작' 이후 그렇게 짧은 시간을 머무른 일은 지금껏 단 한 번도 없었다. 보통은 아주 오랜 시간 머무르면서 아주많은 일을 해야 했다. 그러나 오늘 오후에는 어떤 약도 처방하지 않았고 어떤 지시도 내리지 않았으며 그 어떤 불쾌한 상황도 피할 수 있었다. 계단을 내려오는 그는 깊은 생각에 빠진 듯했고 서재에서 메드록 부인과 대화를 나눌 때 부인은 그가 상당히 당황했다는 느낌을 받았다.

"어떤가요, 선생님?" 부인이 조심스레 물었다. "지금 이게 믿어지세요?"

"새로운 상태인 것만은 틀림없군." 그가 말했다. "전보다 나아졌다는 것도 부인할 수 없고."

"수전 소어비 말이 맞았네요. 역시나…." 메드록 부인이 말했다. "어제 스웨이트로 돌아오는 길에 수전의 오두막에 들러서 이야기를 좀 나누었답니다. 수전이 제게 '아이구, 세라 앤. 그 여자애가 착한 애는 아니구 예쁜 애도 아닐지는 몰라두 애는 애란 말이여. 애덜헌티는 애덜이 필요한 벱이여'라고 말했지요. 수전 소어비와 저는 학교 동창이에요."

"그 부인만 한 간호사도 없지." 크레이븐 선생이 말했다. "소어비 부인의 오두막에서라면 아마 어떤 환자라도 살릴 수 있을 거요."

메드록 부인이 미소 지었다. 그녀는 수전 소어비를 아주 좋아했다.

"수전은 사람을 참 잘 다뤄요." 메드록 부인이 입심 좋게 말을 이었다. "오늘 아침 내내 수전이 한 말을 곱씹어봤어요. 어제 저에게 이런 말을 했거든요. '한번은 애덜이 싸우길래 전부 세워놓구 훈계를 좀 혔어. "나 학교 댕길 적에 지리 선상님이 말씀허시기를 시상은 오렌지모냥 둥그렇다구 하셨다. 그리구 내가 열 살도 되기 전에 그 오렌지는 세상 그 누구의 것도 아니라는 걸 깨달았지. 아무도 저한테 주어진 것보담 많이 가질 수는 없는 벱이구, 가끔씩은 나헌테 돌아올 것이 없을 때도 있는 벱이여. 그러니께 니들 중 누구라도 오렌지 하나를 다 가질 생각은 하지 말어라. 그랬다가는 나중에 후회하게 될 겨. 아주 큰코다칠 것이여"라고 그랬지. 오렌지 하나를 통째로

쥐고 껍질을 전부 벗겨봐야 소용없다는 것을 애덜은 애덜헌티 배우는 것이여. 그랬다가는 쓰디쓴 씨앗 하나두 얻지 못할 테니께.' 그렇게 말했다더군요."

"통찰력 있는 부인이오." 크레이븐 선생이 외투를 걸치며 말했다.

"맞습니다. 말도 참 잘하죠." 메드록 부인은 아주 기분 좋게 이렇게 덧붙였다. "가끔은 저도 수전에게 "아유, 수전! 네가 다른 사람이고 그렇게 심한 요크셔 사투리를 쓰지만 않았다면 내가 몇 번이고 참 똑똑하다고 칭찬했을 거야"라고 말하기도 해요."

● ● ●

그날 밤 콜린은 한 번도 깨지 않고 내리 잤다. 아침이 되어 눈을 떴을 때 그는 가만히 누워서 자기도 모르게 미소 짓고 있었다. 이상하리만큼 무척 편안해서 웃음이 나왔다. 깨어 있다는 사실이 정말 기뻤다. 콜린은 몸을 뒤집은 다음 팔다리를 기분 좋게 쭉 뻗었다. 그를 묶고 있던 팽팽한 줄이 스르르 풀어지고 자유로워진 것 같은 기분이 들었다. 크레이븐 선생이 그 모습을 봤다면 아마 온몸의 신경이 긴장을 풀고 쉬는 중이라고 말했을 것이다. 콜린은 이제 더는 가만히 누워서 벽을 바라보며 차라리 깨어나지 않았기를 바라지 않았다. 그의 마음은 어제 메리와 함께 세운 계획들과 정원 그림, 그리고 디콘과 그의 야생 동물들에 관한 생각들로 가득했다. 생각할 거리가 있다는 건 좋은 일이었다. 게다가 눈을 뜬 지 채 10분이 지나지 않아 복도에서 누군가가 달려오는 소리가 들리더니 곧 문 앞에 메리가 서 있었다. 메리는 침대로 뛰어오며 아침의 향기로 가득한 신선한 공기를 몰고 왔다.

"밖에 나갔다 왔구나! 내 말이 맞지? 나뭇잎의 향긋한 냄새가 느껴져!" 그가 소리쳤다.

"아주 아름다워!" 메리는 빨리 뛰어오느라 약간 헐떡이며 말했다. "이렇게 아름다운 건 한 번도 못 봤을 거야! 드디어 왔어! 저번에 이미 왔다고 생각했는데, 그땐 아직 오는 중이었던 거야! 이제 진짜 왔어, 봄 말이야! 디콘이 그랬어!"

"정말이야?" 콜린은 소리쳤다. 봄이 어떤 건지 전혀 모르면서도 왠지 심장이 쿵쿵 뛰기 시작했다. 그는 이미 침대에 일어나 앉아 있었다.

"창문을 열어봐!" 그러고는 반쯤은 그저 즐겁고 흥분되어서, 반쯤은 은근히 기대하면서 이렇게 덧붙였다. "황금 트럼펫 소리가 들릴지도 몰라!"

콜린은 웃었지만 메리는 곧장 창가로 달려갔고, 바로 다음 순간 창문이 활짝 열리더니 신선함과 부드러움과 향기와 새들의 노랫소리가 방 안으로 쏟아져 들어왔다.

"신선한 공기야." 메리가 말했다. "똑바로 누워서 숨을 길게 들이마셔 봐. 디콘은 황무지 위에 누워서 늘 그렇게 한대. 신선한 공기가 혈관까지 스며드는 느낌이 들면서 더 튼튼해지고, 마치 영원히 살 수 있을 것 같은 기분이 든다고 하더라. 들이마시고 또 들이마셔 봐."

메리는 디콘이 한 말을 반복할 뿐이었지만 콜린은 그 말에 완전히 사로잡혔다.

"영원히 산다고? 정말 그런 기분이 든대?" 콜린은 이렇게 묻더니 메리가 시킨 대로 깊고 긴 숨을 한 번 또 한 번 들이마셨다. 계속해서 들이마시니 몸에서 뭔가 새롭고 기분 좋은 일이 일어나는 느낌이 들었다.

메리가 다시 침대맡에 서 있었다.

"땅에서 수많은 것들이 앞다투어 올라오고 있어." 메리는 서둘러 말을 이었다. "꽃들이 피어나고 모든 식물에서 싹이 돋아나고 초록색 장막이 잿빛 땅을 거의 다 뒤덮었어. 새들은 너무 늦은 건 아닐까 걱정하면서 서둘러서 둥지를 틀고 있고. 심지어 어떤 새들은 비밀의 정원에 자리를 차지하려고 싸우기까지 한다니까. 장미 덤불은 정말이지 팔팔하고, 오솔길이랑 숲에는 앵초들이 피었고 우리가 심은 씨앗에서도 싹이 올라오고 있어. 그리고 디콘이 여우랑 까마귀랑 다람쥐랑 갓 태어난 새끼 양을 데려왔어."

그리고 메리는 잠시 숨을 골랐다. 사흘 전 디콘은 황무지의 가시금작화 덤불 사이에서 새끼 양을 발견했다. 죽은 어미 곁에 있었다. 어미 잃은 양을 발견한 건 처음이 아니었으므로 디콘은 어떻게 해야 하는지를 정확히 알았다. 그는 새끼 양을 외투에 싸서 오두막으로 데려왔고 난롯불 근처에 놓아준 뒤 데운 우유를 먹였다. 사랑스럽고 순진한 어린 얼굴과 몸에 비해 긴 다리를 가진 부드러운 생명체였다. 디콘은 젖병을 다람쥐와 함께 주머니에 넣은 뒤 녀석을 품에 안고 황무지를 건너왔다. 메리는 말캉말캉하고 따뜻한 것이 자기 무릎에 몸을 옹송그리고 엎드려 있자 뭐라고 형용할 수도 없는 묘한 기쁨이 온몸을 감싸는 느낌을 받았다. 아기 양이라니! 아기 양이라니! 살아 있는 아기 양이 무릎에 진짜 아기처럼 누워 있다니!

메리는 아주 기뻐하며 그 일을 설명했다. 콜린이 메리의 이야기를 들으며 긴 숨으로 공기를 들이마시고 있을 때 보모가 들어왔다. 보모는 활짝 열린 창문을 보고 조금 놀랐다. 그동안은 창문을 열어 놓으면 감기에 걸린다는 콜린의 확신 때문에 따뜻한 날에도 늘 닫혀 있었으므로 숨 막힐 듯 답답한 방 안에 하는 수 없이 앉아 있는 일이 많았다.

"춥지 않으시겠어요, 도련님?" 보모가 물었다.

"안 추워"가 그의 대답이었다. "지금 신선한 공기를 깊이 들이마시고 있어. 그러면 건강해지거든. 소파에 앉아서 아침을 먹을 거야. 내 사촌도 같이."

보모는 웃음을 숨기며 두 명분의 아침 식사를 주문하러 밖으로 나갔다. 보모에게는 하인들의 공용 거실이 병자의 방보다 즐거운 곳이었고, 게다가 지금은 모두가 위층에 관한 소식을 기다리고 있었다. 하인들은, 누구도 좋아하지 않는 어린 은둔자가, 요리사의 말마따나 '임자를 제대로 만났다'며 온갖 농담을 해댔다. 그동안 하인들 역시 콜린의 짜증에 지칠 대로 지친 상태였고, 가족이 있는 남자 집사 한 명은 콜린이 호되게 두들겨 맞아야 정신을 차릴 거라는 말까지 서슴없이 내뱉곤 했다.

콜린이 소파에 앉자 곧 탁자 위에 두 사람분의 아침 식사가 차려졌고, 그는 라자의 근엄함으로 보모에게 명령을 내렸다.

"소년과 여우 한 마리, 까마귀 한 마리, 다람쥐 두 마리, 그리고 갓 태어난 새끼 양이 오늘 아침에 나를 보러 올 것이다. 도착하는 즉시 위층으로 데리고 오너라." 그가 말했다. "하인들의 방에서 동물들과 놀거나 데리고 있어서는 안 된다. 즉시 여기로 데리고 와라."

보모는 놀라서 숨을 들이마시다가 급하게 기침하는 척했다.

"예, 도련님." 보모가 대답했다.

콜린이 손짓하며 말했다. "마사에게 그들을 여기로 데려오도록 해라. 그 소년이 마사의 남동생이거든. 그의 이름은 디콘이고 동물과 교감하는 아이야."

"동물들이 물지 않았으면 좋겠네요, 콜린 도련님." 보모가 말했다.

"그 애는 동물과 교감하는 아이라고 했지 않나." 콜린이 준엄하게 꾸짖었다. "그 아이가 데려오는 동물들은 물지 않아."

"인도에는 뱀을 부리는 사람이 있는데…." 메리가 말했다. "뱀의 머리를 자기 입속에 넣기도 해."

"세상에나!" 보모가 몸서리를 쳤다.

메리와 디콘은 쏟아져 들어오는 아침 공기와 함께 식사를 했다. 무척이나 맛있게 먹는 콜린을 메리는 아주 진지하고도 흥미롭게 쳐다보았다.

"너도 나처럼 살이 붙기 시작할 거야." 메리가 말했다. "인도에서는 아침을 먹고 싶었던 적이 없었는데 지금은 늘 먹거든."

"나도 오늘은 먹고 싶었어." 콜린이 말했다. "신선한 공기 때문인가 봐. 디콘은 언제쯤 올까?"

그는 이미 오는 중이었다. 그로부터 10분 정도가 지났을 무렵 메리가 갑자기 두 손을 들어 올렸다.

"들어봐!" 메리가 말했다. "깍 소리 들었어?"

콜린이 귀를 기울이자 집 안에서 들을 수 있으리라고는 누구도 생각지 못했을 기묘한 소리, 깍깍하는 거친 소리가 들려왔다.

"들려." 그가 대답했다.

"수트야." 메리가 말했다. "또 들어봐! 매 하는 아주 작은 소리도 들려!"

"아, 그렇네!" 콜린은 얼굴에 짙은 홍조를 띠며 소리쳤다.

"갓 태어난 새끼 양이야." 메리가 말했다. "여기로 오고 있어."

디콘은 황무지에서 신는 두껍고 투박한 부츠를 신고 있었으므로 조용히 걸으려고 노력해도 긴 복도를 걷는 내내 쿵쿵거리는 소리가 났다. 메리와 콜린은 그가 행진하는 소리를 들었다. 그 소리는 그가 태피스트리 문을 지나 콜린의 방으로 통하는 복도의 부드러운 융단 위에 도착하고서야 멎었다.

"들어가도 될까요, 도련님." 마사가 문을 열며 말했다. "여기 디콘과 그의 동물들이 찾아왔습니다."

디콘은 특유의 크고 멋진 미소를 띠고서 방으로 들어왔다. 품에는 갓 태어난 양이 안겨 있었고 옆에는 작고 붉은 여우가 종종걸음을 걷고 있었다. 너트는 왼쪽 어깨에 앉았고 수트는 오른쪽 어깨에 앉아 있었으며 셸의 머리와 앞발은 외투 주머니에서 삐져나와 있었다.

콜린은 느릿느릿 자세를 바로잡더니 마치 메리를 처음 봤을 때처럼 그들을 쳐다보고 또 쳐다보았다. 하지만 이번에 콜린의 눈은 경탄과 기쁨으로 가득했다. 사실 전부 이야기로 듣긴 했지만, 콜린은 디콘이 실제로 어떤 모습일지를 조금도 이해하지 못하고 있었다. 여우와 까마귀와 다람쥐와 양이 디콘에게 어찌나 다정하게 찰싹 달라붙어 있는지, 그 동물들은 마치 디콘과 한 몸인 것처럼 보일 지경이었다. 살면서 단 한 번도 남자아이와 이야기를 해본 적이 없었던 데다 기쁨과 호기심이라는 감정에 완전히 압도되고 만 콜린은 무슨 말을 해야겠다는 생각조차 하지 못했다.

하지만 디콘은 조금도 부끄러워하거나 어색해하지 않았다. 까마귀 수트를 처음 만났을 때, 인간의 언어를 모르는 녀석이 디콘을 그저 바라보기만 할 뿐 아무 말도 하지 않았음에도 당황하지 않았던 것과 똑같았다. 상대방에 대해 충분히 알기 전까지 동물들은 원래 그런 법이니까 조금도 당황할 필요가 없었다. 디콘은 콜린의 소파 쪽으로 걸어가서 그의 무릎에 갓 태어난 새끼 양을 올려주었다. 그러자 그 작은 생물은 따뜻한 벨벳 실내복 쪽으로 몸을 돌려 옷깃에 코를 비비적거리기 시작하더니 곱슬곱슬한 털로 뒤덮인 머리를 콜린의 옆구리 쪽으로 부드럽게 밀어댔다. 이제는 그 어떤 아이라도 말을 꺼낼 수밖에 없었다.

"지금 얘가 뭐 하는 거야?" 콜린이 소리쳤다. "뭘 달라는 거야?"

"엄마를 찾는 거예유." 디콘이 점점 더 크게 웃으며 말했다. "되련님이 우유를 먹이고 싶어 하실 것 같아서 약간 배고픈 채로 데려왔거든유."

디콘은 소파 옆에 무릎을 꿇더니 주머니에서 젖병을 꺼냈다.

"이리 와라, 아가." 그는 부드러운 갈색 손으로 북슬북슬한 작고 하얀 머리를 잡아 돌리며 말했다. "요것을 찾고 있었지. 실크 벨벳 윗도리 말구 여그를 물어야 뭐가 나와도 나올 것이여. 자, 여기 있다." 그가 고무젖꼭지 끝을 비비적대는 주둥이에 밀어 넣자 새끼 양은 게걸스럽게 젖꼭지를 빨기 시작했다.

그 뒤로는 무슨 말을 할지 고민할 필요도 없었다. 새끼 양이 잠에 빠져들 때쯤 질문이 쏟아져 나오기 시작했고 디콘은 전부 대답해주었다. 그리고 사흘 전 아침 해가 막 떠오르던 때에 어떻게 새끼 양을 처음 발견하게 되었는지도 이야기해주었다. 그때 디콘은 황무지에 서서 종달새의 노래를 듣다가, 녀석이 높이 날아올라 파란 하늘 꼭대기에서 작은 점이 되는 모습을 바라보고 있었다.

"노랫소리만 아니었다믄 그만 놓칠 뻔했슈. 어찌나 재빠르게 날아가던지, 아주 세상 밖으로 솟구쳐 나가는 것 같았다니께유. 저렇게 빨리 날아가는데 노랫소리는 워떻게 들리는가 궁금해 하던 차에, 갑자기 저 멀리 가시금작화 덤불 틈에서 무신 다른 소리가 들리는 거예유. 조그맣게 매 하는 소리였는디 갓 태어난 양이 배가 고파 우는 것 같았쥬. 어미가 있다믄 배고플 리가 없을 텐디, 어째 어미를 잃었는가 싶어서 고 녀석을 찾기 시작했어유. 아유! 월매나 꼭꼭 숨어 있던지. 가시금작화 덤불 새를 이리저리 들락날락거리구 빙빙 돌아봐두 통 보이질 않더라구유. 한참 헤매다 보니 황무지 꼭대기 바위 옆에 허연 것이 보이길래 기어 올라가봤쥬. 거기에 요 쬐끄만 눔이 춥구 배가 고파서 반쯤 죽어가구 있었슈."

그가 말하는 동안 수트는 근엄한 날갯짓으로 열린 창문을 들락거리며, 어서 경치를 구경해보라는 듯 깍깍거렸고 너트와 셸은 바깥에 있는 커다란 나무로 소풍을 가서 나뭇가지를 탐험하고 나무줄기를 오르락내리락했다. 그리고 캡틴은, 난로 앞 깔개에 앉은 디콘 옆에서 몸을 웅크리고 있었다.

아이들은 함께 정원에 관한 책도 보았는데 디콘은 거기 나오는 모든 꽃을 요크셔식 이름으로 알고 있었고, 비밀의 정원에는 어떤 꽃들이 자라고 있는지도 정확히 가르쳐주었다.

"정식 이름이 뭔지는 모르지만유….." 그는 '아퀼레기아'라고 쓰인 꽃을 가리키며 말했다. "우덜은 매발톱꽃이라구 불러유. 저기 저것은 금어초구유. 원래는 둘 다 덤불에서 지멋대루 자라는디, 이거는 정원에서 키워서 그른가 더 크구 멋있네유. 우리의 비밀 정원에두 큰 매발톱꽃 덤불들이 꽤 있어유. 꽃이 피믄, 아마 하얗고 파란 나비들이 떼 지어 팔랑팔랑 날아다니는 것 같을 거예유."

"나도 가서 봐야겠어." 콜린이 소리쳤다. "나도 가서 볼 거야!"

"그려, 가서 봐야지, 잉." 메리는 아주 진지하게 말했다. "꾸물거릴 시간이 없구먼."

20장
"난 영원히 살 거야… 영원히!"

　하지만 그들은 일주일 이상을 더 기다려야 했다. 처음 며칠은 바람이 아주 강하게 불었고, 그다음 며칠 동안은 콜린에게 감기 기운이 있었기 때문이었다. 연달아 찾아온 두 가지 불운에 예전 같았으면 콜린은 당연히 분노를 터뜨렸을 터였다. 하지만 그러기엔 그들의 계획이 너무나도 조심스럽고 신비로운 것이었던 데다가, 디콘이 거의 매일같이, 하루 단 몇 분이라도 콜린을 찾아와 황무지에서, 오솔길과 산울타리에서, 그리고 냇가에서 어떤 일들이 벌어지고 있는지를 이야기해주었다. 새 둥지는 물론이고, 수달과 오소리와 물쥐의 집, 들쥐가 파놓은 굴에 대한 그의 이야기를 듣고 있으면 누구나 흥분으로 몸을 떨 수밖에 없었다. 동물과 교감하는 아이에게서 동물들의 온갖 은밀한 이야기들을 상세히 듣다 보면, 땅속 세상이 모두 얼마나 강렬한 열정과 열망으로 심장이 터질 듯 바쁘게 돌아가고 있는가를 새삼 깨닫게 되기 때문이었다.

　"갸들두 우리허구 똑같아유." 디콘이 말했다. "단지, 매년 집을 다시 지어야 하다 보니 너무 바뻐서 저렇게 허둥지둥하는 것뿐이쥬."

하지만 무엇보다도 흥미진진했던 건 콜린을 아무도 모르게 정원으로 데려가기 위한 준비 과정이었다. 관목 숲 모퉁이를 지나 덩굴로 뒤덮인 담장 바깥쪽에 있는 산책로로 들어선 다음부터는 그 누구도 휠체어와 디콘과 메리를 봐서는 안 되기 때문이었다. 하루하루가 지날수록 콜린은 정원을 둘러싼 비밀스러움의 매력에 빠져들었다. 그 무엇도 비밀을 망쳐서는 안 되었고, 자신들에게 비밀이 있다는 사실을 누구라도, 아주 조금이라도 의심해서는 안 되었다. 그저자신이 메리와 디콘을 좋아해서, 그 아이들이 자신을 쳐다보는 건조금도 싫지가 않아서 함께 나들이하는 것뿐이라고 생각해야 했다. 아이들은 어떤 길로 가야 할지에 대해서도 아주 즐겁고 긴 대화를 나누었다. 이쪽 길로 올라가서 저쪽 길로 내려온 다음 또 다른 길을 가로질러서 화단이 있는 분수대를 빙 둘러 가면 될 것 같았다. 책임정원사 로치 씨가 옮겨 심어놓은 묘목들을 구경하러 가는 것으로 위장하기 위해서였다. 그 누구라도 이상하다고 생각하지 않을, 정말이지 합리적인 방법이었다. 그다음 관목 산책로 쪽으로 돌아서 가면긴 담을 만날 때까지 누구의 눈에도 띄지 않을 터였다. 이처럼 아이들의 계획은 전투에 나선 위대한 장군들이 세운 행군 작전 못지않게 진지하고 정교하게 짜였다.

병약했던 콜린의 방에서 벌어지는 새롭고도 기이한 일들에 관한 소문은 하인들의 방을 거쳐 마구간으로, 그리고 정원사들에게까지 퍼져나갔다. 그런데도 정원사 로치 씨는 어느 날 콜린 도련님이 내린 명령을 받고 매우 놀랐다. 친히 이야기를 나누고 싶으니 다른 사람들은 아무도 눈치채지 못하게 자신의 방으로 오라는 분부였다.

"이런, 이런." 그는 허둥지둥 외투를 갈아입으며 중얼거렸다. "이를 어쩐다? 감히 쳐다보지도 못하게 하던 지체 높으신 도련님께서 평소 눈길 한번 안 주던 나 같은 놈을 부르시다니."

로치 씨도 물론 궁금하긴 했다. 지금껏 그 아이를 곁눈질로라도 본 적이 없었던 데다, 그 모습과 행동이 얼마나 기이한지, 성질머리는 또 얼마나 정신병자 같은지에 관한 과장된 이야기만을 수없이 들어왔기 때문이었다. 가장 자주 들은 이야기는 그 아이가 언제 죽어도 이상하지 않을 만큼 허약하다는 것과 등에 난 혹, 무력한 팔다리에 관한 온갖 비현실적인 묘사들이었다. 주로 콜린을 한 번도 보지 못한 사람들 사이에서 회자되는 이야기였다.

"지금 이 집에서는 많은 것들이 변하고 있어요, 로치 씨." 메드록 부인은 뒤편 계단을 올라 여전히 베일에 싸인 방으로 그를 이끌며 말했다.

"좋은 쪽으로 변하고 있기를 바라는 수밖에요, 메드록 부인." 그가 대답했다.

"더 나빠질 수야 있겠어요." 그녀가 말을 이었다. "그리고 좀 이상해 보이긴 해도, 자기들끼리 이런저런 일들을 꾸미느라 바빠서 우리는 견디기가 한결 쉬워졌답니다. 그러니까 로치 씨, 도련님 방에 온갖 야생 동물들이 돌아다니고, 마사 소어비의 아들 디콘이 우리는 상상도 못 할 만큼 편한 자세로 앉아 있더라도 절대로 놀라지 마세요."

메리가 늘 혼자 간직해왔던 믿음처럼 디콘에게는 정말 알 수 없는 마법의 힘이라도 있는 걸까. 디콘의 이름을 듣자 로치 씨의 얼굴에는 인자한 미소가 떠올랐다.

"그 아이라면 버킹엄 궁전에서든 탄광 밑바닥에서든 제집처럼 편하게 지낼 겁니다." 그가 말했다. "그렇다고 무례하게 구는 것도 아니지요. 그 아이는… 정말로 좋은 아이입니다."

마음의 준비를 단단히 했기에 망정이지 안 그랬다면 얼마나 더 놀랐을까. 침실 문이 열리자, 조각으로 장식된 높은 의자의 등받이에 편안하게 앉아 있던 까마귀가 새로운 방문자의 등장을 알리며 큰 소리로 깍깍 울어댔다. 메드록 부인의 경고에도 로치 씨는 하마터면 놀라 나자빠져 망신을 크게 당할 뻔했다.

어린 라자는 침대에도 소파에도 있지 않았다. 그는 안락의자에 앉아 있었고, 그 옆에는 어린양 한 마리가 꼬리를 흔들며 서 있었다. 녀석은 디콘이 무릎을 꿇고 앉아 젖병으로 먹여주는 우유를 열심히 빨고 있었다. 디콘의 구부러진 등 위에는 땅콩을 조심스럽게 갉아먹는 다람쥐 한 마리가 앉아 있었고, 인도에서 온 작은 소녀는 커다란 스툴에 앉아 그 모습을 지켜보고 있었다.

"로치 씨가 왔습니다, 도련님." 메드록 부인이 말했다.

어린 라자는 고개를 돌려 자신의 종을 훑어보았다. 최소한 로치 씨는 그렇게 느꼈다.

"아, 당신이 로치 씨로군." 그가 말했다. "아주 중요한 요청을 하려고 불렀소."

"말씀만 하십시오, 도련님." 로치는 대정원에 있는 떡갈나무를 전부 베어버리라거나 과수원을 수생 식물원으로 바꾸라는 등의 명령을 받는 건 아닐까 궁금해하며 대답했다.

"오늘 오후에 휠체어를 타고 밖에 나갈 것이오." 콜린이 말했다. "만약 신선한 공기가 내게 잘 맞으면 매일 나갈 수도 있겠지. 내가 밖에 있을 때는 그 어떤 정원사도 정원 담장 너머에 있는 긴 산책로 근처에 오지 못하게 하시오. 두 시 쯤 나갈 생각이니 내가 다시 돌아와서 일해도 된다고 명령을 내리기 전까지는 반드시 멀리 떨어져 있도록 해요."

"잘 알겠습니다, 도련님." 로치 씨는 떡갈나무와 과수원이 무사하겠다는 생각에 크게 안도하며 대답했다.

"메리." 콜린이 돌아보며 말했다. "인도에서는 말을 마치고 하인들을 돌려보낼 때 뭐라고 한다고 했지?"

"아, '이제 물러가시오'라고 하면 돼." 메리가 대답했다.

라자는 손을 흔들며 말했다.

"이제 물러가시오." 그가 말했다. "아주 중요한 일이니, 절대로 잊지 마시오."

깍깍. 까마귀가 거칠지만 무례하지 않게 울었다.

"잘 알겠습니다, 도련님. 이만 가보겠습니다." 로치가 말을 마치자 메드록 부인은 그를 데리고 방을 나갔다.

바깥쪽 복도로 나오자 그는 사람 좋은 미소를 지었다. 터질 것 같은 웃음을 가까스로 참는 것 같았다.

"세상에나!" 그가 말했다. "아주 대단한 귀족 나리 납셨군요. 안 그래요? 왕실 가족을 전부 다 데려다 놓은 줄 알았어요. 여왕의 부군쯤 되시려나."

"아유!" 메드록 부인이 손사래를 쳤다. "어려서부터 우리들 하나하나를 얼마나 처참하게 무시했는데요. 애초부터 그래도 되는 사람들이라고 생각한다니까요."

"자라면서 나아질 수도 있겠지요. 어른이 될 때까지 살 수 있을지 모르겠지만." 로치 씨가 넌지시 말했다.

"글쎄요. 그래도 이것 하나는 분명해요." 메드록 부인이 말했다. "만약 어른이 될 때까지 죽지 않고 저 인도에서 온 여자아이와 계속 함께 지내게 된다면, 오렌지 하나를 자기 혼자서 독차지할 수는 없다는 사실을 분명히 배우게 될 거예요. 수전 소어비의 말대로 아이에게는 아이가 필요한 법이니까요. 자기 몫이 얼마나 되는지 차차 알게 되겠죠."

방 안에서 콜린은 쿠션에 등을 기대고 앉아 있었다.

"이제 모두 안전해." 그가 말했다. "오늘 오후면 보게 되는구나. 드디어 들어가 보는 거야!"

디콘은 동물 친구들과 함께 정원으로 돌아갔고 메리는 콜린 곁에 머물렀다. 콜린은 피곤해 보이지는 않았지만 점심 식사가 차려지기 전에도, 식사를 하는 동안에도 아주 조용했다. 그 이유가 궁금했던 메리가 이렇게 물었다.

"콜린, 네 눈 정말 크다." 메리가 말했다. "생각에 빠질 때면 눈이 접시만큼 커지는 것 같아. 지금은 무슨 생각을 하는 거니?"

"어떤 모습일지 생각해보고 있었어. 나도 모르게 계속 생각하게 돼." 콜린이 대답했다.

"정원 말이야?" 메리가 물었다.

"아니, 봄 말이야." 그가 말했다. "정말이지 한 번도 본 적이 없는 것 같아. 나는 밖에도 거의 나가지 않았고, 나간다고 해도 절대로 주변을 쳐다보지 않았거든. 그럴 생각조차 못 해봤어."

"나도 인도에서는 본 적이 없었어. 인도에는 봄이 없으니까." 메리가 말했다.

병에 걸려 갇혀 살면서 콜린은 메리보다 더 많은 것들을 상상해 왔으며, 최소한 아름다운 책과 사진을 들여다보며 많은 시간을 보내 왔다.

"그날 아침에 네가 뛰어 들어와서 '드디어 왔어!'라고 말했을 때 말이야, 기분이 정말 이상했어. 마치 봄이 화려한 행렬과 거대한 폭죽과 아름다운 음악을 이끌고 다가오는 것만 같았지. 책에서 그런 그림을 본 적이 있거든. 화관을 쓰고 꽃다발을 든 사랑스러운 사람들이 어른 아이 할 것 없이 우르르 모여 있는 그림이었는데, 모두 웃고 춤추며 피리를 불고 있었어. 그래서 내가 '어쩌면 황금 트럼펫 소리가 들릴지도 모른다'고, 창문을 열어보라고 했던 거야."

"진짜 신기하다!" 메리가 말했다. "봄은 정말 그런 느낌이야. 꽃과 나뭇잎과 푸른 것들, 그리고 새들과 야생 동물들이 전부 모여서 춤추며 지나간다면 얼마나 북적거릴까! 모두들 춤추고 노래하고 피리를 불 테니 분명 아름다운 음악 소리도 흘러나오겠지."

둘은 함께 웃었다. 우스워서가 아니라 너무 좋아서 터져 나온 웃음이었다.

잠시 후 보모가 콜린의 외출 준비를 해주었다. 옷을 입혀주는 동안 콜린은 통나무처럼 누워 있는 대신 앉아서 스스로 일어보려고 노력했으며, 그러는 내내 메리와 이야기를 나누며 웃기도 했다.

"오늘 도련님 상태가 아주 좋아요, 선생님." 보모는 콜린을 보려고 들른 크레이븐 선생에게 이렇게 말했다. "기분이 아주 좋다 보니 덩달아 몸도 튼튼해지시는 것 같아요."

"콜린이 돌아오면 오후에 또 들르겠네." 크레이븐 선생이 말했다. "바깥 산책이 정말 괜찮을지 확인해야겠어." 그러더니 낮은 목소리로 덧붙였다. "자네도 같이 가면 좋으련만."

"선생님, 도련님께 그런 말씀을 하실 생각이라면 저는 지금 당장 그만두겠어요." 보모가 돌연 단호한 태도로 말했다.

"꼭 그렇게 말하겠다는 건 아니었네." 의사는 다소 불안해하며 말했다. "한번 맡겨보기로 하지. 디콘은 갓 태어난 아기를 맡겨도 될 만큼 믿을 만한 아이니까."

저택에서 가장 힘센 하인이 콜린의 휠체어를 아래층으로 옮겨서 밖에서 기다리는 디콘에게로 밀어다 주었다. 그가 무릎덮개와 쿠션을 정리하자 라자는 그 하인과 보모를 향해 손을 흔들었다.

"물러가시오." 그 말을 듣자마자 둘은 빠르게 사라졌다. 무사히 집 안으로 들어간 뒤에는 틀림없이 숨죽여 키득거렸으리라.

디콘은 휠체어를 느리고 편안하게 밀었다. 메리는 그 옆에서 걸었고, 콜린은 등을 기댄 채 하늘을 향해 얼굴을 들었다. 아치 모양의 하늘은 아주 높아 보였고 눈처럼 하얀 작은 구름은 저 선명한 파랑 아래에 날개를 활짝 펼치고 둥둥 떠다니는 하얀 새들 같았다. 바람은 황무지로부터 부드럽고 커다란 공기를 몰고 내려왔는데, 야생의 깨끗한 향기가 깃든 공기의 달콤함이란 정말이지 묘한 것이었다. 콜린은 바람을 들이마시려고 여윈 가슴을 계속해서 들어 올렸으며, 그의 두 눈은 귀를 대신해서 소리를 듣기라도 하려는 듯 커다랗게 빛났다.

"노랫소리, 흥얼거리는 소리, 서로 불러대는 소리가 들려." 콜린이 말했다. "지금 바람을 타고 실려 오는 향기는 무슨 향기야?"

"황무지에 피어나고 있는 가시금작화 향기예유." 디콘이 대답했다. "오메! 오늘 꿀벌들이 아주 열심히 일허는구먼."

이제부터는 단 한 명의 인간이라도 보여서는 안 되었다. 이미 모든 정원사와 정원사의 아이들은 마법을 부려 사라지게 만들었으니 그럴 걱정은 전혀 없었다. 그런데도 그들은 신중하게 짜인 경로대로 구불구불한 길을 따라 관목 숲 사이를 들락날락하고 화단으로 꾸며진 분수를 빙 돌아 나갔다. 그저 비밀스러움이 주는 왠지 모를 즐거움 때문이었다. 마침내 모퉁이를 돌아 담쟁이덩굴로 뒤덮인 담장 옆에 난 긴 산책로에 들어서자, 설렘과 흥분은 점점 더 커졌고 말로 설명하기 어려운 묘한 느낌 때문에 그들은 속닥거리기 시작했다.

"바로 여기야." 메리가 속삭이며 말했다. "이 길을 오르락내리락하면서 궁금해하고 또 궁금해했었어."

"여기라고?" 열정과 호기심으로 가득한 콜린의 눈이 담쟁이덩굴을 탐색하기 시작했다. "하지만 아무것도 안 보이는걸." 그가 속삭였다. "문이 없잖아."

"나도 그런 줄 알았어." 메리가 말했다.

그러고는 숨소리조차 들리지 않는 사랑스러운 침묵과 함께 휠체어가 굴러갔다.

"저기가 벤 웨더스타프 할아버지가 일하는 정원이야." 메리가 말했다.

"그래?" 콜린이 대답했다.

몇 미터를 더 걸어가서 메리가 다시 속삭였다.

"바로 여기에서 붉은가슴울새가 담장을 넘어 날아왔어."

"정말?" 콜린이 외쳤다. "아! 울새가 다시 돌아온다면 얼마나 좋을까!"

"그리고 저기 보이지?" 메리는 커다란 백합 덤불을 가리키며 엄숙하고도 기쁘게 말했다. "저 작은 흙더미 위에 앉아서 열쇠가 어디에 있는지 알려주었어."

콜린은 몸을 세워 앉았다.

"어디? 어디 말이야? 저기?" 그가 소리쳤다. 콜린의 눈은 빨간 모자가 왜 그렇게 크냐고 물었던 늑대의 눈처럼 커다랬다. 디콘은 가만히 자리에 멈춰 섰고 휠체어도 멈추었다.

"그리고 여기." 메리가 덩굴 가까이 화단으로 올라서며 말했다. "울새가 담장 위에 앉아서 나에게 짹짹거리기에 나도 울새에게 말을 하려고 바로 여기로 올라왔어. 그런데 바람이 불어와서는 바로 이 담쟁이덩굴을 들어 올린 거야." 그러고는 늘어져 있는 초록색 커튼을 걷어 올렸다.

"아! 저기…. 저거구나!" 콜린이 숨을 들이켰다.

"여기가 손잡이고, 이게 문이야. 디콘, 콜린을 밀고 들어가. 얼른!"

디콘은 단 한 번의 강하고 안정적이고 훌륭한 몸짓으로 휠체어를 밀고 들어갔다.

콜린은 기쁨으로 숨조차 쉬기 어려웠다. 하지만 아직 쿠션에 몸을 기댄 채 두 눈을 손으로 가리고는 아무것도 보지 않고 있었다. 그리고 안으로 완전히 들어와서 마치 마법처럼 휠체어가 멈추고 문이 닫힐 때를 가만히 기다렸다. 그제야 손을 떼고 눈을 뜬 콜린은 메리와 디콘이 그랬던 것처럼 주변을 둘러보고 둘러보고 또 둘러보았다. 담장과 땅과 나무와 흔들리는 잔가지들 그리고 덩굴손이 사방으로 가득했고, 그 위에는 부드러운 작은 나뭇잎들이 만들어낸 초록빛 장막이 내려앉아 있었다. 나무 아래 잔디와 벽감 속 회색 항아리를 비롯해 여기저기, 그리고 모든 곳에 금색과 보라색과 흰색이 잔잔하게 또는 짙게 퍼져 있었다. 머리 위 나무들은 분홍색과 순백색의 꽃들을 뽐내고 있었고 퍼덕거리는 날갯짓과 희미하지만 달콤한 피리소리와 윙윙거리는 소리, 그리고 향기, 또 향기가 그곳을 가득 메우고 있었다. 햇살은 누군가의 사랑스러운 손길처럼 그의 얼굴에 따뜻하게 내려앉았다. 그 경이로움 속에서 메리와 디콘은 가만히 서서 콜린을 바라보았다. 분홍색의 은은한 빛이 콜린의 상아색 얼굴이며 목, 손을 비롯해 그야말로 온몸을 뒤덮고 있었으므로 그는 너무나도 이상하고 달라 보였다.

"나는 나을 거야! 나는 나을 거야!" 콜린이 부르짖었다. "메리! 디콘! 나는 나을 거야! 그리고 영원히 살 거야! 영원히! 영원히!"

21장
벤 웨더스타프

　세상에서의 삶에 관한 이상한 점 가운데 하나는, 우리가 영원히, 아주 영원토록 살 거라고 완벽하게 확신하는 순간이 아주 가끔씩만 찾아온다는 사실이다. 이따금 그런 순간이 있다. 엄숙한 새벽시간 자리에서 일어나 밖으로 나가 홀로 서서, 머리를 힘껏 젖히고 높디높은 곳을 향해 눈을 들고서 붉은색으로 물들며 천천히 변화하는 희미한 하늘과 알 수 없는 경이로운 것들을 바라보고 있으면, 결국 눈에서는 눈물이 터져 나오고 우리의 심장은, 수천, 수만, 수억 년의 세월을 매일같이 떠오르는 태양의 기묘하고도 변함없는 장엄함에 고요하게 가라앉고 마는 바로 그런 순간 말이다. 바로 이럴 때 우리는 우리가 영원히 살 것을 안다. 또한 석양이 지는 숲에 홀로 서있을 때 나뭇가지 사이를 비스듬히 뚫고 들어오는 신비롭고 깊은 황금빛 고요가 아무리 열심히 노력해도 결코 들을 수 없는 무언가를 우리에게 가만가만 말해주는 것처럼 느껴질 때도 우리는 알게 된다. 우리가 영원히 살리라는 것을. 그저 바라보고 기다리는 수백만 개의

별과 검푸른 밤의 거대한 정적을 마주할 때면 우리는 확신하게 된다. 우리가 영원히 살리라는 것을. 때로는 먼 곳에서 들려오는 음악으로부터, 그리고 그 누군가의 눈빛으로부터 우리는 깨닫는다. 삶이 영원히 이어지리라는 것을.

콜린이 숨겨진 정원을 둘러싼 네 개의 높은 담장 안에서 봄을 처음으로 보고 듣고 느낀 순간도 바로 그런 순간이었다. 그날 오후에는 온 세상이 한 소년에게 완벽함과 빛나는 아름다움과 다정함을 선사해주는 데만 온전히 몰두하는 것 같았다. 아마도 봄은 순수한 천상의 선함으로부터 찾아와서, 자신이 담을 수 있는 모든 것들을 바로 그 정원에 메워 넣은 듯했다. 디콘은 몇 번이고 하던 일을 멈추고 가만히 서서, 경이감으로 가득한 눈을 들고 고개를 부드럽게 가로저었다.

"오메! 참말 좋네유." 그가 말했다. "지는 인자 열두 살이구 곧 열셋이 될 텐디, 지난 열세 해 동안 수많은 오후를 만났지만은 요로코롬 멋있는 건 생전 처음 보는 것 같아유."

"그려, 참말 좋다잉." 메리는 이렇게 말하며 순수한 기쁨의 한숨을 내쉬었다. "내 장담하는디, 세상에서 최고로 좋은 오후가 바로 지금일 거여."

"니 생각에 말여…." 콜린이 꿈꾸듯 조심스럽게 말했다. "지금 요것들 전부가 그 누구보다도 나를 위해서 맹글어진 것 같으냐?"

"웬일이여!" 메리가 감탄하며 소리쳤다. "요크셔 사투리 지대로 허네잉. 고것도 아주 일 등급 사투리구먼."

그곳에는 기쁨만이 가득했다.

셋은 자두나무 아래로 휠체어를 끌고 갔다. 눈처럼 하얀 꽃들 사이로 꿀벌들의 연주회가 열리고 있었다. 자두나무는 마치 왕이 쓰는, 그것도 동화 속 왕들만이 쓰는 그늘막 같았다. 옆에는 분홍색, 흰색의 꽃봉오리가 맺힌 벚나무와 사과나무가 서 있었고, 몇몇 봉오리는 이미 활짝 열려 있었다. 꽃나무가 만들어낸 그늘막 사이로, 조각난 푸른 하늘이 아름다운 눈동자처럼 그들을 내려다보았다.

메리와 디콘은 여기저기서 조금씩 일했고 콜린은 그 모습을 바라보았다. 둘은 콜린을 데려가서 이것저것 보여주기도 했다. 피어나고 있는 봉오리와 아직 꽉 닫힌 봉오리들, 잔가지에 난 이파리에 이제 막 돌기 시작한 푸른 빛, 잔디 위에 떨어진 딱따구리 깃털, 일찍 부화한 새의 빈 알껍데기 같은 것들이었다. 디콘은 휠체어를 느리게 밀면서 정원을 빙글빙글 돌았고, 땅에서 솟아 나오거나 나무에서 뻗어 내려오는 놀라운 것들을 콜린이 전부 볼 수 있도록 일일이 휠체어를 멈춰 세웠다. 마치 마법사 왕과 왕비의 나라에 초대받아 온갖 신비로운 보물들을 구경하는 것 같았다.

"오늘 울새도 볼 수 있을까?" 콜린이 물었다.

"좀 기다리셔야 해유." 디콘이 대답했다. "인자 새끼덜이 알을 깨구 나오믄 너무 바뻐서 그눔 머리가 핑핑 돌 거예유. 그라믄 되련 님두 앞뒤루 열심히 날아다님서 거진 지 몸땡이 만큼 큰 벌레를 잡아서 둥지로 돌아가는 울새들을 보게 되실 거예유. 둥지 안에서 들리는 새끼덜 울음소리가 월마나 큰지, 울새는 첫 번째 먹이를 어느 커다란 입에다가 떨궈야 될지 몰라서 아주 허둥지둥하고 만다니께유. 조그만 부리를 쩍 벌리구 짹짹거리는 소리가 사방에서 진동을 하쥬. 족족 벌어진 부리들을 전부 채우기 위해 울새가 월매나 바쁘게 돌아댕겨야 하는지, 울 엄니는 울새들에 비하믄 본인은 빈둥빈둥 놀고먹는 마님이나 다름없다구 그러셔유. 사람 눈에는 안 보여두 고 쪼매난 몸에서 틀림없이 진땀이 뚝뚝 떨어질 거래유."

이 이야기에 아이들은 무척이나 즐겁게 웃느라 손으로 입을 가려야 했다. 아무도 그 소리를 들어서는 안 되기 때문이었다. 며칠 전에 이미 콜린도 정원에서는 항상 목소리를 낮추고 속삭여야 한다는 규칙에 관해 들었다. 그는 이 규칙이 가진 비밀스러움이 마음에 들었으므로 최선을 다해 규칙을 지키고자 했지만 즐겁고 흥분되는 순간에 큰 소리로 웃지 않는 건 너무나도 힘든 일이었다.

그날 오후는 모든 순간이 새로움으로 가득했고, 매시간 햇살은 금빛으로 더욱 찬란해졌다. 휠체어가 다시 그늘막 아래로 옮겨지고, 디콘이 잔디에 앉아 막 피리를 꺼내는 순간 콜린은 미처 알아채지 못했던 것을 발견했다.

"저기 저 나무 말이야, 아주 오래된 거지?" 그가 말했다.

디콘은 잔디밭 너머에 있는 나무를 바라보았고, 메리도 연이어 그것을 쳐다보았다. 그리고 짧은 침묵의 순간이 이어졌다.

"맞아유." 디콘이 대답했다. 그의 낮은 목소리는 부드러웠다.

메리는 나무를 응시하며 생각에 잠겼다.

"가지가 완전히 잿빛인 데다 이파리 하나 안 달렸네." 콜린이 말을 이었다. "완전히 죽은 거지?"

"야." 디콘이 수긍했다. "그렇지만서두 장미가 저 나무를 전부 뒤덮으믄 죽은 나무는 나뭇잎허구 꽃에 완전히 가려서 숨어버릴 거예유. 그러믄 죽은 걸로는 안 보이겠쥬. 아마 여기 있는 것 중에서 질루 이쁠걸유.”

메리는 여전히 나무를 응시하며 생각에 잠겨 있었다.

“큰 가지는 부러진 것 같네.” 콜린이 말했다. “왜 부러졌을까 궁금해.”

“몇 년 전에 부러졌어유.” 디콘이 대답했다. “아유!” 갑자기 흠칫 놀라며 콜린에게 손을 얹는 디콘에게서 왠지 모를 안도감이 느껴졌다. “저 울새 좀 봐유! 저기 왔네잉! 짝헌티 줄랴구 먹이를 찾아다녔구먼.”

콜린은 거의 놓칠 뻔하다가 간신히 울새를 찾았다. 가슴에 붉은 무늬가 있는 새가 부리에 뭔가를 문 채 번개처럼 날아갔다. 녀석은 초록 속을 쏜살같이 가로질러 빽빽하게 우거진 구석으로 날아갔고 곧 시야에서 사라졌다. 콜린은 다시 쿠션에 등을 기대고 살짝 웃었다.

“짝에게 차를 갖다 주려나 봐. 벌써 다섯 시인가 본데. 나도 차가 마시고 싶어.”

그렇게 그들은 위기를 모면했다.

“마법이 울새를 보내준 거야.” 나중에 메리는 디콘에게 몰래 말했다. “마법의 힘이야, 틀림없어.” 전부터 메리와 디콘은 콜린이 혹시라도 10년 전 가지가 부러진 나무에 대해 물어본다면 어떻게 대답해야 할지 걱정하고 있었고, 한번은 그 문제에 관해 이야기를 나눈 적도 있었다. 그때 디콘은 심란한 표정으로 서서 머리를 문지르며 이렇게 말했었다.

“다른 나무들허구 전혀 다르지 않은 것처럼 보여야 해유.” 그는 말했었다. "저 나무가 워떻게 해서 부러졌는지를 되련님헌티는 절대루 말해서는 안 돼유. 아유, 가여워서 어쩔까잉. 혹시라두 그 나무 얘기를 꺼내시믄 우리는… 우리는 최대한도루 밝아 보여야 해유."

"그려, 그래야 혀." 메리도 이렇게 대답했었다.

하지만 그 나무를 바라보면서 메리는 도무지 밝은 표정을 짓기가 어려웠다. 그리고 그 짧은 순간 동안 디콘의 말이 정말 사실일까 생각하고 또 생각했다. 줄곧 곤란하다는 듯 자신의 적갈색 머리칼을 문질러대던 디콘은 그 푸른 눈에 편안하고 즐거운 웃음을 띠기 시작하더니 이렇게 말했었다.

"크레이븐 마님은 아주 사랑스럽고 젊은 숙녀셨대유." 그는 다소 주저하며 말을 이었다. "엄니는 그분이 콜린 되련님을 보살피러 미셸스웨이트에 몇 번이구 오셨을 거래유. 자식을 두고 시상을 일찍 떠난 모든 어미들이 다 그렇대유. 어미는 자식 곁으루 돌아올 수밖에 없대유. 어쩌면 마님께서두 정원에 내동 계시믄서 우리가 일헐 수 있게 도와주시구, 되련님두 여기루 데려오게 하셨는지두 몰라유."

디콘의 말이 일종의 마법처럼 느껴졌다. 메리는 마법의 존재를 완전히 믿고 있었다. 누구에게도 말은 안 했지만, 메리는 디콘이 주위에 있는 모든 것들에 마법을 부린다고 믿었다. 그리고 그건 당연히 선한 마법이었다. 사람들이 모두 디콘을 좋아하고 야생 동물들도 그를 친구라고 믿는 것 역시 바로 디콘이 부리는 마법 때문이었다. 만약 콜린이 위험한 질문을 던진 바로 그 순간에 딱 맞추어 울새가 날아오지 않았다면 과연 어떤 일이 벌어졌을까. 그날 콜린이 완전히 다른 아이처럼 보였던 것 역시도 오후 내내 작용한 디콘의 마법 덕분이라는 생각이 들었다. 자기 베개에 대고 비명을 질러대고 때리고 깨물던 그 미친 아이와 그날의 콜린은 도무지 같은 사람이라고는 믿기 힘들 만큼 달라 보였기 때문이었다. 창백했던 상아색 얼굴마저도 변하고 있는 것 같았다. 처음 정원에 들어왔을 때 콜린의 얼굴과 목과 손에 생겨난 은은한 홍조는 시간이 지나도 사라지지 않았다. 이제 콜린은 상아나 밀랍으로 만든 인형이 아니라 진짜 살로 이루어진 인간처럼 보였다.

아이들은 울새가 자기 짝에게 두 번인가 세 번 먹이를 가져다주는 모습을 구경했고, 그 모습을 보며 콜린은 오후에 늘 마시는 차가 아주 간절해졌다.

"집으로 가서 하인에게 바구니에 차를 좀 담아서 철쭉이 핀 산책로로 가져오라고 해." 그는 말했다. "거기서부터는 너와 디콘이 들고 오면 되잖아."

괜찮은 생각이었다. 일은 생각대로 쉽게 풀렸고, 곧 잔디에 펼친 하얀 보자기 위에 뜨거운 차와 버터 바른 토스트, 팬케이크가 차려졌다. 배가 몹시 고팠던 세 아이는 기쁘게 음식을 먹어치웠고, 심부름하던 새 몇 마리는 무슨 일인지 살펴보려고 들렀다가 음식 부스러기를 신나게 탐색했다. 너트와 셸은 케이크 조각을 가지고 나무로 쪼르르 올라갔고 수트는 버터 바른 팬케이크 반 조각을 통째로 들고 구석으로 가서 쪼아보고 탐색하고 이리저리 뒤집어보고 쉰 소리로 이러쿵저러쿵 평가를 내리더니 아주 기분 좋게 한입에 꿀꺽 삼켜버렸다.

이제 오후는 그윽한 시간을 향해 느릿느릿 흘러가고 있었다. 벌들은 집으로 돌아가고 지나가는 새들은 점점 뜸해졌으며 태양이 땅을 향해 내리꽂은 빛의 창은 짙은 금빛으로 변해갔다. 디콘과 메리는 잔디에 앉아 있었고, 차 바구니는 다시 집으로 가져갈 수 있게 잘 정리되었으며, 콜린은 쿠션에 등을 기댄 채 누워 있었다. 이마를 뒤덮었던 덥수룩한 머리칼을 뒤로 넘긴 그의 얼굴은 아주 자연스러운 빛깔을 띠고 있었다.

"이 오후가 지나가지 않았으면 좋겠어." 그가 말했다. "하지만 내일도 여기에 올 거야. 그다음 날도, 또 다음 날도, 또 다음 날도, 또 다음 날도 말이야."

"신선한 공기를 아주 많이 마시고. 그렇지?" 메리가 말했다.

"응, 다른 건 아무것도 필요 없어." 그가 대답했다. "나는 이제 봄을 보았고, 여름도 보게 될 거야. 여기서 자라는 모든 것을 볼 거야. 여기서 나도 자라게 될 거야."

"꼭 그러실 거예유." 디콘이 말했다. "앞으로도 오랫동안, 다른 사람덜모냥 여기를 걸어댕기구 땅도 팔 수 있게 우리가 도와드릴게유."

콜린의 얼굴이 새빨개졌다.

"걸어?" 그가 말했다. "땅을 파? 내가?"

콜린을 흘깃 바라보는 디콘의 눈은 뭔가 조심스러워 보였다. 디콘도 메리도 콜린의 다리에 정말로 어떤 문제가 있는지 물어본 적은 한 번도 없었다.

"분명히 그럴 거예유." 그는 단호하게 말했다. "되련님두…다른 사람이랑 똑같이 다리가 있잖아유!"

메리는 콜린의 답을 듣기 전까지 약간 겁났다.

"다리에 병이 있는 건 아냐." 그가 말했다. "하지만 너무 가늘고 약해. 하도 후들거려서 서 있으려고 시도하는 것조차 무서워."

메리와 디콘은 안도의 한숨을 내쉬었다.

"무서워하지만 않으시믄 일어설 수 있어유." 디콘은 다시금 쾌활해진 태도로 말했다. "자꾸 하다 보믄 무서움도 금세 없어질 것이구유."

"정말 그럴까?" 콜린은 가만히 누워서 정말 그게 가능할지를 생각해보는 듯했다.

그 뒤로 잠시 아주 깊은 침묵이 이어졌다. 태양은 점점 아래로 떨어지고 있었다. 무척이나 바쁘고 흥미진진한 오후를 보내고 난 뒤 아이들은 모든 것이 가만히 멈추는 시간을 즐기고 있었다. 콜린도 아주 느긋하게 쉬고 있는 것 같았다. 디콘의 동물들조차 돌아다니기를 멈추고 근처에 함께 모여 가만히 휴식을 취했다. 수트는 낮은 나뭇가지에 앉아 한 다리를 들어 올리고는 잠이 오는 듯 회색 막으로 눈을 덮어버렸다. 메리는 수트를 바라보며 금방이라도 코를 골 것만 같다고 혼자 생각했다.

그런데 한동안 이어지던 고요가 갑작스럽게 깨지고 말았다. 머리를 반쯤 들어 올린 콜린이 기겁하며 이렇게 속삭였기 때문이었다.

"저 남자는 누구야?"

디콘과 메리는 재빨리 일어섰다.

"남자?!" 둘은 동시에 낮고 빠르게 외쳤다.

"저길 봐!" 콜린이 흥분해서 속삭였다. "저쪽 말이야!"

메리와 디콘은 얼굴을 돌려 그쪽을 바라보았다. 거기에는 사다리에 올라선 채 담장 너머로 그들을 쏘아보고 있는 벤 웨더스타프의 분개한 얼굴이 보였다! 그는 심지어 메리를 향해 주먹을 흔들어 보이기까지 했다.

그가 소리쳤다. "아가씨가 내 자식이었다면은 벌써 뒤지게 맞았을 거유!"

그는 아래로 담장을 넘어와서 메리를 손봐주기라도 하겠다는 듯 위협적으로 사다리를 한 걸음 더 올라섰다. 하지만 메리가 자신에게 다가오자 생각을 고쳐먹고는 사다리 꼭대기에 그대로 서서 주먹을 흔들어댔다.

"내 저 아가씨가 저럴 줄 알았지!" 그가 열변을 토해냈다. "첨 봤을 때부텀 당최 봐줄 수가 없드니만 결국 이 사달을 벌이는구먼. 가죽만 남은 희멀건 얼굴에 빗자루걸이 비쩍 말라빠져 가지구는 씰데없이 이것저것 캐묻고 댕긴다 했어. 내가 워쩌다가 저런 거랑 가까워져서. 어휴, 그눔의 울새만 아니었으면… 그 망할 눔 같으니라고…"

"벤 웨더스타프 할아버지." 메리는 애써 침착하려 노력했다. 하지만 그의 발치에 서서 올려다보는 메리의 목소리는 다소 떨리는 듯했다. "벤 할아버지. 바로 그 울새가 나에게 이곳을 알려주었어!"

그러자 웨더스타프는 너무나도 격분해 당장 담장을 넘어오기라도 할 기세였다.

"어린 게 워디서 저런 못된 걸 배운 겨!" 그는 메리를 내려다보며 소리쳤다. "죄를 울새헌티 뒤집어씌우시겄다! 그눔이 뻔뻔스럽기는 혀두 그런 놈은 아녀. 갸가 길을 알려줬다는 게 말이 돼, 시방! 저

새가! 오메! 아무리 어리다구 워째….” 문득 그는 호기심이 밀려들어 자기도 모르게 이렇게 물었다. “근디, 도대체 여기를 워떻게 들어온 거여?”

“울새가 길을 알려줬다니까.” 메리가 고집스럽게 말했다. “울새는 자기가 알려줬다는 사실도 몰랐겠지만 어쨌든 그게 사실이야. 그리고 할아버지가 계속 그렇게 주먹을 흔들어대면 나도 더는 말 안 해.”

바로 그 순간 웨더스타프는 흔들던 주먹을 갑자기 멈추더니 입을 떡 벌리고 메리의 머리 너머를 쳐다보았다. 누군가가 그를 향해 다가오고 있었다.

처음 웨더스타프가 폭포처럼 쏟아내는 말을 들으면서 콜린은 너무나 놀란 나머지 몸을 일으켜 세우고는 마치 마법에라도 걸린 듯 그 말을 듣고만 있었다. 하지만 곧 정신을 차리고서 왕족의 손짓으로 디콘을 불렀다.

“저쪽으로 내 휠체어를 밀어!” 그가 명령했다. “아주 가까이, 저 사람 바로 앞까지!”

다름 아닌 바로 이 광경을 보고 벤 웨더스타프의 입이 떡 벌어진 것이었다. 사치스러운 쿠션과 무릎덮개를 휘감은 채 그에게 다가오는 휠체어는 그야말로 왕실의 사륜마차 같았다. 등을 기대고 앉은 어린 라자가 까만 속눈썹으로 둘러싸인 커다란 눈에 왕실의 위엄을 가득 품은 채 여위고 하얀 손을 그를 향해 오만하게 뻗고 있었던 것이다. 휠체어는 벤 웨더스타프 바로 아래에서 멈췄다. 그가 자기도 모르게 입을 떡 벌린 것도 그리 놀라운 일은 아니었다.

"내가 누군지 아느냐?" 라자가 물었다.

벤 웨더스타프는 쭈글쭈글한 손을 들어 자신의 눈을 그리고 이마를 쓸어올린 다음 묘하게 떨리는 목소리로 대답했다.

"아느냐구유?" 그가 말했다. "야, 알겠네유. 지를 쳐다보는 고 눈이 어매를 꼭 빼다 박았구먼유. 근디 시상에나, 여기를 우찌 오셨어유. 가엾게두 불구가 되었다구 허드만."

"난 불구가 아냐!" 그가 분개하며 소리 질렀다. "아니라고!"

"콜린은 불구가 아냐!" 메리 역시 사나운 분노를 드러내며 담장 위를 향해 소리쳤다. "바늘만 한 혹도 없단 말이야! 내가 직접 봤어! 아무것도 없었다고. 아무것도!"

벤 웨더스타프는 다시금 이마를 쓸어올리더니 아무리 봐도 부족하다는 듯 콜린을 가만히 바라보기만 했다. 그의 손이, 입이, 그리고 목소리가 떨려왔다. 그는 무식하고 눈치 없는 노인이었으므로 오로지 들은 대로 기억할 뿐이었다.

"되…되련님 등이 굽었다고 허던디유?" 그가 거친 목소리로 물었다.

"아냐!" 콜린이 소리쳤다.

"그라믄… 다리는유? 다리도 굽은 거 아녀유?" 벤의 목소리는 더욱 거칠게 흔들렸다.

발작을 일으킬 때 쏟아내던 힘이 이번에는 새로운 양상으로 벤을 향해 쏟아졌다. 적어도 다리가 굽었다고 자기를 흉본 사람은 지금껏 아무도 없었다. 심지어 쑥덕거리는 소리조차 들어본 일이 없었다. 그런데 사람들이 그의 다리가 굽었다는 거짓말을 그토록 간단하게 믿어버렸다는 걸 알게 되자 라자는 도무지 견딜 수가 없는 지경에 이르렀다. 차오르는 분노와 모욕감으로 콜린은 다른 모든 것은 잊은 채 지금 그 순간에 몰두했으며 전에는 결코 알지 못했던, 거의 비현실적이기까지 한 힘으로 가득해졌다.

"이리 와!" 그는 디콘에게 소리치더니 다리를 덮고 있던 무릎덮개를 거칠게 치우고 몸을 빼내기 시작했다. "이리 와! 이리 오라고! 당장!"

디콘은 즉시 곁으로 갔다. 메리는 짧은 숨을 들이마셨다. 얼굴이 창백해지는 게 느껴졌다.

"할 수 있어! 할 수 있어! 할 수 있어! 할 수 있다고!" 메리는 혼잣말로 빠르게 되뇌며 그 어느 때보다도 빠른 숨을 몰아쉬었다.

그리고 잠시 격렬한 움직임이 이어졌다. 무릎덮개는 땅에 내팽개쳐지고 디콘이 콜린의 팔을 잡았으며 마른 다리가 밖으로 드러나고 마른 발이 잔디 위에 내렸다. 콜린이 똑바로⋯ 똑바로 서 있었다. 화살처럼 곧게 선 그는 이상하리만큼 키가 컸다. 그는 머리를 뒤로 젖힌 채 그 기묘한 눈을 번쩍였다.

"나를 봐!" 콜린이 벤 웨더스타프를 향해 토해내듯 말했다. "보라고! 당신! 나를 보란 말이야!"

"내 다리허구 똑같아유!" 디콘이 소리쳤다. "다른 요크셔 사람 덜하구 하나두 다를 바 없이 곧은 다리구먼!"

그런데 벤 웨더스타프의 반응이 너무나도 이상했다. 그는 목이 메는 듯 침을 꿀꺽 삼키더니 두 손을 모아 쥐었고, 그의 주름진 볼에는 갑자기 한 줄기 눈물이 흘러내렸다.

"오메!" 그가 소리치기 시작했다. "사람덜이 그짓부렁을 했구먼! 막대기모냥 마르구 귀신처럼 허옇기는 해두, 등짝에는 콩알만 한 혹 하나 없네유. 인자 곧 튼튼해지실 거예유. 아이구, 하느님 감사합니다!"

디콘이 팔을 세게 붙잡고 있긴 했지만 콜린은 아직 비틀거리지 않았다. 오히려 점점 더 꼿꼿하게 서서 벤 웨더스타프의 얼굴을 쳐다보았다.

"내가 당신의 주인이다." 그가 말했다. "아버지가 안 계실 때는 말이야. 그러니 당신은 내게 복종해야 해. 여기는 내 정원이야. 이번 일에 대해 감히 입을 놀린다면 가만히 있지 않겠어! 당장 그 사다리에서 내려와서 긴 산책로 쪽으로 가도록 해. 메리 아가씨가 당신을 이리로 데려올 거야. 당신에게 할 말이 있다. 원했던 바는 아니지만 당신은 이제 우리와 함께 비밀을 지켜야 해. 어서!"

벤 웨더스타프의 괴팍하고 늙은 얼굴은 뜬금없이 흘러내린 한 줄기의 눈물로 아직 얼룩져 있었다. 그는 자기 발치에서 머리를 뒤로 젖힌 채 꼿꼿이 서 있는 야윈 콜린에게서 눈을 떼지 못했다.

"오메! 아가." 그는 거의 속삭였다. "아유! 아가야!" 그러더니 뭔가 기억났다는 듯 갑자기 정원사들이 흔히 하는 대로 모자를 들어 올리고는 이렇게 말했다. "알겠슈, 되련님! 갈게유, 되련님!" 그가 고분고분하게 사다리를 내려가 사라졌다.

22장
태양이 질 때

그의 머리가 시야에서 사라지자 콜린은 고개를 돌려 메리를 보았다.

"가서 데려와." 그가 말했다. 메리는 잔디를 재빨리 가로질러 담쟁이덩굴 아래 문으로 달려갔다.

디콘은 날카로운 눈으로 콜린을 바라보고 있었다. 콜린의 볼은 놀라울 정도로 붉게 달아올라 있었지만 금방 넘어질 것 같지는 않았다.

"내가 일어섰어." 콜린이 여전히 고개를 치켜들고 아주 장엄하게 말했다.

"무서워만 안 하믄 금방 할 수 있을 거라구 지가 그랬잖아유." 디콘이 대답했다. "해내셨구먼유."

"응, 이제 무섭지 않아." 콜린이 말했다.

문득 메리가 했던 말이 떠올랐다.

"너 혹시 마법을 부리는 거야?" 그가 날카롭게 물었다.

디콘의 둥근 입이 벌어지며 밝은 미소가 떠올랐다.

"되련님이 부린 마법이에유!" 콜린이 말했다. "이눔들이 땅에서 열심히 밀구 올라올 때 부리는 마법허구 똑같아유." 그는 두꺼운 부츠로 잔디 위 크로커스 덤불을 건드렸다.

콜린은 덤불을 내려다보더니 느릿하게 말했다.

"그려. 저것보담 더 대단한 마법은 없을 겨. 없구말구."

그는 몸을 더욱 꼿꼿하게 폈다.

"저 나무까지 걸어갈래." 그는 몇 미터 거리에 있는 나무 한 그루를 가리켰다. "웨더스타프가 여기에 왔을 때 서 있고 싶어. 저 나무라면 기대설 수 있을 거야. 그냥 앉아버려도 되지만 웨더스타프가 오기 전까지는 절대로 앉지 않겠어. 디콘, 휠체어에서 덮개를 가져와."

콜린은 나무를 향해 걸어갔다. 디콘이 팔을 잡고 있긴 했지만 그의 걸음은 놀라울 정도로 안정적이었다. 마침내 나무 앞에 선 그의 모습은 나무에 몸을 지탱하고 있는지 알기 어려울 정도로 자연스러워 보였고, 여전히 몸을 꼿꼿하게 세우고 있었으므로 키도 아주 커 보였다.

웨더스타프는 담장에 난 문으로 들어와 그곳에 서 있는 콜린의 모습을 보았다. 그때 메리가 뭔가를 중얼거렸다.

"뭐라구유?" 그의 목소리에는 짜증이 섞여 있었다. 소년의 길쭉하고 마르고 꼿꼿한 몸과 위풍당당한 얼굴에서 눈을 떼고 싶지 않았기 때문이었다.

하지만 메리는 대답하지 않았다. 메리가 속삭인 말은 바로 이것이었다.

"넌 할 수 있어! 할 수 있어! 내가 그랬잖아, 할 수 있다고! 할 수 있어! 할 수 있어! 넌 할 수 있다고!"

메리는 콜린을 향해 이 말을 계속 반복했다. 그가 지금처럼 계속 두 발로 일어서 있을 수 있도록 마법을 부리고 싶었기 때문이었다. 콜린이 벤 웨더스타프 앞에서 포기하는 모습을 보인다면 메리도 견딜 수 없을 것만 같았다. 콜린은 결국 포기하지 않았다. 게다가 마르긴 했지만 왠지 모르게 아름다워 보이는 몸을 보자 메리는 기분이 더욱 들떴다. 그는 특유의 우스꽝스러운 귀족적 태도로 벤 웨더스타프에게 눈을 고정하고 있었다.

"나를 보아라!" 그가 분부를 내렸다. "자세히 보란 말이다! 내가 꼽추더냐? 내 다리가 굽었느냐?"

벤 웨더스타프는 여전히 감정을 제대로 가다듬지 못했지만, 조금은 추슬렀기 때문에 거의 평소의 말투로 대답했다.

"아니구먼유." 그가 말했다. "그 비슷한 것두 없슈. 여적까지 왜 그러구 지내신 거예유? 안 뵈는 디 숨어만 계시니 사람덜이 되련님을 불구에다가 모질이라구 생각을 허쥬."

"모질이!" 콜린은 으르렁거렸다. "누가 그러더냐?"

"천치 같은 놈덜이 여럿 있어유." 벤이 말했다. "이러쿵저러쿵 떠들어대는 멍청이들이 시상에 월매나 많은지 몰러유. 갸들 허는 소리라구는 전부 그짓부렁뿐이쥬. 근디 대체 뭣 땀시 그리 틀어박혀 기셨어유?"

"모두 내가 죽을 거라고 생각했어." 콜린이 짧게 말했다. "난 안 죽어!"

그 말이 얼마나 결연했는지 벤 웨더스타프는 그를 위에서 아래로, 다시 아래서 위로 훑어보았다.

"죽다니, 당치도 않구먼유! 그렇게 담이 쎈디 죽긴 왜 죽어유. 아까 땅에 다리를 내리시는데 어찌나 빠르든지, 아주 멀쩡하시다는 걸 금세 알겠더라구유. 되련님은 인자 거기 앉아서 분부만 내리셔유."

그의 태도에는 고집스러운 애정과 상황에 대한 기민한 이해가 묘하게 뒤섞여 있었다. 메리가 벤 노인과 긴 산책로를 따라 걸어 내려오는 동안 최대한 빠르게 많은 이야기를 쏟아낸 덕분이었다. 반드시 기억해야 할 가장 중요한 사실은 콜린이 나아지고 있다는 점이라고 메리는 말했다. 정말로 그는 나아지고 있었다. 그리고 그건 정원 덕분이었다. 그 누구도 콜린에게 혹과 죽음을 기억하게 해서는 안 되었다.

라자는 그제야 은혜라도 베푸는 듯 나무 아래에 깔아둔 천에 앉았다.

"웨더스타프, 당신은 정원에서 어떤 일을 하는가?" 그가 물었다.

"시키시는 일은 다 허쥬." 늙은 벤이 대답했다. "지는 그분이 베푸신 호의 때문에 여적 여기 있는 거예유."

"그분?" 콜린이 말했다.

"되련님 어머니유." 벤 웨더스타프가 대답했다.

"내 어머니?" 콜린은 이렇게 묻더니 그를 조용히 바라보았다.

"이 정원이 어머니의 정원이었군. 그렇지?"

"야, 맞아유!" 그리고 벤 역시 그를 바라보았다. "마님은 여기를 질루 좋아하셨슈."

"이제는 내 정원이다. 나도 여기를 좋아해. 앞으로 매일매일 올 생각이다." 콜린이 선언하듯 말했다. "하지만 그건 비밀이다. 그러니까 내 말은, 우리가 여기에 온다는 사실을 그 누구도 모르게 하라는 거야. 지금껏 디콘이랑 내 사촌이 열심히 가꿔서 여기를 이렇게 살려놓았다. 가끔 도움이 필요하면 당신을 부르겠지만, 올 때는 아무도 모르게 와야만 한다."

벤 웨더스타프의 얼굴이 어색한 미소로 일그러졌다.

"지두 아무도 모르게 몇 번 와봤어유." 그가 말했다.

"뭐라고?" 콜린이 놀라 소리쳤다. "언제?"

"마지막으루 왔던 게…." 그가 턱을 문지르며 주위를 둘러보았다. "두 해 전쯤일 거예유."

"하지만 여긴 10년 동안 아무도 온 적이 없는 곳이야!" 콜린이 소리쳤다. "문이 없었잖아!"

"지는 아무두 아니구먼유." 벤이 무미건조하게 말했다. "그리구 문으로 들어온 게 아녀유. 담장을 타구 들어왔지. 지난 두 해 동안은 류머티즘에 걸려서 못 왔구유."

"가지치기를 할배가 하신 거구먼유!" 디콘이 외쳤다. "워떻게 된 일인가 통 알 수가 없드니만."

"마님께서 여기를 좋아허셨거든. 참말 좋아허셨어!" 벤 웨더스타프가 느리게 말했다. "참 아름다운 분이셨지. 한번은 나를 '벤' 허

266

고 부르시더니 웃으시믄서, '내가 혹시 아프거나 멀리 가게 된다면 자네가 내 장미를 돌봐줘야 해' 허셨어. 그랬는디 마님이 돌아가시구 나니, 절대루, 아무두 여기 들어와서는 안 된다는 명령이 떨어졌지. 그랴두 나는 왔어." 괴팍하고 고집스러운 말투였다. "담장을 넘어 들어와 가지구 1년에 한 번썩은 쪼끔이라두 일을 혔지. 나헌티 먼저 명을 내리신 건 마님이니께."

"할배가 안 그러셨으믄 여기가 지금처럼 팔팔허지는 않았을 거예유." 디콘이 말했다. "우짠지 이상하다 했슈."

"그래 줬다니 고맙군, 웨더스타프." 콜린이 말했다. "비밀은 지킬 수 있겠지."

"야, 물론이쥬, 되련님." 벤이 대답했다. "류머티즘에 걸린 지 같은 노인네는 문으루 들어오는 편이 더 쉬울 텐디, 잘됐구먼유."

콜린이 앉은 나무 옆 잔디 위에는 메리가 떨어뜨린 모종삽이 있었다. 콜린은 손을 뻗어 그것을 집어 들었다. 그의 얼굴에 이상한 표정이 떠오르더니 갑자기 삽으로 땅을 긁기 시작했다. 그의 마른 손은 무척 약했지만, 모두가 자신을 지켜보고 있었으므로 콜린은 있는 힘을 다해 모종삽 끄트머리를 땅속으로 밀어 넣은 뒤 흙을 조금 파냈다. 메리는 그 모든 과정을 숨도 못 쉬고 지켜보았다.

"넌 할 수 있어! 할 수 있어!" 메리가 중얼거렸다. "정말이야, 할 수 있어!"

디콘의 둥근 눈에는 강렬한 호기심이 가득했지만, 단 한 마디도 하지 않았다. 벤 웨더스타프 역시 흥미롭다는 얼굴로 콜린을 지켜보았다.

콜린은 끈질겼다. 모종삽 가득히 흙을 몇 번이나 퍼내고 나서야 그는 디콘에게 자신이 구사할 수 있는 가장 심한 사투리로 의기양양하게 말했다.

"니가 나를 딴 사람덜모냥 걷게 해준다구 혔지. 땅을 파게 해준다구두 혔구. 그때는 니가 나를 기분 좋게 해줄라구 그짓부렁을 허는 줄 알았어. 근디 첫날버텀 내가 걸었잖여. 그라구 인자는 땅까지 팠구먼."

그 소리를 들은 벤 웨더스타프는 다시 한번 입을 쩍 벌렸다가 이내 슬쩍 미소 지었다.

"아이구!" 그가 말했다. "사투리깨나 허실 줄 아네잉. 요크셔 사람이 맞긴 맞는구먼유. 땅까지 다 파셨으니. 워디 뭐라두 한번 심어 볼래유? 내 가서 장미 화분 하나 갖다 드릴게유."

"가져와!" 콜린은 신이 난 듯 땅을 파며 말했다. "빨리! 빨리!"

콜린의 말을 듣자마자 그가 어찌나 재빠르게 자리를 뜨던지, 류머티즘이 있다는 것도 다 잊어버린 듯했다. 디콘은 자기 삽을 가져와서 서툰 농사꾼 콜린이 하얗고 마른 손으로 최대한 파놓은 구멍을 더 깊고 넓게 만들었다. 메리는 재빨리 뛰어가서 물뿌리개를 가지고 왔다. 디콘이 구멍을 깊게 파놓자 콜린은 부드러운 흙을 뒤집고 또 뒤집었다. 그는 하늘을 올려다보았다. 그의 얼굴은 여전히 야위었지만, 생전 처음 해본 새로운 일로 붉게 상기되어 있었다.

"해가 완전히… 완전히 떨어지기 전에 이 일을 끝내고 싶어."

메리는 어쩌면 해가 몇 분 정도는 기다려줄지도 모른다고 생각했다. 드디어 벤 웨더스타프가 온실에서 장미 화분을 가지고 왔다.

그는 절뚝이면서도 최대한 빠르게 잔디를 가로질렀다. 그 역시 마음이 들뜨기 시작한 것이었다. 벤은 구멍 옆에 무릎을 꿇고 앉아 화분에서 모종을 꺼냈다.

"여깄어유, 되련님." 웨더스타프가 모종을 콜린에게 건네주었다. "직접 땅에 심어봐유. 왕들도 새로운 땅에 가면 화분을 심잖아유."

장미를 구멍에 집어넣는 콜린의 마른 손이 살짝 떨렸다. 벤 웨더스타프가 땅을 다지는 동안 콜린은 계속 모종을 붙잡고 있었다. 그의 얼굴에는 홍조가 점점 짙어졌다. 파놓은 구멍이 다시 채워지고, 모종은 단단히 자리 잡았다. 메리는 땅에 무릎과 손을 짚은 채 몸을 앞으로 기울이고 있었고, 수트는 날아서 내려와 당당히 걸어와서는 무슨 일이 벌어지고 있는지를 구경했으며, 너트와 셸은 벚나무에 앉아 조잘거렸다.

"다 심었다!" 마침내 콜린이 말했다. "해가 거의 끝에 걸려 있네. 나 좀 일으켜줘, 디콘. 해가 떨어질 때 서 있고 싶어. 그것도 마법의 일부야."

디콘은 그를 도와주었고, 마법(이든 아니면 그 무엇이든) 덕분에 힘을 얻은 콜린은 태양이 지평선으로 넘어가며 그 기묘하고 사랑스러웠던 오후를 마무리하는 순간에 정말 자신의 두 발로 서 있었다. 얼굴에는 웃음을 가득 띤 채로.

23장
마법

크레이븐 선생은 아이들이 돌아올 때까지 집에서 콜린을 기다렸다. 정원 산책로로 누군가를 보내야 하는 건 아닐까 막 고민을 시작한 참이었다. 콜린이 방으로 돌아오자 가여운 크레이븐 선생은 심각한 얼굴로 콜린을 훑어보았다.

"그렇게 오랫동안 나가 있으면 안 된다." 그가 말했다. "무리해서는 안 돼."

"난 조금도 피곤하지 않아요." 콜린이 말했다. "오히려 건강해졌어요. 내일은 오후에는 물론이고 오전에도 나갈 거예요."

"그건 좀 곤란할 것 같은데." 크레이븐 선생이 대답했다. "별로 좋은 생각 같지 않구나."

"날 막으려고 하는 게 좋은 생각이 아닐걸요." 콜린은 자못 진지하게 말했다. "나는 갈 거예요."

심지어 메리도 알고 있는 콜린의 가장 별난 특징이 하나 있었으니, 그것은 자신이 사람들에게 이런저런 명령을 내릴 때마다 얼마나 무례한 작은 괴물이 되는지를 스스로는 눈곱만큼도 알지 못한다는 점이었다. 그는 평생을 일종의 무인도에서 살아왔고, 자신이 그 섬의 왕이었으므로 사람을 대하는 자기만의 태도를 구축하고는 평생 그 누구와도 비교해보지 못했던 것이다. 메리 역시 전에는 콜린과 상당히 비슷했다. 하지만 미셀스웨이트에 온 뒤로 자신의 태도가 흔하지도, 일반적이지도 않다는 사실을 깨달았으므로 메리는 자연스럽게 콜린에게도 그것을 알려주고 싶다는 생각을 하게 되었다. 그래서 크레이븐 선생이 돌아간 뒤 몇 분 동안이나 자리에 앉아 신기하다는 듯 콜린을 쳐다보았다. 왜 그렇게 쳐다보느냐는 질문을 기다리던 메리에게 콜린이 바로 그 질문을 던졌다.

"왜 그렇게 쳐다보고 있어?" 콜린이 물었다.

"크레이븐 선생님이 불쌍하다는 생각을 하고 있어."

"나도 그래." 콜린은 차분하게 말했지만 조금도 만족스러운 눈치는 아니었다. "이제 내가 죽지 않을 테니까, 저 사람은 미셀스웨이트를 조금도 얻지 못할 거야."

"당연히 그것 때문에도 불쌍하지." 메리가 말했다. "하지만 방금 내가 생각한 건 그게 아니었어. 매일같이 무례하게 구는 남자아이에게 10년 동안이나 친절하게 대해야만 했다는 게 정말이지 끔찍했을 것 같다는 생각을 했지."

"내가 무례하다고?" 콜린은 평온하게 물었다.

"만약 네가 그분의 아들이고, 그분이 아이들을 때리는 부모였다면…." 메리가 말했다. "아마 넌 두들겨 맞았을 거야."

"하지만 감히 그러지 못하지." 콜린이 말했다.

"그래, 감히 못 그러지." 메리는 이렇게 대답하며 최대한 편견 없이 그 문제에 관해 깊이 생각해보았다. "그동안 누구도 감히 네가 원하지 않는 일은 할 생각을 못 했어. 왜냐하면 넌 곧 죽을 거고, 그밖에 비슷한 이유들이 아주 많았으니까. 넌 무척 가여운 아이였어."

"하지만….." 콜린이 완고한 말투로 선언했다. "난 이제 가여운 아이가 아니야. 사람들이 날 그렇게 생각하게 놔두지 않을 거야. 오늘 오후에는 내 발로 일어서기도 했잖아."

"그렇게 늘 제멋대로 행동하니까 점점 괴팍해지는 거야." 메리가 무심코 내뱉었다.

콜린은 얼굴을 찌푸리며 고개를 돌렸다.

"내가 괴팍해?" 그가 물었다.

"응, 굉장히." 메리가 대답했다. "하지만 화낼 필요는 없어." 메리는 아주 공평했다. "나도 괴팍하니까. 그리고 벤 웨더스타프도 괴팍하지. 하지만 난 예전만큼 괴팍하지는 않아. 사람들을 좋아하기 시작하고, 그 정원을 찾아낸 뒤로 좀 나아졌거든."

"괴팍한 사람이 되고 싶진 않아." 콜린이 말했다. "그러지 않을래." 그러더니 결심이라도 한 듯 다시 이마를 찌푸렸다.

콜린은 자존심이 대단히 강한 아이였다. 누워서 잠시 동안 생각하는가 싶더니 곧 소년의 얼굴이 아름다운 미소로 조금씩 변하기 시작했다.

"더는 괴팍하게 굴지 않을 수 있어." 그는 말했다. "매일 정원에 간다면 말이야. 그 안에는 마법이 있잖아. 그것도 좋은 마법 말이야. 너도 알지, 메리? 나는 알아."

"나도 알아." 메리가 말했다.

"그게 진짜 마법은 아니라고 해도…." 콜린이 말했다. "그냥 그런 척하면 돼. 정원에는 분명히 '무언가'가 있어. '무언가'가!"

"그건 마법이야." 메리가 말했다. "하지만 검은 마법은 아니야. 흰 눈처럼 새하얀 마법이지."

아이들은 언제나 그것을 마법이라고 불렀고, 그 뒤로 이어진 몇 개월은 정말이지 마법과도 같았다. 그 멋지고 아름답고 찬란했던 날들! 그 정원에서 벌어진 일들을 어찌 몇 마디 말로 표현할 수 있을까! 한 번도 정원을 가져보지 못한 사람이라면 결코 이해할 수 없을 것이고, 정원을 가져본 사람이라면 책 한 권을 통째로 할애해도 그 모든 일을 설명하기에는 부족하다는 사실을 이해하리라. 처음에는 파릇파릇한 것들이 땅속에서, 잔디에서, 화단에서, 심지어 담에 난 틈에서까지 끝도 없이 솟아오르는 듯했다. 그러더니 곧 파릇파릇한 것들은 새싹이 되기 시작했고, 새싹은 웅크렸던 몸을 펼치며 온갖 종류의 파랑, 온갖 종류의 보라, 온갖 색조와 농담의 진홍빛으로 피어나기 시작했다. 그 행복한 날들이 이어지는 내내 꽃들은 모든 구덩이와 모퉁이의 구석구석을 가득 메웠다. 벤 웨더스타프는 담장에 매달려 있는 사랑스러운 것들이 잘 자랄 수 있도록 벽돌 사이 회반죽을 긁어낸 뒤 흙을 채워주기도 했다. 도르래 사이 잔디에서는 붓꽃과 백합이 자라났고, 초록빛 벽감 안에서는 참제비고깔꽃과 매발톱꽃, 초롱꽃 같은 키 큰 식물들이 한데 모여 파랗고 하얀 긴 창을 뽐내며 아름다운 꽃 군단을 이루었다.

"마님은 저눔들을 질루 좋아허셨어유." 벤 웨더스타프가 말했다. "항시 파란 하늘을 가리키구 있어서 좋다구 말씀하시곤 했쥬. 그렇다구 해서 땅을 얕보셨던 것두 아니었어유. 땅도 사랑하셨쥬. 허지만 파란 하늘은 언제 봐도 참 즐거워 보인다는 말씀을 자주 허셨어유."

디콘과 메리가 심은 씨앗은 요정들이 돌보기라도 한 듯 쑥쑥 자랐다. 온갖 빛깔의 곱고 보드라운 양귀비꽃 수십 송이가 산들바람에 춤을 추었다. 정원에서 수년 동안이나 살아온 화사하고도 반항적인 그 꽃들은 저 낯선 인간들이 도대체 어떻게 여기에 들어왔는지 궁금해하는 것만 같았다. 그리고 장미… 그 장미들! 잔디에서부터 기어 올라온 줄기는 해시계 위에서 얽히고설켜 제멋대로 자라나거나, 나무 몸통을 화환처럼 두르고 가지까지 뻗어 나가 열매처럼 주렁주렁 매달리기도 했고, 담장을 기어올라 넓게 퍼져 나가며 곳곳에서 작은 폭포처럼 쏟아져 내려 담을 아름답게 장식했다. 장미는 매일 매시간마다 더욱더 살아났다. 생기 넘치는 이파리와 꽃봉오리들… 수없이 많은 그 꽃봉오리들은 처음에는 아주 작았지만 마법의 힘으로 점점 부풀어 오르다가 결국 망울을 터뜨리며 꽃잎을 열어 꽃향기를 가득 품은 술잔이 되었다. 잔을 가득 채우고도 섬세하게 넘쳐흐른 꽃향기가 정원의 공기를 가득 채웠다.

콜린은 그 모든 것을 바라보았다. 모든 곳에서 일어나는 모든 변화를 목격했다. 매일 아침 그는 밖으로 나왔고 비가 오지만 않으면 모든 시간을 정원에서 보냈다. 심지어 흐린 날에도 그는 기뻐했다. 잔디 위에 드러누워 "모든 것들이 자라는 모습을 바라보는 중"이라고 말하곤 했다. 충분히 오랫동안 지켜보면 싹이 껍질을 뚫고 나오는 모습을 볼 수 있다고 그는 단언했다. 그리고 가끔씩은 우리는 잘 모르지만 굉장히 중대한 일을 하고 있는 게 틀림없는 바쁜 곤충들을 우연히 마주칠 수도 있는데, 녀석들은 때로는 아주 작은 지푸라기 조각이나 깃털 또는 먹을 것을 들고 가기도 하고, 때로는 잔디 이파리 위를, 그게 마치 커다란 나무라도 되어 꼭대기에 오르면 세상을 내려다볼 수 있으리라는 듯 열심히 기어오른다고 했다. 콜린은 또 요정의 손과 무척이나 비슷한 긴 손톱이 달린 앞발로 굴 끝에 열심히 흙더미를 쌓다가 마침내 밖으로 나오는 두더지를 보며 오전 나절을 보내기도 했다. 개미와 딱정벌레, 꿀벌과 개구리, 새와 식물이 행동하는 모습 하나하나가 그에게는 탐험해야 할 새로운 세상이었다. 디콘이 그 모두를 보여주고 나서 여우와 수달, 담비, 다람쥐, 송어, 물쥐, 오소리까지 보여주자 이야기를 나누고 생각할 거리는 끝도 없이 이어졌다.

그리고 이건 사실 전체 마법의 절반도 되지 않았다. 정말 자기 발로 일어서고 난 뒤로 콜린은 엄청나게 많은 생각을 했고, 어느 날 메리가 마법 주문을 만들었다고 말하자 신나서 아주 좋아했다. 그리고 계속해서 주문에 관한 이야기를 했다.

"세상에는 분명 수많은 마법이 존재해." 어느 날 콜린은 현자처럼 말했다. "하지만 사람들은 마법이 정확히 어떤 건지 모르고 마법을 부리는 방법도 몰라. 아마 시작은 그냥 좋은 일이 일어날 거라고 계속 말해보는 걸 거야. 실제로 그 일이 일어날 때까지 말이야. 일단 시험 삼아서 해볼 생각이야."

다음 날 아침 콜린은 정원에 도착하자마자 벤 웨더스타프를 불렀다. 정원으로 허겁지겁 달려온 벤은 나무 아래에 서서 아주 당당하면서도 아름다운 미소를 띠고 서 있는 라자의 모습을 발견했다.

"좋은 아침이야, 벤 웨더스타프." 그가 말했다. "당신과 디콘과 메리가 한 줄로 서서 내 말을 들어줬으면 좋겠어. 아주 중요한 얘기를 하려고 하거든."

"야, 알겠습니다!"* 벤 웨더스타프가 거수경례를 하며 대답했다. (오랫동안 아무도 몰랐지만, 흥미롭게도 벤 웨더스타프는 어린 시절 바다를 보려고 집을 나가 항해한 적이 있었다. 그래서 선원처럼 대답할 수 있었던 것이다.)

"지금부터 과학 실험을 할 거야." 라자가 설명했다. "나는 어른이 되면 위대한 과학적 발견을 할 건데, 지금 이 실험이 그 시작이야."

"야, 알겠습니다!" 위대한 과학적 발견이라는 말은 생전 처음 들어봤지만 벤 웨더스타프는 즉시 대답했다.

메리 역시 처음 들어보긴 마찬가지였지만 메리는 이미 그의 말에 빠져들고 있었다. 콜린은 괴팍하기는 했지만 책을 아주 많이 읽어서 신기한 이야기들을 많이 아는 데다 왠지 모르게 사람을 설득하는 힘을 가지고 있었다. 이제 겨우 열 살에서 열한 살로 넘어가는 어린아이에 불과했지만, 누구든 그가 얼굴을 들어 그 기묘한 눈으로 자신을 뚫어지게 쳐다본다면 아마 자기도 모르게 그의 말을 믿게 되었을 것이다. 그리고 이 순간 콜린의 말이 그 어느 때보다도 더 설

---

* Aye, aye, sir. 선원 또는 항공기 승무원이 상관의 명령에 대답할 때 쓰는 관용어.

득력 있게 들렸던 건, 문득 콜린의 머리에 어른들이 하는 일종의 연설처럼 말하고 싶다는 생각이 스쳤기 때문이었다.

"내가 하려는 위대한 과학적 발견은…." 그가 말을 이었다. "마법에 관한 것이다. 마법이란 위대한 것이고, 오래된 책에 나오는 몇몇 사람들을 말고는 아는 사람이 거의 없다. 메리는 고행하는 수도자들이 사는 인도에서 태어난 덕분에 마법에 관해 조금이나마 알고 있다. 디콘 역시 마법에 관해 어느 정도 알고 있다고 생각하지만 디콘 자신은 그 사실을 깨닫지 못하고 있을 것이다. 디콘에게는 동물들과 사람들을 끌어들이는 힘이 있다. 만약 디콘이 동물과 교감하는 아이가 아니었다면 나 역시 얼굴을 절대로 보여주지 않았겠지. 남자아이도 결국은 동물이기 때문에 디콘은 남자아이와도 교감할 수 있었던 것이다. 나는 모든 것 안에 마법이 깃들어 있다고 확신한다. 단지 그것을 발견해서, 마치 전기나 말이나 증기처럼 우리를 위해 일하도록 만들 정도의 감각이 우리에게 없을 뿐이라고 생각해."

매우 인상적인 콜린의 말에 벤 웨더스타프는 신이 나서 도저히 가만히 있을 수가 없었다.

"옳으신 말씀입니다!" 이렇게 말하고서 그는 몸을 바짝 곧추세웠다.

"메리가 처음 발견했을 때 이 정원은 완전히 죽은 것처럼 보였다." 연설이 이어졌다. "그러다 뭔가가 온갖 것들을 흙 밖으로 밀어내고, 아무것도 없던 곳에 새로움을 만들어내기 시작했어. 어제는 없던 것들이 다음 날이면 생겨났지. 나는 그때까지 한 번도 그런 것들을 본 적이 없었으므로 무척이나 궁금해졌다. 과학을 하는 사람들은 언제나 궁금증을 가지는데, 나는 과학자가 될 생각이거든. 나는 '그게 무엇일까? 도대체 뭐지?'라고 자신에게 끝없이 묻고 있다. 무언가가 존재한다는 것만은 분명한 사실이다. 아무것도 없을 수는 없어! 하지만 나는 그 이름을 모르므로 일단은 그것을 마법이라고 부르기로 했다. 나는 단 한 번도 해가 떠오르는 걸 본 적이 없지만 메리와 디콘이 보고 말해준 바에 따르면 그것 역시 마법이 틀림없다고 생각한다. 무언가가 해를 밀어 올리고 끌어당기는 것이지. 가끔은 정원에 있다가 나무 사이로 하늘을 올려다보곤 하는데 그럴 때면 마치 무언가가 내 가슴을 밀고 당겨서 호흡을 가쁘게 만드는 것 같은 묘하고 행복한 기분이 들기도 한다. 마법은 언제나 뭔가를 밀고, 끌어당기고, 아무것도 없는 상태에서 많은 것들을 만들어내지. 나뭇잎과 나무, 꽃과 새, 오소리와 여우, 다람쥐와 사람들까지, 모든 것이 마법으로 만들어졌다. 그러므로 마법은 우리 주변을 온통 둘러싸고 있음에 틀림없다. 이 정원 안에 그리고 그 밖에 모든 곳에 존재하지. 이 정원에서 마법은 나를 일어서게 만들었고 내가 어른이 될 때까지 살 수 있음을 알게 해주었다. 이제 나는 마법을 나 자신에게 주입하는 과학적인 실험을 하려고 한다. 마법이 나를 밀고 당기다 보면 나는 건강해질 거야. 어떻게 하는지는 모르지만 끊임없이 생각하고 부르다 보면 나타날 거라고 생각한다. 아마 그게 마법을 얻을 수 있는 가장 기초적인 방법이겠지. 내가 처음으로 일어서려고 노력하던 순간에 메리는 아주 빠르게 '넌 할 수 있어! 할 수 있어!'라고 혼잣말했고, 나 역시 그랬다. 물론 동시에 나 자신도 힘써 노력해야 했지만, 어쨌든 메리의 마법은 나를 도왔고, 디콘의 마법 역시 마찬가지였다.

그러므로 매일 아침저녁으로, 그리고 낮에도 기억나는 대로 최대한 자주 주문을 외울 작정이다. '마법은 내 안에 있다! 마법은 나를 건강하게 만든다! 나는 디콘처럼, 디콘만큼 건강해질 것이다!'라고 말이야. 그리고 여러분도 그렇게 해주기를 바란다. 이것이 바로 나의 실험이다. 당신은 나를 돕겠는가, 벤 웨더스타프?"

"야, 알겠습니다!" 벤 웨더스타프가 말했다. "여부가 있었습니까!"

"당신이 매일 규칙적으로, 마치 군인들이 훈련하듯이 이 말을 반복했을 때 과연 어떤 일이 벌어지는지를 살펴보면 실험이 성공했는지 알 수 있겠지. 우리는 무언가를 배울 때 그것을 몇 번이고 반복해서 말하고, 머릿속에 영원히 머무를 때까지 그것에 대해 깊이 생각한다. 마법도 똑같아. 와서 도와달라고 계속해서 부르면 그 마법은 결국 당신의 일부가 될 거고, 당신과 함께 머무르면서 여러 가지 일을 해낼 것이다."

"인도에 있을 때 어떤 장교가 어머니께 하는 말을 들은 적이 있는데, 정말로 인도에는 어떤 말을 수천 번씩 반복해서 말하는 수도자가 있대." 메리가 말했다.

"젬 페틀워스의 마누라두 똑같은 말을 수천 번씩은 하던디유. 만날 젬을 술에 쩔은 짐승이라구 타박했쥬." 벤 웨더스타프가 건조하게 말했다. "그렇게 똑같은 말을 반복하다 보믄 뭔 일이 일어나는 것만은 사실이구먼유. 그 소리를 듣구서 젬이 마누라를 흠씬 두들겨 팬 다음 술집에 가서는 곤드레만드레 취했부렀으니께유."

콜린은 미간을 찌푸리고 잠시 생각에 잠겼다. 얼마 후 그의 얼굴이 다시 쾌활해졌다.

"그래." 그가 말했다. "무슨 일이든 일어난다는 건 사실이야. 그 부인은 잘못된 마법을 썼기에 남편에게 얻어맞고 말았지. 만약 올바른 마법을 써서 좋은 말을 반복했다면 아마 젬이 곤드레만드레 취하는 일은 없었을 테고, 어쩌면… 어쩌면 새 모자를 사다 줬을지도 모를 일이야."

벤 웨더스타프가 싱긋이 웃어 보였다. 작고 늙은 눈에는 감탄의 빛이 역력했다.

"콜린 되련님은 다리만 곧은 게 아니구 참말로 영리하시네유." 그가 말했다. "지가 다음번에 베스 페틀워스를 만나믄 마법이 월매나 좋은 것인지 슬쩍 알려줘야겠어유. 그 과학 실험인지 뭐시긴지가 효과를 보기만 헌다믄 그 아주매가 참말로 좋아하겠네유. 젬두 그렇구유."

디콘의 둥근 눈은 호기심 넘치는 기쁨으로 반짝거리며 자리에 서서 콜린의 강의를 들었다. 어깨에는 너트와 셸을 앉혀놓고, 귀가 긴 하얀 토끼 한 마리를 품에 안아 부드럽게 쓰다듬고 또 쓰다듬었다. 토끼는 등 쪽으로 귀를 젖힌 채 그 손길을 즐기고 있었다.

"네 생각엔 실험이 성공할 것 같아?" 콜린이 디콘에게 물었다. 디콘이 특유의 행복하고 커다란 미소를 띠고 자신을, 또는 그의 동물 친구들을 바라볼 때면 콜린은 그가 무슨 생각을 하고 있는지 궁금해지곤 했다.

디콘은 이번에도 미소 지었고, 그 미소는 평소보다도 더욱 환했다.

"야." 그가 대답했다. "그럴 거예유. 태양이 내리쬐믄 씨앗이 싹을 틔우드끼 되련님 실험두 반드시 성공할 거예유. 틀림 없슈. 당장 시작해볼까유?"

콜린은 무척 기뻤고 메리 역시 그랬다. 그림에서 보았던 인도의 수도자와 열성 신도들의 모습을 떠올리며 콜린은 모두가 그늘막이 있는 나무 아래에 책상다리를 하고 앉아야 한다고 말했다.

"우리가 사원 같은 데 앉아 있다고 생각하면 돼." 콜린이 말했다. "좀 피곤해서 앉고 싶기도 하고."

"오메!" 디콘이 말했다. "피곤하다는 말루 시작해서는 안 돼유. 마법을 망칠 수두 있다구유."

콜린은 고개를 돌려 그를, 그 순수하고 둥근 눈을 쳐다보았다.

"맞는 말이야." 그가 천천히 말했다. "오로지 마법에 대해서만 생각해야 해."

아이들이 둥글게 모여 앉자 모든 것이 장엄하고 신비로워 보였다. 벤 웨더스타프는 일종의 기도회에 끌려온 듯한 기분이 들었다. 평소에 그는 기도회라면 끔찍하게 싫어하는 사람이었지만 이번만큼은 그렇게 싫지가 않았고, 심지어 자신의 주인에게서 도움을 요청받았다는 사실에 감사하다는 생각까지 들었다. 메리는 진지하게 몰입해 있었다. 디콘은 토끼를 팔에 안고 있었는데, 어쩌면 그가 아무도 못 듣는 사이에 동물들에게 마법의 신호를 보냈는지도 모르겠다. 디콘이 다른 이들과 마찬가지로 책상다리를 하고 자리에 앉자 까마귀와 여우와 다람쥐와 새끼 양이 느릿느릿 근처로 다가와서는 마치 기다렸다는 듯 자리를 하나씩 차지하고 앉아 둥근 대열을 완성했기 때문이다.

"동물 친구들도 모두 왔구나." 콜린이 근엄하게 말했다. "그들도 우리를 돕고 싶은 모양이다."

메리는 콜린이 정말로 아름다워 보인다고 생각했다. 그는 마치 사제라도 되는 양 고개를 높이 들었고, 기묘한 두 눈은 더욱 아름답게 빛났다. 나무 그늘막 사이로 새어 들어온 빛이 그를 비추었다.

"이제 시작하겠다." 그가 말했다. "인도의 수도승처럼 앞뒤로 흔드는 것은 어떨까, 메리?"

"지는 앞뒤루 흔드는 것은 못 혀유." 벤 웨더스타프가 말했다. "류머티즘이 있어 나서."

"마법이 류머티즘을 모두 없애줄 것이다." 콜린은 대사제와 같은 투로 말했다. "하지만 없어질 때까지는 흔들지 않도록 하지. 찬송만 하겠다."

"지는 찬송두 못 허는디유." 벤 웨더스타프가 약간 짜증스럽게 말했다. "성가대서 딱 한 번 불렀다가 바루 쫓겨났슈."

아무도 웃지 않았다. 모두들 무척이나 진지했다. 콜린의 얼굴에는 일말의 짜증조차 떠오르지 않았다. 그는 오로지 마법에 대해서만 생각하고 있었다.

"그럼 나 혼자 찬송하겠다." 그는 이렇게 말하고 찬송을 시작했다. 그는 마치 기이한 요정 같았다. "태양이 빛난다, 태양이 빛난다. 그것이 마법이다. 꽃이 자란다, 뿌리가 퍼진다. 그것이 마법이다. 살아 있는 것은 마법이다, 튼튼한 것은 마법이다. 마법은 내 안에 있다, 마법은 내 안에 있다. 그것은 내 안에 있다, 그것은 내 안에 있다. 그것은 우리 모두의 안에 있다. 그것은 벤 웨더스타프의 등에도 있다. 마법이여! 마법이여! 와서 우리를 도우라!"

그는 이 주문을 아주 여러 번 반복했다. 천 번까지는 아니더라도 상당히 여러 번이었다. 주문을 듣는 내내 메리의 마음에는 기쁨이 가득했다. 기묘하면서도 아름다운 소리를 들으며 메리는 콜린이 계속, 계속 노래하기를 바랐다. 벤 웨더스타프는 마음이 진정되면서 기분 좋은 꿈속으로 빠져들었다. 꽃 속을 윙윙거리는 꿀벌 소리와 찬송하는 소리가 한데 어우러져 낮잠 속으로 꾸벅꾸벅 녹아든 것이었다. 디콘은 졸고 있는 토끼를 안은 채 책상다리를 하고 앉아 있었고 손은 새끼 양의 등에 가만히 올려 두고 있었다. 수트는 다람쥐를 밀어내고 디콘의 어깨에 바짝 붙어 앉아 있었으며 눈에는 회색 막이 덮여 있었다. 마침내 콜린이 찬송을 멈추었다.

"이제 나는 걸어서 정원을 빙글빙글 돌겠다." 그가 선언했다.

벤 웨더스타프의 머리가 앞으로 툭 떨어졌다가 화들짝 올라갔다.

"자고 있었군." 콜린이 말했다.

"절대 아녀유." 벤이 웅얼거렸다. "아주 대단한 설교였슈. 근디 지는 헌금하기 전에 가봐야 혀유."

그는 아직도 비몽사몽이었다.

"여기는 교회가 아냐." 콜린이 말했다.

"아니쥬." 벤이 몸을 곧추세우며 말했다. "누가 교회래유? 전부 듣구 있었는디. 마법이 지 등에두 있다구 그러셨잖아유. 의사는 그것을 류머티즘이라구 부르더라구유."

라자가 손을 흔들었다.

"그건 잘못된 마법이야." 그가 말했다. "당신은 곧 나을 거야. 이제 일하러 물러가도 좋다. 하지만 내일 돌아오도록 하라."

"되련님이 걸어서 정원을 도는 모습을 지두 보고 싶구먼유." 벤이 툴툴거렸다.

적의를 갖고 툴툴거린 건 아니었지만 어쨌든 그는 툴툴거렸다. 사실 그는 고집스러운 늙은이인 데다 마법을 완전히 믿지는 못했으므로 만약 쫓겨나기라도 하면 사다리를 타고 올라와 담 너머를 지켜볼 생각이었다. 아이들이 혹시나 바보 같은 짓이라도 하면 즉시 막기 위해서였다.

라자는 그가 머무를 수 있게 허락해주었고 곧이어 행렬이 만들어졌다. 그건 정말 행렬 같았다. 콜린이 선두에 서고 그 옆에는 디콘이, 반대편에 메리가 자리를 잡았다. 벤 웨더스타프가 그 뒤에서 걸었고, 동물들도 뒤따랐다. 새끼 양과 새끼 여우는 디콘 곁에 바짝 붙어서 갔고, 흰 토끼는 깡충깡충 뛰다가 잠깐씩 멈추어 입을 오물거렸으며 수트는 이 의식을 주관한다고 생각되는 사람을 엄숙하게 수행했다.

느리지만 품위 있는 행렬이었다. 행렬은 몇 미터마다 멈추어 휴식을 취했다. 콜린은 디콘의 팔에 기대었고 벤 웨더스타프는 비밀스러우면서도 날카롭게 감시를 계속했다. 하지만 이따금 콜린은 디콘의 손을 떼어내고 몇 발자국씩을 혼자 걷곤 했다. 그러는 내내 그는 머리를 꼿꼿이 들고 있었고 매우 당당해 보였다.

"마법은 내 안에 있다!" 그는 계속해서 이렇게 말했다. "마법은 나를 튼튼하게 만들고 있다! 분명히 느껴진다! 분명히 느껴진다!"

뭔가가 그의 정신을 북돋우며 끝없이 희망을 주고 있었다. 그는 벽감에 있는 의자에 앉거나 한두 번 정도는 잔디 위에 앉기도 했으며, 여러 번 멈추어 디콘에게 기대었지만, 정원 전체를 한 바퀴 다 돌 때까지 끝내 포기하지 않았다. 그늘막이 있는 나무로 돌아온 그는 얼굴에 홍조를 띤 채 득의만만한 모습이었다.

"내가 해냈어! 마법이 효과가 있었어!" 그가 소리쳤다. "이게 바로 내 첫 번째 과학적 발견이야."

"크레이븐 선생님이 뭐라고 하실까?" 메리가 불쑥 끼어들었다.

"아무 말도 안 하실 거야." 콜린이 대답했다. "아무 말도 못 들을 테니까. 이건 우리 모두가 지켜야 할 가장 큰 비밀이야. 내가 아주 건강해져서 다른 남자아이들처럼 걷고 뛰어다닐 수 있게 될 때까지는 아무도 몰라야만 해. 매일 휠체어를 타고 여기에 왔다가 휠체어를 타고 돌아갈 거야. 실험이 완전히 성공할 때까지는 사람들이 쑥덕거리며 이런저런 말들을 늘어놓게 하지 않을래. 아버지께도 알리지 않을 거야. 그리고 언젠가 아버지가 미셀스웨이트로 돌아오시면 무작정 서재로 걸어 들어가서 말하는 거야. '저 왔어요. 저는 다른 남자아이들과 똑같아요. 저는 아주 건강하고, 어른이 될 때까지 살 거예요. 모두 과학 실험 덕분이에요'라고 말이야."

"꿈이라고 생각하실 거야." 메리가 소리쳤다. "눈으로 보면서도 믿지 못하시겠지."

콜린은 의기양양한 표정으로 얼굴을 붉혔다. 그는 자신이 나을 거라고 굳게 믿게 되었고, 스스로는 알지 못했지만 이미 절반은 이룬 셈이었다. 콜린을 다른 무엇보다도 강하게 자극한 것은 역시 아버지에 관한 상상이었다. 자기 아들이 다른 모든 아이들만큼이나 꼿꼿하고 튼튼하다는 사실을 알게 된다면 아버지는 어떤 반응을 보일까. 병약하고 음울했던 지난날, 콜린을 가장 어둡고 비참하게 만든 고통은 아버지가 찾아오기를 두려워할 정도로 아프고 약한 스스로에 대한 증오였다.

"믿으실 수밖에 없도록 내가 만들 거야." 그가 말했다. "마법이 효과를 발휘하고 나서 과학적 발견을 시작하기 전에 내가 하려는 일 중 하나는 바로 운동선수가 되는 것이거든."

"한 주에 한두 번씩 권투장에 가믄 되겠네유." 벤 웨더스타프가 말했다. "프로 권투선수가 돼서 영국 최고의 챔피언이 되시는 거쥬."

콜린이 엄격한 눈으로 벤을 바라보았다.

"웨더스타프." 그가 말했다. "무례하군. 비밀을 알고 있다고 해서 제멋대로 굴어서는 안 돼. 마법의 효과가 아무리 좋아도 프로 권투선수가 되지는 않을 거야. 난 과학적 발견을 하는 탐험가가 될 거라고."

"지송해유, 지송해유, 되련님." 벤은 사과의 표시로 손을 이마에 대며 말했다. "농지거리해서는 안 되는 일이었는디." 하지만 그의 눈은 반짝거렸고 아무도 모르게 대단히 즐거워했다. 정말이지 그는 타박을 들어도 기분이 나쁘지 않았다. 타박이야말로 콜린의 몸과 마음이 힘을 얻고 있다는 증거이기 때문이었다.

24장
"웃게 놔둡시다"

디콘이 가꾸는 곳은 비밀의 정원뿐만이 아니었다. 오두막 근처 황무지에 낮고 투박한 돌담으로 둘러싸인 작은 땅이 있었다. 이른 아침과 황혼이 저물어가는 늦은 시간, 그리고 콜린과 메리를 만나지 않는 낮이면 디콘은 그곳에서 항상 어머니를 위해 감자와 양배추, 순무, 당근, 허브를 심고 가꾸었다. '동물 친구들'을 곁에 둔 채 디콘은 많은 놀라운 일들을 해내었으며, 싫증 내는 법이 절대 없는 것 같았다. 땅을 파고 잡초를 뽑으면서 그는 요크셔 황무지에 전해 내려오는 노래를 흥얼거리거나 휘파람을 불었고, 수트나 캡틴에게 말을 걸거나 동생들에게 밭일하는 법을 알려주기도 했다.

"디콘의 밭이 아니었다믄 우리 식구덜이 이만큼 편하게 먹구살지는 못했을 거여." 소어비 부인은 말했다. "갸는 뭣이든 잘 키운단 말여. 똑같은 감자, 양배추래두 디콘이 키운 것은 크기두 갑절루 크구 맛두 좋다니께."

소어비 부인은 시간이 날 때마다 디콘과 함께 산책하고 이야기

나누기를 좋아했다. 저녁 식사 후에도 일할 수 있을 만큼 황혼은 밝고 길게 이어졌는데, 바로 그때 부인은 고요한 시간을 즐겼다. 거칠고 낮은 담 위에 걸터앉아 디콘을 바라보거나 그날의 이야기를 듣는 이 시간을 부인은 사랑했다. 이 집 정원에 채소만 있는 건 아니었다. 디콘은 1페니짜리 꽃씨 꾸러미를 몇 개 사서, 달콤한 향을 풍기는 싱싱한 것들을 구스베리 나무와 심지어 양배추 사이사이에 심어두었고 목서초와 패랭이꽃 삼색제비꽃, 그리고 매년 씨를 받을 수 있거나 해마다 봄이면 뿌리에서 싹을 틔워 알맞을 때에 멋진 수풀을 이루는 것들을 심어서 산울타리를 만들었다. 그 낮은 담장은 요크셔에서도 가장 예쁜 것이었다. 디콘이 틈새마다 디기탈리스와 고사리, 장대나물, 각종 산울타리 꽃들을 심어두어서 돌이라고는 거의 보이지 않을 정도가 되었기 때문이다.

그는 이렇게 말하곤 했다. "엄니, 야들을 잘 자라게 하려면유, 무조건 친구가 되어야 해유. 야들두 동물들허구 똑같아유. 목말라 허면 물을 주구, 배고파허면 음식을 좀 줘야쥬. 살고 싶어 하는 마음은 사람덜하구 다를 바가 없어유. 만약 야이 죽어불면 내가 정말 좋은 친구가 되어주지 못허구 정을 많이 못 줘서 그렇다는 생각이 들어서 슬플 거예유."

바로 이 황혼의 시간에 소어비 부인은 미셀스웨이트 장원에서 일어난 모든 일에 관한 이야기를 들었다. 처음에는 '콜린 되련님'이 메리 아가씨와 함께 밖에 나가는 걸 좋아하게 되었고, 그것이 되련님의 건강에 좋은 영향을 주고 있다는 이야기를 들었을 뿐이었다. 하지만 머잖아 두 아이는 디콘의 어머니라면 비밀에 참여해도 좋겠

다고 의견을 모았다. 왠지 모르게 아이들은 소어비 부인이 '확실히 안전하다'는 사실을 믿어 의심치 않았다

그리해서 어느 아름답고 고요한 저녁, 디콘은 어머니에게 모든 이야기를 들려주었다. 땅속에 묻혀 있던 열쇠와 붉은가슴울새, 죽음과도 같던 잿빛 안개, 그리고 메리 아가씨가 절대로 밝히지 않으려고 했던 비밀에 관한 이야기까지 그 모든 가슴 뛰는 이야기를 속속들이 털어놓았다. 또한 디콘 자신이 메리 아가씨를 만나고, 콜린 도련님에게 소개받은 일, 그때 도련님이 보였던 의심, 그리고 마침내 숨겨진 땅으로 도련님을 처음으로 데리고 갔던 극적인 순간, 또한 담장 너머를 응시하던 벤 웨더스타프의 화난 얼굴과 갑자기 분개한 콜린 도련님이 힘을 내어 걷게 된 일까지 그 모든 이야기를 들으면서 소어비 부인의 상냥한 얼굴은 몇 번이나 창백해졌다.

"오메!" 부인이 말했다. "고 쬐그만 아가씨가 미셀스웨이트에 와서 참 다행이구먼. 그 아가씨두 살리구, 되련님두 살렸네잉. 되련님이 제 발로 일어서다니! 사람덜 전부가 되련님을 꼿꼿한 뼈라고는 하나도 없는 가여운 천치인 줄로만 알고 있었단 말여."

소어비 부인은 아주 많은 질문을 했고 푸른 눈은 이런저런 깊은 생각들로 그득했다.

"그 댁 사람덜은 워떻게 생각혀? 되련님이 갑자기 그렇게 건강해지구 밝아지구 짜증두 안 부리는디?" 부인이 물었다.

"그저 어리둥절해 허구 있대유." 디콘이 대답했다. "하루하루 얼굴이 달라 보이니께유. 인자 둥글둥글허니 그리 날카로워 뵈지두 않구 그 밀랍 같은 허연색두 조금씩 없어지구 있어유. 근디 짜증은

289

원래대루 내셔야만 해유." 그는 아주 즐거운 듯 활짝 웃었다.

"시상에, 뭣 땀시?" 소어비 부인이 물었다.

디콘은 씩 웃었다.

"시방 뭔 일이 벌어지구 있는지 사람덜이 짐작도 못 허게 하실려구유. 콜린 되련님이 지 발루 설 수 있다는 거를 의사 선상님이 아시게 되믄 당장에 크레이븐 나리헌티 편지를 쓰실 거 아녀유. 콜린 되련님은 나리헌티 나중에 말씀드릴랴구 비밀을 아껴두고 계셔유. 지금은 다리에 열심히 주문을 걸다가 크레이븐 나리가 돌아오시믄 떳떳하게 방으루 걸어 들어가서 자신두 다른 애덜 못지않게 꼿꼿하다는 걸 보여주구 싶은 거예유. 근디 혹시라두 그 전에 사람덜이 냄새를 맡을까 봐 조금씩은 화도 내구 짜증도 내는 게 좋겠다구 생각하시는 거쥬."

소어비 부인은 디콘이 마지막 문장을 마치기 한참 전부터 편안하고 낮은 소리로 웃고 있었다.

"아유!" 부인이 말했다. "아주 신났구먼. 둘이서 지금 연극 놀이를 허는 거여. 애덜이 연극만치 좋아허는 것두 드무니께. 갸들이 워떻게 허는지 더 얘기혀봐라, 아가야."

디콘은 잡초 뽑기를 멈추더니 쪼그리고 앉아 어머니를 바라보았다. 그의 눈은 즐거움으로 반짝거렸다.

"콜린 되련님은 밖에 나갈 때마다 휠체어를 타구 나가셔유." 그가 설명했다. "존이라는 하인이 휠체어를 들어 나르는디, 그때마다 조심허지 않았다구 불호령을 내리쥬. 최대한으루 기운 없어 보이려구 집이 안 보일 때까지는 고개두 들지 않으시구유. 휠체어에 앉을

때두 상당히 화를 내구 짜증을 내셔유. 되련님허구 메리 아가씨 둘
다 그걸 아주 즐기시는디 되련님이 끙끙거리구 불평할 때마다 아가
씨는 '가여운 콜린! 그렇게나 아프니? 몸이 너무 약하구나, 가여운
콜린!' 하시쥬. 근디 문제는 한 번썩 터져 나오는 웃음을 참기가 힘들
다는 거예유. 그래서 정원까지 안전하게 오고 나믄 둘이서 숨이 끝
까지 찰 때까지 한바탕 웃어제끼신다니까유. 그때는 근처에 정원사
들이라두 지나가다가 웃음소리를 들을까 봐 얼굴을 되련님 쿠션에
다가 파묻어야 해유."

"많이 웃을수록 더 건강해지는 거여!" 여전히 웃는 얼굴로 소어
비 부인이 말했다. "언제든지 건강하게 실컷 웃는 것이 애덜한테는
약보담 나은 벱이니께. 갸덜은 인자 틀림없이 살이 오를 것이다."

"둘 다 살이 오르구 있구먼유." 디콘이 말했다. "배는 고픈디 이
러쿵저러쿵 말이 안 나오게 먹을 것을 구할 수가 없어서 고민까지
하시는걸유. 되련님 말씀으론 음식을 계속 달라구 하믄 본인이 아프
다는 걸 하인들이 안 믿을 거라구 해유. 메리 아가씨가 자기 음식을
나눠준다구 했더니 되련님이 그것두 안 된다구 허셨어유. 아가씨가
배를 곯으믄 살이 빠질 텐디, 그러믄 안 된다구, 둘이서 같이 살이
쪄야 헌다구유."

소어비 부인은 이들의 고충을 듣고는 입고 있는 망토가 앞뒤로
마구 흔들릴 정도로 배꼽을 잡고 웃었다. 디콘도 함께 웃었다.

"아가, 그라믄 말여." 웃음이 잦아들자 부인이 말했다. "우리헌
티 도와줄 방법이 하나 있구먼. 네가 아침에 갸들을 만나러 갈 때
말여, 신선한 우유 한 양동이허구 빵을 가지구 가거라. 니덜 좋아허

는 바삭바삭한 코티지로프*나 건포도 넣은 번빵**을 구워주마. 신선한 우유랑 빵만큼 좋은 것이 없응께. 정원에 있는 동안에는 그걸루 허기를 달래구, 집에 가서 좋은 음식으루 입가심을 하믄 되잖여.

"오메, 엄니!" 디콘이 기뻐하며 말했다. "울 엄니가 최고여! 뭣이든 해결해준다니께. 어제 두 분이서 월매나 걱정을 혔는지 몰라유. 배는 고파 죽겄는디 음식을 더 달라구 할 방법이 없어서 말예유."

"인자 한창 클 때구 둘 다 건강해지구 있잖여. 그런 애덜은 어린 늑대들이랑 똑같어. 음식이 갸들헌테는 살이구 피인 거여." 소어비 부인은 말했다. 그러고는 디콘과 꼭 같은 둥근 웃음을 지었다. "아유! 워찌 됐든 갸들이 신난 것은 틀림이 없어 뵈는구먼."

푸근하고 훌륭한 어머니 마사 소어비의 생각은 정확했다. 정말이지 연극 놀이는 아이들에게는 대단히 큰 기쁨이었다. 콜린과 메리는 그 어떤 놀이보다도 연극을 하면서 가장 큰 긴장감과 재미를 느꼈다. 사실 이들이 의심으로부터 벗어나야겠다는 생각을 하게 된 건 어리둥절해 하던 보모와 크레이븐 선생의 반응 때문이었다.

어느 날인가 보모가 이렇게 말했다. "식욕이 정말 좋아지셨네요, 도련님. 전에는 아무것도 입맛에 안 맞는다고 통 드시질 않았잖아요."

---

* 영국의 전통 빵으로 크기가 약간 다른 둥근 빵 두 개를 포개 놓은 데서 이름이 유래했다. 햄버거와 같이 빵 사이에 음식을 넣기도 한다.
** 우유와 버터를 넣고 반죽한 빵에 말린 과일이나 견과류를 넣고 둥글게 구워낸 영국 전통 빵. 영국의 식민지였던 동남아시아에서는 '로티' 라는 이름으로 알려져 있다.

"이제는 다 입맛에 맞아." 이렇게 대답한 콜린은 이상하다는 듯 자신을 바라보는 보모를 보며 문득 아직은 너무 건강하게 보여서는 안 되겠다는 생각이 들었다. "최소한 그렇게 입맛에 거슬리지는 않는군. 신선한 공기 덕분인가."

"그런가 보네요." 보모는 여전히 어리둥절한 표정으로 말했다. "어쨌든 크레이븐 선생님께 말씀드려야겠어요."

"널 바라보던 눈빛 말이야!" 보모가 자리를 비운 뒤 메리가 말했다. "틀림없이 뭔가가 있다고 생각하는 것 같았어."

"아무것도 알아내지 못하게 할 거야." 콜린이 말했다. "아직 아무도 알아서는 안 돼." 그날 오전에 찾아온 크레이븐 선생도 어리둥절해 하기는 마찬가지였다. 어찌나 많은 질문을 해댔는지 콜린이 크게 짜증을 냈다.

"요즘 밖에서 시간을 많이 보낸다면서." 그가 넌지시 말했다. "어디를 가는 거니?"

콜린은 평소에 즐겨하던 근엄하면서도 무관심한 태도로 말했다.

"내가 어디를 가는지 아무에게도 말하지 않을 거예요. 나는 내가 가고 싶은 곳이면 어디든 가요. 누구든 근처에는 얼씬도 하지 말라고 말해두었고요. 아무도 나를 찾아서도, 쳐다봐서도 안 돼요. 아시잖아요!"

"온종일 밖에 나가 있는 것 같지만 나도 그게 너에게 해롭지는 않다고 생각한다. 정말이야. 보모 말로는 먹는 양도 훨씬 늘었다고 하더구나."

"어쩌면…." 콜린은 문득 기발한 대답을 떠올렸다. "어쩌면 비정상적인 식욕일지도 모르죠."

"음식을 먹은 뒤로 더 건강해지고 있으니, 그건 아닐 거다." 크레이븐 선생은 말했다. "살도 부쩍 오르고 혈색도 좋아졌어."

"어쩌면…어쩌면 그냥 붓고 열이 나는 걸지도 몰라요." 콜린이 낙담한 듯 우울한 분위기를 풍기며 말했다. "오래 살지 못할 사람들은 종종… 다르니까요."

크레이븐 선생은 고개를 저었다. 콜린의 손목을 잡고 있던 그가 소매를 걷어 올리고 팔을 만져보았다.

"열은 나지 않는구나." 그는 친절하게 말했다. "그리고 살도 건강하게 올랐어. 이렇게만 계속한다면 죽는다는 이야기는 이제 더는 안 해도 될 거다, 아가. 네가 이렇게나 좋아졌다는 걸 알면 너희 아버지도 좋아하실 게다."

"아버지께는 절대로 말하지 마세요!" 콜린은 불같이 화내며 소리쳤다. "내가 다시 나빠지기라도 한다면 아버지는 크게 실망하실 거예요. 당장 오늘 밤에 상태가 나빠질 수도 있잖아요. 엄청난 고열이 날 수도 있다고요. 벌써 열이 오르는 것 같은 느낌이 들어요. 절대로 아버지께 편지를 쓰지 마세요. 절대로! 절대로요! 지금 선생님 때문에 화가 나고 있어요. 그게 얼마나 나쁜지 아시죠? 벌써 열나는 게 느껴져요. 난 나에 대한 편지를 쓰거나 이야기를 하는 게 쳐다보는 것만큼이나 싫다고요!"

"쉿, 아가!" 크레이븐 선생이 콜린을 달래었다. "네 허락 없이는 아무것도 쓰지 않겠다. 그런 문제에 대해서 네가 민감한 건 나도 알고 있어. 그러니 어렵게 좋아진 몸을 다시 해치려고 하지 말아라."

그 뒤부터 그는 콜린의 아버지에게 편지를 쓰겠다는 이야기를 두 번 다시 꺼내지 않았으며 보모에게도 그런 이야기는 절대로 해서는 안 된다고 몰래 당부했다.

"아이는 엄청나게 좋아졌어." 그가 말했다. "회복되는 속도가 거의 비정상이야. 우리가 아무리 노력해도 안 되던 것을 지금 자기 스스로 해내고 있다고. 하지만 아직도 아주 쉽게 흥분하니까 그 애를 자극하는 말은 절대로 하지 말게나."

메리와 콜린은 너무 놀라서 이 문제에 관해 걱정스럽게 이야기를 나누었다. 그리고 이때부터 그들의 '연극 놀이'가 시작되었다.

"아무래도 한 번 발작을 일으켜야 하나 봐." 콜린은 안타까운 듯 말했다. "그러기도 싫고 지금은 발작을 일으킬 정도로 비참한 기분도 아닌데 말이야. 어쩌면 해내지 못할지도 모르겠어. 전처럼 목으로 응어리가 차오르는 느낌도 안 들고, 끔찍한 생각 대신 기분 좋은 것들만 생각하거든. 하지만 계속 아버지에게 편지를 쓴다고 하면 뭔가 조처를 할 수밖에 없어."

콜린은 조금 덜 먹기로 결심했지만 안타깝게도 그 기발한 생각은 도저히 실행해 옮길 수가 없었다. 다음 날 아침 엄청난 식욕을 안고 잠에서 깨어나자 소파 옆 탁자에는 갓 구운 빵과 신선한 버터, 눈처럼 하얀 달걀, 라즈베리 잼과 우유 크림이 차려져 있었기 때문이다. 메리는 아침 식사를 항상 콜린과 함께 했는데 탁자에서 서로를 마주했을 때, 무엇보다도 지글지글 구운 맛있는 소시지가 뜨거운 은제 뚜껑 밑으로 유혹적인 냄새를 풍겨올 때면 둘은 자포자기의 심정으로 서로의 눈을 바라볼 뿐이었다.

"메리, 오늘 아침엔 이걸 전부 먹어야 할 것 같아." 그런 다음 콜린은 늘 이렇게 말하곤 했다. "점심을 조금 더 돌려보내고, 저녁은 아주 많이 돌려보내자."

하지만 그들은 한 번도, 그 어떤 음식도 전혀 돌려보내지 못했고, 주방에는 번쩍번쩍 광날 정도로 싹싹 비운 빈 접시가 돌아갈 뿐이었다. 그러면 사람들은 깜짝 놀라서 수군거렸다.

"솔직히 말하면…." 콜린은 또 이렇게 말하기도 했다. "솔직히 햄이 좀 더 두꺼웠으면 좋겠어. 게다가 한 사람당 머핀이 겨우 하나라니, 누구한테든 부족할 수밖에 없어."

"곧 죽을 사람에게라면 충분하겠지." 처음에 메리는 이렇게 대답했다. "하지만 살 사람에게는 부족해. 황무지에 핀 헤더와 가시금작화의 신선하고 기분 좋은 향기가 열린 창으로 가끔 밀려들어 올 때면 머핀을 세 개라도 먹을 수 있을 같은 기분이 들어."

그리고 어느 아침, 정원에서 함께 두 시간가량을 즐겁게 보낸 뒤에 디콘이 갑자기 커다란 장미 덤불 뒤로 가더니 양동이 두 개를 들고 왔다. 그중 하나에는 거품이 풍부한 신선하고 진한 우유가 그득했고 다른 하나에는 오두막에서 구운 건포도 번빵이 흰색과 파란색 무늬가 있는 깨끗한 손수건에 가지런히 싸여 있었다. 얼마나 정갈하게 담았는지 번빵은 여전히 따뜻했다. 그걸 본 아이들은 무척이나 놀랍고 기뻐서 야단법석을 떨었다. 정말 근사해! 소어비 부인은 틀림없이 친절하고 현명한 분일 거야! 번빵이 정말로 맛있어! 저 신선한 우유는 또 어떻고!

"디콘처럼 소어비 부인에게도 마법의 힘이 있어." 콜린이 말했다. "그 덕분에 어떤 일을 해야 하는지 알 수 있었던 거야. 정말 좋은 일들 말이야. 소어비 부인은 마법사야. 너희 어머니께 감사하다고 전해드리렴, 디콘. 정말로 감사하다고."

콜린은 어른들이나 쓰는 말투를 곧잘 쓰곤 했다. 사실 그걸 즐겼다. 방금 자신의 말투가 무척이나 마음에 들었던 콜린은 한술 더 떠서 이렇게 말했다.

"매우 자애로우신 너희 어머니께 무한한 감사의 말씀을 전해드리렴."

그러더니 콜린은 곧 위엄도 체통도 잊어버리고서 번빵으로 배를 채우고 우유를 양동이째 꿀꺽꿀꺽 들이켜기 시작했다. 평소보다 활동을 훨씬 많이 하고 황무지의 공기를 잔뜩 들이마신 데다 아침 식사를 한 지 두 시간은 족히 지난, 보통의 배고픈 남자아이와 전혀 다를 바 없었다.

이날을 시작으로 부인은 몇 번이고 맛있는 음식을 챙겨 보내주었다. 그러다가 어느 순간 두 아이는, 소어비 가족은 열네 명이나 되므로 매일같이 두 명의 식욕을 더 충족시켜 줄 만한 충분한 음식이 없을지도 모르겠다는 사실을 깨닫게 되었다. 그래서 둘은 부인이 음식을 살 수 있도록 자신들이 가진 돈을 조금이나마 보태게 해달라고 부탁했다.

디콘은 아주 멋진 발견을 해냈다. 비밀의 정원 바깥쪽 대정원의 숲, 야생 동물들에게 피리를 불어주던 디콘을 메리가 처음으로 발견했던 바로 그곳에 깊고 작은 구멍이 있는데, 거기에 돌멩이로 일종의 작은 오븐을 만들면 감자와 달걀을 구워 먹을 수 있다는 것이었다. 구운 달걀은 전에는 알지 못했던 가히 사치스러운 음식이었고 소금과 신선한 버터를 곁들인 아주 뜨거운 감자는 맛 좋고 만족스러울 뿐만 아니라 숲속 나라의 왕에게 꼭 걸맞은 음식 같았다. 게다가 감자와 달걀은 열네 명의 입에서 음식을 빼앗는 듯한 기분을 느끼지 않고서도 원하는 만큼 아주 많이 먹을 수 있었다.

매일 아름다운 아침마다 아이들은 원을 그리고 둘러서서 마법 의식을 거행했다. 그들 곁에는 짧았던 꽃의 시기를 지나온 자두나무가 이제는 두꺼운 초록색 잎으로 이루어진 그늘을 드리우고 있었다. 의식을 마친 뒤 콜린은 늘 걷기 연습을 했고 온종일 틈틈이 새로 발견한 자신의 힘을 시험하곤 했다. 그는 하루가 다르게 튼튼해졌고 더 안정적으로 더 긴 거리를 걸을 수 있게 되었다. 또한 마법에 대한 믿음 또한 하루가 다르게 강해졌다. 어찌 보면 당연한 일이었다.

하루 동안 모습을 보이지 않던 디콘이 다음 날 아침에 찾아와서 이렇게 말했다. "어제 엄니 심부름으루 스웨이트에 갔었는디유, 블루 카우 여관 근처에서 밥 하워스 아자씨를 봤어유. 황무지에서 질루 힘센 아자씨이구, 레슬링 챔피언이예유. 그 아자씨만큼 높이 뛰구, 돌덩이를 멀리 던질 수 있는 사람은 아무도 없대유. 몇 년 동안 운동하러 저 멀리 스코틀랜드까지 갔다 오셨어유. 지하구는 아주 어려서부텀 알구 지내던 사이인데 아주 친절한 분이라서 지가 몇 가지 물어봤쥬. 어떤 신사분이 아자씨를 운동선수라구 부르시는 걸 듣구 콜린 되련님 생각이 났거든유. 그래서 '밥 아자씨, 그 근육은 워떻게 그리 툭 튀어나왔대유? 그만치 튼튼해질라믄 뭘 해야 돼유?'라구유. 그랬드니 그 아자씨가 '그럼, 꼬마야. 그래야지, 잉. 전에

스웨이트루 공연을 왔던 어떤 튼튼한 남자가 팔허고 다리허고 몸에 있는 온 근육을 어떻게 단련해야 허는지를 가르쳐준겨'라구 허시는 거예유. 그래서 다시 '아주 연약한 아이라두 그 운동을 허면 튼튼해질 수 있어유?'라구 물었쥬. 그랬더니 허허 웃으시믄서 '니가 바로 그 허약한 애구먼?' 그러시대유. 그래서 '아니유. 지가 아는 워떤 어린 신사분이 계신디 오랫동안 앓다가 인자 나아지구 기서유. 그분헌티 말해드리게 운동하는 방법 쪼깨 알았으믄 쓰겄는디' 그랬쥬. 지두 누구라구 이름은 말을 안 허구 그 아자씨두 묻지를 않으셨어유. 아까두 말했지만 워찌나 다정하신지, 일어서서 동작 하나하나 보여주시는 거예유. 그래서 완전히 외울 때까지 열심히 따라 했슈."

콜린은 흥미롭게 그 말을 들었다.

"나한테도 보여줄래?" 그가 소리쳤다. "그래줄 거지?"

"그럼유, 당연하쥬." 디콘이 대답하며 일어섰다. "근디 아자씨 말씸이, 처음에는 너무 피곤해지지 않게 살살 하셔야 한대유. 중간중간 쉬어감서 하구 숨은 깊게 쉬구 무리하면 절대루 안 된대유."

"조심할게." 콜린이 말했다. "보여줘! 보여줘! 디콘, 너는 세상에서 가장 멋진 마법사야!"

디콘은 잔디 위에 서서 실용적이지만 단순한 몇 가지 근육 운동을 조심스럽고 느리게 보여주었다. 콜린은 커다래진 눈으로 그 모습을 지켜보았다. 몇 가지는 앉아서도 따라 할 수 있었다. 그리고 곧이어, 이미 단단해진 다리로 일어선 콜린은 몇 가지 동작을 조심스레 따라 했다. 메리도 함께 따라 하기 시작했다. 그 장면을 지켜보던 수트는 짜증을 잔뜩 내며 앉아 있던 가지를 떠나 여기저기를 안절부절 못하고 뛰어다녔다. 자신은 그 동작을 따라 할 수 없기 때문이었다.

　그때부터 이 운동은 마법만큼이나 중요한 하루의 일과가 되었다. 콜린과 메리 둘 다 할 때마다 점점 더 잘 따라할 수 있게 되었고, 그만큼 식욕은 더욱 강해졌으므로 디콘이 매일 아침 덤불 뒤에 가져다 두는 음식 양동이가 아니었다면 그들은 아마 더는 어찌할 바를 몰랐을 것이다. 하지만 구멍에 만든 작은 오븐과 소어비 부인의 너그러운 음식들이 무척이나 만족스러웠으므로 메드록 부인과 보모와 크레이븐 선생은 다시 어리둥절해지고 말았다. 구운 계란과 감자, 거품이 풍부한 신선한 우유와 오트밀 케이크, 그리고 헤더 꿀과 우유 크림을 바른 번빵으로 배를 잔뜩 채우고 나면 누구라도 아침 식사를 깨작거리고 저녁 식사는 아예 거부하는 척을 할 수 있기 때문이다.

　"둘 다 거의 아무것도 안 먹고 있어요." 보모는 말했다. "조금이라도 영양을 섭취하도록 설득하지 않으면 아마 굶어 죽고 말 거예요. 그런데 겉으로 보기엔 또 달라요."

　"어휴!" 메드록 부인은 분해하며 소리쳤다. "내가 저것들 때문에 제명에 못 죽겠어. 사람이 아니고 악마 새끼야! 하루는 살이 쪄서 외투가 터지고, 다음 날은 요리사가 최고로 맛있는 음식을 해다 바쳐도 콧방귀만 뀐다니까. 어제는 브레드 소스를 곁들인 기가 막힌 영계 요리를 한 입도 채 먹지 않았어. 요리사가 걔들 먹으라고 푸딩을 새로 개발해내기까지 했는데 안타깝게도 결국 들어간 모습 그대로 나왔지. 요리사 부인은 거의 울다시피 했다니까. 걔들이 정말 굶어 죽어버리면 자기가 그 죄를 뒤집어쓸까 봐 걱정하고 있어."

크레이븐 선생은 콜린을 오래도록 주의 깊게 살펴보았다. 그는 걱정스러운 표정을 지었다. 보모에게 이야기를 듣고, 콜린이 남겨둔 거의 손도 대지 않은 아침 식사 접시를 직접 보았기 때문이었다. 하지만 콜린의 소파 옆에 앉아 그를 진찰하면서 걱정은 한층 더 커졌다. 사업차 런던에 다녀오느라 거의 2주 만에 아이를 만나는 참이었다. 어린아이들은 건강해지기 시작하면 살이 빠르게 오른다. 밀랍인형 같던 창백한 기색은 사라지고 이제 콜린의 피부에는 따뜻한 장밋빛이 감돌았다. 아름다운 두 눈은 선명해졌고, 두 눈 아래, 그리고 양 볼과 관자놀이에 움푹 꺼졌던 자리는 통통하게 차올랐다. 한때 어둡고 무겁게 쳐져 있던 머리칼은 마치 이마에서 새로 건강하게 솟아오르는 듯 생명력으로 부드럽고 따뜻하게 빛났다. 입술은 보통 사람과 같은 색깔을 띠게 되었고 더욱 통통해졌다. 정말이지 병약하다고 판명된 소년이라고 보기엔 도무지 남부끄러운 모습이었다. 크레이븐 선생은 턱을 괸 채 깊은 생각에 잠겼다.

"통 먹질 않는다니 유감이구나." 그가 말했다. "그러면 안 된다. 지금껏 이룬 걸 모두 잃고 말 거야. 정말 멋지게 해냈었잖니. 바로 얼마 전까지만 해도 아주 잘 먹었고 말이다."

"비정상적인 식욕이라고 했잖아요." 콜린이 대답했다.

메리는 근처 자신의 스툴에 앉아 있다가 갑자기 아주 이상한 소리를 냈다. 터져 나오는 소리를 아주 격렬하게 억누르다가 거의 숨이 막히고 만 것 같았다.

"왜 그러지?" 크레이븐 선생이 메리를 향해 고개를 돌리며 물었다.

메리의 태도는 아주 냉랭했다.

"기침인지 재채기인지, 아니 그 중간쯤 되는 거였어요." 꾸짖는 듯하면서도 위엄 있는 대답이었다. "그러다 목에 걸렸을 뿐이에요."

메리는 나중에 콜린에게 이렇게 말했다. "도저히 참을 수가 없어서 터져버린 거야. 네가 마지막으로 먹은 감자 조각이 얼마나 컸는지, 잼과 우유 크림을 바른 그 두껍고 사랑스러운 껍질을 씹으려고 네 입이 얼마나 크게 벌어졌는지가 뜬금없이 떠올라 버렸거든."

"그 아이들이 몰래 음식을 구할 방법이 있나요?" 크레이븐 선생이 메드록 부인에게 물었다.

"땅에서 파내거나 나무에서 따지 않고서야 그럴 방법은 없어요." 메드록 부인은 대답했다. "온종일 밖에 나가 있으면서 자기네들끼리만 놀거든요. 게다가 뭔가 다른 음식이 먹고 싶으면 달라고 말하기만 하면 되는걸요."

"그래요." 크레이븐 선생은 말했다. "어쨌든 음식 없이 지내는 것만으로는 문제가 되지 않으니 공연히 걱정할 필요는 없어요. 저 아이는 이제 새로운 존재가 되었어요."

"여자아이도 마찬가지예요." 메드록 부인은 말했다. "살이 찌고 그 꼴사납던 뚱한 표정도 없어지니 이제는 꽤 예쁘기까지 하다니까요. 머리카락도 두껍고 건강해졌고 혈색도 밝아졌어요. 전에는 그렇게나 침울하고 사납더니 이제는 콜린 도련님이랑 둘이서 정신 나간 아이들처럼 같이 웃어댄답니다. 아마 그래서 살이 찌나 봐요."

"그럴지도 모르죠." 크레이븐 선생이 말했다. "웃게 놔둡시다."

25장
커튼

그리고 비밀의 정원은 꽃을 피우고 또 피웠다. 매일 아침 새로운 기적이 일어났다. 울새의 둥지에는 알이 생겨났고 울새의 짝은 그 위에 앉아 깃털이 난 작은 가슴과 조심스러운 날개로 알을 따뜻하게 품었다. 처음에 암컷은 대단히 초조해했고, 울새 자신 역시 신경질적으로 주위를 살폈다. 그때는 디콘마저도 둥지가 있는 모퉁이 근처로는 가지 않았고, 신비로운 주문이 조용하게 작용해 그 작은 한 쌍의 영혼에게 메시지가 전해지기를 기다렸다. 이 정원 안에는 그들에게 벌어지고 있는 일의 위대함을 이해하지 못하는 존재가 아무도 없다는, 정원 안에 있는 모든 존재가 울새의 알이 가진 거대하고, 부드럽고, 굉장하며, 가슴이 터질 것만 같은 아름다움과 신성함을 이해한다는 메시지였다. 만약 새알이 사라지거나 다치기라도 한다면 온 세상은 아마 뱅글뱅글 돌다가 우주를 뚫고 나가 끝나버리고 말 거라는 사실을 마음속 깊은 곳에서 완전히 이해하지 못하는 사람이 정원 안에 하나라도 있었다면, 그것을 느끼지 못하는 사람이 단 한 사람이라도 있었다면, 그 귀중한 봄의 공기 속에서도 행복이란 없었을 것이다. 하지만 그들 모두는 그 사실을 잘 알고 또한 느끼고 있었으며, 곧 울새와 그의 짝 또한 그들의 마음을 이해하게 되었다.

처음에 울새는 메리와 콜린을 걱정스러운 눈으로 날카롭게 지켜보았다. 어떤 신비로운 이유에서였는지 몰라도 울새는 디콘만큼은 지켜볼 필요가 없다는 사실을 알았다. 이슬처럼 빛나는 검은 눈으로 디콘을 처음 본 그 순간부터 그는 디콘이 낯선 존재가 아니라, 부리와 깃털이 없는 일종의 울새라는 걸 알아보았다. 우선 그는 (아주 독특한 언어이므로 다른 어떤 언어와도 헷갈릴 일이 없는) 울새의 언어를 구사할 수 있었다. 울새에게 울새의 말을 하는 것은 프랑스인에게 프랑스어를 하는 것과 다름없다. 디콘은 항상 울새 자신에게 울새의 언어로 말했으므로 그가 인간들에게 괴이한 말을 지껄인다는 사실은 조금도 거슬리지 않았다. 그가 인간의 괴상한 말을 쓰는 건 인간들이 조류의 언어를 이해할 정도로 영리하지 않기 때문이라고 생각했다. 그의 움직임 역시 울새의 것이었다. 그는 위험하거나 위협적으로 보일 정도로 갑작스럽게 움직여서 울새를 놀라게 하는 일이 결코 없었다. 그 어떤 울새라도 디콘을 이해할 수 있을 정도였으므로 그가 나타나는 건 울새에게 조금의 방해조차 되지 않았다.

하지만 다른 두 인간에게는 방어 태세를 취할 필요가 있어 보였다. 우선 인간 남자아이는 정원에 올 때 제 발로 걸어 들어오지를 않았다. 그는 바퀴가 달린 어떤 것 위에 있었으며 야생 동물의 피부를 온몸에 두르고 있었다. 그 자체만으로도 충분히 의심스러웠다. 그 후 아이는 일어서서 여기저기를 돌아다니기 시작했는데 그 모양이 정말이지 어색하고도 기묘해 보였고, 다른 아이들이 그를 도와주어야만 하는 것 같았다. 울새는 덤불 속에 몸을 숨긴 채 머리를 한쪽으로 갸우뚱, 다른 쪽으로 갸우뚱해가며 이 모습을 걱정스럽게 지켜보았다. 울새는 콜린이 고양이들처럼 와락 덤벼들 준비를 하느라 그렇게 느리게 움직이는지도 모른다고 생각했다. 고양이는 갑자기 덮칠 준비를 할 때 아주 느릿느릿 땅 위를 기어 다니기 때문이다. 울새는 이 문제에 대해 자기 짝과 며칠 동안 아주 많은 이야기를 나누었지만 얼마 후부터 이 주제를 더는 언급하지 않기로 결심했다. 짝의 공포감이 너무 커져서 혹시라도 알들에게 해를 끼칠까 두려웠기 때문이었다.

남자아이가 스스로 걷게 되고, 심지어 더 빠르게 움직이기 시작하자 울새는 크게 안도했다. 하지만 아주 오랜 시간 동안(울새에게만 긴 시간이라고 느껴졌는지는 모르지만 어쨌든) 그는 울새에게 걱정거리였다. 그는 다른 인간들처럼 행동하지 않았다. 걷기를 대단히 좋아하는 것 같긴 했지만 한동안 앉거나 누워 있다가 불안스러운 모양새로 간신히 자리에서 일어서곤 했다.

그런데 어느 날 문득 울새는 그 아이의 모습이 부모님으로부터 나는 법을 처음 배울 때의 자기 모습과 아주 비슷하다는 사실을 깨달았다. 그때는 몇 미터밖에 안 되는 짧은 비행만으로도 한참 동안의 휴식이 필요했다. 그렇게 울새는 이 아이가 나는 법을, 아니 걷는 법을 배우고 있다는 사실을 깨달았다. 그는 이 사실을 짝에게 말해주었고 자신들의 '아기들' 역시 깃털이 다 난 후에는 똑같은 행동을 하리라는 것도 말해주었다. 그러자 암컷 울새의 마음은 상당히 안

305

정되었고 심지어는 둥지 너머로 그 아이를 바라보는 데 지대한 관심을 보이며 크게 즐거워하기까지 했다. 물론 자신의 아기들이 그 아이보다야 훨씬 영리할 테니 나는 법도 더 빨리 배울 거라고 늘 생각했다. 그러면서도 안타깝다는 듯, 인간들이란 항상 새들보다 느리고 어설프며, 결국 대부분은 나는 법을 전혀 배우지 못하는 것 같다고 말하기도 했다. 적어도 인간을 공중이나 나무 꼭대기에서 마주친 적은 없지 않은가.

얼마 후 그 아이는 다른 아이들과 거의 비슷하게 움직이기 시작했지만, 세 아이 모두 가끔씩 특이한 행동을 했다. 나무 아래 서서 팔과 다리와 머리를 움직여댔는데 걷는 것도, 뛰는 것도, 그렇다고 앉는 것도 아닌 대단히 특이한 움직임이었다. 그들은 이런 행위를 매일 틈틈이 반복했고, 울새는 자기 짝에게 이들이 무엇을 하는지, 또는 하려고 애쓰는지를 도저히 설명할 수가 없었다. 다만 자신의 아기들은 절대로 그런 식으로 퍼덕거리며 돌아다닐 일은 없을 거라고 설명했을 뿐이었다. 하지만 울새의 언어를 그렇게나 유창하게 구사할 수 있는 소년이 그들과 함께 특이한 행동을 하고 있으므로 새들은 그 행위가 위험한 성질의 것은 아니라는 점을 확신할 수 있었다. 물론 울새도, 그의 짝도 레슬링 챔피언 밥 하워스와 근육을 혹처럼 튀어나오게 만드는 운동법에 대해서는 결코 들어본 일이 없었다. 울새들은 인간들과는 달리 평소에도 운동을 많이 하기 때문에 근육이 자연스럽게 발달했다. 만약 끼니마다 먹을 것을 찾기 위해 여기저기를 날아다녀야만 한다면 당신의 근육 역시 위축될 일은 없을 것이다(위축이란 쓰임의 부족 때문에 쇠약해진다는 뜻이다).

남자아이가 다른 아이들처럼 여기저기를 걷고, 뛰고, 땅을 파고, 잡초를 뽑게 되었을 무렵 정원 모퉁이에 있는 울새의 둥지는 크나큰 평화와 만족감으로 뒤덮였다. 알들에 대한 걱정은 이제 과거의 일이 되었다. 알들이 은행 금고에 보관된 것만큼이나 안전하다는 사실을 깨닫게 되자, 주변에서 일어나고 있는 수많은 신기한 일들을 볼 수 있는 그들의 둥지는 대단히 즐거운 주거공간이 되었다. 비가 내리는 날이면 알들의 어미인 암컷 울새는 심지어 다소 지루한 기분이 들기도 했다. 아이들이 정원에 오지 않기 때문이었다.

　하지만 비 오는 날이라고 해서 메리와 콜린까지 지루하다고 할 수는 없었다. 빗줄기가 끊임없이 쏟아지던 어느 날 아침이었다. 자리에서 일어나 걸어 다니면 들킬까 봐 소파에 가만히 앉아 있어야만 했던 콜린이 조바심을 내기 시작했을 무렵 메리가 한 가지 기발한 생각을 떠올렸다.

　콜린은 처음에 이렇게 말을 꺼냈다. "진정한 남자아이로 거듭나면서 내 팔과 다리, 그리고 온몸이 마법으로 가득해졌어. 이제는 내 몸을 가만히 두기가 힘든 지경이야. 계속 뭔가를 하고 싶어 하거든. 메리, 너 그거 알아? 아침에 잠에서 깨어나 보니 아직 이른 새벽인데, 새들은 밖에서 그저 소리를 지르고 있고, 모든 것들이, 심지어 나무처럼 우리가 실제로 소리를 들을 수는 없는 것들마저도 전부 기뻐서 그저 소리를 지르고 있을 때 말이야… 그럴 때면 나는 당장이라도 침대 밖으로 뛰쳐나가서 함께 소리를 질러야만 할 것 같은 기분이 들어. 만약 내가 정말 소리를 지르면 어떻게 될까? 생각해봐!"

　메리는 미친 듯이 키득거렸다.

"보모가 헐레벌떡 달려오고 메드록 부인도 달려오겠지. 드디어 네가 정신이 나갔다고 생각하고 의사를 부를 거야." 메리가 말했다.

콜린 역시 키득거렸다. 그들의 표정이 눈에 선했다. 자신의 돌발 행동에 겁을 얼마나 낼까. 꼿꼿하게 선 그를 본다면 얼마나 감탄할까.

"아버지가 얼른 집에 오셨으면 좋겠어." 콜린이 말했다. "아버지께 직접 말씀드리고 싶고, 늘 그 생각을 하고 있긴 하지만 이렇게는 더 못할 것 같아. 가만히 누워서 아픈 척하기가 너무 힘들어. 게다가 난 이제 아주 달라 보이잖아. 오늘 비가 오지 않았으면 좋았을 텐데."

메리에게 좋은 생각이 떠오른 건 바로 그 순간이었다.

"콜린." 메리는 수수께끼처럼 이야기를 시작했다. "이 집에 방이 몇 개나 되는지 알고 있니?"

"한 천 개쯤 되지 않을까?" 그가 대답했다.

"아무도 들어가지 않는 방이 100개쯤 있어." 메리가 말했다. "그리고 비가 내리던 어느 날 나는 방을 여러 개 구경했어. 메드록 부인에게 거의 들킬 뻔하긴 했지만 결국 아무도 몰랐어. 돌아오다가 길을 잃었고, 우연히 네 방 복도 끝까지 가게 됐지. 바로 그때 네 울음소리를 두 번째로 들었던 거야."

콜린은 소파에서 엉덩이를 들썩이기 시작했다.

"아무도 들어가지 않는 100개의 방이라." 콜린이 말했다. "비밀의 정원이랑 거의 비슷한 느낌이다. 한번 가보는 게 좋겠어. 네가 휠체어를 밀어주면 아무도 우리가 어디에 있는지 모를 거야."

"나도 그렇게 생각했어." 메리가 말했다. "아무도 감히 따라오지는 못할 거야. 네가 뛰어다닐 수 있는 기다란 방들도 있어. 거기서 운동을 해도 되겠다. 그리고 인도풍으로 꾸며진 작은 방도 하나 있는데 장식장에는 상아로 만든 코끼리가 가득 들어 있어. 온갖 종류의 방들이 다 있다니까."

"벨을 눌러." 콜린이 말했다.

보모가 들어오자 그는 명령을 내렸다.

"휠체어를 가져와." 그가 말했다. "메리 아가씨와 나는 이 집의 쓰이지 않는 곳들을 구경하러 갈 거야. 존에게 화랑까지만 휠체어를 밀어달라고 해. 계단을 좀 올라가야 하니까. 그리고 내가 부를 때까지는 근처에 얼씬도 하지 말라고 해."

흐린 날에 대한 공포는 그날 아침 사라졌다. 하인이 화랑까지 휠체어를 밀어다 주고 명령대로 둘만 남겨둔 채 떠나자 콜린과 메리는 기쁨에 차서 서로를 바라보았다. 존이 정말로 계단을 내려가 자신의 방 쪽으로 갔는지를 메리가 확인하자마자 콜린은 휠체어에서 일어섰다.

"이쪽 끝에서 저쪽 끝까지 달릴 거야." 그가 말했다. "그다음 깡충깡충 뛸 거고, 그다음에는 밥 하워스 운동을 하자."

둘은 이 모든 것들을 했고, 다른 많은 일들도 했다. 초상화를 구경하다가 초록색 비단 드레스를 입고서 손가락에 앵무새를 든 작고 못생긴 여자아이를 찾아내기도 했다.

콜린이 말했다. "아마 모두 내 친척들일 거야. 아주 오래전에 살았던 사람들이지. 저 앵무새를 든 아이는, 내 생각에 고모할머니의 엄마의 엄마의 엄마쯤 될 거야. 메리 너하고 닮았다. 지금의 너 말고 처음 이곳에 왔을 때의 너 말이야. 지금 너는 훨씬 더 통통해지고 보기 좋아졌어."

"너도 그래." 메리가 말했고, 둘은 또 웃었다.

둘은 인도풍의 방으로 가서 상아 코끼리를 가지고 즐겁게 놀았다. 그들은 장밋빛 양단으로 꾸며진 내실과 생쥐가 남기고 간 쿠션 속 작은 구멍도 찾아냈다. 아기 생쥐들은 이미 다 커서 떠나버리고 구멍은 비어 있었다. 그들은 몇 개의 방을 더 보았고, 메리가 첫 번째 순례 길에서 찾지 못했던 많은 것들을 발견했다. 새로운 복도와 모퉁이들, 그리고 계단들이 나타났고, 마음에 드는 낡은 그림들과 쓰임을 알 수 없는 괴상하고 오래된 물건들도 있었다. 정말이지 기묘하고도 즐거운 아침이었다. 다른 사람들과 같은 집에 있으면서도 동시에 그들로부터 몇 킬로미터는 떨어져 있는 듯한 기분은 무척이나 멋졌다.

"여기 오니까 좋다." 콜린이 말했다. "내가 이렇게나 크고 괴상하고 오래된 곳에 살고 있는 줄은 꿈에도 몰랐어. 정말 좋아. 비 오는 날에는 매일 집 안을 돌아다니자. 새롭고 이상한 방과 물건들을 계속 찾을 수 있을 거야."

그날 아침 콜린과 메리는 다른 많은 것과 더불어 엄청난 식욕까지 찾아냈으므로 콜린의 방으로 돌아와서 마주한 점심 식사를 건드리지 않고 물리는 건 불가능했다.

보모는 아래층으로 쟁반을 가지고 내려와서는 주방장인 루미스 부인이 볼 수 있도록 반들반들 윤이 나는 쟁반과 접시들을 싱크대

위에 탁 내려놓았다.

"어머나!" 부인은 말했다. "이 수수께끼 같은 집에서 저 두 아이가 가장 수수께끼라니까."

그러자 건장하고 젊은 하인 존이 말했다. "계속 이렇게만 드시면 되련님 몸무게가 한 달 새 두 배는 늘겠구먼. 이 일두 얼른 그만둬야지, 안 그랬다간 내 몸이 남아나질 않겠어."

그날 오후 메리는 콜린의 방에 뭔가 변화가 일어났음을 알아차렸다. 사실 어제도 그 변화를 눈치채긴 했지만 혹시나 우연히 벌어진 일에 불과할까 봐 아무 말도 하지 않았다. 오늘도 어떤 말을 꺼내지는 않았지만 대신 벽난로 위에 걸린 그림을 뚫어져라 쳐다보았다. 그림을 가리던 커튼이 열려 있었던 것이다. 그것이 바로 메리가 알아챈 변화였다.

"무슨 말을 하고 싶은지 알아." 메리가 몇 분 동안이나 그림을 바라보고 있자 콜린이 말했다. "네가 나한테 어떤 얘기를 듣고 싶어 하는지 난 항상 알겠더라. 내가 왜 커튼을 열었는지 알고 싶은 거지? 앞으로는 계속 저렇게 둘 생각이야."

"왜?" 메리가 물었다.

"이제는 엄마가 웃는 걸 봐도 화가 나지 않거든. 이틀 전에 달빛이 환하게 빛나던 밤에 잠에서 깨어났는데, 방 안을 가득 채운 마법이 모든 것을 눈부신 아름다움으로 감싸는 것만 같아서 도저히 가만히 누워 있을 수가 없었어. 일어나서 창밖을 내다봤지. 방은 상당히 밝았고 달빛 한 조각이 저 커튼을 비추고 있었어. 그걸 보니 왠지 모르게 커튼을 열어버리고 싶더라. 어머니가 나를 내려다보시는데,

마치 내가 거기에 서 있는 게 기뻐서 웃는 것 같았어. 그래서 나도 어머니를 쳐다보는 게 좋아졌고. 이제는 어머니가 웃는 모습을 계속 보고 싶어. 내 생각엔 어머니도 마법사였을 것 같아."

"지금의 넌 어머니랑 정말 닮아 보여." 메리가 말했다. "가끔은 네 어머지의 유령이 남자아이로 변한 게 아닐까 하는 생각이 들 정도야."

메리의 그 말이 콜린의 마음을 뒤흔든 것 같았다. 그는 생각을 곱씹어 보더니 느릿느릿 대답했다.

"내가 어머니의 유령이라면… 아버지도 나를 좋아하실 텐데."

"아버지가 너를 좋아하시길 바라니?" 메리가 물었다.

"어차피 좋아하지 않으시니까 전에는 그런 생각을 하는 것 자체가 너무 싫었어. 만약 나를 좋아하시게 된다면 마법에 관해 말씀드릴 거야. 그럼 아버지도 행복해지지 않을까?"

26장
"엄니예유!"

마법에 대한 아이들의 믿음은 쉽게 사그라들지 않았다. 아침 주문을 마치고 나면 콜린은 가끔 마법에 대한 강의를 하기도 했다.

"난 강의하는 게 좋아." 콜린이 설명했다. "어른이 되어서 위대한 과학적 발견을 하게 되면 분명히 강의를 해야 할 테니까 미리 해 두면 연습이 될 거야. 지금 짧은 강의밖에 못 하는 건 내가 아직 어리기 때문이야. 그리고 강의가 너무 길어지면 벤 웨더스타프는 교회에 있는 기분이 들어서 잠들어 버리고 말겠지."

그러자 벤이 대답했다. "혼자만 하구 싶은 말을 다 허구 듣는 사람은 아무 대꾸도 못 허는디, 연설하는 사람이야 당연히 좋겠쥬. 지는 강연 같은 건 다시는 안 들을 거예유."

하지만 콜린이 나무 아래서 장황한 말을 늘어놓을 때마다 늙은 벤은 뚫어져라 그에게 눈을 고정한 채 자리를 지켰다. 콜린을 지켜보는 그의 눈에는 애정이 듬뿍 담겨 있었다. 그의 눈길을 잡아끈 것은 사실 강의가 아니라 매일매일 더 튼튼해지고 있는 콜린의 다리와 무척이나 굳건하게 일어선 사내아이다운 머리, 한때 날카로웠던 턱과 움푹 꺼졌던 볼에 살이 차오르면서 둥글둥글해진 얼굴, 그리고 다른 누군가의 눈에서 본 적이 있는, 아름다운 빛을 머금기 시작한 두 눈이었다. 가끔씩 콜린은 벤의 열정적인 눈빛을 보고 자신의 연설에 큰 감동을 받은 것인가 착각하기도 했다. 언젠가 콜린은 완전히 넋을 잃은 듯한 벤에게 물었다.

"벤 웨더스타프, 지금 무슨 생각을 하고 있지?"

"지금유?" 벤이 대답했다. "이번 주에만 되련님 몸무게가 한 2킬로는 늘었겠다 생각하구 있었슈. 되련님 종아리허구 어깨를 보구 있었구먼유. 몸무게를 좀 달아봤으믄 쓰겄네잉."

"마법 덕분이야. 소어비 부인의 빵과 우유 덕분이기도 하고." 콜린이 말했다. "내 과학 실험이 성공한 거야."

그날 아침 디콘은 너무 늦어서 강의를 듣지 못했다. 도착한 그의 얼굴은 달려온 탓에 붉게 달아올라 있었고, 그 재미있는 얼굴은 평소보다도 더 반짝거렸다. 비가 내린 뒤로 뽑아야 할 잡초가 아주 많아졌으므로 그들은 곧장 일에 착수했다. 따뜻한 비가 땅속 깊이 스며들고 나면 항상 할 일이 많아졌다. 수분은 꽃들에게도 좋지만 잡초에게도 좋아서, 아주 작은 풀잎이라도 뿌리를 내리기 전에 뽑아버려야만 했다. 요즘 콜린은 다른 아이들 못지않게 잡초 뽑기를 잘해냈으며 그러는 와중에 강의까지도 할 수 있었다.

그날 아침에도 콜린은 이렇게 말했다. "마법의 힘은 열심히 일할 때 가장 잘 발휘돼. 뼈와 근육에서 다 느껴지지. 나는 뼈와 근육에 관한 책도 읽을 생각이지만 글은 마법에 관해서 쓸 거야. 지금 내용을 구상하고 있어. 이런저런 것들을 계속 알아내는 중이고.”

그리고 얼마 지나지 않아 콜린은 들고 있던 모종삽을 내리고 자리에서 일어섰다. 그는 몇 분 동안 침묵을 지켰고, 다른 아이들은 그가 늘 그랬듯이 강의할 내용을 생각하고 있는 줄로만 알았다. 그가 모종삽을 떨어뜨리고 허리를 꼿꼿이 폈을 때도 메리와 디콘은 콜린에게 갑자기 강렬한 영감이 떠올랐기 때문이라고만 생각했다. 콜린은 몸을 최대한 크게 쭉 뻗어보더니 기쁨에 차서 두 팔을 펼쳐 들었다. 그의 얼굴이 발갛게 달아올랐고 기묘한 두 눈은 즐거움으로 더욱 커졌다.

“메리! 디콘!” 그가 소리쳤다. “얼른 나 좀 봐!”

메리와 디콘은 잡초 뽑기를 멈추고 그를 쳐다보았다.

“너희가 나를 처음으로 데려왔던 날 아침 기억나?” 그가 물었다.

“그라믄유, 기억하쥬.” 디콘이 대답했다.

메리 역시 그를 뚫어져라 쳐다보았지만 말을 하지는 않았다.

콜린이 말했다. “방금 전에⋯ 모종삽으로 땅을 파고 있는 내 손을 쳐다보다가 갑자기 생각이 났어. 이게 정말 꿈이 아닐까? 진짜일까? 그걸 확인해보려고 두 발로 일어서본 거야. 그런데 정말이었네! 꿈이 아니었어! 나는⋯건강해⋯ 난 건강해졌어!”

“야, 되련님은 이제 건강해유!” 디콘이 말했다.

“나는 건강해! 나는 건강해!” 콜린이 다시 되뇌었고 그의 얼굴은 완전히 새빨개졌다.

물론 전에도 이 사실을 무의식적으로는 알고 있었고, 기대했고, 또 느끼고 있었지만, 바로 그 순간 무언가가 그의 온몸을 훑고 지나갔다. 일종의 황홀한 믿음이자 깨달음이 온몸을 강렬하게 관통하는 그 순간, 그는 도저히 참을 수가 없어서 소리를 내지른 것이었다.

"나는 영원히 살 거야! 영원히! 영원히!" 그는 장엄하게 소리쳤다. "나는 수천, 수만 가지 새로운 것들을 발견할 거야. 사람들에 관해, 동물들에 관해, 자라나는 모든 것에 관해 알아낼 거야. 디콘처럼 말이야. 그리고 나는 절대로 이 마법을 멈추지 않을 거야. 나는 건강해! 나는 건강해! 자꾸만… 자꾸만 뭔가를 외치고 싶어. 뭔가 감사하고 즐거운 것들을!"

벤 웨더스타프가 근처 장미 덤불에서 일하고 있다가 그들 흘끗 돌아보았다.

"영광송*을 해야겠네잉." 그는 아주 건조하고 툴툴거리는 투로 넌지시 말했다. 평소 그는 영광송을 그리 탐탁하게 여기지도 않았고, 어떤 종교적 믿음을 표현한 적도 없었다.

하지만 무엇이든 탐구하고자 하는 마음가짐이 콜린의 호기심을 자극했다.

"그게 뭔데?" 콜린이 물었다.

"원하시믄 디콘이 불러드릴 거예유." 벤 웨더스타프가 대답했다.

디콘은 모든 것을 다 이해하는 듯한, 동물과 교감하는 아이 특유의 미소로 대답했다.

"교회에서 부르는 노래예유." 그가 말했다. "엄니 말씀으룬 종달새들두 아침에 일어나서 영광송을 한대유."

---

* Doxology. 하느님을 찬미하는 노래, 기도, 찬사 등을 일컫는 말.

"너희 어머니가 그렇게 말씀하실 정도면 틀림없이 좋은 노래일 거야." 콜린이 대답했다. "나는 교회에 한 번도 가본 적이 없어. 늘 너무 아팠으니까. 그 노래를 불러줘, 디콘. 듣고 싶어."

디콘은 아주 단순하고 꾸밈없는 아이였다. 그는 콜린의 기분을 콜린 자신보다도 더 잘 이해했다. 물론 무척이나 자연스럽고 직감적인 이해였으므로 그 자신은 이해한다는 사실조차 인지하지 못했다. 그는 모자를 벗어들더니 여전히 웃는 얼굴로 주변을 둘러보고는 콜린에게 말했다.

"영광송을 헐 때는 전부 모자를 벗어야 해유. 벤 할아부지두유. 어여 일어나세유. 잘 아시잖아유."

콜린은 모자를 벗었고 디콘을 뚫어져라 바라보았다. 그의 두터운 머리칼을 내리쬐는 태양이 따뜻하게 데워주었다. 무릎을 꿇고 있던 벤 웨더스타프는 허둥지둥 일어서서 모자를 벗었다. 자신이 도대체 왜 이 말도 안 되는 일을 하고 있는지 도대체 모르겠다는 듯 어리둥절하면서도 억울해하는 표정이었다.

나무와 장미 덤불들 사이에 우뚝 선 디콘은 단단하면서도 듣기 좋은, 소년다운 목소리로 다소 무미건조하고 단순하게 노래를 시작했다.

"모든 축복 주시는 주님을 찬양하세. 하늘 아래 모든 존재여 주님을 찬양하세. 저 높은 곳 하늘의 주인이신 주님을 찬양하세. 성부와 성자와 성령의 이름으로, 아멘."

디콘이 노래를 마쳤을 때 벤 웨더스타프는 고집스럽게 입을 다문 채 가만히 서 있었지만 불안해 보이는 두 눈만큼은 콜린에게 고정되어 있었다. 콜린은 감탄하는 표정으로 생각에 잠겨 있었다.

"정말 좋은 노래구나." 그가 말했다. "마음에 들어. 마법에 고맙다고 소리를 치고 싶었을 때 내가 하려던 말과 비슷한 것 같아." 그는 말을 멈추더니 어리둥절한 표정으로 다시 생각했다. "어쩌면 그 둘은 같은 것인지도 모르겠다. 그게 마법인지, 아니면 주님인지 정확한 이름을 우리가 어떻게 알 수 있겠어? 디콘, 다시 불러봐. 메리, 너도 같이 해보자. 나도 불러보고 싶어. 이건 내 노래야. 어떻게 시작하는 거야? '모든 축복 주시는 주님을 찬양하세?'"

그리고 그들은 다시 노래를 부르기 시작했다. 메리와 콜린은 최대한 듣기 좋게 목소리를 높였고, 디콘의 목소리는 더 크고 아름답게 울려 퍼졌다. 벤 웨더스타프는 두 번째 줄에서 큼큼거리며 목소리를 다듬더니 세 번째 줄부터는 거의 사납다고 느껴질 정도로 힘찬 목소리로 노래를 따라 불렀는데, '아멘'과 함께 노래가 끝났을 때 메리는 그에게 무슨 일인가 벌어졌음을 알게 되었다. 콜린이 불구가 아니라는 사실을 처음 발견했을 때 일어났던 바로 그 일이었다. 그는 볼을 씰룩거리더니 허공을 응시하며 눈을 깜빡거리고는 늙고 질긴 뺨을 눈물로 적셨다.

"영광송 같은 거 벨 의미두 없다구 생각했었는디." 그가 쉰 목소리로 말했다. "인자는 맴을 바꿔먹어야 쓰겠구먼. 이번 주에만 족히 2킬로는 살이 오른 것 같아유, 되련님. 자그마치 2킬로유!"

그때 콜린은 정원 너머에서 시선을 끄는 무언가를 바라보고 있었다. 소스라치게 놀란 얼굴이었다.

"누가 오는 거지?" 그가 재빨리 말했다. "대체 누구야?"

한 여인이 덩굴로 덮인 담장의 문을 부드럽게 밀어서 열고 정원 안에 들어와 있었다. 그녀는 그들이 마지막 소절을 부를 때 이미 안으로 들어왔고 노래를 들으며 가만히 그들을 바라보고 있었다. 담쟁이덩굴을 등지고 선 여인에게 나무 틈을 뚫고 들어온 햇살이 비추자 파랗고 긴 망토에는 그림자 얼룩이 일렁였으며, 초록빛 너머로 보이는 사람 좋은 미소에는 생기가 넘쳤다. 마치 콜린의 책에 있는 부드러운 채색화 속 인물 같았다. 그녀의 두 눈에는 무엇이든 이해해줄 것만 같은 놀라운 다정함이 어려 있어서, 심지어 벤 웨더스타프와 '동물 친구들'과 활짝 핀 모든 꽃들까지도 이해할 수 있을 것만 같았다. 아무도 그녀의 등장을 예상하지 못했지만, 누구도 그녀가 침입자라고는 생각하지 않았다. 디콘의 눈이 전등처럼 빛났다.

"엄니예유. 울 엄니!" 그가 소리치며 잔디밭 건너편으로 달려갔다.

콜린 역시 그쪽으로 걸어가기 시작했고 메리도 뒤를 따랐다. 둘다 심장박동이 빨라지는 걸 느꼈다.

"엄니예유!" 중간쯤에서 어머니를 만난 디콘이 다시 한번 소리쳤다. "울 엄니를 보고 싶어들 하시니께 지가 문이 어디 있는지 갈쳐드렸쥬."

콜린은 기품을 잃지 않으면서도 부끄러운 듯 빨개진 얼굴로 그녀의 얼굴을 뚫어지게 바라보았다.

"몸이 안 좋을 때도 보고 싶었어요. 부인과 디콘과 비밀의 정원 말예요. 전에는 그 누구도, 어떤 것도 보고 싶었던 적이 없었어요."

행복에 찬 그의 얼굴을 보자 소어비 부인 자신에게도 갑작스러운 변화가 일어났다. 얼굴이 붉어지고 입꼬리가 떨렸으며 눈에는 눈물이 차오르는 듯했다.

"오메! 아가야!" 부인은 떨리는 목소리로 소리쳤다. "오메! 아가!" 자신도 모르게 튀어나온 말이었다. 그녀는 콜린을 '콜린 되련님'이 아니라 그냥 '아가'라고 불렀다. 만약 디콘의 얼굴에서 어떤 감동을 받는다고 하더라도 아마 똑같은 말투로 그를 불렀을 것이다. 콜린은 그 말이 좋았다.

"내가 무척 건강해서 놀랐나요?" 그가 물었다.

"그려. 참말이구나, 아가." 부인은 대답을 하며 그의 어깨를 부드럽게 살짝 토닥였다. "얼른 집에 오셔야 헐 텐디. 오셔야 허구 말구."

"수전 소어비." 벤 웨더스타프가 그녀에게로 다가서며 말했다. "저 다리 좀 보슈. 원래는 내가 두 달 전에 쟁여놓은 닭 다리모냥 가느다랬거든. 사람덜은 전부 되련님 다리가 안짱다리인 데다가 구부러졌다고들 씨불여댔구. 근디 지금 어떤가 한번 보라구!"

수전 소어비는 편안하게 웃었다.

"인자 금방 사내답고 튼튼한 다리가 되겠구먼." 그녀가 말했다. "정원에서 계속 놀구, 일허구, 푸짐허게 먹구, 달큰허구 신선한 우유꺼정 잔뜩 마시믄 요크셔에서 제일가는 다리가 될 거예유. 시상에, 감사혀라."

다음으로 부인은 두 손을 메리의 어깨에 얹고서 어머니와 같은 눈으로 그 작은 얼굴을 내려다보았다.

"야두 마찬가지여!" 그녀는 말했다. "우리 엘리자베스 엘런만큼이나 튼튼해 뵈는구먼. 보아허니 너두 네 엄마를 쏙 빼박았구나. 우리 마사가, 네 어머니도 아주 어여쁘셨다구 했거든. 너두 어른이 되믄 빨간 장미처럼 어여뻐질 것이다, 아가야. 아이구, 이뻐라.”

부인은 마사가 휴가를 얻어 집에 왔을 때 묘사했던 그 누렇고 못생긴 아이에 관해서는 말하지 않았다. 마사는 메드록 부인이 들었다는 이야기를 조금도 믿을 수가 없다고 말하며, 이렇게 덧붙였다. “아름다운 부인이 저 모냥으루 못돼먹은 아를 낳았다는 게 당최 말이 안 되잖아유.”

메리는 자기 얼굴의 변화에 별 관심이 없었다. 그런 데 관심을 쏟을 시간이 없었다. 예전과는 ‘달라’ 보인다는 것과 머리숱도 훨씬 많아졌으며 아주 빠르게 자라고 있다는 사실을 알고 있을 뿐이었다. 하지만 자신이 언젠가는 어머니처럼 될 거라는 소어비 부인의 말을 듣자 멤 사히브를 볼 때 느꼈던 즐거움이 기억나서 메리는 기분이 좋아졌다.

수전 소어비는 그들과 함께 정원을 돌며 모든 이야기를 들었고, 되살아난 덤불과 나무 하나하나를 구경했다. 콜린이 한쪽 옆에, 메리가 다른 쪽 옆에 서서 걸었다. 둘은 계속해서 부인의 편안한 장밋빛 얼굴을 올려다보며 그녀에게서 전해져 오는 기분 좋은 느낌, 왠지 모르게 따뜻하고 든든한 느낌에 대해 몰래 궁금해했다. 마치 디콘이 ‘동물 친구들’을 이해하는 것처럼 부인은 자신들을 이해해주는 것 같았다. 그녀는 꽃 위로 몸을 구부려 마치 꽃들이 아이들이라도 되는 양 이야기하기도 했다. 수트는 부인을 따라다니다 한 번인가 두 번 그녀를 향해 깍 하고 울더니 디콘의 어깨처럼 자연스럽게 부인의 어깨에 올라앉았다. 아이들이 울새와 새끼들의 첫 비행에 관해 이야기하자 부인은 자애롭고 부드러운 미소를 지었다.

"새들이 나는 법을 배우는 건 애덜이 걷는 법을 배우는 것허구 하나두 다를 게 없겠지만은, 내 새끼헌티 다리가 아니라 날개가 달렸다면 나는 아마 걱정이 이만저만이 아니었을 거여."

부인은 자신의 황무지 오두막처럼, 정말이지 상냥하고 훌륭한 여인이었으므로 마침내 아이들은 마법에 관한 이야기를 꺼냈다.

"마법을 믿으세요?" 콜린은 인도의 고행 수도자에 관해 설명한 다음 이렇게 물었다. "아주머니가 믿었으면 좋겠어요."

"그라믄, 믿고말고." 부인이 대답했다. "그 이름으로 알고 있던 건 아니지만, 이름이 뭣이 중허냐? 이름이야 프랑스에서 다르구, 독일에서는 또 다를 텐디. 씨앗을 부풀리구, 햇살이 내리쬐게 하는 바로 그것이 너를 건강하게 만들었으니, 그저 '좋은 것'이라구 부르면 족할 것이여. 우리 같은 불쌍한 바보들이나 이름 한번 잘못 불렸다구 섭섭해하지, '크고 좋은 것'은 그런 쓸데없는 걱정에 마음 쏟는 법이 없단다, 아가. 그저 수없이 많은 시상을 만들어갈 뿐이여. 우리가 사는 이런 시상 말이다. 그러니 절대루 '크고 좋은 것'에 대한 믿음을 잃거나, 온 시상이 그것으루 가득하다는 걸 잊어서는 안 된다잉. 뭐라고 부를지는 너희 좋을 대루 혀. 내가 정원에 들어설 때 너희들 그것을 위해 노래를 불러주구 있었지?"

"기분이 정말 좋았어요." 콜린은 아름답고 기묘한 눈을 반짝 뜨며 말했다. "내가 얼마나 달라졌는지가 갑자기 느껴졌거든요. 팔과 다리도 아주 튼튼해졌고, 땅을 파거나 일어설 수도 있게 되었어요.

그래서 폴짝폴짝 뛰다가 내 말을 듣고 있을 그 무언가에게 무슨 말이든 외치고 싶었어요.”

“니가 영광송을 불렀을 때 마법이 그 소리를 들었겠구나. 네가 부르는 노래라면은 그게 뭣이든지 간에 들었을 거여. 중요한 건 즐거움이란다. 오메, 아가! ‘즐거움을 주는 것’한테두 이름을 붙여줘야 쓰겄다잉.” 그러더니 소어비 부인은 콜린의 어깨를 다시금 부드럽게 토닥였다.

오늘 아침에도 부인은 아이들이 먹을 음식 바구니를 싸주었고, 배가 고파졌을 무렵 디콘은 숨겨두었던 바구니를 가지고 왔다. 부인은 나무 아래에 함께 앉아 아이들이 게걸스럽게 음식을 먹어치우는 모습을 흐뭇한 미소로 바라보았다. 그녀는 무척이나 즐거워했고 온갖 이상한 것들로 아이들을 웃겼다. 걸쭉한 요크셔 사투리로 이야기를 들려주거나 새로운 단어를 알려주기도 했다. 콜린이 여전히 까탈스러운 병자인 척 연극하기가 점점 어려워지고 있다는 이야기를 하자 부인은 도저히 참을 수 없다는 듯이 웃음을 터뜨렸다.

“함께 있으면 거의 계속 웃을 수밖에 없다니까요.” 콜린이 설명했다. “이러면 전혀 아픈 사람 같지가 않잖아요. 꾹꾹 눌러 참으려고 해도 자꾸만 터져 나오는데, 그럴 때 나는 소리는 더 심각해요.”

“저는 요즘 자주 떠오르는 생각이 하나 있어요.” 메리가 말했다. “갑자기 그 생각이 들면 웃음을 제대로 참은 적이 거의 한 번도 없어요. 콜린의 얼굴이 언젠가는 보름달처럼 변하고 말 거라는 생각인데요. 아직 그렇지는 않지만 매일 아주 조금씩 살이 찌고 있잖아요. 그러다가 어느 날 아침 눈을 떴는데, 콜린 얼굴이 완전히 보름달 모양이 되어버렸다고 생각해보세요. 얼마나 웃기겠어요!"

"아이구야, 니들이 증말루 연기를 잘해야겠다잉." 수전 소어비가 말했다. "하지만 그것두 얼마 안 남았구먼. 크레이븐 씨가 곧 집에 오실 거여."

"정말 오실까요?" 콜린이 물었다. "그걸 어떻게 아세요?"

수전 소어비가 부드럽게 웃었다.

"네가 직접 말하기 전에 크레이븐 씨가 모든 걸 알아버리신다믄 네 마음이 찢어지겠구나." 그녀가 말했다. "밤마다 워떻게 말헐지 생각허니라구 잠을 설쳤을 거 아녀."

"다른 사람이 먼저 말해버린다면 정말 참을 수 없을 거예요." 콜린이 말했다. "매일매일 새로운 방법들을 생각해내고 있거든요. 지금은 그냥, 아버지 방으로 뛰어 들어가고 싶어요."

"네 아부지헌티는 좋은 출발점이 될 것이다." 수전 소어비는 말했다. "그때 그분의 얼굴을 나두 보구 싶구나, 아가. 참말로 보구 싶어! 그분은 곧 돌아올 것이다. 그렇구말구."

그들은 소어비 부인의 오두막을 방문할 계획에 관해서도 이야기를 나누었다. 아이들은 하나하나를 모두 계획했다. 그들은 마차를 타고 황무지를 가로질러 가다가 헤더 덤불 사이에서 점심을 먹을 것이다. 열두 아이들을 모두 만나고, 디콘의 정원을 구경하고, 피곤해지기 전까지는 집에 돌아오지 않을 것이다.

마침내 수전 소어비가 메드록 부인을 만나러 가기 위해 자리에서 일어섰다. 콜린이 다시 휠체어에 앉을 시간이기도 했다. 하지만 그는 자리에 앉기 전에 수전에게 아주 가까이 다가서더니 혼란스럽고도 동경하는 눈빛으로 그녀를 바라보았다. 그리고 갑자기 수전의 파란 망토 자락을 꽉 움켜잡았다.

"아주머니는 바로 내가 바라던… 내가 바라던…." 그가 말했다. "아주머니가 우리 어머니였으면 좋겠어요. 디콘처럼 말이에요!"

그러자 수전은 허리를 숙이더니 마치 그가 디콘의 남동생이라도 되는 양 두 팔로 그를 따뜻하게 꼭 안아주었다. 그녀의 두 눈에 곧 눈물이 차올랐다.

"오메, 가여운 것!" 그녀는 말했다. "네 어머니는 바로 이 정원에 계시단다. 나는 믿어. 도저히 떠날 수가 없을 것이여. 그리구 네 아부지도 너에게 돌아오실 것이다. 틀림없어!

27장
정원에서

세상이 시작된 이래로 세기마다 대단한 발견이 이루어져 왔다. 지난 세기에는 대단한 발견이 그 어떤 때보다도 더 많이 이루어졌다. 그리고 오늘날의 이 새로운 세기에는 수백 가지의 더욱 놀라운 것들이 세상의 빛을 보게 될 것이다. 처음에 사람들은 새롭고 낯선 어떤 일이 이루어질 수 있음을 믿지 않는다. 그러다가 그 일이 이루어지길 희망하기 시작하고, 다음으로는 그 일이 이루어질 수 있음을 이해하고, 마침내는 그 일이 실제로 이루어진다. 그러면 온 세상은 그 일이 왜 몇 세기 전에 진작 일어나지 못했는지를 궁금해한다. 지난 세기에 사람들이 알아내기 시작한 새로운 것 중 하나는 생각이, 그저 단순한 생각이 전기 배터리만큼이나 강력하고 태양 빛만큼이나 유용하며, 맹독만큼이나 유해하다는 사실이었다. 슬픈 생각이나 나쁜 생각을 마음속에 그대로 두는 건 성홍열을 일으키는 균이 감염되도록 그냥 놔두는 것만큼이나 위험하다. 만약 나쁜 생각을 있는 그대로 방치해서 그것이 일단 당신 안으로 침투하고 나면, 당신은 그 나쁜 생각을 평생 극복할 수 없을지도 모른다.

　메리 역시도 마음이 나쁜 생각으로 가득했을 때, 그러니까 싫어하는 것들에 관한 불쾌한 생각과 사람들에 관한 비뚤어진 마음과 그 어떤 것에도 기뻐하지 않겠다는 결심이 온통 정신을 지배했던 때에는 누리끼리한 얼굴에 병약하고 지루하며 끔찍하게 미운 아이였다. 그러나 상황은 메리에게 매우 유리하게 흘러갔다. 메리 본인만큼은 전혀 알지 못했지만 말이다. 모든 것들이 메리를 좋은 방향으로 이끌기 시작했다. 아이들로 가득한 황무지 오두막과 울새로, 이상하고 괴팍한 늙은 정원사와 평범하고 어린 요크셔 출신 하녀로, 매일매일 살아나는 비밀의 정원과 봄으로, 그리고 또한 어느 황무지 소년과 그의 '동물 친구들'에 대한 생각으로 메리의 마음이 가득해지자, 그녀의 간과 소화 능력에 악영향을 주어 피로와 노란 얼굴을 만들어내던 불쾌한 생각은 자리를 잃고 말았다.

　콜린도 마찬가지였다. 자기 자신을 스스로 방 안에 가두어버린 뒤 두려움과 나약함과 자신을 바라보는 사람들에 대한 증오에 관해서만 생각하고, 혹과 죽음을 끊임없이 되뇌던 때에 그는 시도 때도 없이 히스테리를 부리는 반쯤 미쳐버린 건강 염려증 환자였고, 햇살과 봄에 관해서는 아무것도 알지 못했으며, 자신이 나아질 수 있으리라는 것도, 노력하기만 하면 두 발로 일어설 수 있다는 것도 전혀 알지 못했다. 하지만 새롭고 아름다운 생각들이 낡고 끔찍한 생각들을 밀어내기 시작하자 삶은 다시 그에게로 돌아왔고, 그의 피는 혈관을 타고 건강하게 흘렀으며, 정력이 홍수처럼 밀려들었다. 그의 과학적 발견은 단순하면서도 아주 실용적인 것이었으며, 조금도 이

상하지 않았다. 그리고 누구에게나 이보다 훨씬 더 놀라운 일들이
일어날 수 있다. 불쾌하고 우울한 생각이 마음에 찾아들더라도 유
쾌하고 용감하며 단단한 생각들로 그것들을 제때 밀어낼 수만 있다
면 말이다. 그 두 가지 생각은 한곳에 머무를 수 없다.

　"아가, 네가 장미 나무를 정성스레 가꾼다면 그곳에 엉겅퀴는
자라지 못한단다."

　비밀의 정원이 살아나고 두 아이도 함께 살아나는 동안 멀리 노
르웨이의 피오르*와 협곡, 스위스의 산맥처럼 아름다운 곳들을 이
리저리 방황하는 한 남자가 있었다. 10년 동안이나 자신의 마음을
어둡고 가슴 아픈 생각들로 가득 채우고 사는 남자였다. 그는 용기
가 없었으므로 어두운 생각들이 차지한 자리를 다른 생각으로 채워
넣으려고 노력한 적이 단 한 번도 없었다. 그는 푸른 호수 주변을 배
회하며 어두운 생각을 했고, 짙은 파란색의 용담초 꽃들이 주변을
온통 뒤덮은 산비탈에 누워서 꽃향기 가득한 공기를 마시면서도 어
두운 생각을 했다. 행복하던 그에게 끔찍한 슬픔이 들이닥쳤을 때
그는 자신의 영혼을 캄캄한 어둠이 잠식하게 내버려 두고는 그 어떤
빛줄기조차 새어 들어오지 못하도록 마음을 단단히 잠갔다. 그는 자
신의 가정과 의무마저도 머리에서 완전히 지우고 저버렸다. 여기저
기를 여행할 때도 어둠이 그를 완전히 뒤덮고 있었으므로 그의 모습
은 다른 사람들에게도 악영향을 미쳤다. 마치 그가 주변 공기에 우

---

* fjord. 빙하의 침식으로 만들어진 골짜기에 빙하가 없어진 후 바닷물이 들어와서 생긴
좁고 긴 만. 육지로 깊이 파고든 모양으로, 양쪽 해안은 경사가 급하며 횡단면은 'U' 자 모
양을 이룬다.

울이라는 독약을 푼 것 같았다. 낯선 이들은 대부분 그가 반쯤 미쳤거나 영혼 안에 아무도 모르는 범죄를 숨기고 있는 것이 틀림없다고 생각했다. 핼쑥한 얼굴에 큰 키, 구부러진 어깨를 가진 그는 언제나 빌라* 숙박부에 자신을 이렇게 소개했다. '영국 요크셔. 미셀스웨이트 장원. 아치볼드 크레이븐.'

그는 서재에서 조카 메리를 만나서 '약간의 땅'을 가져도 좋다고 말한 뒤로 여기저기를 여행하고 다녔다. 유럽에서 가장 아름다운 곳들을 돌아다녔지만 그 어떤 곳에서도 며칠 이상을 머무르지는 않았다. 그는 가장 조용하고 가장 외딴곳들을 찾아다녔다. 머리를 구름 위로 내밀고 있는 높은 산꼭대기에 올라가서 다른 산들을 내려다보기도 했다. 그곳에서 떠오르는 태양이 발아래 놓인 산들에 닿을 때면 세상은 이제 막 태어나는 것처럼 보였다.

하지만 그 빛조차도 그에게 감동을 주지는 못했다. 그런데 어느 날, 10년 만에 처음으로 그는 뭔가 이상한 일이 벌어졌음을 깨달았다. 오스트리아 티롤 지방의 멋진 골짜기에 머무르며 홀로 아름다운 풍경 한가운데를 걷고 있던 때였다. 그 어떤 인간의 영혼이라도 어둠으로부터 끌어내 줄 법한 아름다움이었다. 그는 상당히 오랜 시간을 걸었으나, 그 아름다움조차도 그의 영혼을 구제하지는 못했다. 마침내 피곤해진 그가 잠시 쉬기 위해 이끼가 융단처럼 뒤덮인 개울가에 털썩 주저앉았다. 맑고 작은 개울은 보드라운 초록빛 사이에 난 좁은 길을 따라 경쾌하게 흐르고 있었다. 때때로 물살이 거품이 일으

---

* villa. 영국에서 귀족을 위해 교외에 세워진 전원적 주거 공간.

키며 바위를 돌아나갈 때 나는 소리는 마치 아주 낮은 웃음소리 같기도 했다. 그는 새들이 다가와서 머리를 담그고 물을 마신 뒤 날개를 파르르 떨며 날아가는 모습을 지켜보았다. 개울은 마치 그 자체가 살아 있는 것 같았지만, 그 들릴 듯 말 듯 한 목소리 때문에 고요함은 더욱더 깊게 느껴졌다. 그 골짜기는 정말 고요했다.

달음질치는 맑은 물을 바라보며 앉아 있자니 아치볼드 크레이븐은 자신의 몸과 마음이 그 골짜기만큼이나 고요해지는 것을 느꼈다. 이러다 잠들진 않을까 하고 생각했지만, 그러지는 않았다. 자리에 앉아 햇살이 비친 물을 응시하고 있는데, 물가에 자라난 무언가가 조금씩 눈에 들어오기 시작했다. 사랑스러운 파란 물망초 꽃 덤불이 물가에 피어 있었고, 개울과 너무 가까운 곳에 핀 나머지 잎이 모두 물에 젖어 있었다. 그것을 바라보던 그는 문득 수년 전 그와 비슷한 것을 바라보던 일이 떠올랐다. 그는 그 꽃 덤불이 얼마나 사랑스러웠는지, 수백 송이의 작고 파란 꽃들이 얼마나 놀라운 기적을 행했는지를 가만히 생각했다. 그는 이 단순한 생각만으로도 이미 그의 정신이 천천히 채워지고 있음을, 채워지고 또 채워져서 다른 것들을 부드럽게 밀어내고 있음을 전혀 알지 못했다. 그것은 마치 고인 웅덩이에 달콤하고 깨끗한 샘물이 차오르기 시작하면 어느 순간 원래 고여 있던 시커먼 물이 흘러넘쳐서 완전히 사라져버리는 것과 같았다. 하지만 그가 스스로 이런 생각을 한 것은 아니었다. 그는 오직 자리에 앉아서, 골짜기가 점점 더 조용해지고 있다는 생각만을 하며 밝고 섬세한 파랑을 응시했을 뿐이다. 그는 자신이 그 자리에 얼마나 오랫동안 앉아 있었는지, 자신에게 무슨 일이 벌어졌는지를 전혀 알지 못했다. 하지만 마침내 잠에서 깨어난 듯 느릿느릿 몸을 일으키고는 이끼가 만든 융단 위에 서서 길고, 깊고, 부드러운 숨을 들이쉰 그는 자기 자신에게 놀라고 말았다. 온몸을 속박하던 무언가가 아주 조용히, 그를 놓아준 것만 같았다.

"이게 뭐지?" 그는 거의 속삭이듯 말했다. 그리고 손으로 이마를 쓸어올리며 이렇게 덧붙였다. "왠지 내가… 살아 있는 것처럼 느껴지는군!"

아치볼드 크레이븐에게 어떻게 이런 일이 벌어졌는지를 설명해줄, 아직 발견되지 않은 위대함에 관해서라면 나는 아는 바가 거의 없다. 사실 아직은 아무도 아는 이가 없다. 아치볼드 자신조차도 전혀 이해하지 못했다. 그러나 그는 이 기묘한 시간을 몇 달 후, 다시 미셀스웨이트 장원으로 돌아온 뒤에 기억해냈고, 바로 그날 콜린이 비밀의 정원으로 들어가 이렇게 소리쳤다는 사실을 우연히 알게 되었다.

"나는 영원히 살 거야! 영원히! 영원히!"

그 특별했던 고요는 저녁 내내 그의 마음에 남아 있었고, 밤에는 낯설도록 평온한 잠을 잤다. 하지만 그 고요가 그의 마음속에 오래 머무르지는 못했다. 그는 이것을 지킬 수 있다는 사실을 알지 못했다. 다음 날 밤 그는 자신의 어두운 생각에 마음의 문을 다시금 활짝 열어주었고, 어두운 생각은 무리를 지어 다시 휘몰아쳐 돌아왔다. 그는 골짜기를 떠나 또 한 번 방랑의 길에 나섰다. 하지만 그 뒤로 정말 이상하게도 그런 순간들이 잠깐씩 찾아왔다. 이유는 알수 없지만 몇 분 동안, 때로는 30여 분 가까이 그를 짓누르던 검은 무게가 다시금 사라지고, 자신이 살아 있는 인간이며 죽어 있지 않다는 것을 이해하는 순간들이 찾아온 것이다. 느리게, 아주 느리게 특별한 이유도 없이 그는 자신이 정원과 함께 '살아나고 있다'는 것을 알았다.

황금빛 여름이 더 깊은 황금빛의 가을로 변해갈 무렵 그는 코모호湖로 갔다. 그곳에서 그는 꿈이 얼마나 사랑스러울 수 있는지를 발견했다. 그는 수정처럼 투명한 호수의 파랑 위에서 하루하루를 보내거나 언덕의 짙고 부드러운 초목 안으로 걸어 들어가 피곤할 때까지 터벅터벅 걸어 다니곤 했다. 그래야 잠들 수 있었기 때문이었다. 하지만 이맘때쯤 그는 자신이 좀 더 잘 자게 되었음을, 그리고 꿈이 더는 그에게 공포의 대상이 아니게 되었음을 알았다.

그는 생각했다. "어쩌면… 몸이 좀 나아지고 있나 보군."

그의 몸이 점점 더 건강해지고 있는 것은 사실이었다. 하지만 드물게 찾아와서 잠시나마 생각을 바꾸어주는 평화로운 시간 덕분에 그의 영혼 역시 느리지만 조금씩 건강을 되찾고 있었다. 그는 미셸 스웨이트에 관해 생각하기 시작했고, 집으로 돌아가야 하는 건 아닐지 고민에 빠졌다. 가끔씩 그는 막연하게나마 아들에 대해 궁금해했고, 집으로 돌아가 네 개의 조각 기둥이 달린 침대 옆에 다시 선다면, 아이가 잠들어 있는 동안 날카롭고 창백한 그 얼굴과 놀라울 정도로 빽빽한 검은 속눈썹으로 뒤덮인 감은 눈을 본다면 어떤 기분이 들지 스스로에게 물었다. 그러고는 곧 몸을 움츠렸다.

어느 아름다운 날 그는 아주 멀리까지 산책을 나갔다가 늦은 밤이 되어서야 돌아왔다. 둥근 달이 높이 떠 있었고, 온 세상에 보랏빛 그림자와 은빛만이 가득했다. 호수와 그 주변, 그리고 숲의 고요함이 무척이나 아름다워서 그는 자신이 머무는 빌라로 돌아가지 않았다. 대신 호숫가 나무 아래 숨은 작은 테라스로 걸어 내려갔고, 자리에 앉아 밤의 황홀한 향기를 흠뻑 들이마셨다. 묘한 고요가 그에게 서서히 스며들더니 점점 더 깊어졌고, 그는 그대로 잠들었다.

언제 잠들었는지, 언제부터 꿈꾸기 시작했는지는 알 수 없었다. 꿈이 아주 실제 같아서 꿈꾸는 것 같지도 않았다. 자기가 얼마나 또렷하고 기민한 상태였다고 생각했는지를 그는 나중에야 기억해냈다. 꿈속에서 그는 자리에 앉아 늦장미의 향기를 마시며 발아래서 찰랑거리는 물소리를 듣고 있었다. 그런데 그때 자신을 부르는 목소리가 들려왔다. 먼 곳에서 들려오는 달콤하고 또렷하며 행복한 소리였다. 아주 먼 곳에서 나는 소리 같았지만 바로 옆에서 들려오는 듯 분명하게 알아들을 수 있었다.

"아치! 아치! 아치!" 목소리는 말했다. 그러더니 다시, 이전보다 더욱 달콤하고 또렷한 소리로 그의 이름을 불렀다. "아치! 아치!"

꿈속에서 그는 놀라는 기색도 없이 벌떡 일어섰다. 목소리는 그만큼 진짜 같았고, 아주 자연스러웠다.

"릴리아스! 릴리아스!" 그가 대답했다. "릴리아스! 어디 있소!"

"정원에요." 마치 황금으로 만든 플루트에서 들려오는 소리 같았다. "정원에요!"

그리고 꿈은 끝났다. 하지만 그는 깨어나지 않았다. 사랑스러웠던 그 밤 내내 그는 깊고 달콤한 잠을 잤다. 마침내 잠에서 깨어났을 때는 이미 환한 아침이었고 하인이 그를 바라보며 서 있었다. 그는 이탈리아인이었는데, 그 빌라에서 일하는 다른 모든 하인과 마찬가지로 외국에서 온 손님이 그 어떤 이상한 행동을 하든 아무것도 묻지 않고 받아들이는 데 매우 익숙했다. 그 손님이 언제 나가서 언제 들어올지, 잠은 어디서 잘지, 아니면 밤새 정원을 배회하거나 호수 위의 배에 누워 있을지를 그 누구도 알지 못했다. 하인은 편지가 몇 개 놓인 쟁반을 손에 들고서 크레이븐 씨가 가져가기를 조용히 기다렸다. 하인이 자리를 뜨자 크레이븐 씨는 자리에 앉아 몇 분 동안 편지를 손에 쥔 채 호수를 바라보았다. 그 기묘한 평온함은 아직도 그에게 머물러 있었고, 그 이상의 무언가가 나타난 것만 같았다. 이미 벌어진 그 잔인한 일이 마치 없었던 일이 된 것만 같은 홀가분함이 느껴졌다. 분명 무언가가 변한 것 같았다. 그는 꿈을 되새겨보았다. 마치 현실 같은 꿈. 마치 꿈이 아닌 듯한 꿈을.

"'정원에요'라니…!" 그는 이렇게 말하다가 자기 자신에게 놀랐다. "정원이라니! 그 정원은 문이 잠긴 데다 열쇠는 땅속 깊이 묻혀 있잖아."

몇 분 뒤 편지를 흘긋 쳐다본 그는 가장 위에 놓인 편지에 영어가 쓰여 있으며, 발신지가 요크셔임을 발견했다. 소박한 여성의 필체였으나 그가 아는 필체는 아니었다. 그는 보낸 이가 누군지에 대해서는 거의 생각하지도 않은 채 편지를 열었다. 하지만 처음 몇 단어만으로도 그는 즉시 편지에 빠져들었다.

크레이븐 씨 보세요.

저는 수전 소어비입니다. 전에 황무지에서 감히 말씀을 건넨 적이

있었지요. 메리 아가씨에 관한 이야기였습니다. 또 한 번 감히 드릴 말씀이 있어서 이렇게 펜을 듭니다. 크레이븐 씨. 어서 집으로 돌아오십시오. 아주 기쁜 일이 있을 겁니다. 그리고 이런 말씀을 드려도 될지 모르겠지만 부인께서 살아 계셨다면 틀림없이 돌아오라고 말씀하셨을 거라고 생각합니다.

당신의 충직한 종복, 수전 소어비 올림

아치볼드 크레이븐은 편지를 한 번 더 읽고서 다시 봉투에 집어넣었다. 그는 계속해서 꿈에 관해 생각했다.

"미셀스웨이트로 돌아가야겠어." 그가 말했다. "그래, 지금 바로 가자."

그는 정원을 가로질러 빌라로 돌아가서는 피처에게 영국으로 돌아갈 준비를 하라고 지시했다.

• • •

며칠 만에 그는 요크셔에 도착했고, 돌아오는 기차에서 내내 아들 생각을 했다. 지난 10년 동안 한 번도 없었던 일이었다. 지난 시간 동안 그는 오로지 아들을 잊어버리고만 싶어 했다. 그런데 지금, 그가 생각하고자 의도한 것은 아니었지만, 아들에 대한 기억이 계속해서 마음을 맴돌았다. 아기는 살아남고 엄마는 죽었다는 이유로 미친 사람처럼 악을 쓰고 울던 어두운 날들이 떠올랐다. 그는 처음에 아

335

기를 보려고 하지도 않았다. 그러다 마침내 마주한 아기는 무척이나 연약하고 형편없어 보였다. 며칠 내로 죽을 거라고 모두가 확신할 정도였다. 하지만 사람들의 예상과는 달리 시간은 흘렀고, 아기는 살아남았다. 그러자 사람들은 이제 아기가 기형으로 자라 불구가 될 거라고 믿었다.

그도 나쁜 아버지가 될 생각은 없었다. 하지만 자신이 아버지라는 생각이 조금도 들지 않았다. 아이에게 의사와 보모와 온갖 사치품을 제공해주었지만 그 아이를 생각하는 것만으로도 절로 몸이 움츠러들었으므로, 자신을 끔찍한 고통 속에 묻어버렸다. 아내가 죽은 뒤 집을 떠나 1년간 떠돌다가 처음 미셀스웨이트에 돌아왔던 날, 끔찍하게 생긴 작은 것이 느릿느릿 무관심하게 그를 향해 얼굴을 들어 올렸을 때, 그는 그 모습을 도저히 지켜볼 수가 없었다. 커다란 회색 눈과 주위를 둘러싼 검은 속눈썹이 그가 사랑해 마지않았던 그 행복한 눈과 아주 똑같으면서도 또 끔찍하게 달라 보였기 때문이었다. 그는 죽은 사람처럼 창백하게 질린 얼굴로 고개를 돌려버렸다. 그 후로 그는 잠들었을 때 말고는 아이를 거의 보지 않았고, 아이에 대해 아는 것이라고는 사악한 데다 시도 때도 없이 히스테리를 부리는 반쯤 미친 만성 질환자라는 사실뿐이었다. 분노는 아이에게 위험할 수 있었으므로 아이는 아주 사소한 것까지 제멋대로 하면서 자랐다.

이 모든 걸 돌아보는 것이 기분 좋은 일은 아니었지만, 기차가 산길을 지나고 황금빛 들판을 질주하는 동안 남자는 점점 더 '살아나고' 있었고, 모든 일을 새로운 관점에서 생각하기 시작했다. 남자는 아주 오랫동안 끊임없이, 그리고 깊이 생각했다.

"어쩌면 내가 10년 동안 완전히 틀렸는지도 몰라." 그가 중얼거렸다. "10년은 아주 긴 세월이지. 무언가를 다시 해보기에는 이미 너무 늦었는지도 몰라. 그래, 늦어도 너무 늦었지. 나는 그동안 도대체 무슨 생각을 하고 있었을까?"

물론 이건 잘못된 마법이었다. '너무 늦었다'고 말하는 것부터가 말이다. 심지어 콜린이라도 그 점을 지적할 수 있었으리라. 하지만 그는 검은 마법이든 하얀 마법이든 마법에 대해서라면 아는 바가 전혀 없었다. 그는 수전 소어비가 단지 모성을 가진 존재로서 아이가 몸이 더 안 좋아진 것을, 또는 돌이킬 수 없을 정도로 아픈 것을 알고 용기를 내어 편지를 쓴 것은 아닌가 걱정되었다. 만약 그가 자신을 완전히 사로잡은, 알 수 없는 평온함의 주문에 걸려 있지 않았더라면 그는 그 어느 때보다도 더 비참해지고 말았을 것이다. 하지만 평온함은 그에게 어떤 용기와 희망을 가져다주었다. 최악의 생각들에게 굴복하는 대신 그는 더 좋은 것들을 믿으려고 노력하는 자신을 발견했다.

"혹시라도 그 부인은 내가 아이에게 좋은 영향을 주고, 아이를 가르칠 수 있을 거라고 생각한 것일까?" 그는 생각했다. "미셀스웨이트로 가는 길에 소어비 부인을 만나봐야겠군."

하지만 황무지를 가로지르는 길에 잠시 마차를 멈추고 오두막에 들렀을 때 부인은 그곳에 없었다. 함께 신나게 뛰어놀다가 그를 보고 다정하면서도 예의 바르게 인사를 건넨 일고여덟 명의 아이들은 어머니가 갓 출산한 여자를 도와주기 위해 이른 아침 황무지 반대편으로 갔다고 말했다. 그리고 불쑥 '우리 디콘'이 미셀스웨이트의 어느 정원에서 일하고 있으며, 일주일에도 며칠씩 그곳에 간다고 말해주었다.

크레이븐 씨는 작고 단단한 아이들의 몸과 저마다의 미소를 머금고 있는, 동그랗고 발그레한 얼굴들을 훑어보았다. 그러고는 정말이지 건강하고 사랑스러운 녀석들이라고 자기도 모르게 생각했다. 그는 아이들의 다정한 얼굴에 미소를 지어 보이고는 주머니에서 1파운드짜리 금화를 꺼내어 나이가 가장 많은 '우리 엘리자베스 엘런'에게 주었다.

"이걸 너희 여덟 명이서 나누면 한 사람당 2실링 6펜스씩은 돌아갈 게다." 그가 말했다.

아이들은 활짝 핀 웃음과 감사의 인사로 화답했다. 그는 환희에 차서 서로 팔을 쿡쿡 찌르고 좋아서 폴짝폴짝 뛰는 아이들을 뒤로한 채 다시 길을 나섰다.

경이로운 황무지를 가로지르며 달리는 길은 왠지 모를 위로를 주었다. 그는 고향으로 돌아올 때의 따뜻한 기분을, 다시는 느낄 수 없으리라고 믿어 의심치 않았던 그 기분을 왜 황무지에서 느꼈을까? 땅과 하늘과 먼 곳에 핀 보랏빛 꽃들의 아름다움을, 그의 조상들이 600년 동안 살아온 거대하고 낡은 집에 다가가면 갈수록 점점 따뜻해지는 가슴을 어떻게 다시 느끼게 되었을까? 마지막으로 집을 떠나던 날, 치렁치렁한 양단으로 뒤덮인, 네 개의 기둥 달린 침대에 누워 있는 아들과 수많은 닫혀 있는 방들을 떠올리며 온몸을 떨지 않았던가. 아들이 혹시 조금이라도 괜찮아져서, 아들만 보면 움츠러들고 마는 몹쓸 증상을 극복해내는 게 과연 가능하긴 할까? 그 꿈은 얼마나 생생했으며, 그를 부르던 목소리는 또 얼마나 아름답고 분명했던가. "정원에요… 정원에요!"

"열쇠를 찾아봐야겠군." 그가 말했다. "문을 열어봐야겠어. 이유는 모르지만 왠지 그래야 할 것 같아."

장원에 도착하자 평소대로 그를 맞이한 하인들은 그가 더 건강해 보인다는 걸 눈치챘다. 게다가 그는 피처의 수행을 받으며 대부분의 시간을 보내던 외딴 방으로 가지 않았다. 대신 서재로 가서 메드록 부인을 불렀다. 그를 찾아온 부인은 왠지 모르게 흥분과 호기심으로 허둥지둥하는 듯했다.

"콜린은 어떻소, 부인?" 그가 물었다.

"글쎄요, 나리." 메드록 부인은 대답했다. "도련님은… 말하자면, 좀 달라졌습니다."

"안 좋은가?" 그가 넌지시 물었다.

메드록 부인의 얼굴이 상기되었다.

"글쎄요, 직접 보시지요, 나리." 그녀는 설명하려 애썼다. "크레이븐 선생도, 보모도, 저도 도련님을 정확히 이해할 수가 없습니다."

"왜 그렇지?"

"사실은 나리, 콜린 도련님은 더 좋아졌을 수도 있고, 악화되고 있을 수도 있습니다. 도련님의 식성이 도저히 이해할 수 없는 지경에 이르렀습니다. 그리고 행동 역시도…."

"아이가 더… 더 이상해졌다는 건가?" 크레이븐이 걱정스러운 듯 눈썹을 치켜올리며 물었다.

"바로 그겁니다, 나리. 그분은 정말이지 이상해지고 있어요. 예전과 비교하면 말입니다. 전에는 통 먹지를 않았었는데 갑자기 엄청난 양을 먹기 시작하더니 또 어느 날부터는 갑자기 먹는 것을 완전히 거부하셔서 음식이 예전처럼 다시 돌아오고 있습니다. 나리는 아마 전혀 모르셨겠지만, 도련님은 밖으로 나가는 걸 완전히 거부하셨습니다. 휠체어에 태워서 밖에 데리고 나가려고 온갖 방법을 다 써봤지만 그분은 온몸을 나뭇잎처럼 바들바들 떨 뿐이었지요. 본인 스스로 그런 상태에 빠져버리니 크레이븐 선생도 억지로 강요할 수는 없었습니다. 그런데요, 나리. 아무런 예고도 없이, 최악의 발작을 끝낸 지 얼마 되지도 않아서 도련님은 갑자기 매일같이 밖으로 나가고 계십니다. 휠체어를 밀어줄 수전 소어비의 아들 디콘과 메리 아가씨와 함께 말입니다. 도련님은 메리 아가씨와 디콘을 아주 좋아하게 됐고, 디콘은 자신이 길들인 동물들을 도련님 방으로 데려오기까지 했어요. 이게 믿어지시나요, 나리? 이제 도련님은 아침부터 밤까지 밖에서만 계십니다."

"아이가 언제 보이지?" 이것이 그의 다음 물음이었다.

"식사를 자연스럽게 하고 계시다면 아마 살이 오르는 것처럼 보일 겁니다. 하지만 일종의 부종이 아닐까 걱정하고 있습니다. 가끔씩 메리 아가씨와 단둘이 있을 때면 이상하게 웃기도 해요. 그전에는 웃는 일이 전혀 없었거든요. 허락하신다면 크레이븐 선생님이 지금 나리를 만나러 오겠다고 합니다. 선생님도 평생 이렇게 당황스러운 일은 처음이라고 하세요."

"콜린은 지금 어디에 있지?" 크레이븐 씨가 물었다.

"정원에요, 나리. 도련님은 항상 정원에 계십니다. 자기를 쳐다볼까 봐, 누구도 근처에 얼씬하지 못하게 하세요."

크레이븐 씨는 그녀의 마지막 말을 거의 듣지 못했다.

"정원에요." 그가 말했다. 메드록 부인을 보낸 뒤에도 그 자리에 서서 그 말을 하고 또 했다.

"정원에요!"

그는 다시 현실로 되돌아오기 위해 애써야 했고, 정신이 되돌아오자 돌아서서 방을 나섰다. 그는 메리가 갔던 길대로 관목 숲에 난 문을 지나고 월계수 나무들을 거쳐서 화단이 있는 분수대까지 걸었다. 분수에서는 이제 물이 솟고 있었고 주변을 둘러싼 화단은 화려한 가을꽃들로 가득했다. 그는 잔디를 가로질러 담쟁이덩굴 담장 옆에 난 긴 산책로에 접어들었다. 그는 빠르게 걷지 않고 오히려 느리게 걸었으며, 눈은 산책로에 고정되어 있었다. 그는 마치 자신이 오래도록 버려둔 장소로 다시 끌려가는 느낌을 받았는데, 그 이유를 알 수는 없었다. 그곳에 점점 더 가까이 다가갈수록 그의 발걸음은 더욱 조용하고 느려졌다. 담쟁이덩굴이 담장을 두껍게 덮고 있었음에도 그는 문이 어디에 있는지를 단번에 알아봤다. 하지만 그조차도 정확히 기억하지 못하는 것이 있었다. 바로 땅에 묻은 열쇠의 위치였다.

그래서 그는 걸음을 멈추고 가만히 서서 주변을 둘러보았다. 그런데 걸음을 멈춘 바로 다음 순간 그는 깜짝 놀라 귀를 기울였다. 혹시 지금도 꿈을 꾸고 있는 건 아닐까?

문 위로는 담쟁이덩굴이 두껍게 걸려 있고, 열쇠는 관목 아래 묻혀 있으며, 고독한 지난 10년 동안 그 어떤 인간도 이 문을 지난 일이 없었는데, 그런데 그 정원 안에서 소리가 들려오고 있었다. 마치 나무 아래를 빙글빙글 돌며 잡기 놀이라도 하는 듯 허둥지둥 달리는 발소리와, 애써 억누르는 듯 낮은 목소리와 감탄하는 소리, 숨죽여 외치는 기쁨의 소리가 온통 뒤섞인 기이한 소리였다. 그건 다름 아닌, 아이들의 웃음소리 같았다. 들키지 않으려고 애써보지만 한순간에 흥분이 고조되어서 그만 웃음을 터뜨리고 마는 아이들의 주체할 수 없는 웃음소리였다. 도대체 그가 무슨 꿈을 꾸고 있는 걸까? 지금 들리는 이 소리는 대체 무엇이란 말인가? 결국에는 이성을 잃고, 인간에게는 들리지 않아야 할 소리가 들린다고 생각하게 되어버렸을까? 멀리서 들려오던 그 선명한 목소리가 바로 그런 의미였을까?

그리고 다시금 그 순간이 찾아왔다. 존재를 숨겨야 한다는 사실도 잊고서 소리를 터뜨리고 마는 주체할 수 없는 순간이 찾아온 것이다. 달리는 발소리가 점점 더 빨라지는 것 같았다. 그들은 이제 정원으로 통하는 문 가까이에 있었다. 빠르고 건강하고 어린 숨소리와 도저히 참을 수 없을 만큼 신나게 터져 나오는 웃음소리가 들려왔다. 그리고 담장에 달린 문이 거칠게 활짝 열리면서 매달려 있던 담쟁이덩굴이 뒤쪽으로 흔들렸다. 그리고 그 문을 통해 전속력으로 달려 나온 한 소년은 외부인을 미처 보지 못하고 그의 품으로 달려들었다.

크레이븐 씨는 자신을 보지도 못하고 달려드는 바람에 거의 넘어질 뻔한 남자아이를 간신히 붙잡았다. 누구인지 보려고 아이를 품에서 떼어낸 그는 그 아이가 거기에 있다는 사실에 그저 놀란 나머지 말 그대로 숨을 헐떡이기 시작했다.

그는 키가 큰 소년이었고, 잘생긴 아이였다. 생명력으로 발갛게 달아오른 소년의 얼굴에는 너무나 아름다운 색이 입혀져 있었다. 그는 이마에 흘러내린 숱 많은 머리칼을 쓸어넘기고 묘한 회색 눈을, 소년다운 웃음이 가득하고 검은 속눈썹이 울타리처럼 둘레를 감싸고 있는 두 눈을 들어 올렸다. 크레이븐 씨가 숨을 헐떡인 것은 바로 그 눈 때문이었다.

"누구⋯. 뭐지? 네가⋯!" 그는 더듬거렸다.

이건 콜린이 예상했던 바가 아니었다. 계획했던 것과는 전혀 다른 만남이었다. 아버지를 이런 식으로 만나게 될 거라고는 전혀 생각하지 못했다. 그럼에도 불구하고 뛰쳐나오면서, 그것도 달리기 시합에서 이겨서 가장 먼저 아버지를 만나게 된 건 오히려 더 잘된 일인 것 같기도 했다. 콜린은 최대한 크게 몸을 곧추세웠다. 콜린과 함께 달리다가 마찬가지로 문을 통해 뛰쳐나온 메리는 콜린이 그 어느 때보다 더 커 보인다고, 몇 인치는 더 커 보인다고 생각했다.

"아버지." 그가 말했다. "저 콜린이에요. 못 믿으시겠죠? 저 자신도 믿기 힘들어요. 저 콜린이에요."

메드록 부인처럼 콜린 역시도 다급하게 소리치는 아버지의 말을 이해할 수 없었다.

"정원에 있어! 정원!"

"맞아요." 콜린이 곧장 말을 받았다. "저를 이렇게 만든 건 바로 정원이었어요. 메리와 디콘과 동물 친구들, 그리고 마법도 함께요. 제가 이렇게 건강해졌다는 걸 아무도 몰라요. 아버지가 오시면 말쏟드리려고 모두에게 비밀로 했거든요. 저는 이제 건강해요. 달리기 시합에서 메리를 이길 수도 있어요. 저는 운동선수가 될 거예요."

붉게 상기된 얼굴과 넘치는 열정 때문에 뒤죽박죽 뒤섞여서 쏟아져 나오는 말들까지, 콜린의 모습은 영락없는 건강한 소년이었다. 그 모습을 본 크레이븐 씨의 영혼은 도저히 믿을 수 없다는 듯 기쁨으로 떨려왔다.

콜린은 손을 내밀어 아버지의 팔을 잡았다.

"기쁘지 않으세요, 아버지?" 그가 말했다.

"기쁘지 않으신 거예요? 저는 영원히 살 거예요. 영원히! 영원히!"

크레이븐 씨는 두 손을 아들의 양어깨에 올리고 그를 가만히 잡았다. 잠깐이지만 그는 감히 말을 꺼낼 수조차 없었다.

"아들아, 나를 정원으로 데려가 주렴." 마침내 그가 말했다. "그리고 전부 이야기해봐라."

그리해서 아이들은 그를 이끌고 안으로 들어갔다.

그곳에는 가을의 금색과 보라색, 쪽빛 보라색과 타는 듯한 빨강이 제멋대로 우거져 있었고, 사방에는 뒤늦게 핀 흰색의, 또는 흰색과 다홍색이 섞인 백합 다발들이 옹기종기 모여 있었다. 그 백합들을 처음 심던 순간을 그는 또렷하게 기억했다. 연중 바로 이 계절이 오면 백합은 뒤늦은 영광을 세상에 드러내곤 했다. 늦게 핀 장미는 기어오르거나 매달려 무리를 이루고 있었고, 햇살은 노랗게 변해가는 나무의 빛깔을 더욱 깊어지게 만들었으므로 그곳에서는 누구나 수목으로 둘러싸인 황금의 신전에 서 있는 듯한 기분을 느꼈다.

새로 들어온 인간, 아치볼드 크레이븐은 아이들이 잿빛 정원에 처음 들어왔을 때 그랬던 것처럼 조용히 서서, 그곳을 둘러보고 또 둘러보았다.

"죽었을 거라고 생각했어." 그가 말했다.

"메리도 처음에는 그렇게 생각했대요." 콜린이 말했다. "하지만 살아났어요."

곧이어 콜린을 제외한 모두가 나무 아래에 앉았다. 콜린은 이야기하는 동안 서 있기를 원했기 때문이었다.

콜린이 남자아이들 특유의 저돌적인 말투로 온갖 이야기를 쏟아내자 아치볼드 크레이븐에게 그 말은 지금껏 들어본 그 어떤 말보다도 가장 이상하게 들렸다. 수수께끼와 마법과 야생 동물들, 한밤중의 이상했던 만남, 봄의 도래, 자존심을 짓밟힌 뒤 벤 웨더스타프의 얼굴을 마주 보며 대들고 싶어서 두 발로 일어선 어린 라자의 열정. 기이한 우정, 연극 놀이, 아주 조심스럽게 지킨 비밀. 눈물이 차오를 때까지 웃어대던 일과 때로는 웃고 있지 않은데도 눈물이 차오르던 일. 운동선수, 강의자, 과학적 발견까지… 그 모든 것들은 웃기고 사랑스럽고 건강한 어린 사람의 것이었다.

"아버지." 이야기를 마친 콜린이 말했다. "이제 더는 비밀로 할 필요가 없어요. 사람들이 나를 보면 아마 놀라서 나자빠지겠죠? 다시는 휠체어에 앉지 않을 거예요. 아버지와 함께 걸어서 돌아갈래요. 집으로요."

• • ▫

벤 웨더스타프는 정원에서 벗어나서 일하는 경우가 거의 없었지만, 이번만큼은 채소를 부엌으로 가져다둔다는 핑계를 대고 저택 안으로 들어왔다. 하인용 거실로 들어와 맥주를 한 잔 마시라는 메드록 부인의 제안으로 그는 그 자리에 있게 되었다. 사실 그가 바라던 바였다. 이번 세대 들어 미셀스웨이트 장원이 목격한 사건들 가운데 가장 극적인 사건이 바로 그때 벌어졌기 때문이다.

하인용 거실의 창문 중에는 뜰이 내려다보이는 창문이 하나 있었는데, 그 창을 통해 얼핏 잔디밭을 볼 수 있었다. 벤이 방금까지 정원에 있었다는 것을 알고 있던 메드록 부인은 그가 혹시라도 주인을 봤는지, 아니면 콜린 도련님과 주인이 만나는 모습을 봤는지 묻고 싶었다.

"영감님, 혹시 주인 나리나 도련님 중 누구라도 보셨어요?" 그녀가 물었다.

벤은 입에서 맥주잔을 떼더니 입술을 손등으로 문질렀다.

"야, 봤슈." 그가 짓궂게도 의미심장한 분위기를 풍기며 대답했다.

"두 분 다요?" 메드록 부인이 넌지시 물었다.

"야, 두 분 다유." 벤 웨더스타프가 대꾸했다. "어, 시원하다. 한 잔 더 마셨으면 쓰겄는디."

"함께 계시던가요?" 부인은 흥분해 잔이 넘치도록 맥주를 부었다.

"그러시든디유, 부인." 벤은 새로 채워진 잔을 단숨에 반이나 들이켰다.

"콜린 도련님은 어디에 계셨는데요? 어때 보이셨어요? 서로 무슨 말을 하던가요?"

"그것까정은 못 들었쥬." 벤이 말했다. "사다리를 타구 담장 너머를 슬쩍 들여다본 것뿐이니께. 하지만 이건 말해줄 수 있슈. 집에서 일하는 사람덜은 암껏두 모르는 일이 밖에서는 벌어지고 있었다 이 말이유. 무슨 일인지는 곧 알게 될 규."

그러고는 2분도 채 지나지 않아 남은 맥주를 모두 들이켜더니 관목 숲 너머로 잔디밭이 살짝 보이는 창문을 향해 잔을 엄숙하게 흔들어 보였다.

"저짝 좀 봐유." 그가 말했다. "궁금하믄 저기 잔디 너머에서 누가 오는지 보라구유."

그쪽을 바라본 메드록 부인은 놀라 두 손을 쳐들더니 작은 비명을 내질렀다. 그러자 이야기를 듣고 있던 하인들이 남자고 여자고 할 것 없이 전부 거실 반대편으로 잽싸게 달려가 창밖을 바라보았다. 그들의 눈은 얼굴 밖으로 곧 튀어나올 듯 휘둥그레졌다.

잔디밭을 가로질러 미셀스웨이트의 주인이 걸어오고 있었다. 그는 많은 하인들이 지금껏 한 번도 본 적 없는 모습을 하고 있었다. 그리고 옆에는 머리를 꼿꼿이 든 채 눈에는 웃음기를 가득 머금고서, 요크셔에 사는 다른 모든 사내아이들과 똑같은 튼튼하고도 안정적인 걸음걸이로 걸어오는 아이가 있었다. 바로 콜린 도련님이었다!

끝.

프랜시스 엘리자 호지슨Frances Eliza Hodgson은 1849년 11월 24일 영국 맨체스터에서 에드윈 호지슨Edwin Hodgson과 엘리자 분드Eliza Boond의 다섯 자녀 중 셋째로 태어났다. 인테리어를 위한 장식미술 사업을 하며 윤택한 생활을 하던 가족은 아버지가 1854년 뇌졸중으로 사망하자 생활고를 겪기 시작한다. 1865년 그녀가 열여섯 살 때 가족이 미국으로 이민해 테네시주 제퍼슨 시티에 정착했다. 평소 스토리텔링에 관심이 있던 그녀는 그때부터 생계를 위한 본격적인 글쓰기에 뛰어든다. 버넷의 첫 번째 소설 〈캐러더스양의 약혼Miss Carruthers' Engagement〉은 그녀가 열아홉 살이던 1868년 유명 여성지 〈고디의 레이디스 북Godey's Lady's Book〉에 실렸다. 1872년 어머니가 사망한 뒤 가족은 그녀의 집필 수입에 점점 더 의존하게 된다.

1873년 9월, 그녀는 집 건너편에 살던 스완 모지스 버넷Swan Moses Burnett과 결혼한다. 스완은 대학에서 의학을 전공했고 결혼 후에는 공부를 더 하기 위해 유럽 유학을 추진한다. 2년간의 파리 생활 동안 그녀는 다시 한번 가족의 생계를 책임지게 된다. 장남 라이어널이 태어난 1874년에 그녀는 첫 주요작품인 《뎃 라스 오 라우리스That Lass O' Lowrie's》(1877)의 집필을 시작했다. 단행본으로 출간되자 샬럿 브론테나 헨리 제임스의 작품과 비교되며 호평을 받았다.

둘째 비비언을 낳은 뒤 파리 생활을 끝낸 버넷은 남편과 함께 워싱턴 D.C.로 이주한다. 10대부터 계속 가족의 생계를 책임져오면서 남편과 아이들을 돌보고 가사를 하며 글을 쓰는 동안 우울증을 앓던 버넷은 이를 극복하기 위해 1880년대에 영적주의, 신학, 정신 치유, 기독교 과학의 철학을 익힌다. 이와 관련된 마음의 치유력에 관한 생각은 그녀의 저술에서 중요한 모티브가 되었고, 특히 《소공녀A Little Princess》(1905) 《비밀의 화원The Secret Garden》(1909) 《사라진 왕자he Lost Prince》(1915)에서 두드러졌다.

1886년에 버넷의 삶을 바꿔놓은 책《소공자Little Lord Fauntleroy》(1886)가 출판되었다. 50만 부 이상 판매된 이 책의 성공은 불행한 결혼으로부터 그녀를 해방시켜주었다. 버넷은 사교활동을 즐겼고 호화로운 삶을 살았다. 하지만 장남 라이어널이 1890년에 결핵으로 사망하면서 우울증이 재발했다. 남편 스완과의 결혼생활도 파탄 나 차남 비비언이 하버드대를 졸업한 1898년에 협의 이혼한다.

1880년대부터 그녀는 매년 영국과 미국을 오가는 생활을 했는데, 이혼 후 영국의 시골에 정착해 정원을 가꾸는 데 몰두했으며, 그곳에서 《비밀의 화원》을 썼다. 1909년 버넷은 미국으로 돌아와 뉴욕주 나소카운티에 정착했고, 1924년 10월 29일 울혈성 심부전으로 사망해 로슬린 묘지에 묻혔다.

작품 소개

1721년 제임스 모니페니James Monypenny가 켄트주 그레이트 메이담Great Maytham에 메이담 홀이라고 불리는 집을 지었고 넓은 정원을 함께 만들었다. 영국 아동문학 작가 프랜시스 호지슨 버넷이 1898년부터 1907년까지 이곳에서 살았는데, 그녀는 오래된 벽에 둘러싸인 정원이 안타깝게도 너무 많이 자라고 방치된 것을 발견했다. 버넷은 울새의 도움으로 담쟁이덩굴 속에 숨겨진 문을 발견하고, 수백 송이의 장미를 심은 정원을 복원하기 시작했다. 그녀는 정자 안에 테이블과 의자를 가져다놓고, 항상 하얀 드레스와 큰 모자를 쓰고, 향기가 나는 비밀 정원의 평온함과 고요함 속에서 많은 책을 썼다. 그 중 대표적인 작품이 바로 《비밀의 화원》으로, 그레이트 메이담 홀은 소설의 모델이 된 곳이다.

《비밀의 화원》은 출간 당시 버넷의 전작 《소공자》나 《소공녀》에 비해 큰 주목을 받지 못했다. 작가 앤 H. 런딘 Anne H. Lundin 은 자신의 저서 《아동문학 작품목록 구축Constructing the Canon of

Children's Literature》에서 1924년 버넷의 사망 당시 저자의 부고 기사에서 모든 신문이 《소공자》를 언급한 반면 《비밀의 화원》은 언급하지 않았다고 밝혔다.

하지만 20세기 후반이 되어 다시 주목받기 시작했는데, 특히 1987년에 저작권이 만료된 뒤 세계 각국에서 완역본이 출간되면서 많은 독자에 의해 재평가되었다. 《비밀의 화원》은 이제 20세기의 가장 훌륭한 아동문학 작품 중 하나로 손꼽힌다. 2003년에 BBC가 영국 대중을 대상으로 진행한 '영국인이 가장 사랑한 소설(아동 소설 포함 모든 소설)' 설문조사에서 51위를 차지하며, 미 국립교육협회 National Education Association는 2007년 온라인 여론조사를 바탕으로 이 책을 '학생을 위한 교사 100대 도서' 중 하나로 선정했다. 2012년에는 〈학교도서관 저널School Library Journal〉이 진행한 설문조사에서 역대 아동 소설 중 15위에 올랐다. 참고로 《소공녀》가 56위에 올랐고 《소공자》는 100위 안에 들지 못했다.

《비밀의 화원》은 영화로도 여러 번 제작되었으며, 1949년과 1993년에 만들어진 작품이 높은 평가를 받았다. 또한 다섯 차례에 걸쳐 텔레비전 드라마로 제작되었다. 연극 역시 오랫동안 여러 버전으로 각색되며 사랑받았는데, 1991년에는 뮤지컬 버전이 브로드웨이에서 개봉되어 토니상 후보 7부분에 올랐으며, 당시 열한 살이던 데이지 이건Daisy Eagan이 최우수 여우주연상을 받았다. 한편 2013년 미국 작곡가 놀런 개서Nolan Gasser가 작곡한 오페라가 미국 UC 버클리의 젤러바흐 홀에서 초연되는 등 장르를 초월해 지금까지도 여전히 사랑받고 있다.

비밀의 화원

초판 1쇄 발행 2019년 2월 20일

지은이 프랜시스 호지슨 버넷
옮긴이 김정은
기획 및 번역 감수 강주헌
발행인 박영규
총괄 한상훈
편집장 김기운
기획편집 김혜영 정혜림 조화연 디자인 이선미 마케팅 신대섭

발행처 주식회사 교보문고
등록 제406-2008-000090호(2008년 12월 5일)
주소 경기도 파주시 문발로 249
전화 대표전화 1544-1900 주문 02)3156-3681 팩스 0502)987-5725

ISBN 979-11-5909-955-7 04840
ISBN 979-11-5909-949-6(세트)
책값은 표지에 있습니다.